深夜古董店 1

瓷靈現身

吉羽——著

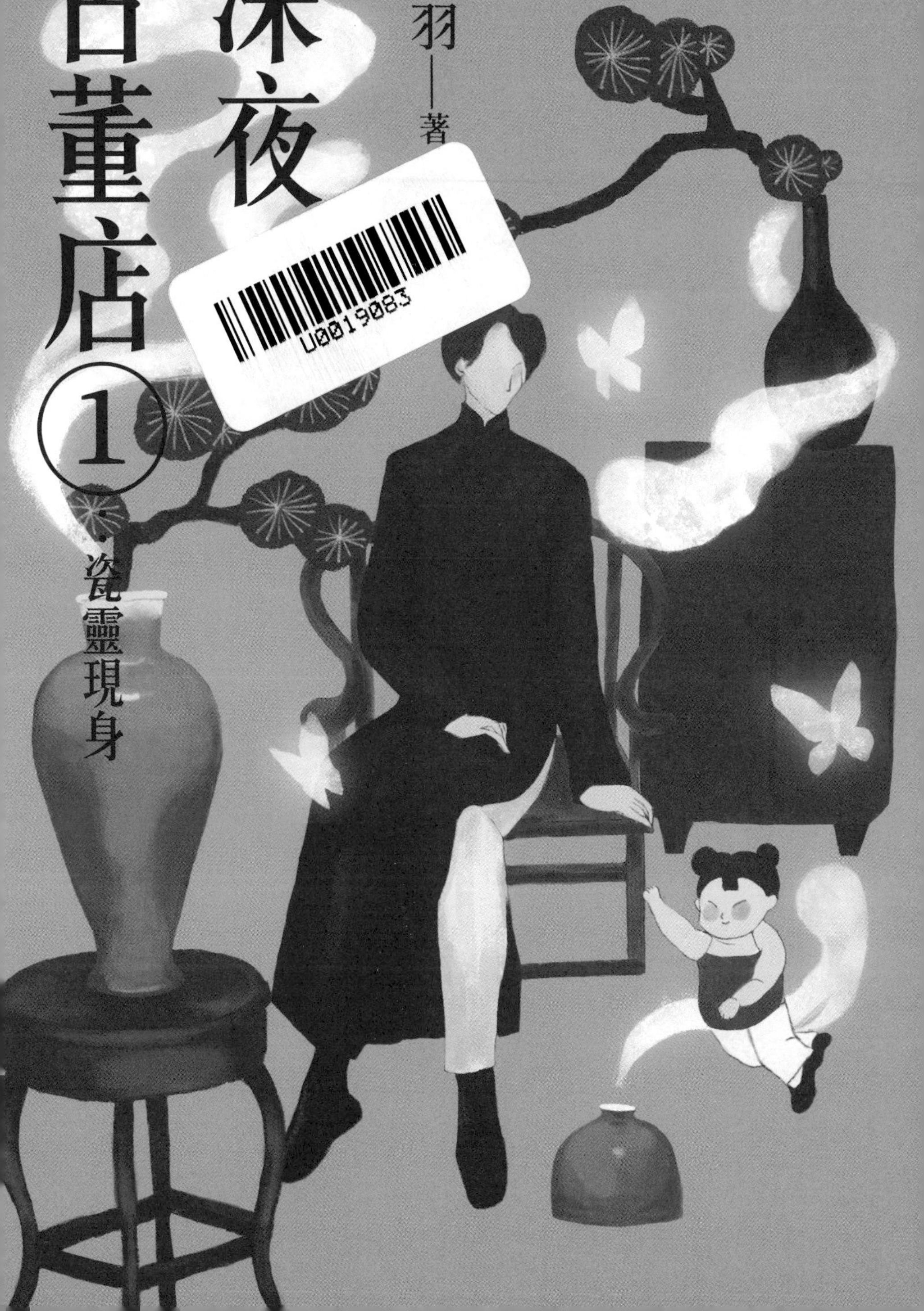

人物介紹

許枚：古董店「拙齋」的老闆，同時也是「撫陶師」，擁有召喚「瓷靈」、將古瓷幻化成人的能力。心思縝密，擅長推理，一肚子關於文物的冷門知識。性格平和，處世從容淡定，行事不拘章法，冷詼諧，好調侃。對江蓼紅有好感，卻不敢吐露。

江蓼紅：京劇刀馬旦，同時也是「聽泉師」，可與古錢幣透過「泉音」交流。喜歡許枚，表達喜歡的方式是赤裸裸地調戲，但一切舉動發乎情止乎禮，從無踰矩。

宣成：警察局探長，出身捕門緝凶堂。性格沉穩，格鬥技巧極高。膽大心細，雖拙於言辭，卻頗為體貼他人。名字被許枚戲稱與瓷器有緣。對姬揚清有好感，只是羞於表達。

姬揚清：警察局法醫，出身捕門驗骨堂，卻擅長用毒，尤其是以毒入藥，這背後似乎有著不為人知的祕密。性格潑辣，愛慕宣成。

目錄

自序

二〇一四年一個夏天的中午，我正在山西博物院的「瓷苑藝葩」展廳「遊蕩」，展廳裡人不多，安安靜靜，氣氛很好。走過一只清代乾隆年間的豆青釉葫蘆瓶時，我半蹲著身子，從側面注視著它圓鼓的腹部。豆青是一種淡雅柔和、凝厚肥潤的顏色釉，雖然常見，但也實在素淨怡人，每次來山西博物院，我總會在此豆青釉葫蘆瓶身邊停留片刻。正當我直起身子準備離開時，葫蘆瓶上一張模糊的人臉一閃而過，我嚇了一跳，以為這傢伙成精顯靈了，聽到一陣嗒嗒的腳步聲才反應過來，原來是一個小朋友從後面的展櫃前跑過，回頭一望，小臉映在玻璃展櫃上，從我的視角看來，就像葫蘆瓶上劃過一道人影。

瓷器成精顯靈的想法雖然荒唐，卻也有趣。

瓷摶土而成，施以釉水，以金屬氧化物著色，入窯爐，以木柴生火燒成，乃是「五行具備」的器物。精巧的瓷器素來受人喜愛，古人在形容其形其色時，有時會不自禁地代入人的氣質和感官，如觀音瓶、將軍罐、甜白、嬌黃。在這只葫蘆瓶斜後方的展櫃裡陳列著一組四件康熙豇豆紅瓷器——菊瓣瓶、錫鑼洗、太白尊、印泥盒。清人在形容其釉色時，更是把感官代入的擬人化色彩發揮到極致，紅豔潔淨，通體無瑕者，稱作「大紅袍」；淺紅嬌豔，如酡紅醉顏者，稱作「美人醉」；粉潤淺淡，如嬰兒肌膚者，則稱作「娃娃臉」，在叫出其釉色雅稱時，便自有一番氣質脫口而出。

回身看到這幾件豇豆紅瓷器時，一個古怪的念頭陡然而生，我是文博專業出身，也在閒置時間創作推理小說，之前早想寫幾個和文物有關的懸疑故事，卻一直缺乏靈感，如果真的讓這些瓷器「成精顯靈」，成為主角破案的助手或證人，豈不新鮮有趣？想到此處，瞧瞧展櫃中的幾件豇豆紅瓷器，「瓷靈」的想法便由此產生，用書中主角許枚的話說：「瓷靈，就是與瓷器本身傳達給人的感官、印象相同的人形。」豇豆紅釉的擬人化釉色名是靈感的源頭，故而《深夜古董店》的開篇，便是豇豆紅。

瓷靈是瓷器化作和它本體的神采、氣質幾近相同的人形，中國的顏色釉瓷以青紅黃藍白黑為主體色調，於此之外千變萬化，妙品迭出，如青釉有粉青、天青、梅子青，紅釉有祭紅、郎紅、珊瑚紅，黃釉有澆黃、淡黃、雞油黃，藍釉有天藍、霽藍、孔雀藍，白釉有甜白、牙白、豬油白，黑釉有烏金及兔毫、油滴等基於黑色的窯變。於此之外，尚有茄皮紫、胭脂水、秋葵綠、茶葉末，五彩繽紛，千變萬化，視感多變，故而「瓷靈」的氣質也可高貴，可嫵媚，可清純，可神祕。如許枚所言：「甜白釉的瓷靈多是甜美可人的江南少女，洪州窯青瓷的瓷靈則多是破衣爛衫的黃髮老人，鞏縣三彩可化作華貴豐腴的貴婦，龍泉青瓷的瓷靈最是多變，可老可少可男可女，但總是一襲碧衣、風流俊美……」

我不擅長寫現代科技破案手段，又對風流蘊藉的古典氣質和雜糅古今的近代中國很有興趣，所以把故事的時代背景設定在民國初年。這是一個沒有監控、沒有網路、缺乏錄音設備的時代，而陳設於案發現場或現場附近的古瓷器可以看到、聽到一些有關案件的資訊，於是能與主角「撫陶師」交流的「瓷靈」便成為監控者、錄音筆甚至竊聽器，為主角斷案提供一定線索。

但中國古代瓷器可不止以上這些顏色釉，尚有釉下彩和釉上彩。傳統觀點一般認為釉下彩繪自六朝青釉羽人盤口壺始，經唐長沙青釉褐彩真正成熟，近年有科學檢測證明唐長沙窯彩繪瓷為高溫釉上彩；典型的高溫釉下彩有宋白地黑彩、白地褐彩瓷，至於巔峰大成之作，則屬元、明、清青花及釉裡紅；需二次燒造的低溫釉上彩瓷則自金代北方紅綠彩始，經元代而至明，遂有鬥彩、五彩，釉上彩繪與釉下青花相映成趣，至清代又有琺瑯彩、粉彩，渲染漸變，嬌豔可人。釉上彩和釉下彩都是在瓷器上描畫圖案，如此便很難用一種氣質來歸納它們的靈蘊。用許枚的話說：「歷代瓷器，有的以青白黑黃釉色取勝，有的以剔刻劃印紋飾稱冠，除此之外，自六朝至唐代皆有彩繪，但多為零散紋飾，少成圖景。宋元明清以來，釉下白地黑彩、青花、釉裡紅與釉上五彩、鬥彩、粉彩、琺瑯之繪畫構圖皆漸入化境，山水、庭院、草木、人物、神靈、鳥獸，構成一目所望之完整圖景，其靈蘊便非一二瓷靈之體可具現。」我思來想去，便有了「瓷境」，即「撫陶師」身入瓷上畫中。

「撫陶師」這一稱謂也許會造成誤解，畢竟在今天看來，「陶」與「瓷」是截然不同的，陶用普通黏土製成，而瓷需用瓷土成胎，陶吸水率高，瓷吸水率低，陶燒成溫度較低，即便是釉陶燒成溫度也不過八百度左右，而瓷多在一千二百度以上。但在古人的著述中，陶與瓷的區分不那麼明顯，如成書於清代的《陶雅》、《景德鎮陶錄》都是關於瓷器的著作，再如許謹齋「宣成陶器誇前朝，收藏價比璆琳高」、唐英「鬼儡豐神簫鼓外，報酬事業榷陶中」、龔鉽「鈞陶自古宗良匠，怪得呈材要楷模」，皆是以「陶」稱「瓷」，而「撫瓷師」說來拗口難聽，所以書中便依古稱，名其曰「撫陶師」。

之所以把主角設定為一個古董店主，而沒有設定為象牙塔中的學者和紅店[1]裡的瓷繪家，是因為這樣的身分和環境更適合與懸疑推理題材結合，也更容易引出矛盾衝突。

此外，《深夜古董店》的背景設定在民國時代，所以一些現代的文物學詞彙和最新認知，是不適合出現在小說中的，如大名鼎鼎長沙銅官窯發現於一九五六年，在民國時期沒有「長沙窯」這個說法。當寫到一件長沙窯瓷罐時，便只好借許枚之口解釋道：「長沙石渚湖畔，那裡是一片規模驚人的窯

1 紅店，是景德鎮特有的本土陶瓷文化，源於元代，發展於明代，清代到達巔峰，專門從事瓷器的釉上彩繪、燒成和銷售。

場。」小說中的「七賢第二祖（組）」、「七賢第三祖（組）」瓷罐也是基於一九八三年出土的長沙窯竹林七賢瓷罐上的「七賢第一祖（組）」而創作的——那件瓷罐上繪有阮籍、王戎，應該是一組瓷器中的一件——所以在寫作小說時，讓另外兩件畫著山濤、阮咸和劉伶、向秀、嵇康的瓷罐落到了許枚和谷之篁手裡，而許、谷二人也都在苦苦尋求「七賢第一祖（組）」。此外，元青花、仰韶彩陶等在那個年代還都沒有被明確認識，也不適合出現在這本小說中。

中國有豐富的文物資源，既然瓷可化靈顯境，且有了「撫陶師」，其他文物也可以設計不同狀態、不同氣質的「靈體」，所以便有了作為配角的聽泉師、鍊金師、弄玉先生、竹木郎君等。文物踏破了歷史的煙塵來到今天，為我們串聯起了一條清晰的文化脈絡，小說中所能提到的文物不過滄海一粟，能詳細介紹的更是寥寥無幾，但凡寫到的，我一定力求介紹精準，如果讀過這篇小說的朋友覺得某件文物有趣，或是喜歡上了某類文物，我當倍感榮幸。

第一章　豇豆紅

天黑得純純粹粹，莫說月亮，連星星都不曾透了一粒出來，烏雲密密層層的，黑壓壓幾乎能把山梁壓斷。眼看又是一場夏夜山雨，滿山的蛩蟲鳥獸都乖乖地躲在安樂窩裡，不敢動彈。密林深處傳來似有似無的幾聲梟啼，像是也被這幽抑的天氣嚇著了，顯得那麼怯。

山間一條寬不足一丈的黃土小路迤邐隱現，不知通向何處，小路兩邊是茂密的森林：比肩接踵的槐楊檜柏爭著搶著向上瘋長，幾乎要把那蓄滿了雨的烏雲捅出千百個大窟窿來；低矮的小樹、灌木們乖順地藏在參天巨木間的夾縫裡，倒也過得安閒舒坦。

兩個少年跌跌撞撞地撥開幾叢灌木，氣喘吁吁地伏在一棵大樹上，不知是因為累還是恐懼，兩人的小腿肚子都無法控制地顫抖起來。兩個少年不過十五、六歲年紀，穿著再普通不過的對襟短衣和黑棉布單褲，都挽著袖子、敞著懷，大顆大顆的汗珠從頸子裡滾落到胸脯上，泛著騰騰的熱氣。被山間冷氣一颼，那單薄些的孩子打了個哆嗦，帶著哭腔道：「小悟，我跑不動了，實在跑不動了！咱把東西給他們，也許還能活命。」

「你想得美！」那精壯些的孩子橫了他一眼，又扶著大樹狠狠喘了幾口氣，定定心神，壓低聲音道：「貓兒，你是沒看見，那鐵拐張摸著小翎子的腦瓜頂，臉上笑著，手裡一拐下去，叭的一聲，小翎子的腦袋就像西瓜一樣開了瓢！血濺得到處都是，差點把我的魂兒給嚇掉！」他回想起同伴慘死的場景，不禁臉色慘白，摸摸自己的頭，手指不停地打著哆嗦，「寧可凍死在山裡，也不能落在他們手裡。大不了和他們拚了，跟那說書先生說的，玉石什麼焚！」他拍拍隨身的包袱，包袱裡硬硬的，是個方方正正的花梨木盒子。

貓兒瘦瘦的肩膀忽地一縮，嗚嗚地哭出來：「怎麼辦啊，小悟……怎麼辦啊，我不想死，嗚……」

「別哭！笨蛋。」小悟低聲斥道：「想把那四個傢伙招來嗎？」說著撲上去堵貓兒的嘴。

貓兒拚命噤住哭聲，抱緊了懷裡的包袱，用包袱皮擦擦眼淚。包袱裡同樣是個花梨木盒子，卻較小悟懷中的那個細長些。

遠處的密林裡隱隱約約傳來沙沙的響聲，像是有人在草木叢中快步奔走。小悟心頭一跳，伸手把貓兒按進灌木叢，再凝神細聽，卻什麼也聽不到了。小悟輕輕舒了口氣，鬆開貓兒的肩頭，跌坐在一棵三人合抱的古木下。還不等他回過神兒來，腳下草叢裡倏地竄出一條花斑蛇，嘶嘶吐著信子，直勾勾盯著貓兒。貓兒剛被小悟莫名其妙地按倒，早嚇得心驚肉跳，剛一抬眼卻瞧見這麼個傢伙，頓時魂飛魄散，噌地蹦起多高，「媽呀」一聲慘叫。

叫聲未息，猛聽得遠處「砰」的一聲槍響，貓兒的額頭上爆出一個杯口大小的血洞。死屍栽倒，那條蛇早嚇得鑽進了石縫裡，林間鳥雀受了驚嚇，呼啦呼啦飛向天空去了。這一槍開在二百餘步之外，那子彈卻精準地從貓兒的後腦射入，眉心穿出，噗地釘在小悟頭頂的樹幹上。小悟只覺得兩腿之間一陣潮濕，尿水滾滾而下，心窩裡的血像被凍住一樣，渾身骨頭幾乎酥透了。

「斃了一個！」一聲狂笑刺入小悟的耳膜。小悟一個激靈，一骨碌閃身到樹後，連滾帶爬地往草叢裡鑽。不等他逃出二三十步，便聽得幾聲或輕或重的腳步聲，小悟忙停住身形，一丁點兒聲音也不敢發出。他偷偷回頭向後望去，只見四道人影圍在大樹下貓兒的屍身旁。

為首穿淺褐色長衫的中年人——正是那鐵拐張，抬起手中的拐杖，點了點貓兒破碎的頭顱，冷冷道：「還剩一個。」

旁邊穿著白色長衫、背著藥箱的少年，陰陽怪氣讚道：「趙兄，好厲害的槍法。」

一個身穿短衣的漢子攥攥手裡的步槍，得意揚揚地說：「跟著張帥爺打了這麼久的仗，就練出這點本事，我這輩子就指著這一隻眼睛吃飯了。」這開槍的男子是個獨眼。

站在外圈的壯漢身材最魁梧，膽子卻是最小，瑟瑟縮縮地四下張望，口中喃喃道：「這地方陰森森的，會不會有什麼不乾淨的東西……」

「要說不乾淨的東西麼……」拄拐男子輕輕一笑，「恐怕就是些尿臊氣吧。」

小悟聽了，腦袋嗡的一聲，暗罵自己不爭氣，被一攤尿出賣了行蹤。眨眼的工夫，三道黑影已經撲到小悟面前。

那個獨眼漢子正從貓兒身上解下包袱，心想這小鬼近在咫尺，老大一拐就能敲碎他的腦瓜，省得老子多費子彈。

拄拐男子衝小悟微微一笑：「小朋友，把東西給……」

話音未落，忽見小悟把手一揮，一道白霧呈弧狀甩將出來，拄拐男子和那壯漢小覷了這個小潑皮，登時著了道，被火辣辣的石灰撲了一臉，跳著腳慘叫起來。那白衣少年眼疾身快，迅速退開。等那使槍的獨眼漢子趕到近前，早就不見了小悟的影子，只聽見一陣陣簌簌的草木搖擺和發足飛跑的聲音漸漸遠去。

獨眼漢子啐了一聲，抬腳便追，卻聽身後那拄拐男子惡狠狠道：「開槍，開槍斃了那小子！」

「看不清人，先追近了再說。」獨眼漢子說罷循聲趕去。餘下三人狠狠地抹了幾把臉，隨後追上。

小悟從未跑過這麼快，連樹枝抽在臉上都不覺得疼了。眼見前面就是穿山小河，一座丈許寬的木板橋飛架河上。小悟慌不擇路，幾步跑上橋去，卻不想一旦出了樹林，就失去了茂密枝葉的掩護，立刻成了活靶子。

「別開槍，下面是河！」白衣少年急道。

那獨眼漢子卻已扣下扳機，「砰」的一聲，血花四濺。小悟身子晃了晃，從橋側欄杆上翻了下去。

四人趕到橋上，那白衣少年跌足道：「包袱連那小鬼一起掉到河裡，這可……」

話音未落，忽見一件破舊的短褂在河裡翻滾，直向下游而去。那白衣少年一揮手：「他在那兒！快！快追！」四人飛跑下橋，趕著水流向下游跑去。

不知跑了多久，那破衣被水中一塊尖石掛住，那拄拐男子定睛一看，狂怒道：「上了那小子惡當了！這就是一件破衣服，人早跑了！」

那白衣少年急道：「東西呢？東西在水裡不？」

巨漢縮手縮腳道：「也許沉下去了……」

獨眼道：「下去找找！」

拄拐男子道：「下去個屁，水這麼急，下水就是找死！」

船客許枚

小悟赤著膊，右臂攬著橫杆吊在橋下，嘴裡銜著包袱，豆大的汗珠從臉上滾落下來，軟軟垂下的左臂上赫然一個彈孔，所幸那子彈從肌肉中穿出，不曾傷到骨頭。

小悟聽得四人下了橋，又沿河流追了下去，才稍稍鬆了口氣，可接下來又一個大問題擺在眼前：他早已筋疲力盡，又只剩一條囫圇胳膊，哪有力氣翻上橋去？總不能一鬆手撲到河裡去吧？這水流太急，一旦掉進去，只怕小命難保。

正犯難時，卻見一艘烏篷小船靜靜地從上游駛來。這小船又低又窄，輕巧靈便，在湍急的水流中順勢疾行，也無須撐篙，只有一個艄公在船尾掌著舵。眼見山雨欲來悶雷滾滾，那艄公早戴好斗笠，披了蓑衣，船篷裡隱隱透出燈光來，應該是有搭夜船的客人。

小悟暗叫一聲天無絕人之路，趁那船駛到橋洞中時，把手一鬆，縱身躍下，「咚」的一聲正落在船篷前，小船猛烈地晃動起來。小悟忙穩住身形，重重吐了口氣。

這條水路那艄公已走了不下數百遍，可頭一回見到從橋洞裡往下掉人的，早被驚出一身冷汗，又見那從天而降的少年渾身是血，光溜溜的脊梁上還掛著一個錦緞包袱，正愣頭愣腦地大口喘氣，模樣十分狼狽。

艄公壯了壯膽，大聲喝問道：「什麼人？」

「肉人。」小悟不假思索地回答。

「你哪條道上的？」

「管不著。」

艄公大怒，正要放狠話，卻見那船客掀開艙簾，饒有興趣地打量著小悟。

「靠岸！」小悟喝道。

「笑話！我憑什麼聽你的？」艄公橫眉立目。

「我……我這包袱裡是炸藥！你不靠岸，我就把船炸上天！」小悟強忍疼痛，齜著牙氣勢洶洶地威脅，身子卻已經不由自主地顫抖起來，渾身的筋骨好像都在打轉似的，眼前金星亂冒。

艄公心頭打了個突，看這少年胳膊上突突冒血的大窟窿，認得是槍傷，說不定這包袱裡真是炸藥，心裡有些怕了，低頭去看那優哉游哉坐在船艙裡的客人。

那船客卻笑了笑，「別慌，他唬你玩呢。」

這聲音聽起來軟軟的、閒閒的，極是悅耳，小悟此時才借著昏暗的燈光，細細打量從船艙走出的船客。這男子看年紀不到三十，身材頎長，穿一身淡青色長衫，顯得溫文爾雅，尤其是那一雙細長的丹鳳眼，懶懶地瞇著，俊美閒適，但多少有幾分像是評書裡經常出現的狐狸精，眼波一輪，小悟只覺得渾身的祕密都叫他看去了似的，突然間怯了起來。

本要張口罵人的小悟被這船客的氣場狠狠地震了一把，心中打鼓：這人看起來就是文文弱弱一介書生，怎麼渾身竟透出這麼一股說不出的氣勁，有些貴氣，有些邪氣，還有些煞氣，那對眸子亮得嚇人，不會是鬼吧？

那人見小悟咬著牙發狠，突然間笑了起來，「船家，就聽他的吧，把船靠在那邊的小路上，我記得沿著小路向東走有一家小客棧，我先住一晚，明早再走，船錢我先照全程付給你。」

艄公心說：那敢情好，我還免得淋這場雨了，忙把船靠了岸，又指點了去客棧的方向，喜孜孜地接了錢，調轉船頭離開。

那船客和小悟眼對眼站在岸上，都不說話。小悟看著船客眼中若有若無的笑意，警惕地退了幾步，轉身便要逃走，卻一個踉蹌，向前摔去。船客手一伸，把小悟穩穩托住。

小悟驚愕地回頭，暗道：這書生好大力氣。

船客微微一笑，慢條斯理道：「在下許枚，嘉許之許，枚舉之枚，不知小兄弟貴上下？」見小悟不答，又說道，「你傷勢不輕，若不及早治療，發起炎症，這條胳膊恐怕要截掉。我倒是學過消毒、包紮，不如你隨我一道去客棧，休息一晚，處理一下傷口，我還可以請你吃些東西。」

小悟拚命從許枚手中掙開，正要甩幾句豪氣的話，肚子卻很不爭氣地「咕嚕」一聲。許枚忍不住笑了起來，小悟臉騰地紅了，尷尬得不知說什麼好。

豇豆紅

深山裡的客棧不算小，但冷清得嚇人，除了睡眼惺忪起來迎客的掌櫃，就只有幾匹站在馬廄裡打著盹兒的瘦馬。客棧正南的大門對著小路，一進門便是一座頗寬敞的大院，院子裡堆著柴草農具，正北的房裡擺著些桌椅，還有一座不大不小的櫃檯，櫃檯後面的木架上擺著些酒罈子，看來這裡便是客人打尖的正廳了。

院子東面是廚房、柴房，東南是馬廄；西面便是客房，客房大門在整幢屋的南邊，走進房中，右手邊是一條走廊，面前總共不過三間房。客房裡一應事物倒還算整潔乾淨，許枚選了正中一間寬敞些的，讓小悟先在靠椅上坐了，又請掌櫃的拿些棉紗烈酒來。

這山間小店過客稀少，掌櫃的見來了生意，自然是萬分殷勤，見小悟臂上有傷，也不多問，不多時便端了酒來，還燒了一桶開水。許枚連聲道謝，先付了房錢，又請掌櫃煮兩碗麵來，加些肉，還吩咐熬一碗紅糖水。那掌櫃的見許枚出手大方，樂得眉開眼笑。

許枚細細清洗了小悟的傷口，敷上隨身帶著的傷藥，又用紗布包紮妥當，小悟疼得齜牙咧嘴，卻強忍著一聲不吭。許枚在水盆裡洗了洗手，把剩下的紗布遞給小悟：「擦擦身上的血。」

正此時，天邊又是一個炸雷，小悟猛吃一驚，腳下一軟，下意識地伸手去扶桌子，卻正推在那錦緞包袱上，包袱迅速向桌下滑去。小悟大驚，「哎喲」一聲還未出口，包袱已被許枚穩穩托在手裡。

小悟差點咬了舌頭：高手啊！這身法比鐵拐張快得多啦！

許枚笑著把包袱放好，坐在小悟對面，說道：「說說吧，怎麼回事？」

小悟看著許枚的眼睛，不知怎麼的就有點心虛。

許枚見小悟不說話，便用手輕輕撚了撚包袱皮，自顧自說道：「三天前，興雲鎮杜士遼杜老爺家慘遭洗劫，那夥歹人手段高強，行事毒辣，劫掠之後，一把大火將杜家宅院化為灰燼。而杜士遼一家四口，連帶六名下人僕役，昨天在逃往興州的途中被人殺死在渡船上，死狀極慘。我本以為再見不到這張包袱皮，想不到你背著它跳到了我面前。」

小悟心一陣狂跳，想要站起身來，卻一丁點兒力氣也使不出來，只好向後縮了縮身子，緊緊靠著椅背，脊背上汗津津的，黏糊糊貼在椅背上。

許枚不急不緩繼續說著：「這個杜士遼嘛，前清時曾在西南軍中當過個小小的管帶，後來辛亥裁軍，不得已離開軍營，舉家東遷，來到興雲鎮。說白了，此人不過一兵痞，但頗懂瓷器。他早年做管帶時刮了不少民財，尤其是宣統二年，他在四川截殺了趙爾豐麾下一位旗人貝子，掠了不少奇珍異玩，還把一件康熙年的釉裡紅夔鳳紋搖鈴尊獻與統帶。後來那統帶落了魄，來到冉城一家古玩店變賣了這只搖鈴尊，巧的是，這古玩店的店主，正是在下。」

小悟心裡努力盤算著幾人之間的關係，最後得出的結論是：眼前之人與杜士遼，沒有半毛錢關係。

許枚收拾著桌上的紗布藥品，悠悠道：「我迷古成痴，尤其是個瓷痴，聽了那統帶的回述，便備下一份禮品，趕往興雲鎮，只想著或許能借那統帶的名義和杜士遼攀些交情，最好能從他手裡淘幾件珍玩。」

小悟心中一涼：這人竟然和那姓杜的有交情，看來老天要叫我去和貓兒做伴了。

不巧正在此時，窗外電光一閃，接著便傳來淅淅瀝瀝的雨聲，還夾雜著風搖樹木的颯颯聲，好像老天真要把他的魂兒收走似的。

許枚看著小悟的表情，輕輕地笑。

小悟有些奇怪：這人看起來不像是有敵意的樣子，不過鐵拐張也喜歡笑著殺人……

「我帶去的禮物就用這張包袱皮包著，你瞧，淡紫色的綢緞，這裡還繡著一朵蘭花，關鍵是蘭花的第三個花瓣上沾著一點油漬，這是我包禮物時不小心弄上的。杜士遼天性涼薄，對我這個小小的古玩商自然也是敷衍了事，禮物倒是收得痛快，生意卻一筆也沒談成，讓我好生沮喪。兩天後我才知道，在我離開興雲鎮的當晚，杜家便遭人滅門，杜士遼珍藏的古玩也被洗劫一空。不出所料的話，你們劫掠杜府時，順手抄起這張包袱皮，包了一件寶物出來，卻因為分贓不均，發生火併，你躲在橋下，應該是被同夥追殺，假裝落水暫避殺劫。」

「不……我我我就是望風，沒沒沒殺人，他們……沒想分東西給我們，還……滅滅滅滅口。」小悟見許枚那雙丹鳳眼中精光一閃，似是有一股寒氣迸射而出，頓時覺得渾身一陣冰冷，話都說不利索了。

許枚笑了笑，「我相信你。」

「啊？」

「你的眼睛還算乾淨，雖然有點痞氣。」

「哦……」

許枚從自己隨身的行囊裡取出一件衣服，「你這麼光著也不像話，穿上。」

小悟默默接了，呆了半晌，才說道：「罷了，看你是個人物。嗯……你若幫我殺了那四個傢伙，這件東西就算給你的報酬。」說著拍了拍包袱。

「我可不是殺手。」許枚失笑，「不過，我想看看這包袱裡到底是什麼東西。」

「行。」小悟答應得很乾脆。

花梨木盒子被輕輕打開，裡面用層層錦緞裹著一件瓷器，小口徑不盈寸，短項微微收束，長不及半寸，肩腹及足，愈趨下愈大，體如半球，足之圍近四寸，釉色紅豔嬌柔，透出淡淡的不均勻的粉色，勻淨細膩，似幼兒面頰般粉潤可喜，釉下隱隱有暗刻團螭紋飾，在客棧昏暗的燈光中顯得典雅而神祕。

許枚輕輕驚呼：「豇豆紅太白尊！」

「什麼？」小悟沒聽懂，「豇豆？」

「豇豆紅。」許枚道，「創於康熙年間的獨特釉色，正色似紅而粉，在若鮮若黯之間，時有青色苔點，如豇豆之色，故名豇豆紅。」

「哦……」小悟似懂非懂，卻覺得眼前這件瓷器的釉色比平日裡見的豇豆粉潤許多，分明像是幼兒塗脂的面頰，又問道，「那你剛才說的……什麼白尊又是什麼意思？」

「太白尊，」許枚道，「也叫『雞罩尊』，因為它形似雞罩，不過我不大喜歡這個稱呼。你瞧，此物形如太白醉酒斜倚之狀，故稱『太白尊』。」

小悟前前後後看了幾遭，沒看出半點「太白」的影子，雞罩的樣子倒是看出個十成十。

許枚小心地把太白尊翻轉過來，見那底釉細膩緊致，白中泛出隱隱的青色，上書三行六字青花楷書款——「大清康熙年製」。

小悟愣愣地瞧著許枚，見他眼中閃現出興奮的神采，便問道：「這東西很難得吧？」

許枚點點頭：「豇豆紅釉色以『大紅袍』為最上乘，『美人醉』、『娃娃臉』略次之，『乳鼠皮』再次之，至若『驢肝』、『馬肺』，則不足道也。此物釉色便是『娃娃臉』之紅。自前清咸同之際，美國人便對豇豆紅瓷器如痴如醉，為之一擲千金，繼而歐羅巴人也陶醉其中，故此絕好的豇豆紅瓷器，多在歐美，留在中國的反而不多，我今幸得一番把玩，也值回這一路風塵僕僕。」

小悟聽得似懂非懂，對眼前的東西只得一個印象——一定很貴，正懵懵懂懂時，忽聽許枚道：「別說話，聽……」

冤家路窄

小悟側耳聽去，只聽見淅淅瀝瀝的雨聲中，店掌櫃正在院子裡和人說話：「客官，還有兩間客房，您這邊走。」

「我說，這店裡陰森森的，不會有什麼不乾淨的東西吧？」

「真他娘晦氣，讓老子抓著那小鬼，非把他開膛摘心，碎屍萬段！阿嚏！」

「趙兄休惱，想那小子三魂嚇去了兩魂半，又挨了趙兄一槍，再被這山雨一淋，想活命也難。再說那『美人醉』的柳葉瓶已經在咱們手裡，再加上杜家那些金銀玉器，也不白忙這一遭。」

「這附近荒涼無人，那小子挨了一槍，要想活命，多半會來這客棧避雨，瞧，那邊就是客房，運氣好的話，我們可以抓到一隻戰戰兢兢的小老鼠……」

那邊許枚、小悟皆是一驚，許枚驚的是聽見一個年輕人在說「美人醉」，興奮不已，小悟則是嚇得一佛出世二佛升天，小翎子和貓兒慘死的場景驟然湧入腦海，尤其是最後那句「戰戰兢兢的小老鼠」說得陰沉狠戾，正是鐵拐張無疑。

許枚定定神，伸手抄起方才丟在地上擦了鮮血臭汗的紗布，一把扔進床下，又從包裹裡抽出一件藕色曲襟長袖旗袍和一雙繡著杜鵑花的小繡鞋，順手把旗袍搭在椅背上，再把鞋擺在床下，又一把抓住小悟，丟在床上，連那只太白尊和花梨木盒子也捲進包袱皮，和小悟一起裹在被子裡，放下床帳。

許枚身手利索得緊，剛剛收拾乾淨，便聽走廊木地板上咚咚咚拐杖拄地聲響，緊接著便是「吱呀」一聲，一個身穿褐色長衫、拄一根拐杖的中年男子推門闖進來，身後還跟了提著食盒的掌櫃。

「您瞧，我說過中間的客房有人啦！」掌櫃的一攤手道：「您四位住南北兩邊的房間正好。」

拄拐男子和許枚四目相對，又看看床邊的旗袍繡鞋，也是一怔。

許枚隨和地笑笑，上下打量這男子，見他四十來歲年紀，前額微禿，後腦長髮觸肩，鷹鉤鼻上架一副眼鏡，顯得醜陋而文質彬彬，還有幾分學究式的古板，但那一雙眼睛白多黑少，明顯露出一種陰沉詭異的味道。

許枚頷首致意，又對掌櫃道：「紅糖水可熬好了？拙荊等不得，都睡下了，畢竟她這些天……身體不好，趕這一程的山路早疲乏得緊了。」

「熬好了熬好了，方才生火慢了些，故此耽擱了，您別見怪。」掌櫃的不知一個男孩子怎麼成了這書生口中的「拙荊」，更不知道繡花鞋和旗袍是從哪兒變出來的，但他在此開店已有十數年，知道這些穿林野客多少都有些不願為外人所知的祕密，因此也聰明地一句不問，把紅糖水和兩碗加了肉的麵條從食盒裡取出，放在桌上，便告辭離開。

那拄拐男子做作地笑了笑，道聲「打擾」，便退了出去，對身後幾人道：「先把行李放在房裡，去正廳吃些酒飯。」

許枚隱約看見門外走廊裡還有三道人影，便想到小悟所說「幫我殺了那四個傢伙」和方才那年輕聲音說的「挨了趙兄一槍」，心裡便有了底，忙閂上門，從被子裡提起小悟問道：「就是他們吧，要殺你的人？」

「嗯。」小悟緊張地點頭，「你問掌櫃要紅糖水，就是為了把我扮成個害月事的婦人，騙過他們？」

「不錯，若是開槍打你的人還在山裡，很有可能來此投宿。我這回去興雲鎮，特意給一位紅顏知己買了件漂亮旗袍和一對小花鞋，故此靈機一動，事先點了紅糖水，想著待他們來了，用這幾件東西或可哄騙一時。」

小悟心中愈發驚奇：這人真有些門道。

許枚盯著小悟的眼睛道：「說說吧，這些人是誰？美人醉是怎麼回事？」

小悟身子一顫，窩在被子裡低聲說道：「我和貓兒還有小翎子，都是興雲鎮的……嗯，用你們的話說是小混混，但我們沒幹過什麼傷天害理的事，最多就是……就是偷些吃的。幾天前，一個拄拐的男人突然找到我們，問我們願不願意發財。發財誰不願意呀，誰知他竟然拉我們去杜家望風，事後還要殺人滅口！小翎子跑得慢，當時就被殺掉了，我和貓兒偷了他們兩個包袱，東躲西藏逃了三天，剛才貓兒也被打死了，就剩下我一個……那個拄拐的，就是江湖上有名的大盜鐵拐張……」

「哦，『穿心鐵拐』張九善，人稱鐵拐張，橫行江淮的巨盜……此人我倒是有所耳聞，傳說他武功極高，殺人如麻，共犯下大案三十六宗，小案不可勝數，還有不少警察和租界巡捕都死在他的鐵拐擊穴之下。」

「對對對，這老賊狠極了！」小悟打個寒噤，「還有貓兒，剛才在林子裡被獨眼趙一槍打爆了腦袋，他在杜家偷了一個和我這個差不多的盒子，被獨眼趙搜去了。」

「差不多的盒子？唔，『神槍惡盜』趙順，人稱獨眼趙。我聽說此人曾是張勳麾下的辮子軍，四年前張勳被段祺瑞所敗，此人便流落江湖。據說這獨眼趙專使一支漢陽造步槍，槍法奇準，兩年來被他劫殺的富商大賈達十二人之多。」

小悟眼圈一紅道：「貓兒就是被他打死的，當著我的面，我胳膊上這個窟窿也是拜他所賜。」

「可憐的……」許枚拍拍小悟的頭，「還有兩個是誰？」

「還有一個比我大不幾歲，叫『鴆公子』喬七，長得倒是好看，就是脖子後面有一大片燒傷的疤，特別嚇人。聽鐵拐張說，他最會使毒。」小悟說著打了個哆嗦，「杜家的宅子就是他燒的，人也是他殺的，行動當天他來晚了，讓我們帶著財寶先走，他自己包下了殺人放火的髒活兒，不過看他那副神色，倒是很享受的樣子。不過……這個人做事粗心得很，如果不是他打瞌睡，我和貓兒可逃不出來。」

許枚搖頭道：「這個鴆公子可是名頭響亮，傳說他十二歲時，便讓新任直隸督軍曹錕麾下整整一個炮兵營，糊裡糊塗見了閻王，之後幾年，犯下的命案不計其數。小小年紀便如此歹毒，若容他長大了，誰能制得住他？」

「還有一個熊包，名字我不知道，聽喬七叫他海饕餮，好像是個水手。這人塊頭最大，力氣也大得嚇人。」小悟說著笑了笑，「不過他有點神經兮兮，最怕的就是鬼。」

「這人我倒曉得，他就是冉城人，當年在法國人的貨船上做事，後來被法國船長當眾羞辱，當夜便喝得酩酊大醉，提了兩大桶火油上船，把偌大一艘販運軍火的貨輪燒得支離破碎，沉沒在冉城東南的沄沄河裡。警察把冉城裡裡外外搜了三遍，可還是被他逃之夭夭。呵，想不到這四個人竟湊在一處，有趣，有趣。」

小悟見許枚神色古怪，只道他心生懼意，便猶猶豫豫地說道：「我也不用你殺了他們，只要你能保我活著離開這座山，這東西就給你，怎麼樣？」

許枚笑了笑：「走一步算一步吧。先吃麵，一會兒我去會會他們。對了，把太白尊拿出來，捂在被子裡太作踐它了。」說著掀開被子，雙手把那豇豆紅太白尊捧了出來。

就在許枚雙手捧出那瓷器的一瞬間，驀地紅光一閃，掌間現出一陣柔和的淡紅色氤氳，嫋嫋濛濛，消散開來，小悟從沒見過這等情狀，嚇得一屁股跌進被窩裡。

瓷靈

等小悟回過神來，那柔和的紅霧已漸漸淡去，太白尊也不知去向，許枚手中赫然抱著一個五六歲的小男孩。這小男孩頭梳雙髻，生得杏臉桃腮，一對水汪汪的大眼，小小上翹的鼻子，紅馥馥的小嘴唇，上身穿一件紅中透粉、絳線繡團龍的小肚兜，下身穿一條白緞子緄繡青邊的褲子，光著白嫩的小腳，乖順地偎在許枚懷裡，可愛之極。小悟一時間忘了害怕，只想著把這小男孩水嫩嫩的臉捧過來親上一口，但隨即回過味來，只想大喊幾聲，又怕被遠在正廳的四盜聽見，只得壓低了聲音嘶吼道：「小孩哪來的？瓷器哪去了？有妖怪！鬼呀！」

許枚有些尷尬，掏出懷錶看了看：「十一點零二分，已入子時。」

「什麼意思？」小悟對「子時」二字有些發怵，從小便聽說子時一到就是鬼的世界，這小孩不會真是……

許枚把小男孩放在椅子上，伸出左手，但見那油燈下的手掌潔白如玉，暗綠色的經脈展伏在手背上，指甲透著淡淡的碧璽般的粉，分外漂亮。

許枚有些不好意思：「不巧被你看見了，一到子時，我的左手就會變成這樣。」

「你……你是什麼變的？」小悟哆哆嗦嗦地問。

許枚無奈道：「我是人，或者說，我是個撫陶師，每到子時，我的左手若是碰觸到一件浸透了能工巧匠心血的瓷器，便會喚醒瓷靈。」

「瓷靈？」小悟用被子把自己裹得嚴嚴實實，只露出一張煞白的小臉。

「對，瓷靈。就是瓷器化作和它本體的神采、氣質幾近相同的人形。比如甜白釉瓷的瓷靈多是甜美可人的江南少女；洪州窯青瓷的瓷靈則多是破衣爛衫的黃髮老人；鞏縣三彩可化作華貴豐腴的貴婦；龍泉青瓷的瓷靈最是多變，可老可少可男可女，但總是一襲碧衣、風流俊美……」

「打……打住！我只想問這小孩是怎麼回事？瓷靈？」小悟望望坐在椅子上歪頭瞧著自己的小男孩，還是有點害怕。

「沒錯。瓷靈，就是與瓷器本身傳達給人的感官、印象相同的人形。這件『娃娃臉』釉色的豇豆紅太白尊，讓人捧在手裡就感覺像在撫摸孩兒的臉蛋似的，身子又圓又潤，胖乎乎矮墩墩的，瓷靈自然是一個可愛的小娃娃了。」

小悟心有餘悸，「那不就是瓷器精嗎？我聽說書先生講《西遊記》，說什麼採天地靈氣，受日精月華，不知多少春秋，方能修成人身……」

「差不多，古物皆有靈。」許枚笑道。

小悟好像有些理解了，卻見那小男孩忽然抬起胖乎乎的小手，揉著自己的小臉蛋問道：「你為什麼害怕呀？我樣子很嚇人嗎？原來姊姊說我長得可愛都是騙人的……」說著小鼻子一抽，好像要哭。

「喲，別哭。」小悟最怕小孩哭了，忙一掀被子跳下床來，大著膽子把小男孩抱在懷裡，一戳他軟軟的小肚皮，低聲吩咐道：「千萬別哭哦，把壞人招來就不好了，再哭哥哥撓你癢癢。」一面戳一面尋思：這小肚兜的面料真好，滑溜溜的……看來這瓷靈也沒什麼攻擊力嘛，只要不是吃人的惡鬼就好，再說連獨眼趙都沒能真的把我如何，他一個小妖怪有什麼好怕？

小男孩有點生氣地推開小悟的手指：「不准戳我的釉，很難燒的。」

「啊，好，好，你叫什麼名字？」

「豇豆紅。」小男孩歪著頭想了半天，認真地說。

「哥哥問你名字，不是品種哦。」

一旁的許枚「噗嗤」一笑，「他都二百多歲了，你能當他哥哥？叫他祖爺爺還差不多。」一面說一面從小悟懷裡抱過小瓷靈，「來，叔叔給你起個名字，就叫紅豆怎麼樣？」

「嗯，好。」不知是不是所有瓷靈都對許枚極有好感，紅豆笑瞇瞇答應一聲，嘟起小嘴「啵」地在許枚臉上親了一口。

許枚幸福地笑了好久，把紅豆放下說：「乖，先變回去好嗎？」

「嗯……」

「怎麼了？」

「叔叔能把我姊姊找回來嗎？我們本來在一起的，有一天著了火，我就找不到姊姊了。」

「好，叔叔一會兒就去幫你找姊姊，你先變回去好不好？」

「好。」紅豆鬆開許枚，輕巧地跳到桌上，紅光一閃，又是一只紅潤可人的豇豆紅太白尊。

小悟在自己大腿上捏了一把，疼得直咧嘴，「這真的呀？太邪門兒了！」

許枚把已經涼了的麵條遞到小悟面前，「快吃。」

小悟早餓狠了，端起碗來就是一通狼吞虎嚥，眨眼間便吃了個精光。許枚愣了愣，把自己那碗也遞了過去，小悟也不客氣，端將起來又是一陣風捲殘雲。

警察與大盜

夏夜的山雨愈發猛厲，許枚從行囊裡取出油紙傘，提著盛了空碗的食盒向客棧正廳走去，剛到院子裡，卻聽見客棧院門吱呀一聲被推開，兩道人影不急不緩走了進來，其中一人打著一把大黑傘，他身邊那人的手上卻戴著一副手銬。

那打傘的男子二十六、七歲年紀，從上到下穿了一身黑，寬肩細腰，手腳修長，臉孔稜角分明，膚色白皙，高鼻薄唇，那眼神好似萬年寒冰，冷得駭人。

他身邊戴著手銬的粗莽大漢哆哆嗦嗦地縮在黑傘下，半邊身子露在雨中，面色呆滯，滿臉鬍碴，臉上滿是瘀青，舊傷套著新傷，就連身上的衣服也被劃開不少口子，像是被人不間斷地狠狠揍了一個月。

那打傘的黑衣男子看了許枚一眼，也沒做什麼反應，不急不緩走到正廳門口，收了傘，輕輕一推那大漢，二人徑直走了進去，許枚隨後跟上。

正廳中的鐵拐張四人正推杯換盞，一面吃一面低聲商量著什麼，忽見走進兩個人來，都是一怔。

那黑衣青年環視一周，問道：「掌櫃可在？」

「在在在。」掌櫃的從正廳東北角的小臥房跑出來，心裡納悶：今兒個走夜路的客人真不少，緊走幾步，來到門口，一眼瞧見那大漢身上詭異的傷勢和冰冷的手銬，頓時一怔，不禁後退了幾步。

那青年道：「掌櫃莫怕，在下宣成，是冉城警察局偵緝隊長。」

許枚暗道：咦，我的老鄉？

「哦，哦，那警爺您是要住店還是……」掌櫃定了定神，問道。

「住店。」

「可是，小店只有三間客房，而且都住滿了。」

「無妨，我們在正廳休息一晚便好。」宣成又對那犯人說道：「坐吧，遲鶚。」

掌櫃心說：這警官倒好說話，又問道：「那您吃些什麼？」

「兩碗米飯，一盆熱湯，隨便上些菜，葷素皆可。」

「好嘞，您稍等。」掌櫃乾脆地答道，又一眼看見等在門口的許枚，忙問道：「客官您有什麼吩咐？」

「煩請掌櫃的燒一桶熱水來。」許枚想了想道：「再來一碟花生米，炸得透些，少放些鹽粒。」

「好，您稍等，一會兒就來。」掌櫃答應著直奔後廚。

許枚在門邊的空桌上坐下，細細打量在座的六人。

宣成對周遭事物置若罔聞，從懷裡摸出一把鑰匙，對那犯人遲鶚道：「老樣子，我先解開手銬，你不准跑。」

遲鶚一個激靈，把頭搖得像撥浪鼓一樣，「不敢，不敢，我不敢跑！」不知是不是頭搖得狠了，牽動得臉上的傷一陣劇痛，忍不住「唉喲」一聲。

宣成臉上似是顯出一絲不忍的神色：「你若不持槍拒捕，我也不會下這麼重的手。」

遲鶚連連點頭：「是是是……」

「你還打傷了二十多個警察，其中六個是重傷，不能怪我火大。」

遲鶚縮著脖子：「是是是……」

「你勾結華東黑道高手劫囚，又傷了不少人……」

遲鶚戰戰兢兢抬起眼皮，有些委屈，「可是……華東道上那些來劫囚的兄弟，都被你弄死了……」

「他們持槍挾持警務人員做人質，我是不得已將他們擊斃。」宣成很不喜歡「弄死」這個說法，語氣微微一冷，嚇得遲鶚寒毛直豎，像受驚的小狗一樣縮在椅子上。

鐵拐張四人誰都沒有說話，倒不是因為這個警察，而是因為那個犯人——號稱華東第一惡寇的遲鶚！

鐵拐張心裡嗵嗵打鼓：遲鶚乃是華東黑道數一數二的狠角色，當年的警界第一高手——曾追得鐵拐張上天無路入地無門的李璜，還不是被遲鶚一掌斬斷了頸骨。還有叱吒風雲的黑道巨寇南山大王肖鐵塔，只因辱及遲鶚師門，竟被這煞神在七日內將南山各寨誅殺淨盡，肖鐵塔被人發現時，早已胸骨盡碎而亡。關於遲鶚的傳說數不勝數，堪有小兒止啼之效。鐵拐張當年只見過遲鶚一面，便被那股凜凜煞氣懾得魂飛魄散，萬萬沒想到第二次見面竟是在這樣的場合下。更令人匪夷所思的是，堂堂華東第一惡寇竟落得這般狼狽模樣，還對這個小警察怕到了骨子裡。這個偵緝隊長究竟是何方神聖，竟能將銅皮鐵骨的遲鶚生生鍛作一攤稀泥！

其他三人當然也聽過遲鶚的名字，與鐵拐張遞個眼色，鐵拐張倉皇垂首，三人面面相覷，都有些不安。

許枚自也聽過遲鶚的大名，不禁對這警察生出幾分好奇來，又偷眼去瞧那邊桌上萬般局促的四人，覺得好笑。

鐵拐張對面那腦後拖一條長辮子的獨眼漢子，應是獨眼趙無疑，此人三十來歲年紀，面色薑黃，一臉絡腮鬍鬚，獅鼻闊口，生得煞是威風。一把老舊的漢陽造斜靠在桌上，槍柄磨得發亮。

他身邊一個黑紅臉色的彪形大漢，頭如麥斗，腰大十圍，那胳膊幾乎有許枚的大腿粗，正一邊吃著燒雞，一邊不住地四下打量，好像生怕哪裡竄出來一頭惡鬼，把他的魂拘了去。此人應是小悟所說怕鬼的海饕餮了。

一身白衣的少年便是鴆公子喬七，穿一件白色長衫，生得柳眉鳳眼，唇紅齒白，若不是頸側有一片早年的燒傷，還真像哪個戲園子裡當紅的小生。這俊俏少年的做派卻不甚瀟灑：一邊小口小口地喝著湯，一邊緊張地抖著腿，不時抬頭偷瞄宣成一眼，便惶惶然低下頭去。

許枚饒有興趣地看著四人：這四個傢伙行事風格各成一家，活動區域也是天南海北，按說不會有交往啊，他們怎麼湊到一起的？尤其喬七這小惡魔，傳說此人歹毒張狂，「童心未泯」，視殺人為玩耍，而且非常「貪玩」，和那三個為圖財而害命的大盜完全不是一個路數。

四個惡人被警察宣成——或者說是被遲鶚的慘相狠狠地震懾了一番，也無心繼續吃喝，沒再坐多久，便扔下一片杯盤狼藉，回房去了。許枚也接過掌櫃遞來的開水，把花生米包好了塞進口袋，撐起傘回到房間，見鐵拐張和海饕餮進了北邊客房，喬七和獨眼趙進了南邊客房，自己和小悟的房間正夾在中間，處境實在不妙。

夜半槍聲

許枚回到房間，對忐忑不安的小悟說了方才見聞，小悟拍拍胸脯，雙掌合十向天禱告：「觀音菩薩土地爺，是不是您老兩口子顯靈派下一位神捕來救弟子性命啊……」

許枚笑道：「你再亂牽紅線，當心菩薩把神捕收了去。」

小悟又對天禱告：「二位別激動啊……」

許枚道：「行了，你趕緊休息，剛才把床滾得亂糟糟，我也懶得睡了。」

「那你怎麼辦？」小悟有點不好意思，畢竟房錢是許枚付的，傷口是許枚包紮的，連兩大碗牛肉麵也是許枚請的。

「我中午睡得久，現在正好看書。」許枚說著從行囊裡取出幾本書來，「最近各種『改良』、各種『運動』，鋒頭正盛，趁著這番疾風勁雨，挑燈夜觀辜鴻銘和胡適的罵戰，也別有一番滋味。」

「你的手不會再把書鼓搗活了吧？」小悟看著燈下那只晶瑩剔透、光潤如玉的手掌，還是有點心有餘悸，「如果跳出兩老頭在屋裡對罵，那可不得了。」

「胡鬧。」許枚揮起雜誌在小悟頭頂一擊，「二位先生的玩笑也是你能開的？再說胡適先生風華正茂、儒雅瀟灑，可不是什麼老頭子。」

小悟吃了一記，難為情地鑽進被子裡，心裡有點不是滋味：我活了這麼大，還從沒欠過誰的情，今天卻欠下這個古董商好大一個人情，以後可怎麼還啊？

但他已被人追殺了三天，又掛了彩，早乏得快昏過去，拚命撐到此時，已屬不易，腦袋一挨枕頭，立時沉沉睡去。

可惡的是他還沒睡半小時，便聽得門外走廊下傳來清晰的「咚、咚、咚」的拐杖杵地聲，自北向南而來，震得屋中地板悠悠直顫，在中間房門口停止。

許枚心中一凜，卻聽那拐杖聲繼續向南，走到南邊客房門口，敲了敲房門，接著便聽「吱呀」一聲，房門打開，那拄拐人走進房間，關上了房門。

許枚皺皺眉頭，繼續就著花生米一面看書，一面逗弄剛剛偷偷喚出的紅豆。睡得迷迷糊糊的小悟咕噥一句「天殺的鐵拐張」，翻個身繼續輕輕打鼾。

紅豆抽抽鼻子，趴在許枚耳邊說道：「把我和姊姊塞進房子搬走的壞人，就是個拐子，他走路的時候就咚咚的響。」許枚彈了彈他的小髢髻，心道：這小傢伙，告狀的樣子都這麼招人疼，保不準當年還是康熙爺的掌中珍玩。他微微一笑，一面看書，一面盤算怎麼引宣成收拾掉四個悍匪，順便把紅豆的姊姊也收入囊中。

正在此時，忽聽南面客房裡傳來「砰」的一聲槍響，小悟猛地睜開眼，一個鯉魚打挺從床上躍將起來，正待要喊，卻被許枚雙指在後頸一戳，登時發不出聲來，繼而一陣暈眩，栽在床上。

許枚道：「好好睡吧。」說著，他拉起被子把小悟蒙住，又吩咐紅豆變回原狀，「我去瞧瞧出了什麼事。」

宣成方才便注意到獨眼趙靠在桌邊的漢陽造——時當亂世，旅人以火器傍身已屬常情，倒也見怪不怪。五人離開後，他安靜而迅速地吃罷了飯，把同樣吃飽喝足的遲鶚銬在自己手腕上，靠著房柱閉目養神。掌櫃的睡意早就被接二連三投宿的客人驅走了，一頭鑽進櫃檯清點最近的帳目：真慘澹，這個月才做了六筆生意，其中三筆還是在今天。

半個小時後，鐵拐張拄了拐冒雨來到正廳，見遲鶚乖順地趴在桌子上睡著，宣成也正閉目養神，便低聲對掌櫃道：「給我們也燒些開水吧，趕了一天山路，想燙燙腳。」說著，他似是不經意地看向宣成。

鐵拐張聲音不大，卻也清清楚楚地送到宣成耳朵裡，宣成輕輕抬起眼皮，望了鐵拐張一眼，四目相對，鐵拐張一個激靈，忙把頭扭開。

宣成被劈里啪啦的暴雨聲攪得有些煩躁，忽的一聲槍響衝破雨幕，他心猛地一緊，迅速開了自己腕上的手銬，繞過椅背上的橫脊，把被槍聲驚醒的遲鶚反剪雙手，連人帶椅銬在柱子上；也顧不得茫然不知所措的掌櫃，抄起傘來直奔客房。那掌櫃抖了抖手，隨後跟上，鐵拐張丟下剛剛燒開的水，趕忙跟了出去。

柳葉瓶

客房大門正對著南客房的門，宣成推門進來，正看見許枚已站在南客房門口，海饕餮剛剛從北邊客房跑過來，赤著一雙大腳，散發出一股怪異的藥味。

南客房的大門關著，從屋裡上了鎖，這山村野店時有猛獸出沒，房屋門窗都做得十分堅固，宣成一推不開，抬腳便踢，那足有杯口粗細的大門閂應聲而斷。宣成提步進屋，卻和縱身闖入的許枚一道被擠在門框裡，二人不滿地對視一眼，又轉頭看屋中景象。

這客房兩丈見方，也是一水的木牆木構木地板，後窗大開，雨點不時地打進屋來。獨眼趙被綁著倒在窗下，他那把漢陽造卻被幾周繩索牢牢綁在方桌上。而那一身白衣的鴆公子喬七坐在正對桌的椅子上，牙關緊咬，雙目圓睜，俊美的臉孔痛苦扭曲，胸前一個杯口大的血窟窿，透膛而過，連核桃木的椅背都被打個透穿，木屑濺了一地。

奇怪的是，喬七的左肘放在椅子扶手上，手掌上還繞了幾圈細繩，細繩的另一端則從桌下反折過去，繫到那把被牢牢捆束在桌面上的步槍扳機上，而槍口正對著喬七的心口。看這布置，只要喬七那邊一拉繩子，便能扣下漢陽造的扳機，將子彈射入自己體內。

掌櫃瑟瑟縮縮地偎著門框道：「這……這是自殺吧？」

宣成不語，又看看被蒙住雙眼、堵住嘴、五花大綁暈倒在窗下的獨眼趙，伸手將他扶起，解開綁繩，抄起從桌上被挪到床頭的茶壺，將一壺涼茶潑到他的臉上。獨眼趙呻吟一聲，緩緩睜開獨眼，喃喃道：「阿七，你想幹什麼……」

他環視一周，忽然看見坐在椅子上的喬七屍體，驚得翻身坐起，失聲道：「阿七！」

宣成伸出食指和拇指，撚開獨眼趙身上的繩索，問道：「怎麼回事？」

獨眼趙被這一手奇招驚得直瞪眼，好容易擠出的幾滴眼淚也被生生憋了回去。鐵拐張見他失神，忙用力咳了幾聲。獨眼趙一個激靈，定下神來，伸手揉著後腦道：「我記得當時……當時……我在這邊椅子上坐著，阿七就站在我身後，我這人心粗，也沒覺得他有什麼不對，正想倒些水喝，忽然後腦勺一疼，就什麼都不知道了。誰知道這孩子竟然要拿我的槍自殺。」

掌櫃跌足道：「唉喲，他怎麼在這兒自殺呀，我生意本來就不好，這下成了凶宅，客人哪還敢住……」

許枚暗道：矯情，荒山野嶺的，我們一走誰還知道你這兒死過人。

海饕餮和鐵拐張擠在門外，探頭探腦。掌櫃被海饕餮腳上的藥味嗆得直皺眉頭，轉身退開。

宣成在屋中四下打量一番，見這野店客房的陳設也不算簡陋，看來掌櫃是用心布置過的。房間南北各一張架子床，木料不甚名貴，打造卻還算得精巧，床架上掛著乾淨的青布床帳，床頭各有一座小櫃抵住牆壁。正對房門的是一桌四椅，木料極是厚實沉重，少有雕琢，一派粗獷自然的野趣，桌上本有一只漆木茶盤，一壺四杯，現被端到床頭小櫃上。牆角擺著兩大盆花，枝葉肥厚，綠意可人。床邊牆壁上還故作風雅地掛了兩幅畫，一幅杏林春燕，一幅雪壓芭蕉，筆端還算有些功力，格局章法卻顯凌亂，顯見是街頭畫家急就的便宜貨。

宣成四下看過，回頭道：「都退出去。」

獨眼趙輕手輕腳站起身來，貓著腰小步鑽出房門，與鐵拐張、海饕餮三人聚作一處，竊竊私語。

宣成橫了在屋裡晃來晃去的許枚一眼，冷冷道：「我剛才說，都退出去。」

許枚一改翩翩風度，老農似的揣著雙手陪笑道：「是、是，我這就出去。」

宣成走到窗前，探頭四望，見窗外便是樹林，愈遠愈密，黑暗幽深，與夜幕融為一體。窗外土地夯實過，但近來雨量豐沛，地上也長了不少不知名的雜草。宣成眉峰一蹙，伸手關了窗，又在屋裡來回踱了幾遭，便把門關好，離開南客房，見眾人都擠在窄小的走廊裡，便吩咐道：「各回各房，等我問話。」他又一指獨眼趙，「你先到北客房。」

掌櫃一臉苦相，「警爺，我怎麼辦？讓我和那犯人一起待在正廳，我害怕……」

宣成道：「你回去告訴他，椅子挪動一寸，便要挨我一拳，他自然老實了。」這話說得不慍不火，旁邊的鐵拐張三人卻聽得頭頂寒氣直冒。宣成回頭掃了三人一眼，「你們到北客房，我有話問。」

不知怎麼的，三人聽了宣成的話，一時間竟然不敢有半點異議，只覺得若是不從，便要有塌天禍事降臨到自己頭上，只好諾諾連聲，灰溜溜鑽進北客房。

許枚回到中間客房，插好房門，見小悟吐著舌頭四仰八叉癱在床上，模樣甚是滑稽，不禁「噗」的一笑，伸手在小悟胸前輕擊一掌。

小悟悶哼一聲，恍恍惚惚坐起身來，咧嘴道：「要不，你弄死我算了，這一晚上折騰的……」

「別說話，瞧。」許枚袖中露出一只花梨木盒子，木質油潤，紋路如畫，和紅豆的「房子」一樣，只不過稍顯細長了些。

小悟還沒緩醒過來，揉了揉眼睛道：「怎麼了，這不是那小妖精的盒子嗎？好像……變長了些……噢，難道……」

「沒錯，這是剛才從南客房那兒順過來的。」許枚壞笑著說。

「原來你是小偷！那咱們算半個同行。」小悟有點興奮。

「非常之時行非常之事。」許枚道：「我只是會用些靈活的手段，才不是你的同行。」

「我可不可以說你是在狡辯？」小悟眼中露出一絲頑皮的神色。

「不可以。」許枚一面說著，一面打開木盒，裡面赫然是一個造型俊美的豇豆紅柳葉瓶，撇口細頸，豐肩下削瘦至足，器身細長，形如一片紅色的柳葉，釉色柔和淡雅，豔若桃花，仿如醉酒美人兩頰那一片嫵媚的嬌紅，周身或聚或散遍布一些細小的蘋果青色的苔點，其款識仍是三行六字青花楷書款——「大清康熙年製」。

「康熙官窯豇豆紅柳葉瓶，絕好的美人醉釉色。」許枚嘖嘖讚歎。

「柳葉瓶？」小悟眉頭一挑，「倒還真像片柳葉。」

「對。柳葉瓶、蟠龍瓶、菊瓣瓶、太白尊、萊菔尊、蘋果尊、印泥盒、鍚鑼洗，是為康熙官窯豇豆紅八器，我們一夜之內見到兩件，還都是上乘的釉色，實屬不易。」

「真好看。」小悟道。

「哪裡好看？」許枚饒有興致地問。

「就是覺得……這模樣、顏色，什麼地方都好看，總之就是那麼順眼。」

「有感覺就好。」許枚點點頭，一面說著，一面伸手把那柳葉瓶取了出來，霎時間紅霧蒸騰。

許枚輕輕地一跺腳：「不好，子時未過。」

小悟道：「沒關係，反正我這一晚上怪事見得多了，說不定明天一早起來，發現我還好好地睡在興雲鎮外的土地廟裡。」

「我保證你不是做夢。」許枚望著眼前的美人，對小悟說道：「真美！」

這女子看上去二十餘歲年紀，頭髮梳成喜鵲尾，斜插一支點翠鳳尾簪，耳下懸一對冰種濃翠的水滴墜，身穿桃花紅精繡團螭紋雲緞裙，上身一件淺紅閃粉的對襟小褂，足蹬一雙素白緞子青絲緄邊小繡鞋。生就新月眉、含露目、懸膽鼻、櫻桃口，腰肢婀娜，腳步蹣跚，兩腮緋紅，雲鬢微鬆，眼神嬌中帶媚，搖搖擺擺走到桌邊，一把拉過椅子，晃悠悠半躺半坐，伸出纖手，輕撫額頭，真如嫦娥微醺、玉女斜臥，千般醉態，萬種風情。

許枚一拱手：「無意打擾姑娘，萬望恕罪。」

「沒……沒事。」那女子媚眼微睜，擺了擺手道：「正好起來醒醒酒……嗝……」

小悟覺得這女子迷迷糊糊的，十分可愛，但一想到她至少有二百歲了，不禁一個哆嗦：怎麼想都是個老妖。

採藥人

北客房裡，鐵拐張、海饕餮、獨眼趙三人縮手縮腳坐在床沿和椅子上，這三人雖被宣成身上的殺氣震了一震，但畢竟都是老江湖，油滑得緊，甫一定下神來，便能巧舌如簧。

「你們是什麼人，深夜到此何事？」問案時的宣成嗓音低沉，還帶著一絲與年紀不相稱的沙啞，穩重得像一隻飽食的黑虎，慵懶無求，又隨時可以擇人而噬。

鐵拐張定定心神，說道：「我是藥材商，白天進山採藥，遇到大雨，便暫居於此，只待明早出山。」

宣成又問：「為何帶槍？」

「只怕這山裡遇到野獸，故此帶槍防身。」獨眼趙故作苦相道：「只是想不到，阿七他……」

「這個阿七是什麼人，和你們是什麼關係？」

「他是掌櫃家的遠房侄兒，這位是我們掌櫃。」獨眼趙指指鐵拐張，「阿七這孩子皮相雖好，但生性好賭，在老家欠了八百大洋的賭債，走投無路才來投奔我們掌櫃的。他讀過書，掌櫃的便收留他在藥鋪管賬，想不到那債主竟然一路追了過來……」獨眼趙抬起眼皮偷瞧宣成，見他不動聲色，便繼續道：「前天阿七又找掌櫃的討錢，掌櫃的狠狠訓了他一頓，但一時也不知怎麼應付那些債主，便索性帶他進山採些藥材，只想著一來能避開那些債主，二來這山裡有亮貨，或許能多賺幾個錢，所以越走越深，一頭鑽到這深山老林裡來。想不到……阿七竟然在這兒自殺……」他說著歎了口氣，鐵拐張也眼圈一紅，頓拐長歎。

「這位是藥鋪掌櫃，那你們二位是……」宣成繼續問。

「我……我是個逃兵，逃的是前清的役，他原來是個車夫，我們兩個現在都在藥鋪裡當夥計，做些進貨出貨的粗使活兒。」獨眼趙滴溜溜轉動著獨眼說。依然赤著腳的海饕餮也趕緊點了點頭。

「你認為他自殺是為債所逼？」

「想來應該是如此吧。」獨眼趙猶猶豫豫道。

鐵拐張長長地歎了口氣：「早知如此，我便幫他還上這些錢……這叫我怎麼去見我九泉之下的哥哥……」

宣成道：「這麼說，以你的財力是可以清還這八百塊大洋的。這不是一筆小數目，想來你的藥鋪規模不小。」說著，他又打量了鐵拐張幾眼，「可是你這身衣裳樸素得緊，真不像一個腰纏萬貫的旺鋪掌櫃。」

鐵拐張連連擺手：「啊……啊……我箇樸慣了，再說，那八百大洋幾乎是我的全部身家，我要替他還債，少不得要把藥鋪抵押出去。」

宣成微微頷首：「你們是為了替這個阿七還債進山採藥的，還冒著危險來到深林裡。」

鐵拐張道：「正是，正是。」

宣成疑道：「什麼藥能值八百大洋？就算有千年老參、萬年紫芝，也價不過百吧。」

「這個……也不瞞警爺……」鐵拐張推了推眼鏡，壓低了聲音道：「人們都傳說這座山有靈氣，在大山最深處有不死草和長春樹……」宣成自報家門來自冉城，對這裡的地理草木人情風物應該不甚瞭解，鐵拐張大著膽子編起瞎話。

「不死草？長春樹？」宣成心中不屑，臉上卻依舊波瀾不驚。

鐵拐張道：「都是古籍記載中的靈藥，漢代東方朔《海內十洲記》中說這不死草『形如菰苗，長三四尺，人已死三日者，以草覆之，皆當時活也，服之令人長生』。還有長春樹，『葉如蓮花，身似桂樹，花隨四時之色：春生碧花，春盡則落；夏生紅花，夏末則凋；秋生白花，秋殘則萎；冬生紫花，遇雪則謝，故號長春』。這些在《述異記》都有記載，據說燕昭王種過這種樹。」

宣成道：「盡是些子虛烏有的混帳話。」

「話是這麼說……可不試一試，誰肯死心哪？」鐵拐張訕訕苦笑，「我們辛苦數日，卻無功而返，如果能採到一株不死草，摘到一朵長春花，阿七也不會萬念俱灰，開槍自殺。」

宣成望著鐵拐張，突然道：「這裡尚有渡船客棧，可算不上是大山最深處。」

鐵拐張忙道：「我們是返程，走至半途遇到大雨，才來這裡投宿。」

獨眼趙也道：「是是是，我們在深山裡轉了五六個時辰，天擦黑才折返回來。」

宣成道：「那你們的藥筐、藥鋤在何處？就算你們是為不死草和長春樹來的，在深山裡見到其他草藥，總該採一些吧，可我看這南北兩間客房裡，連一個藥筐、一棵草藥都沒見到。」話音未落，他眼中寒光已露，刺得三人幾乎窒息。

鐵拐張畢竟老到，吞了口唾沫道：「藥筐……自是有的，藥鋤也有，就在……哦，就放在藥筐裡，原本是阿七背著的，年輕人嘛，總要出些力氣……」

宣成「哦」了一聲道：「是嗎……那這些東西在哪兒？」

「唉……」鐵拐張歎道：「我們一路走來，也採了些天南星、黃精、金線蓮，還有可以入藥的蛇蠍、蟾蜍。藥筐原本是阿七背著的，可這孩子從未進過山，不曉得路徑溝坎，走到一處山澗時，失足跌了下去，若不是老趙拉了他一把，莫說藥筐，連人都保不住。」

獨眼趙道：「可不是，那條路險得很。」

「也就是說……藥筐掉進了山澗？」宣成眼睛一瞇，像是在說：空口無憑，你們如何證明自己是進山採藥的？

鐵拐張福至心靈，忙道：「阿七還背著一個藥箱，那裡面有我們今天捉的毒蟲。」他衝畏畏縮縮坐在牆角的海饕餮一努嘴：「還不快去拿來！」

「哎！」海饕餮答應一聲，撒腳跑了出去，不一會兒便抱了一個藥箱回來，臉色卻難看之極，青筋凸起，肥肉亂顫。

宣成眉毛一挑，似是覺得十分有趣，鐵拐張、獨眼趙面面相覷。獨眼趙開口要問，卻被鐵拐張狠狠瞪了一眼，話到嘴邊，又生生吞回肚裡。

鐵拐張道：「警爺別在意，這夯貨最怕蛇蠍。」

海饕餮見兩人眉毛眼睛滿屋亂飛，一時不知作何反應，只得老老實實把藥箱放在桌上，輕輕打開，局促道：「我……我看不得這些東西……警爺，您請，您請。」

宣成渾不在意，伸手掀開藥箱，只見大大小小足有二三十個小瓶子，五顏六色，炫人眼目，有的竹筒簸籠裡還傳出沙沙的聲響，想來鐵拐張所說的蛇蠍蟾蜍之類便在其中。

鐵拐張湊上前道：「警爺可千萬當心，這些東西雖是入藥的，但毒性不小。」

宣成自也乖覺，不去碰那些透氣的竹篋盒子，只隨手拿起一個藥瓶，輕輕晃了晃道：「這些瓶子裡是什麼，藥丸嗎？」

鐵拐張道：「啊，是……有藥丸、藥粉……」

宣成道：「這卻奇了，進山採藥，卻背了這麼多成藥，豈不累贅？」

鐵拐張一時訥然，半晌方道：「一路走來，穿村過寨，總能賣掉些成藥。」

宣成道：「唔，原來放在這裡的藥是被賣掉了。」

藥箱裡的藥瓶小盒擺得整整齊齊，摞了兩層，卻空出一塊一尺長、三寸寬的空間，鐵拐張一看之下，頓時失色——那裡原本塞著一個花梨木盒子，盒子裡是那只康熙豇豆紅柳葉瓶！他又回頭看向海饕餮：原來老海臉色大變是因為這個！東西哪去了？莫非是中間客房那個古怪書生……

「案發時你在做什麼？」宣成突然轉向海饕餮，「他們二人的行蹤我都曉得：一人被縛屋中，一人尚在正廳。你呢？我趕到時，見你緊隨中間客房那客人之後趕到南邊客房門外，還光著腳。」

「啊，我……我當時準備睡了，正想給腳抹些藥。我腳腕子扭著了，也不敢用熱水洗，掌櫃的說去要些熱水燙腳，我便先抹些藥止疼。」他一面說著，一面晃了晃毛茸茸的大腳，腳上藥味還未散去。

宣成稍稍屏息道：「走路方便嗎？」

海饕餮忙道：「自然是不大方便。」

宣成道：「可是你來得好急，鞋都來不及穿就跑來了。」

海饕餮一慌，訥訥道：「啊……是……我……我心裡著急，以為阿七玩槍走火了。」

「可據我所見，槍一直在這位夥計手裡。」宣成指指獨眼趙，「你為什麼會認為是那個孩子玩槍走火？」

「我……」海饕餮自知失言，一時語塞。

「哦，我想大概是因為阿七平日裡好動些，也喜歡擺弄這槍，老趙素來持重，不會隨意開槍。」鐵拐張忙道：「警爺，我一直覺得奇怪，我們從正廳走到客房大門口時，那中間客房的住客已經到了阿七和老趙的房門口了，還一副躍躍欲試的樣子……」

「你不是認為阿七是自殺嗎？這又干那中間客房的住客什麼事？」宣成問道。

鐵拐張暗暗發狠：當時房中除了我三人和這警察，便只有那個書生，定是他趁亂順走了盒子，我豈能放過他？

「若是常人聽見這樣一聲巨響，應該縮在房裡不敢出來吧？這麼一個文弱書生，竟然興匆匆地朝著響槍的地方跑，警爺不覺得這其中有古怪？」鐵拐張慢條斯理地說。

「這也不一定，有人膽大些，有人膽小些。不過……」宣成又看向獨眼趙，「若是常人在昏迷中聽到這樣一聲巨響，應該會立刻驚醒吧？我看你腦後的傷勢並不重，頭皮上只有小小一塊鼓包。」

獨眼趙一驚，忙辯解道：「我當時也迷迷糊糊有些意識了，所以警爺拿水潑我的臉時，我便立刻醒了。」

「你怎麼知道是我在潑你的臉？」

「我……醒來第一眼看見的便是您，當然會這麼想。」

「警爺。」鐵拐張沉沉說道：「這旅店中還有一個人您不曾見過。」

「什麼人？」宣成微微驚詫。

「那書生的夫人。」鐵拐張道：「之前我無意中闖進中間客房，見那床帳已放了下來，床下還有一雙繡鞋，我當時沒覺得如何，現在細細想來，便覺得大有蹊蹺：誰家婦人趕山路時還穿著繡鞋呢？再說，外面雨勢很急，這鞋上卻一塵不染……呵，警官若是到中間客房詢問一番，定能找到些線索。」

「也好。」宣成起身道：「你們最好先別動，且不說這雨夜山林危機四伏，若是擅自離店，被我抓回來，只怕會落得和那遲鶚一般下場。」說著眼神一冷，「看三位也像是，此、道、中、人，不會不曉得遲鶚是誰吧？」

三人都是一窒。

宣成又略帶威脅地一挑嘴角，「不過三位放心，若你們真與此事無關，我也不會為難你們。」

鐵拐張一拄拐杖，站起身來，「警官吩咐，我等自當從命。」

何方妖孽

當宣成毫無預兆地一把推開中間客房的門時，正聽見那書生問一個醉醺醺的美貌女子，「你剛才在南客房裡聽到了什麼……警官你怎麼不敲門?!」

「這麼說，夫人剛才在凶案現場？」宣成不理會許枚的問題，逕自走進房中，順手閂上房門，又瞧了小悟一眼，繼續問道：「這個孩子是什麼人？他手臂上的傷因何而來？夫人為何這般打扮，又為何醉酒如此？」一面說，一面冷冷一掃在場三人。

小悟暗自嘀咕：這位凶巴巴的就是神捕嗎，怎麼冷口冷面的，比鐵拐張還嚇人？

美人醉被宣成嚇了一跳，嬌憨地「哼」了一聲，不悅道：「你這人好生無禮，我回去了。」

許枚嚇得手忙腳亂，一聲「不要」還沒出口，便見紅光一閃，一只柳葉瓶俏生生擺在靠椅上，釉光紅潤，醉態撩人。

許枚一把捂在自己臉上，「我怎麼喚出來這麼個不可靠的妞，我的祕密呀，一夜之間被兩個人撞著了……」

「何方妖孽？」宣成的萬年冰山臉上終於露出驚駭的表情，伸手便要拔槍。

「別激動，這不是妖怪！」許枚急道。

「那你告訴我這是什麼？這是什麼？啊？」宣成自幼不信鬼神，突然看到這樣一番詭異景象，一時有些恍惚。但他畢竟心硬如鐵，幾個喘息便冷靜下來，一指小悟問道：「你是誰？他夫人呢？那瓶子怎麼回事？」

「其實我就是他夫人……啊呸……不是，我跟你說，他讓我裝他夫人躲那四個人，那四個是有名的悍匪鐵拐張獨眼趙海饕餮鳩公子，所以說我不是夫人剛才那個也不是夫人其實就沒有夫人他說有夫人是為了騙人而且騙的都是壞人我們才是好人……」小悟有些語無倫次。

「你說話不會喘口氣嗎？現在興白話文你知道不？文學改良你不懂嗎？標點，加標點！」許枚有點鬱悶，「我可憐的祕密……」

「你們誰能把話給我說清楚？」宣成靜靜地問。但小悟聽起來總覺得像暴風雨來臨之前的平靜，生怕一句話說錯便會被當場輾死。

說服宣成相信瓷靈的存在，比說服小悟要難得多，許枚足足花了半個多小時的工夫，耗費了多半壺茶水，還當場叫出了美人醉。宣成的世界觀在這一刻遭到了徹底的顛覆。

「我是個撫陶師。」許枚小心道：「這是個……怎麼說呢……不為世人所知的職業。」

「撫陶師？」宣成乜了一眼美人醉，幽幽道：「可這是瓷，陶與瓷窯火有異、堅脆有別。」

「呃……警官真是斤斤計較。」許枚道：「古人行文，常陶瓷不辨，乾隆皇帝題汝窯詩中便說『祕器仍傳古陸渾，只今陶穴杳無存』；九年前上海朝記書莊刊印的寂園叟《陶雅》一書，盡載古今名瓷，可見今人亦以陶瓷互訓；還有……」

「好了……」宣成沉聲道：「囉唆。」

許枚一笑，「總要給警官說個明白才好。」又道：「案發時瓷靈就在南客房，警官不妨向她問個明白。」

美人醉嬌哼一聲道：「我可什麼也沒看見，我在『屋』裡睡著呢，頭有些暈乎乎的。」她揉揉紅撲撲的臉，敲了敲花梨木盒子，「這是我的小屋，睡覺可舒服呢。」

小悟暗道：你這「臉色」就叫美人醉吧？你打從一出生就暈著吧？暈了二百多年，虧你挺得下來。

許枚皺皺鼻子道：「你且先醒醒酒吧。」說著他打開了後窗。

美人醉一臉幸福地靠在窗前，痴痴地看著許枚。

許枚清清嗓子：「那……警官，你有什麼要問的？」

宣成戒備地盯著許枚，一指小悟道：「先說說這小孩是誰，『夫人』是什麼意思？」

許枚望天長歎，長吸一口氣說道：「我在山裡遇到這小孩被人追殺就把他救了又想到追殺他的人很可能也來這裡投宿就把他捲在被子裡把紅糖水和女裝放在顯眼的地方假裝床上躺著的是我女人騙過那四個人那四個人都是有名的黑道人物鐵拐張獨眼趙鴞公子海饕餮你快去抓吧哦不對鴞公子已經死了你去抓剩下的那三個人吧。」

宣成斜他一眼：「你不會喘口氣嗎？」又指指放在桌上的《新青年》，「文學改良不知道嗎？標點。」

許枚道：「你剛才問的是和眼下的案子無關的問題。」

「那就說說和案件有關的問題。」宣成回擊道。

「和案子有關的問題嗎……對了，大概十二點五分吧，我聽見鐵拐張拄著拐在走廊裡從北向南走去，腳步聲在我房間門口停了幾秒，又繼續向南，最後進了南客房。不過……十二點十五分槍響時，我卻看見鐵拐張跟著你從正廳那邊跑來。」許枚有點奇怪地說。

宣成眯起眼睛，把玩著法國懷錶說道：「十一點整，我來到客棧；十一點二十分，那四個所謂黑道人物和你相繼離開正廳；十一點三十分，我吃完飯開始打坐；十二點整，鐵拐張返回正廳，請掌櫃燒水；十二點十分，槍響，我來到客房大門口，看見你站在南客房外。」

「你是說……」

「你聽到鐵拐張從走廊走過的時間是十二點五分，此時我親眼見他在正廳等掌櫃燒水，所以對於你的證言，我不予採信。你想想，怎麼說服我？」宣成冷淡而玩味地打量許枚。

「你讓我說服你，而不是直接否定我，這就說明你多少還是有些相信我的，對吧？」許枚巧妙地抓住宣成話中的小尾巴，試探地問道。

「相信談不上，只是覺得一個能招魂引鬼的巫師，還不至於說這種一眼便能看穿的胡話。而且，我們所述的矛盾主要在於鐵拐張十二點十分前後的動向，他若在正廳，就不可能殺人，他若如你所說在客房走廊，就有可能……不對，這不可能，我說他在正廳，我是看見的，你說他在客房走廊，你是聽見的，耳聽為虛，眼見為實。」宣成不急不緩地說。

「首先，我不是招魂引鬼的巫師，只是一個撫陶師。其次，你說『殺人』，也就意味著，你也認為喬七是被殺而非自殺。」許枚再次抓住宣成話中的破綻，微笑著說。

「你說『也』，看來你的看法和我一樣，說說吧，為什麼？」宣成也學會從對方的虛詞裡找碴。

許枚一笑，說道：「選這麼個自殺的法子，也太費功夫了吧？又要把人打暈，又要把槍固定在桌上，還得穿繩引線，他也不嫌麻煩。喬七的藥箱你檢查過嗎？不出所料的話，那裡邊有不少東西能悄無聲息地置人於死地，斷絕生念之人用那些小玩意來自殺簡直是奢侈的享受。喬七年紀雖小，但這個用毒高手少說有一百種辦法能讓一個人毫無痛苦地離開世界，當然他也有不下一萬種辦法讓一個人在死前遭受地獄般的煎熬。」

宣成不為所動，「服毒自盡，哪及得上一槍穿心來得痛快？兩眼一閉，伸手一拉，萬事皆休。」

許枚又道：「好，就算喬七打定主意用槍自殺，為什麼要煞費苦心地做這麼一套機關？」

宣成道：「漢陽造步槍的槍管很長，把槍口抵在心窩，手便夠不到扳機了。」

許枚甩開手腳比比劃劃，「他完全可以用槍托抵在地面，槍管朝天，用眉心抵住槍口，這樣便能伸手扣下扳機，再不濟還可以用腳嘛。」

宣成道：「看那少年的容貌裝束，應該是個很重儀表的人，像你那般半蹲半躬，伸長胳膊撈著扳機，一槍把頭轟個稀碎，死狀實在難看。」

許枚嘀咕道：「現在這死狀也沒好到哪去。」

「至少比你那般從容些。」宣成道：「你就只看出這些？」

「不止這些。」許枚搖搖頭，「從現場情況看，是喬七先把獨眼趙打暈捆好，再把步槍綁在桌上，之後用一根細繩，一端繫在扳機上，另一端握在手裡。最後坐上早已擺在桌子對面的椅子，拉動繩子，讓子彈穿透自己的胸膛。」

「沒錯，從現場來看的確如此。」宣成道：「你還有何高見？」

許枚思索片刻道：「警官當時有沒有注意過那張桌子？那槍托下的桌面上有很短的左右方向的新

磨痕，這說明什麼？」

宣成眼中閃過一絲欣賞，「說明這把槍被固定在桌面上之後，有人輕微地平行挪動過槍的位置，以此來調整槍口的左右朝向。但這槍被捆綁得太緊，所以在挪動時，槍托和桌面之間相互摩擦，留下了這幾道短短的磨痕。」

許枚道：「對啊，這又說明什麼？」

宣成玩味道：「說明什麼？說明死者希望這一槍正中心口，可以一擊斃命，不必承受痛苦，所以微微調整了槍口朝向。」

許枚搖頭道：「不對，不對，槍口不是喬七調整的。如果喬七坐在槍管前時，發現槍口正對的位置與自己的心臟稍有偏差，他稍稍抬抬屁股，挪挪椅子，略微調整自己身體的位置就好了，何必再站起身來費力地挪槍？」

宣成嘉許地微微點頭：「不錯，所以這個挪槍的人不是死者。」

許枚道：「對嘛，喬七之死是有人設局將他殺偽造成自殺，這個凶手挪動步槍比挪動坐在椅子上的喬七方便得多。我猜那時喬七已經死了，或者已經失去了意識，至少也失去了反抗能力，他多半是被人抱著放到椅子上的。不知警官有沒有注意到，喬七那件白色長衫臀後皺褶堆疊，壓在椅背上，這麼坐著雖不至於多難受，但總歸有些彆扭，將死之人，難道竟懶得整頓衣衫，換個舒服些的姿勢？」

宣成點點頭：「有些道理，但你有沒有想過，無論調整槍口方向的是喬七還是所謂凶手，他為什麼要這麼做？」

「要保證這顆子彈精準地射進喬七的心臟。」許枚道。

「有這個必要嗎？漢陽造威力不小，就算射偏少許，也能瞬間致死，何必費力去調整被捆得緊緊的槍桿？」宣成覺得多少有些蹊蹺。

「除非有什麼特殊的理由，讓那顆子彈必須射進喬七的心窩。」許枚意味深長地笑了笑。

「什麼理由？」宣成忙問。

許枚向前湊了湊，道：「不知警官有沒有注意到……」

「你有話就說，不用每次都神祕兮兮地來一句『不知有沒有注意到』。」宣成嫌棄地挪開了身子。

「啊……嗯……咳咳……那個，這裡每間客房的牆上都掛著兩幅畫，南客房掛的是兩幅豎軸，一幅杏林春燕，一幅雪壓芭蕉，兩幅畫的紙張已經有些泛黃，裱布也有些脫色，少說也掛了十來年了，連畫軸後的牆皮都被曬出了印子。只要留心去看便不難發現，那幅杏林春燕圖被挪動過半尺，露出了原本在畫軸後面的雪白牆皮。」

宣成淡淡道：「我發現畫被挪過，倒不是因為牆皮顏色有異，而是因為掛畫的釘子旁邊半尺處還有一個釘痕，現在這位置的釘子，是被外家高手用指力按進去的。」

「哇，看來凶手不好對付啊……」許枚訝然點頭，「總之，這幅被移動過位置的畫大有文章，不知警官……嗯……警官一定注意到了，這幅杏林春燕中的杏花用的是鮮濃的紅彩而非淺淡的粉色，所以當一點紅色的東西濺在花瓣上時，凶手沒能及時注意到。剛才我在凶案現場，發現兩三片花瓣上有或大或小的幾點黑斑，畫師水準再糙，也不至於用墨時黑紅不分吧，所以我湊近一看，謔——」

「別一驚一乍的，你說畫呢？」

「呃……那個，是乾掉的血點，我們不妨去隔壁看看，那幅畫後面的牆上，應該還有幾滴血。」

「你認為有人移動畫的位置，是為了遮住牆上的血跡？」

「沒錯，而且我們剛才破門進入南客房時，這畫上的血已經發暗，說明這滴血濺到畫上的時間至少在槍響的半小時之前。出血量並不大，而且大多數濺在杏林春燕圖旁的牆皮上，凶手慌了神，急急忙忙移動畫軸，遮住血跡，卻忽視了濺在花瓣上的幾滴血。」

宣成微微搖頭，「現場的血量不算小。除此之外，畫軸前三步左右看似乾淨的地面上，零零散散地爬著一些螞蟻，似乎在往木地板的縫隙裡鑽，你覺得這片地縫裡有什麼？」

「血？警官是說，有血流到地板上，被凶手擦掉了，但是這木地板縫隙又深又窄，凶手無法清理乾淨。」許枚道。

宣成微一頷首，「南客房裡不見了一條枕巾。這小客棧的枕巾品質不高，脫毛嚴重，所以地板縫裡還掛著藍色的纖維。」

縮在床上的小悟抹了抹自己的臉：可別黏我一臉毛毛。

宣成繼續道：「客棧的房間打掃得非常乾淨，蚊蟲蜘蛛一概不見，這些螞蟻多半是從牆角的兩大盆花裡爬出來的，房間兩丈見方，面積不小，小小的螞蟻從牆角花盆爬到畫軸前，確實要費些工夫，所以，你推斷的時間應該不差。」

許枚道：「也就是說，喬七可能在半小時之前就遇害了，至少是重傷，而且出血量不小。」

宣成道：「那我們回到之前的問題，凶手為什麼一定要調整槍管的方向，使子彈精確射入喬七的心臟？」

「為了蓋住真正的致命傷。」許枚道：「凶手用某件凶器擊中了喬七的心臟，將其殺死或重創，又煞費苦心地將喬七布置成自殺的樣子。可這一番布置花去了將近半個小時的時間，畫軸上的血點漸漸變黑，花盆裡的螞蟻也成群結隊爬到了畫軸前。」

宣成道：「那麼，你覺得這個苦心布置現場的人是誰？」

許枚抱起胳膊靠在椅背上，一面想著，一面說道：「且不說半小時前，單說槍響時……鐵拐張在正廳，海饕餮在北客房，留在南客房的只有獨眼趙。我們進入南客房時，房間窗戶大開，窗外風雨交加，如果獨眼趙早在喬七做『自殺』準備前就被打暈了綁在窗下，他身上應該被雨水打得透濕。

但事實並非如此，也就是說，在我們發現他時，他剛剛躺在窗下不到一分鐘。」

「倒有幾分道理。」宣成道：「但還有一種可能，窗是在槍響前後被風吹開的，所以獨眼趙身上沒有被雨打濕，也說得過去。他後腦確實不輕不重地挨了一記，繩索也綁得極緊，所以他不可能是凶手，至少不可能是拉動繩索扣響扳機的人。另外，我們剛才的分歧在於鐵拐張。」

「鐵拐張啊……」許枚微笑道：「應該確如警官所見，鐵拐張十二點十分時就在正廳。當時我聽到走廊裡有鐵拐拄地的聲音，第一反應自然是鐵拐張在走廊，也許實際在走廊的是其他人，而那根『鐵拐』……多半是那把漢陽造步槍吧，這個人用槍當拐，很有節奏地從鋪著木地板的走廊走過——他在冒充鐵拐張。」

「冒充鐵拐張？有何用意？」

「為了造成警官你對我的不信任，槍響時鐵拐張明明就在你的眼皮底下，我卻一口咬定聽到他從走廊走向南客房，這豈不是睜眼說瞎話？」

「那你怎麼解除我對你的不信任？」宣成微微一挑眉。

「我有證據，有人用漢陽造冒充鐵拐的證據。」許枚笑著說：「門外走廊的地板年頭已經不短，用的也不是什麼良材硬木，再加上這季節陰濕多雨，地板自也有些綿軟了。如果有人用漢陽造冒充鐵拐從走廊走過，地板上應該會留下嶄新、連續而有規律的圈狀柱痕——槍管是空心的嘛。」

「這個冒充鐵拐張的人是誰，那個壯漢還是使槍的獨眼？」

「這個麼……」許枚坐直了身子，「就聽她說說吧。」說著他抬手一指正眼巴巴瞧著二人的美人醉。

宣成眉頭一緊，打量這美人一眼，露出一個略帶狐疑的表情，「女鬼的話能信嗎？」

「喂，小朋友，我不是女鬼。對吧，大哥？」美人醉不滿地看了宣成一眼，又笑瞇瞇地看向許枚。

許枚回她一個溫和的笑容，又對宣成道：「她騙你做什麼？整場事件置身事外又經歷全程的只有她。」

小悟坐在一邊，歪著頭暗自盤算：神捕叫我「小孩」，二百多歲的妖女叫神捕「小朋友」，瓷靈又叫這個許枚「大哥」，她的弟弟小瓷靈管許枚叫「叔叔」……那我和許枚怎麼稱呼？大哥？祖爺爺？祖爺爺他爸？

許枚哪知道小悟胡思亂想，忙問美人醉：「你當時都聽到了什麼？」

「嗯……我當時睡得正香……」美人醉用腳勾過椅子，坐在桌前，兩臂一疊趴在桌上，仰著臉道：「後來聽見幾個人吵起來了，還把聲音壓得低低的，像是生怕別人聽到。」

許枚道：「這是自然，連遲鶚都能被揍成那副德行，這幾個小毛賊作奸犯科，哪敢被這位警官知道。」

宣成嘴角輕輕抽動兩下：這廝拍馬屁的時候還一副世外高人的做派，樣子欠打得很。

美人醉繼續道：「我聽見有個很凶的聲音惡狠狠地說：『小畜生，你要賣了我們！』然後又有個很嫩的聲音說：『紅口白牙，你可別冤枉好人。』接著『吱呀』一聲，像是有人從窗戶進來，還有『咚、咚』的幾聲響，震得地板一顫。然後麼……那個年紀小的好像突然怯了，吞吞吐吐地叫了聲大哥。」

許枚道：「這四人當中，以鐵拐張年紀最長，江湖地位最高，這個『大哥』一定是他，那『咚、咚』兩聲，想來是鐵拐張從窗外進屋時的聲響。」

宣成點點頭，「之前在南客房的兩人，應該是死者喬七和那姓趙的獨眼漢子。」

美人醉繼續道：「那小孩子像是嚇得不輕，結結巴巴地問：『大哥……你為什麼用枕巾包著鞋子？』然後又冒出來一個貓頭鷹似的聲音，應該就是從窗戶進來的那個傢伙。」

小悟「噗」的笑出聲來：鐵拐張說話確實很像貓頭鷹啊。

「那貓頭鷹說：『心慈手軟，不守時，不畏火，你不是真公子，你到底是誰？』我聽著也覺得有趣，不是真公子，還能是假公子嗎？又聽到那小後生委委屈屈地問：『大哥說我不是真公子，可有證據？』那貓頭鷹說：『我們剛到客棧時，你竟說，有了杜家那些金銀玉器，也不白忙這一遭。你似乎不知道我們為什麼要抄了杜家，我們要的可不是錢。』那小後生當時便慌了，一句話也說不出，我正聽得緊張，便聽那小後生像是被人捂住了嘴，嗚嗚地掙了起來，那個凶巴巴的人說：『老實點，留你條全屍！大哥，快動手吧，他給那警察傳信兒，再留不得了。』那貓頭鷹說：『外面可有個要命的閻王。』那很凶的人說：『那可怎麼好，殺殺不得，留留不得！小畜生，你老實點，你敢咬我……』接著就聽『噗』的一聲，像是……像是什麼東西……搗進肉裡，接著便聽到那小孩子悶悶地叫了一聲，撲通倒在地上，便再沒音兒了。哎……怪可憐的，聲音那麼好聽。那很凶的人還罵罵咧咧：『媽的，吐了老子一臉血。』貓頭鷹說：『不好，他把血吐在牆上了。』唉，我聽著怪心疼的，我這心裡一難受，就容易犯困，然後就又睡著了。」

那美人醉說起話來張牙舞爪，倒有幾分女說書先生的派頭。宣成瞧她一眼，對許枚道：「若她所說不假，那獨眼趙和鐵拐張便是凶手。」

小悟戰戰兢兢說道：「那『噗』的一聲，一定是被鐵拐張用拐杖打的，我的一個朋友就是這麼死的。」

「不是真公子……他說的應該是『鴆公子』。」許枚道：「喬七果然是假的。」

「『果然』是什麼意思，你早知道他不是喬七？」宣成警覺道。

許枚一攤手，「這個麼……只是懷疑罷了。」他指了指小悟，「這孩子說，他和他的同伴是從喬七手裡逃出來的，我的天，鴆公子何等人物，怎麼會被兩個小毛孩鑽了空子？還有，喬七頸後有一大片舊日燒傷，幼時遭過火災的人，成年之後大多怕火，這孩子說，最後自告奮勇到杜家殺人放火的正是喬七，如此舉動……倒也不是決然不可能，只是有些不大尋常。」

許枚又對小悟道：「對了，喬七讓其他人帶著劫掠的珠寶古玩先走，他自己去杜家殺人……但杜士遼全家是劫案次日傍晚才死在興雲鎮外渡船上的，看來是喬七放走了杜家的人，只把房子付之一炬。」

小悟道：「會不會是喬七給杜家下了慢性藥？」

許枚道：「有必要嗎？而且杜士遼全家連同奴僕都是在渡船上被刀砍死的，或身首分離，或腰斷兩截，或破腹開膛，這可不是用慣了毒物的喬七能幹出來的事。看來假喬七自請去杜家燒殺，便已經引起了鐵拐張的懷疑，他說假喬七『不畏火』，應該就是指這件事。鐵拐張在黑道朋友極多，杜士遼全家吃了『板刀麵』，這像極了『攔河鬼』劉四苗和『斷流魔王』索橋的手筆，這兩人都是鐵拐張的死黨。」

宣成默默聽了半晌，才道：「有一個姓杜的人家財物被劫，滿門遇害？什麼時候的案子？」

許枚指指小悟：「這個就要問他了……不過，我倒想先問問警官，假喬七怎麼給你傳消息的。」

宣成倒是毫不避諱，「抖腿。」

許枚奇道：「抖腿？摩斯密碼？」

宣成搖頭，「不是，是捕門符碼，這個少年是捕門中人，但他發的資訊不全，我讀不出他遇到了什麼事，不敢貿然相認。」

「捕門！」許枚眼睛閃閃發亮，「這麼說警官你也出身捕門？康熙漕督施世綸創立，後效力於乾隆神斷張問陶的捕門？傳說捕門弟子遍及天下，或平冤斷獄，或緝賊擒盜，或查屍驗骨，個個神通廣大……」

「沒那麼玄。」宣成淡淡道。

「那這個假喬七怎麼知道你也是捕門中人的？」

「我的傘。鐵骨銅紙，傘柄雕成狴犴。」宣成道。

許枚恍然，「原來如此！我便說那傘不是凡品。」

宣成黯然道：「可惜，我沒能救他一命，也不知道他為何要假冒喬七，我甚至連他的名字都不知道。」

許枚道：「鐵拐張、獨眼趙、海饕餮、喬七，這四人本沒有任何交集，從鐵拐張的話來看，他們劫殺杜士遼不是為了錢，那他們圖什麼？還有，這個捕門少年為了假扮喬七著實下了不少功夫，連後頸的燒傷疤痕都造了出來，花這麼大功夫潛身於三大悍匪身邊，還要不時地找機會救人、放水，實在是個苦差事。他到底攤上一個什麼案子？」說著他搖搖頭，又問美人醉道：「你睡著之後，再沒聽到他們說話嗎？」

美人醉一歪頭，思索著道：「嗯……我迷糊了不一會兒，聽見門外又有『咚、咚、咚』的聲音，好像一個人從門口進來，甕聲甕氣地說：『喏，你的槍，咱怎麼弄？』接下來又是那個凶巴巴的聲音：『來，繩子……』然後……我又覺得有些暈，也沒有留意去聽他們說話，最後好像聽到那個粗聲粗氣的人說：『對不住了趙哥。』然後很凶的人說：『來吧。』緊接著是一聲悶響，再之後又是『砰』一聲，哇，聲音好大，嚇得我酒都醒了。再之後麼……像是有好多人走進屋裡，等我再反應過來，就到你這裡了。」美人醉揚著臉看許枚。

「就這些了？」許枚眼巴巴望著美人醉，「再好好想想。」

「嗯……」美人醉用手指托著下巴想了好久，搖頭道：「實在沒什麼可說的了。」

「好吧，要不你先變回去？」許枚道。

「唔……」美人醉欲言又止。

「明日子時，我讓你姊弟重逢，如何？」許枚知道她心中所想。

「真的？一言為定！」美人醉興匆匆地說罷，勾住許枚的手指，「拉鉤，騙人的是小狗。」

「好，騙人的是小狗。」許枚大笑道。

美人醉輕輕一咬下唇，閉目垂首，只見一陣紅霧騦起騦散，等宣成回過神來，眼前人已經不見，桌上仍是一只精緻雋秀的柳葉瓶。

宣成揉揉眼睛，輕輕吸了口冷氣。

「嗯……那個甕聲甕氣的傢伙，應該是海饕餮那傻大個子。警官，眼下這案子，差不多算是清楚了吧……」許枚道。

「說說。」宣成一揚眉毛。

「嗯，咳咳……」許枚坐正了身子，清了清喉嚨。

許枚的推理

「十一點三十五分，那四人用過餐離開正廳，回到客房，我親眼看著鐵拐張、海饕餮走進北客房，假喬七、獨眼趙走進南客房。鐵拐張、獨眼趙都是老江湖，且不說鐵拐張，獨眼趙能發現假喬七用捕門符碼傳遞消息，應該早就對他有所注意了，之後海饕餮布置現場時毫不驚訝，顯然張、趙二人早和他通過氣。據瓷靈所說，當時獨眼趙扼住假喬七，卻被他咬住手指掙脫出去，鐵拐張情急之下，突施殺手，一拐正中假喬七心窩。警官你也該知道，鐵拐張在江湖上以『鐵拐擊穴』聞名，這一擊足以搗得假喬七心肺爆裂，口鼻噴血。杏林春燕圖上和畫軸旁牆皮上的血，應該就是此時噴濺上去的，至於畫軸附近地板上的血跡，應該是假喬七屍體倒地後從口鼻中流出的。凶手調整槍管角度以求準確擊中假喬七心窩，正是為了掩飾他心口的瘀青拐痕……」

宣成點頭道：「鐵拐張從窗戶跳進南客房時，腳上包著枕巾，應該是為了防止沾上窗外的濕泥，他來時便存了殺人的心思。」

許枚點頭道：「鐵拐張殺死假喬七後，和獨眼趙移動畫軸，布置現場，他拿著漢陽造從窗後回到北客房，之後他到正廳去請掌櫃燒水，讓警官和掌櫃成為他的時間證人。與此同時，住在北客房的海饕餮拿著槍一步一拄地從我門前經過，故意在我門前停頓了幾秒，讓我留意到『鐵拐』拄地的聲音。海饕餮走到南客房，留在那裡的獨眼趙對他交代了殺人方法。等二人把『自殺裝置』布置妥當，海饕餮打暈了獨眼趙，並把他捆綁起來。不知警官有沒有注意到，那繩子打的是水手結。」

「沒錯，是水手結，而這幾人中符合水手體貌的只有那壯漢。」宣成點頭道。

「他之前確實是法國人貨船上的水手。」許枚道：「海饕餮一拉繩索，帶動扳機殺死了假喬七，隨即迅速從窗戶跳出，逃回北客房，但慌亂中沒有把窗戶關好。海饕餮回到北客房，迅速脫掉泥鞋，但是他沒有新鞋換，只好胡亂地把隨身帶的藥水倒在腳上，假裝是案發時正在抹藥，聽到槍聲才赤著腳從房門跑了出來。」

「可是，他為什麼不穿著鞋出來呢？反正這麼大雨，院子裡除了那條石板路到處都是泥水，就算鞋子上有泥也正常吧。」縮在被窩裡的小悟小聲道。

「他們吃過飯回到房間時是十一點三十五分左右，槍響時是十二點十五分，如果他一直待在房間裡沒有出去的話，鞋上的泥水應該快乾了。但是他曾到窗外跑了一遭，所以鞋上必然滿是泥水，這時候跑到走廊裡定會被瞧出不妥。」宣成道。

許枚道：「就是這麼個理，我猜警官剛才在北客房問話時，海饕餮仍然赤著腳吧？」

宣成點頭道：「沒錯。」

「北客房裡的枕巾都不見了吧？」

「這倒沒注意。」

「大家聽到槍響趕到南客房時，看到那樣一幅古怪景象，多半都會認為喬七是自殺的。一旦警官你看出有什麼不妥，也會立刻想到：鐵拐張在正廳，他不可能殺人；獨眼趙被打暈捆著，也不可能殺人；海饕餮的不在場證明似乎並不完美。但如果警官看不出這是他殺，或索性不想管這案子的話，他們自然慶幸，若是你看出異樣，並且開始詢問調查，我關於鐵拐張的證詞就會與警官所見形成矛盾。警官當然更相信自己的眼睛，就算我躲在屋裡不出來，也會成為你的懷疑對象，更何況我是第一個出現在現場門口的人。」許枚一攤手，「我呀，這份好奇心總是按捺不住。」

「沒錯。」宣成微微頷首，有意無意地看向房門，「我若不相信你的證詞，自然會將你視為凶嫌；我若相信了你，不在場證明不完美的海饕餮就會走入我的視線，接下來是身處現場的獨眼趙，而處於最安全境地的，就是案發時和我同處一室的鐵拐張，但他恰恰是用鐵拐擊殺假喬七的真凶……」

「碰！」

宣成話音未落，房門被人猛地一腳踢開，緊接著一個黑洞洞的槍口伸了進來，左邊是一支黑亮的鐵拐，右邊是兩隻大碗公大的拳頭。

宣成眼皮一抬：「你們什麼時候開始偷聽的？」

「你說到鐵拐擊穴的時候。」鐵拐張用一種頗堪玩味的眼神看著許枚，「你一介書生，怎麼會對江湖之事瞭若指掌？我不記得江湖上有你這麼一號人物。」

「這麼個兵荒馬亂的年月，出門在外即是行走江湖，我不是江湖人，卻也得懂江湖事，否則還不被江湖人欺負慘了？」許枚道。

鐵拐張陰森森地乾笑兩聲，「你們兩個好像一點都不緊張，正常人應該像他一樣吧？」他抬手一指瑟瑟發抖的小悟。

宣成很不屑地挑挑嘴角，「我為什麼要怕你們？」

「我的槍正頂著你的頭。」獨眼趙低聲吼道。

「是嗎？告訴你，我不喜歡這種感覺，你再不撤槍，我就摳出你另一隻眼睛，把它塞到你嘴裡。」宣成的語氣一如既往的悠然而冷漠。

獨眼趙不禁打了個寒噤，再與宣成眼神一觸，更覺得打心裡向外迸出冰血似的，不由自主地抬起槍來。

鐵拐張覺得很沒有面子，一揚拐壓下獨眼趙的槍管，問許枚道：「你剛才的一番論斷倒還說得通，不過，你有證據嗎？」

「很簡單，當這個水手小哥從屋裡跑出來時，腳上的藥實在不道地。」許枚一指海饕餮道：「你腳上抹的不是滋養筋骨的扭傷藥，而是一種治療外傷的止血藥，這種藥江湖人一般會隨身帶著，但是對治療跌打損傷毫無幫助。我說你們兩人也真可憐，為了脫罪，一個挨了當頭一棒，另一個索性把腳扭傷，還都待在案發現場或者現場不遠處，你們的老大舒舒服服地在正廳一坐，就乾淨利索地脫去了嫌疑，你們呀，被人當槍使還蒙在鼓裡。」

「一派胡言。」鐵拐張一拐點向許枚眉心，小悟嚇得一捂臉，卻聽「咚」的一聲，卻是許枚倏然偏頭，那拐杖貼著他的耳輪直直插入椅背上，木屑紛飛。

小悟稍稍鬆了口氣：好快的身手。

許枚看著那根插在自己耳邊的鐵拐，又看看宣成，「喂，你可是警察，你就坐視不理嗎？」

宣成望著被鐵拐搗碎的椅背，抬頭對海饕餮道：「你拉動繩索，扣響扳機，子彈透過喬七的身體，打穿了椅背，木屑濺得滿地都是，其中有兩塊米粒大小的木渣落在你的頭髮上，直到現在還在。」

海饕餮一驚，伸手一擼頭髮。

鐵拐張怒道：「他詐你的，別聽他胡說！」

宣成轉向鐵拐張，繼續道：「還有你，你說你們是從深山返回的途中遇到大雨，在此投宿，而喬七的藥筐是在路過山澗時掉落的。」

「有何不妥？」鐵拐張戒備道。

宣成道：「這座山叫枯松嶺，嶺中只有一處山澗，那裡的泥土色澤鮮紅，黏稠如膠，你們若從山澗旁經過，鞋底怎麼會沒有紅土？我押解遲鶚穿山而過，直到現在腳上還留著山澗旁的紅土渣。」

許枚笑道：「這就叫撞槍口上了，對吧？」

宣成繼續道：「另外，你這個藥鋪掌櫃實在外行，在這座山裡採些黃精、天南星倒還說得過去，但此處幽暗潮濕，怎麼可能採到金線蓮呢？」

他看向許枚，商量道：「咱們三個一人對付一個怎麼樣？你對付使拐的，我對付使槍的，小孩對付大個子……」

「媽呀！不行！他一拳就能把我砸成糊糊！」小悟看看比他足足高出三個頭的海饕餮，慘叫一聲。

許枚倒是表示同意，輕輕一側身避開鐵拐張接連擊來的第二拐、第三拐，身形一晃，從客房門口閃了出去，還順手推了海饕餮一個屁墩。海饕餮雖然怕鬼，可從沒怕過人，暴喝一聲，一拳轟向小悟頭頂。

小悟哪敢怠慢，刺溜一下從床上滾下來，眼睜睜瞧著偌大一張床在海饕餮拳下變成一堆碎木板，嚇得臉都白了，尖叫一聲，一縱身從窗戶鑽了出去，踏著滿地泥水埋頭飛奔。海饕餮怒吼一聲，越窗而出，惡狠狠隨後緊追。

宣成這邊結束戰鬥倒是出乎意料得快。

被輕視了的獨眼趙見幾人動了手，一聲不吭當即扣下扳機。可當他的食指勾回的那一刻，宣成竟然鬼魅般地一抬腳，不偏不倚正踢在槍桿上，槍口向上一揚，「砰」的一聲，子彈直中房梁。

獨眼趙一愣神的工夫，恍惚間聽到耳邊悠悠響起一聲「你太慢了」，脊梁骨一陣劇痛，緊接著渾身過電也似一陣酥麻，好像三百六十根骨節都要爆開，運足全身最後的力氣慘叫一聲，便被抽去骨頭一般軟倒在地上。

宣成收回鉤狀的五指，繳了獨眼趙的槍，掂了掂道：「倒是趁手。」

鐵拐張氣勢洶洶地杵碎了走廊四塊地板後，把許枚追到了院子裡。掌櫃的聽到響聲，也跑出來看，只見院裡殺氣凜冽，鐵拐張那支拐在暴雨悶雷中舞得如一團黑旋風，陰慘慘不見人影。許枚一面躲閃一面點頭，「嗯，不錯，這一拐打天門穴，下面應該是華蓋穴了吧？唔，又繞到百會穴，下面是不是血海穴？嗯……怎麼還抽冷子照我腦袋掄啊，甩我一臉水……」

鐵拐張出道這許多年，除了當年在李璜手下吃過虧，哪曾被人這等奚落過？臉上登時泛出一層青色，眼中似要噴出火來。

掌櫃的揉揉眼睛，顫聲道：「怎麼啦？這是怎麼啦？」

許枚道：「沒關係你先回屋去吧，給我煮一毛豆，多放些香料。」

「哦……好吧，客官稍等。」掌櫃的聽話地回屋去了，不一會兒又探出頭來，「要單毛還是花毛一體？」

鐵拐張更惱了：這掌櫃怎麼回事？見怪不怪了嗎？他心中不忿，大喝一聲：「書呆子，你以為你還吃得上毛豆嗎？」

「分水穴……太陽穴，下一拐還是百會穴……當然啦，等他煮好了，我就過去吃。掌櫃的，要花毛。」許枚輕巧地邁著腳步，鐵拐張每一拐都幾乎是貼著他的衣服劃過去的，每一次都只差那麼點，每一次都無一例外地落了空。只覺得許枚的步法看似簡單，實則暗藏奧妙，高明得出奇，更可怕的是，他雙手一直攏在背後，不曾還手半招。

鐵拐張拐勢不停，戳、點、劈、砸、掃、刺、豁，盡是要命的殺招，心裡卻有些打退堂鼓，此時忽又聽到獨眼趙的慘叫，心更是涼了半截。

許枚也聽見小悟的叫聲不停地從客房後面的森林裡傳來，「別過來啊！」「不要殺我！」「救命啊，我錯啦！」許枚不由得暗自搖頭：這小子滑得緊，那巨漢身子又笨拙，故此才讓他獨當一面，看來他身上有傷，還是逃脫不得，我速戰速決吧。想到此，窄袖一翻，一隻白玉也似的手掌如仙鶴乘雲般順著拐勢向鐵拐張肩頭滑去。鐵拐張霎時腦中一片空白，只想著「這手好美」，繼而一個激靈，下意識地一矮肩，便覺肩頭一涼，待他回過神來，一條袍袖已不知去向，枯瘦的膀子軟軟垂下。

鐵拐張又驚又痛，只見眼前青影飄忽，許枚的招式瞬間轉變了風格，狠辣刁鑽尤甚於己。鐵拐張不敢怠慢，急舉拐招架時，卻出乎意料地慢了半拍，被許枚一指正戳肚下。

許枚收指退步，抹了一把臉上的雨水。

鐵拐張只覺五臟六腑一陣翻湧，渾身再提不起半分力氣，哀號一聲，癱倒在地，三十斤重的鐵拐噹啷啷滾在一邊。

許枚趕到客房後的森林時，不由吃了一驚，只見海饕餮扼著小悟的脖子，把他提在半空。小悟臉漲得通紅，渾身被雨澆得透濕，手臂上的傷口早已裂開，鮮血迸流，雙腳懸空，一個勁地亂蹬。宣成正手持獨眼趙的長槍，在雨簾中紋絲不動地瞄著海饕餮。

許枚皺皺眉頭，對小悟道：「我還道你挺機靈的，怎麼會被這隻笨熊抓住？」

小悟費勁地說：「我……咳咳，也沒想到……咳咳，草叢裡有一塊大石頭，絆了一跤……咳咳，救命……」

宣成輕聲道：「小孩快被扼死了，怎麼辦？他生得比一般孩子高大些，再加上幾根樹枝橫在那兒，把大個子擋得很嚴，我不好開槍。」

許枚點頭道：「這傢伙躲在樹叢後面，他能看見你，你看不清他……」

宣成道：「為難。」

「他能看見我們就好辦。」許枚看看懷錶，「十二點五十七分，子時未過。」說著他縱身趕回客房外，從窗戶躥了進去，不一會兒右手提著一只柳葉瓶趕了過來。

宣成心中了然。

許枚狡詐地一笑，尖聲叫道：「鬼呀！」緊接著他左手一撫柳葉瓶，那醉醺醺的美人隨著一陣紅霧站在草叢裡，四下打量一番，「咦，這是哪兒啊？雨這麼大，怎麼不帶傘……」

話音未落，便聽得那邊樹叢裡「咕咚」一聲，接著便聽小悟道：「咳咳，哎呀我的媽……」

兩人忙跑去看時，見那海饕餮臉色刷白，口吐白沫倒在地上，顫聲道：「鬼，女鬼……」

小悟捂著脖子咳咳地說：「這個怕鬼怕到骨頭裡的熊包，勒得老子脖子都快斷了……鬼奶奶你真厲害。」

「這人是誰呀，哪有鬼奶奶？」美人醉四下環視一遭，嬌憨地扯著許枚的袖子問。

許枚笑著彈了彈她的下巴，「你立功咯，快回去吧，時間不多了。明晚你們姊弟重逢，就在我家住下吧。」

「真的？」美人醉幸福地一笑，縱身撲到許枚懷裡，紅光閃現，現出柳葉瓶原形。

宣成收了槍，呆了半晌，問道：「這瓶子若是摔破了怎麼辦？女鬼是不是就出不來了？」

許枚驚恐地望著他，「你要幹什麼？」

「隨便問問。」宣成扣住海饕餮的腳腕，輕鬆地拖著三百來斤腱子肉向客棧院門繞去。

小悟湊在許枚耳邊，小聲道：「其實我也想問剛才那個問題……哎，你怎麼打人？」

此時掌櫃的聲音從客棧裡傳來：「客官！客官您在哪兒啊？您的花毛一體！」

隱堂鹿童

許枚、宣成、小悟三人坐在正廳裡，烤著衣服，吃著鹹鹹的花生和毛豆。許枚又讓掌櫃的燙了壺酒，熱了幾碟點心小菜。

掌櫃的心有餘悸，一面忙活，一面喃喃道：「阿彌陀佛，今兒這是造了哪門子孽啊，又是死人又是抓賊，還打碎了我一張床，打穿了我一根梁，連走廊的地板都戳得滿是窟窿……」

許枚笑笑：「錢我來付，你再給加幾個下酒的小菜。」

「好嘞。」掌櫃暗喜：幸虧有這麼個財神爺。

宣成看看遲鶚，「椅子挪了三寸。」

遲鶚魂都要嚇飛了，牙齒咯嘣嘣直響，結結巴巴地說：「饒……饒命……我不是要跑，我無意的……」

宣成倒也好說話，「好吧，這回饒了你。」

小悟嚼著花生米，悄悄問道：「這人真的是什麼第一巨盜？好飯桶啊……」

許枚笑笑，「不是他飯桶，是這位警官太厲害。」

宣成瞟了他一眼道：「不需誇獎，你的祕密我也懶得說出去。」

「那就好。」許枚舒了口氣，「對了警官，你這名諱是哪兩個字？」

宣成道：「宣室之宣，成就之成。」

「好名字！」許枚讚道：「這名字我喜歡。」

宣成稍稍挪了挪身子，躲開許枚，「你什麼意思？」

許枚笑道：「明代宣德、成化兩朝瓷器，冠絕今古，承繼宋元神韻，開創一代風流，後人談及美瓷絕品，常『宣成』並稱，清人便有『宣成陶器誇前朝，收藏價比璆琳高』之句。警官這名字和瓷器大有緣分，我是個古玩商人，最愛的便是瓷器，一聽警官這名字，便覺親切，來來來，我敬警官一杯。」他舉起酒盅，和聽得迷迷糊糊的宣成碰了一杯，又道：「警官這回拿了遲鶚，順手破了殺人案，還抓了三個大盜，定然一路高升，官運亨通，我看用不了五六年，冉城警察局長的寶座就是你的了。」

宣成無所謂地一挑眉，「也許吧，沒興趣。」

「沒興趣？」

「每天坐著有什麼意思？」

許枚訝然地看看宣成，「你真有性格，捕門弟子都像你一樣嗎？」

宣成似是無意地輕輕搖頭，「捕門六堂，我算緝凶堂的異類。」

許枚微笑。

「捕門六堂？」小悟好奇道。

「緝凶、斷獄、偵資、勘痕、驗骨，還有……隱。」宣成微微皺眉，「你記得嗎？方才收殮屍體時，我看到那孩子胸口有一片紅色紋身，被鮮血浸泡時才會顯露出來，這是隱堂弟子的標誌。」

許枚一愣：「那個……被鹿角托起的雲氣紋身？」

宣成點頭：「我至今不知道『隱堂』所司何職，只聽緝凶堂堂主提起過，隱堂堂主南壽臣，人稱『南極仙翁』，平生只授兩徒，一個『鶴童』，一個『鹿童』。」

許枚道：「鹿角雲氣的紋身……這被殺的孩子便是鹿童了？」

宣成歎道：「隱堂素不與其他各堂弟子來往，我對他們知之甚少。既是同門師兄弟遇害，我便該把他的屍體帶回去，當然還有他的遺物，所以……交出來，那只玉鹿。」

小悟一呆，嫌棄地瞧了許枚一眼，「你怎麼做這種事啊，那個小哥哥是救過我命的，兩次。」

「兩次？」許枚奇道。

「我藏在橋下的時候，要不是他引著那幾個傢伙沿河追下去，我怕是等不到你的船了……當時我還慶幸一件破衣服引走了四個壞人……」

「哦……」許枚了然，「你也滿聰明的，情急之下還能想到這種金蟬脫殼的辦法。」

「別閒聊，交出來。」宣成屈指一敲桌子。

許枚尷尬地笑笑，「這是西周古玉，質地不算上乘，雕工雖簡，意蘊卻足，應是秦晉兩地所出。」他從袖口摸出一只小巧輕薄的玉佩，是一隻大角雄鹿的側影，長寬不過寸許，玉質青黃，黑斑隱現。

「我不是貪心，只是有些好奇，所以想問問這只小鹿它的主人到底捲進了什麼案子。」

「你……不是撫陶師嗎？這可是玉。」宣成狐疑地望著許枚。

「我認得一個弄玉先生，最善和玉精打交道。這只玉鹿是西周古物，靈氣豐沛，所蘊玉精一定漂亮極了。」

宣成呆坐半晌，搖頭道：「給我吧，捕門祕事，不足為外人道。」

許枚眼中失望之色一閃而過，輕不可聞地歎了口氣，將玉鹿遞與宣成，「警官收好。」

宣成接過玉鹿，輕輕撫弄，「它……也能現出人形？」

許枚點頭道：「玉者，山川之精英，堅剛而有潤者也，精氣所至，自有靈韻。」

宣成輕輕點頭，收了玉鹿，忽地乜了鐵拐張一眼，「別裝死，睜開眼睛，我有話問你。」

瞇眼偷瞧二人的鐵拐張兩肩一顫，極不情願地睜開眼睛。

宣成輕輕放下酒杯，「杜士遼全家，是你找人殺的？」

「是。」鐵拐張此時倒也坦誠，「那小子不老實，偷偷把人放走了，我一時想不通他揣著什麼主意，但也不能任杜士遼逃走，他走過江湖，知道我們的身分。我飛鴿傳書劉四苗，讓他在渡船上結果杜家滿門。」

宣成點點頭，又問：「你們為什麼盯上了杜士遼？」

鐵拐張眼珠一擺，澀然道：「求財。」

小悟急道：「他撒謊！」

許枚道：「杜家的金銀珠寶足夠你們幾代吃穿不愁，又何必為了區區兩件瓷器一路追殺兩個小孩子。」

鐵拐張切齒不語。

許枚道：「方才打鬥時，我看到你的右小臂上有一道黑線，你中了毒？或者是咒術、降頭？」

鐵拐張悚然一驚。

許枚又指指昏迷的獨眼趙和海饕餮，「他們的右小臂上也有同樣的黑線。被你殺死的鹿童也有，不過細細搓揉一番，那黑色便淡了不少。」

「變淡？」鐵拐張冷哼一聲，「我就知道他不會受制於那人，否則也不會說『不白忙這一遭』，這小畜生……」

宣成臉色一寒，小悟潑皮出身，最善察言觀色順勢而為，壯著膽子幾步跑到鐵拐張身邊，在他肚子上狠狠踢了一腳，「你再罵那捕門哥哥，我便割了你的舌頭！」

鐵拐張一頭倒在海饕餮身上，悶哼一聲，恨恨不語。

許枚微笑道：「鹿童手臂上的黑線是他用特殊的墨汁畫的，應該是為了假扮喬七做的偽裝。看來真正的喬七和你們三人一樣，都中了一種特別的毒。」

鐵拐張依舊是一臉的陰沉持重，剛剛被鐵拐張壓醒的海饕餮卻篩糠似的顫抖起來。

「說說吧，也許我能救你。」許枚溫和地笑笑。

藍色世界

海饕餮一聽許枚這話，抓到救命稻草似的忙不迭說道：「他給我們吞了一種紅色的藥丸……如果到時拿不到他要的瓷器，藥丸裡的蟲子會把我的五臟六腑吃掉啊！大仙，求您救救我，救救我……」

「我可不是什麼大仙。」許枚道：「你先說說，誰給你吃的藥丸？」

「他個子不高，穿一身黑，戴著面具，我看不到他的臉。他把我們捉到一個奇怪的地方，那裡山是藍的，水是藍的，橋是藍的，樹是藍的，連人也是藍的，所有東西都是深深淺淺的藍色……」

許枚倒吸一口涼氣。

宣成對這些超出自己認知的東西多少有些排斥，抬眼望著許枚，「他說的是什麼東西？」

許枚搔搔下巴，眼珠左右亂轉，「應該……應該是一種江湖上的幻術吧。」

宣成道：「你見過？」

許枚不置可否，含含糊糊道：「嗯，倒是有所見聞。」

鐵拐張聽了，哪還顧得鐵骨錚錚，只顫聲道：「你……你能救我？」

海饕餮被反綁著雙手坐在地上，努起身子砰砰磕著頭道：「大仙救命，大仙救命……」磕頭聲震得獨眼趙也悠悠醒轉。

許枚無奈道：「我只見過這種『幻術』，可不會解毒。」

鐵拐張一呆，恨聲道：「你賺我？」

許枚搖搖頭，也不再理睬鐵拐張，只搔著下巴低聲自語道：「看來杜士遼家的案子果然不尋常，難道那個人真是撫陶師，那個青衣文士真是瓷靈？嗯……倒是我想當然了……」

宣成沒聽清許枚在嘀咕什麼，正要問個明白，卻聽鐵拐張厲聲喝道：「妖人！你就不怕我把你的事說出去？你們剛才說的我都聽見了！弄玉先生、撫陶師，還有隱堂……」

宣成輕輕一皺眉，略帶擔憂地望著許枚。

許枚怔了片刻，噗嗤笑道：「看來那個黑衣人籌謀不甚周密，沒想到你們會因為這幾件瓷器栽了跟頭。你們這些個亡命徒呀，一旦處於必死之境，難保不把他的手段說出去啊。」

宣成道：「說出去有人信嗎，藍色的山水，藍色的人？」

許枚一聳肩道：「若不是親眼所見，你會相信瓷靈的存在嗎？」

宣成道：「當然不信。」

許枚道：「所以呀，隨他說去，將死之人撒癔症嘛。」

鐵拐張一窒，咬牙切齒大放狠話，許枚聽得連連皺眉，掩面道：「哎呀，壞人就是壞人，瞧這嘴裡不乾不淨的，這裡還有小朋友呢，別把孩子教壞了……」

宣成可從不逞嘴上功夫，身形飛動，閃電也似晃到鐵拐張身後，兩指在他後頸一按。鐵拐張還沒回過神來，便覺自頸至脊一陣酥麻，忍不住悶哼一聲，兩眼翻白，咕咚一聲軟倒在地，暈死過去。

獨眼趙剛剛蘇醒，正茫然無措時，後頸早挨了一指，腦袋一歪，嗵地撞在地上。

宣成神色木然，出指迅疾，渾身裹著一股駭人的煞氣。海饕餮只道張趙二人遭了毒手，嚇得魂飛魄散，口中「啊啊」連聲，卻說不出一句整話，只奮力挪動肥臀，拚死躲閃，卻不料身後便是房柱，不等宣成動手，海饕餮身子已失了平衡，向後一仰，「咚」地撞在柱上，震得房頂顫了兩顫。

許枚見三人如爛泥般昏厥過去，不解道：「警官這是何意？」

宣成道：「我困了，想睡一會兒，怕他們聒噪。」

許枚一愣，繼而失笑，「警官也是……真性情啊。不過這鐘點，怕是睡不過兩三小時天便亮了。」

宣成搖搖頭，「我太倦了。」他又看看早已睡得死豬似的遲鶚，「今晚他倒比我自在得多。」

許枚一笑，又道：「警官明天怎麼安排？」

宣成道：「原本只有一個犯人，現在有四個，一路步行怕是累贅拖遝。我見這客棧有馬有車，明日先去附近鎮郊打一口棺材，把鹿童的屍體裝殮了，再駕車回冉城。」

許枚道：「那買車的錢……」他見宣成眼光輕輕瞟來，便道：「我來墊付，只是墊付啊，到時候警察局要給我報銷的。」

許枚又問小悟：「你呢，你怎麼辦？」

小悟悶悶地說：「嗯……反正東西我會給你的，我去哪你就別管了……」

「你還有家人嗎？」

「沒有。」

「朋友呢？」

「死光了。」

「你去我店裡當夥計吧，我看你還有幾分機靈勁兒。」許枚認真地說。

「當夥計……我不會啊……」小悟覺得主意不錯，可還是有點猶豫。

「不要緊，慢慢學，先給我看看店面，打打雜、跑跑腿什麼的，過些日子我教你打算盤、認瓷器。」

「那……」

「就這麼說定了，我在冉城城西有個不大不小的店面，叫拙齋，生意還算不錯，每個月能給你開一筆工錢，保證比你當小混混時過得舒坦。」

「嗯，不過我得先到樹林裡把貓兒葬了。」

「好，應該的。」

「那貓兒的棺材……」

「我來買。」

「謝謝老闆，錢可以從我的工錢裡扣。」小悟已經透支了自己下個月的薪水。

「這副棺材算我送你的。」許枚豪爽地拍拍小悟的肩膀。

小悟一咧嘴，倒不是因為傷口疼，只是許枚這話太不吉利。

「你是冉城人？」宣成上下打量著許枚，「你之前一直沒說。」

許枚笑道：「一時忘了，警官勿怪。」

宣成問道：「同行嗎？」

「當然好啊。」許枚忙點頭道：「有警官一路陪著，我心裡還踏實不少呢。」

第二章　祭紅

「對不起，真的對不起！我……我實在不知該說什麼好……」穿一身深灰色破舊學生裝的頹廢少年痛苦地抓著頭髮，淚流滿面，哽咽不止。

「這也不能怪你。」對面的清秀少女悵然望著頭頂半輪殘月，苦歎一聲，搖了搖頭，「都是爸爸的錯，他負了楊姨一輩子，季家也該有此報，只是這筆風流債不該落在阿嵐身上，她還小……」

「可是……阿嵐的肚子已經……」頹廢少年抬起雪白幾無血色的臉，愁苦地抹著眼淚。

「先別慌，你再等幾天，我能想辦法籌到一筆錢。你先帶阿嵐去上海最好的醫院，把孩子打了，那孩子……不該來到這個世界上。」少女歎了口氣道：「只是苦了阿嵐。等她出院之後，你和楊姨在上海買個寬敞些的房子，楊姨自幼嬌養慣了，這些年受的苦實在太熬人。再買些補藥，讓阿嵐養養身子，今年千萬別回冉城，爸爸那邊我來應付。」

「是，是……」

「還有，務必要請個好大夫來治楊姨的眼睛，爸爸欠她太多了，我這個做女兒的，也該設法替他償還你們母子。不過你和阿嵐的事情，絕不能走漏半點風聲，畢竟……畢竟你也算是季家的人，我也要叫你一聲哥哥，上次打你是我不好，我那兩個同學不明就裡，說話也沒個輕重，我替他們給你道個歉，可你務必記住，家醜不可外揚。」說著她轉過身去，快步離開。

「唉……」少年長歎一聲，望著少女消失在茫茫夜色中的身影，喃喃道：「家醜嗎？到底算是誰家的家醜……」

季鴻與祭紅

天已經黑透了，老街也漸漸安靜下來，小悟坐在櫃檯後大大打了個哈欠，仰在靠椅上，舉著一本許枚給他的《圍爐夜話》，似懂非懂地看著，心卻早就飛到東邊的新城去了。

拙齋坐落在冉城老城區的畫眉橋頭，前清乾嘉時候，這裡是最繁華熱鬧的所在，不過自從咸同以來，洋人在東邊的新城區劃了租界，蓋了洋房，鋪了電線，通了地火，不過兩三年的工夫，就把「古典味兒」十足的老城區狠狠地踩在了腳下。民國以來，連靠近租界區幾條舊街道都發展得赫赫揚揚，那一閃一閃的霓虹燈好像在擠眉弄眼地嘲弄老城區的窮酸古板。一群蝸居在老城區的學究翰林們聽著新城區的夜夜笙歌，口中喃喃地啐罵著「淫詞豔曲」、「燈紅酒綠」，心裡癢癢地念叨著「鶯聲燕語」、「溫香軟玉」。

小悟到冉城的這些日子，得空就往新城區熱鬧的茶樓酒肆跑，每月這一點點工錢都被他倒在茶館的說書先生嘴裡，還時不時從洋人的鋪子裡踅摸些新奇的玩意兒回來。許枚也由著他胡來，畢竟正是愛玩愛鬧的年紀，好奇好動也沒什麼不好，只要別害死貓就成。

在小悟看來，老城區的建築風格可真是舊得讓人透不過氣來，不過在許枚看來，這畫眉橋頭的老街老房子可著實的古色古香。

「這才不是舊房子，應該叫老房子，乾隆五十八年上的梁。」許枚曾如是說。

小悟想起許枚的話，撇了撇嘴，看看放在櫃檯左側滴答作響的銅胎畫琺瑯小座鐘，時間已近晚上十點。按說一般的古玩店傍晚五六點前就關門停業，整個冉城的十八家古玩店，拙齋算是關門最晚的一家，平日裡八點打烊，之後就是小悟一溜煙跑到新城瘋玩的時間。

許枚的作息時間很傳統，平日裡天一擦黑便很少出門走動，可今天是個例外，好像是警局的什麼官兒為了酬謝他協助宣成誅殺賊匪，特地擺下一桌酒宴，請許枚務必到場。許枚自謂是個「老實本分」的生意人，警察局的面子可不能不給，六點不到就出了門，直到這時候還沒有回來。

小悟有點不耐煩，可還是老老實實看著店，畢竟全靠許枚才撿回自己這條小命，也全靠許枚，自己才能吃得飽飯，做人不能不知恩圖報。小悟摸摸已經餓得扁扁的肚子，咬了咬嘴唇：唉，本來想著打烊以後去馥餘堂……對面的小吃攤吃碗餛飩的……

他越想越覺得餓，無精打采地撂下書，從多寶格左下角的櫃子裡取出一包紅豆糕來，一面吃一面思量：聽老闆說這個櫃子好像叫什麼……雞翅木鏤雕如意什麼紋什麼格，是不是挺貴重呀？我在下面櫃子裡藏點心他不會生氣吧，哦，還是放在這個看起來花裡胡哨的罐子裡吧，取著也方便……

他正胡思亂想，卻聽櫃檯外有人說話，「請問……有人在嗎？」

這聲音真好聽，小悟一面往嘴裡塞著紅豆糕，一面站起身來，「嗚嗚……有……」接著他便是一怔。櫃檯前站著一個清秀女子，腦後梳一條馬尾，身穿湖藍色盤扣短褂，下穿一條黑色褶裙，典型的女學生打扮。

小悟有些奇怪，平日裡來這店裡的大都是些戴眼鏡留鬍鬚的傢伙，有專買字畫的文人雅客，有獨愛金銀玉器的官紳富商，有專盯珠翠首飾的豪門闊太，有最愛青花五彩的藍眼睛洋人，還有傾心宋元古瓷的東洋鬼子……年輕的女客很少見，之前只有個據說是著名收藏家的陳小姐常來常往，像這麼年輕的女學生，小悟還是頭一回見到。

那女學生本來面帶憂色，一見小悟紅著臉拚命嚼著紅豆糕的窘樣子，不禁掩口輕笑。小悟愈發尷尬了，忙抓起櫃檯上的茶壺，咬住壺嘴咕嘟咕嘟嘸了幾口涼茶，才算把紅豆糕沖下去，一抹臉道：「小姐……您隨便看，這兒東西全得很，保真保老。」

女學生怔怔地瞧了小悟一眼，「那個……你牙上有紅豆皮。」

小悟只覺得腦中一陣電閃雷鳴，頓時手足無措，只想趕緊找個地縫鑽進去。

那女學生見小悟臉上紅一陣白一陣，也覺得自己打擊了這孩子，忙擺手道：「不……我不是那個意思……嗯，這裡就你一個人嗎？」

「對呀。」小悟道。

女學生一陣愕然，喃喃道：「我聽說拙齋的許老闆年輕有為，沒想到這麼年輕，你十幾啦？」

「我不是老闆。」小悟撓撓頭，紅著臉說：「您是來……」

「噢。」女學生有點焦慮，「我有件瓷器想要出手，許老闆不在，這……」

小悟此時才看見女學生手裡提著一個閃青緞子的包袱，包袱裡像是裹著個一尺來長的盒子，也有點犯難，「我做不了主，要不您再等等，老闆一會兒就回來。」

女學生看看放在櫃檯上的小座鐘，皺了皺眉頭，小悟只覺得這一蹙眉的瞬間實在太美了，又太招人疼了，真不知再怎麼說才好，生怕她面上愁容再重一分，自己就要慚愧得化掉了。

恰在此時，門外傳來一陣不疾不徐的腳步聲響，許枚帶著一臉倦容懶洋洋走進店裡，見一個年輕的女子站在櫃檯前，對著滿面噴紅的小悟犯愁，也是一愣。

小悟見了許枚，頓覺如釋重負，忙一抬手道：「老闆回來了！」

女學生回頭一看，見來人一襲青衫，俊目修眉，面如冠玉，雖帶著幾分倦色，卻掩蓋不住那份與生俱來的儒雅與貴氣。女學生微一愣神，淺笑道：「是了，這才是傳說中的許老闆。」

許枚踱進屋來，微微頷首致意，又細細打量這女子，見她面如桃瓣，生得眉清目秀，臉上卻帶了幾分憔悴。許枚知她必有心事，便走到櫃檯右後方，抬手一挑湘妃竹簾，「姑娘有事進屋說吧。」

那女生一點頭，隨許枚進了裡屋的客廳，四下打量一番，見這屋裡擺著四把紅木禪椅，一張雞翅木小桌，桌上擺著青花山水行旅圖茶壺，配著四個漁樵問答的茶碗；靠牆設一對多寶格，俱是上佳的花梨木，絕好的北京工，多寶格中陳列有各朝古瓷美玉，溫潤可人，還有上古鼎彝觚爵，斑駁滄桑；牆上掛有字畫各一，左手邊是王原祁設色山水，毫端蘊秀，右手邊是劉石庵行書立軸，綿裡藏針。

女學生看得似懂非懂，只覺得坐在這屋裡，恍恍然穿越千年歲月，周身各式古物，都像有生命般，眼前男子更像是有什麼魔力，神祕莫測。

許枚清清嗓子，問道：「姑娘深夜造訪，不知所為何事？」

女學生定下神來，說道：「我有一只瓷瓶想要出手，應該……是件古物。」

許枚一挑眉毛，做個請的手勢，女學生小心翼翼地解開包袱，打開木盒，略帶緊張地說：「許老闆，請。」

許枚仔細看去，不禁輕輕吸口冷氣，那女學生手捧的木盒中赫然是一只祭紅釉玉壺春瓶：撇口細頸，頸部中央微微收束，其下漸寬過渡為杏圓狀，鼓腹下垂，曲線圓緩柔和，圈足微微外撇；釉色紅潤深沉，釉水凝厚，在燈光下宛若寶石般英華璀璨；底足露胎，胎質細膩潔白，下書兩行六字青花楷書款——「大清雍正年製」。許枚心知雍正官窯瓷器乃是清代官窯之極致，不論胎質釉色、畫工款識，還是意境神采、韻味格調，都是無可挑剔，妙到毫巔。許枚曾把玩過一些雍正官窯，每一件皆令他心搖神蕩，回味無窮，再端詳眼前珍寶，不禁輕聲道：「祭紅……」

「咦？您怎麼知道我的名字？」女學生訝然。

「啊？」許枚一愣，隨即反應過來，微笑道：「還未請教姑娘貴姓芳名？」

「不敢，敝姓季，單名一個鴻字。四季之季，鴻雁之鴻。」

「嗯，倒與這件瓷器同音異字。」許枚笑著點頭。

季鴻奇道：「這倒有趣，請許老闆明言……啊！同音異字？」話音未落，她便驚叫一聲，自語道：「難道他要的竟是它？不會吧……」

許枚吃了一驚，問道：「姑娘怎麼了？什麼是它？」

季鴻定了定神，強笑道：「沒什麼，許老闆請講。」

許枚見季鴻神色無礙，便說道：「這種釉色，名為霽紅，霽月之霽，亦名祭紅，祭祀之祭，在我看來，後者更妙。項元汴曾曰：『祭紅，其色豔若朱霞，真萬代名瓷之首冠也！』」

「祭祀之祭，看來這字沒剪錯……」季鴻微微動容，喃喃道：「萬代名瓷之首冠……」

許枚點點頭：「祭紅瓷器創於明初永樂時，用料極精，釉色絕美，燒製甚難，確是珍罕之物。到嘉靖、隆慶之時便已絕跡，直至康熙之後才又多有燒製，其釉色與明代略不同，但也是深沉光潤，凝重肅穆。你手中這件，便是雍正官窯祭紅釉玉壺春瓶，真品無疑。」

季鴻面露喜色，「太好了，太好了……」

「此物從何而來？」許枚問道。

「是我兩年前從一個落魄的前清老太監手裡買的，我看他可憐，便給了他十塊大洋。許老闆，我想問……這件瓷器，您多少錢能收？」季鴻有點難為情地問，顯得有些著急。

「人器同名，姑娘與它也算有緣，為什麼……」

「這個……我急等著用錢。」季鴻望著瓷瓶，也有些不捨，但還是咬了咬牙道：「我要賣掉它。」

許枚點點頭，「你十塊錢買來的，那麼我出這個價……」說著他伸出了兩根手指。

「二十塊嗎？」季鴻低頭盤算一陣，嘀咕道：「不太夠用，能再加一些嗎？三十塊好不好？畢竟是……萬代名瓷之首冠……」季鴻紅著臉提出要求，聲音小得像蚊子一樣。

「不，是二百。」

「呵……」季鴻和趴在門口偷看的小悟各自倒吸一口冷氣。季鴻澀然道：「難怪……難怪……」

許枚笑了笑：「看來季小姐像是有急事，也罷，我們一手交錢，一手交物。不過看季小姐不是愛錢輕寶之人，若是什麼時候季小姐想它了，仍用二百塊把它贖回，如何？」

「那，多謝許老闆了。」季鴻很誠懇地深鞠一躬，長長舒了口氣。

錢物交接完畢後，小悟走到拙齋門外，目送季鴻坐著黃包車向東遠去，又回到店裡，問道：「老闆，那個瓶子真值那麼多錢？」

「也許還不止。」許枚捧著祭紅瓶在燈下細細觀賞，愛不釋手。

小悟直咬舌頭，盤算著二百塊夠他聽多少段蘭崖館裡徐先生說的書，吃多少碗馥餘堂外擺攤的張老漢做的餛飩，說不定還能大大方方地走進馥餘堂，痛痛快快地聽幾場戲，喝幾回茶。小悟想了想馥餘堂外的汽車馬車和八抬大轎，咬咬自己的舌頭：我這輩子恐怕就在蘭崖館和餛飩攤混了……馥餘堂？想都別想！

許枚看看小悟，「你想什麼呢？」

「沒什麼。老闆，子時快到了，您還是先把它放下吧。」

許枚看看錶，不爽地說：「只看不摸，只看不摸。」那副表情活像睡前被媽媽禁止吃糖的小孩。

凶案

馥餘堂後窄窄的巷子裡一盞燈都沒有，半輪月亮被雲霧遮得嚴嚴實實，季鴻穿一身暗紫色菱花緞子旗袍，借著不知何處投過來的幾縷微弱光亮，快步繞到漆黑的巷子裡，和一個提著大皮箱的男生撞個滿懷。季鴻倒退幾步，喘了口氣，感激地望著那男生道：「快把箱子給我吧，時間不多了，回上海的夜船九點就開，我得趕緊去公園。」

那男生咬咬嘴唇，搖頭道：「對不起季鴻，這箱子不能給你……」

「為什麼？」季鴻臉色大變，「出什麼事了？你需要錢的話告訴我啊，我可以幫你，但是今天……」

「不！我……」男生滿臉痛苦，咬了咬牙，也不解釋什麼，只是一個勁地說：「對不起，對不起，都是她的主意，我也有苦衷的……」他一面說，一面畏縮地後退。

季鴻被這突如其來的變故攪得措手不及，驚詫地搖搖頭，帶著幾分惱怒問道：「你告訴我，到底出什麼事了……」

話音未落，只聽一陣獰笑，「嘿嘿嘿……季小姐，這你就不需要知道了……老爺我這便送你歸西，到了那邊可別再壞人好事了。」

這聲音乾澀低沉，透著一股陰邪氣，可怖之極。季鴻渾身寒毛直豎，只覺這狹窄漆黑小巷如通往地獄的黃泉路，陰森可怖。

「別過來！」季鴻踉踉蹌蹌地轉過身，手中多了一把烏沉沉的手槍，對準黑暗中緩緩走來的壯碩人影，手指不受控制地顫抖，「噗——」地扣響了扳機。

那黑影輕輕晃動，本就失了準頭的子彈從他身邊三尺處飛過，「啪」地打碎了一塊牆磚，彈殼噹啷啷落在地上，滾進磚縫裡。

季鴻被手槍的後座力撞得痛叫一聲，不等她回過神來，便聽一陣破風之聲，眼前一花，只見一個圓溜溜的物事直奔自己而來，不等她回過神，便聽「喀拉」一聲，接著手腕上一陣徹骨的劇痛，沉甸甸的手槍再也拿捏不住，掉落在地。

季鴻淚花滾滾，轉身便跑，那男生抱著頭縮在牆角，哪裡敢攔。但她沒跑幾步，一條粗重的麻繩已從背後兜頭繞下，繩上滿是草腥氣，似乎有什麼帶毛刺的東西在她頷下剮蹭了一下。她還未發覺那陣輕微的疼痛，即被頸上一陣強烈的壓迫感束縛得透不過氣來，口中發出幾聲乾裂無力的呻吟，便再也無法呼吸；尚有幾分力氣的手指在頸上重重地抓撓，抓出數十道可怖的血痕；雙眼幾乎是無法控制地睜得渾圓，驚駭憤怒地瞪著那男生。很快她的手臂軟軟地垂了下去。

「這就是破壞我計畫的下場……」背後那人帶著幾分享受地說道。

那男生望著季鴻眼中怨毒的目光，只覺如置身冰窖般奇寒徹骨，手忙腳亂地轉過身去，緊張得渾身顫抖，陣陣冷汗幾乎要把身上的衣服浸透。不出兩三分鐘，他便聽背後有人如惡鬼般嗤嗤怪笑，「怎麼，怕了？」

「啊……不……不是。」那男生顫顫巍巍轉過身來，被倒在腳邊的屍體狠狠地嚇了一跳，「媽呀」一聲，魂飛魄散地倒退幾步，一跤跌在地上，「死……死了？真的死了？」

「廢話。你不信自己摸摸。」那修羅般的男子俯身撿起季鴻的手槍，別在腰帶裡，嗤笑道：「還加了消音器，季世元是個講究人。」

他又對那男生道：「拿來吧，我們說好的。」

「噢，好……」男生用袖子擦擦頭上的冷汗，晃悠悠站起身來，把手中的皮箱遞給那男子。那男子眉開眼笑地一挽袖子，手臂上露出一個猙獰的龍頭。他伸手接過皮箱，打開看了一眼，滿意地點了點頭。

那男生急道：「哎，那個……」

「接著。」刺青男子甩手扔給他一個厚實的紙包，「分量足夠，品質上乘。」

「謝……謝謝。」那男生顫抖著接了紙包，嘴角微微抽搐，露出一個不知是哭還是笑的古怪表情。

刺青男子見他這副模樣，冷冷一笑，「現在已經七點半了，你們再不動身，只怕季小姐就要爽約了。喏，巷子東口有一輛馬車，不過這玩意兒你扛得動嗎？」他用腳尖點點季鴻的屍體，帶著一絲輕蔑問那男生。

那男生看見季鴻痛苦扭曲的臉和脖頸上怵目驚心的紅痕，又禁不住戰慄起來，連手中的紙包都險些掉在地上。

「沒出息的小鬼，閃開！」刺青男子低喝一聲，伸手抄起季鴻的屍體，往寬大的肩膀上一扛，逕自向馬車走去。

那男生心中默默禱念：季鴻，你不要怪我，這輩子欠你的，下輩子還吧……

小賊偷的委託

古玩店的日子倒過得安安穩穩、平平淡淡，小悟繼續他平凡而快樂的小生活，許枚則是對新到手的祭紅釉玉壺春瓶愛不釋手，看得豇豆紅姊弟有點不痛快，一旁多寶格裡的龍泉窯鬲式爐慢悠悠地說：「過幾天就好了，他會一視同仁的，我們都這麼過來的……」

這天早上拙齋剛剛開門，許枚窩在裡屋，靠著紅木椅悠閒地品著雀舌，隨手翻著小悟退還給他的所謂「天書」。小悟正在門外握著大掃帚揉眼打哈欠，忽然瞧見一個和他差不多年紀的小乞丐，跌跌撞撞地從畫眉橋頭撲將過來。那小乞丐臉色蠟黃，滿眼血絲，衣服上補丁疊補丁，踉踉蹌蹌一頭栽在小悟腳下，斷斷續續地說：「水……水，咳咳，求求你……」

小悟吃了一驚：這小子比我當年混得還慘！他思及自身，大動惻隱，忙丟下掃帚，伸手攙扶。卻不料這小乞丐看著精瘦精瘦，身子卻頗有分量，被小悟攙住膀子向上一抬，頓時露出一個極痛苦的表情，幾乎要撕裂嗓子似的咳了幾聲，呻吟道：「疼……水……」

小悟忙收了手，把他靠在店門口的臺階上，拔腿趕回店裡。此時還不到七點，店面裡不曾備下水，小悟無奈，只好到裡屋去找。

許枚見他風風火火地跑進來，忙問道：「怎麼啦？」

小悟一邊倒水一邊說：「有個乞丐病倒在門口了，問我討些水喝。」

「哦。」許枚也沒在意，點了點頭，抿一口雀舌，又隨口問了句，「什麼樣的乞丐？」

「和我差不多大，穿得破破爛爛的，臉蛋長得倒是滿周正……」小悟端著水杯往外跑，嘟嘟囔囔地說：「好像嘴角右邊還有一點小痣……」

話音未落，卻見許枚把手在桌上一拍，大喝道：「死小孩給我滾進來。」怒叱聲中，青影飄忽，只一眨眼的工夫，許枚已甩開竹簾，飆到店面裡。小悟被這陣勁風帶得轉了一圈，也幸虧他手腳靈活，這一杯水才沒灑乾淨。

看老闆的表情，對方是個很討厭的傢伙！小悟暗自思量，緊趕幾步來到店裡，四下環視，卻不見那小乞丐的蹤影，只有一個身穿雪白襯衫、頭戴淺灰色小鴨舌帽的少年笑盈盈坐在店裡。這少年和小悟年紀相仿，圓臉蛋大眼睛，滿眼的頑皮戲謔，嘴角一顆米粒大的黑痣，隨著那一絲可愛的笑紋輕輕一挑，透著幾分狡猾。

小悟呆了好久：「你……」

「我渴啦。」少年笑著接過小悟手裡的茶盞，咕嘟一大口飲個精光，一抹嘴道：「怎麼只有半杯？」他又衝許枚一招手，「許老闆，你好啊。」

許枚橫他一眼，「東西藏哪兒了？這回可別逼我動手。」

「哼，凶神惡煞，仗著你比我高啊？」少年縮了縮頭，顯然是被許枚狠狠教訓過，心有餘悸，「再說，你怎麼知道我偷了你的東西？」

「你來我這兒還能有什麼別的事？」許枚不悅地盯著這少年身上可能藏東西的地方。

「我只是拿了幾塊紅豆糕。」那少年眨眨眼。

「什麼紅豆糕？」許枚狐疑道。

那少年從懷裡掏出一個油紙包，「從那邊那個大紅大綠畫著幾條胖魚的罐子裡拿的。」

小悟一驚，繼而怒道：「你這個小偷！」

許枚面色一寒，轉向小悟，「你，拿嘉靖朝的五彩魚藻紋大罐藏點心？」

小悟很久沒有見過許枚這樣鬼神莫測的眼神了，不由得打個寒噤，乾笑兩聲，「呵呵，初犯，初犯。」他一面搪塞求饒，一面把那少年暗暗咒罵了幾千遍：殺千刀的黑痣小子，扮成乞丐尋我開心，虧我還好心好意給你倒水！看來說書的徐先生講的沒錯，同行是冤家！不對，我現在已經不是你的同行了，老子從良了！

許枚往籐椅上一坐，看著那少年：「說吧逆雪，突然到訪，不會只為了戲弄我的夥計吧？」

「逆雪！」小悟搶著說：「你是那個在江湖上很有名的小偷！」

「什麼叫小偷？我們這行叫梁上君子！」逆雪有些不悅，「還有，什麼叫戲弄？我是心血來潮，來試試你新雇的夥計幾斤幾兩。這小子不成啊，我這身乞丐裝到處都是破綻，他竟然看不出來，還敢把我一個人留在店裡，自己跑去後面倒水，就不怕我從你這兒順個一件兩件的？」

小悟惡狠狠地瞪著逆雪，咬牙切齒。

逆雪渾作不知，繼續道：「再說我平日裡也是拿人錢財，替人消災，說白了不過是個受雇於人的小短工。」

「小短工？」許枚戲謔地瞧著他，「大到李大帥的軍刀，小到花坊女的肚兜，你小子還真是沒底線啊，什麼貨色都偷。」

「拿錢辦事嘛。」逆雪勉強地笑笑，又坐直了身子，正色道：「不過我今天來找你，確實有一件大事——我想查明季家大小姐之死的真相。」

「季大小姐？你說的是……」許枚頓時產生一種不好的預感。

「綢緞商季世元的大女兒季鴻，光緒二十九年生，今年十八歲，第二師專的學生。」逆雪道：「她雇我偷她老爹的望遠鏡，那可是俄國老毛子的玩意兒，聽說是什麼什麼二世的珍藏，正兒八經的好東西，得手之後我試著擺弄過，幾百米開外的東西就像在眼前似的，比二郎神的天眼都不差，絕不是普通望遠鏡能比的！」

許枚雙眉緊鎖，沉吟半晌，才輕輕歎了一聲道：「好端端的，她偷一個望遠鏡做什麼……」

「這我就不知道了，季小姐只告訴我，九月一日下午六點，季世元會坐一輛西式馬車從季公館出發，大概六點四十左右到達如歸旅社。」

「如歸旅社我知道，就在馥餘堂對面！九月一日……那就是昨天啊！」小悟對那位清秀可人的季鴻小姐頗有幾分好感，忽然得知她的死訊，頓覺胸口一陣發堵，心裡極不是滋味，忙問道：「季小姐怎麼死的？她還那麼年輕，怎麼突然就死了？」

「被人勒死的，右手腕還骨折了，昨晚八點，屍體在琴山公園的小樹林裡被發現。聽附近的人說，當時好像有季小姐的同學追喊凶手，在公園不遠處巡邏的警察一陣圍追堵截，把凶手當場擒獲。可我心裡總覺得不大對勁，季小姐的死，也許和我偷的這只望遠鏡有關。」逆雪咬咬嘴唇道：「你也知道，我平日裡只是拿些七零八碎的東西，從不害人性命的，這回雇主在我行動當天就被人殺掉，弄得我心裡七上八下。」

「趁早收手吧。」許枚拍拍逆雪的頭，「小小年紀幹點什麼不好，偏要做這麼危險的無本生意。」

「別的我又不會……」逆雪哼唧幾聲，又道：「季小姐還託我昨晚十點在城南的沄沄河渡口等一個人，暗中護送他回上海。」

「哦？是什麼人？」許枚問道。

「是個男學生，和季小姐差不多大。」逆雪遞出半張照片道：「他就是被警察抓住的『凶手』。」

許枚接過照片，眉毛一揚道：「哎呀，好個俊俏少年，他好像正攬著個姑娘，那姑娘還抱著他的肩膀，怎麼把姑娘的那一半照片撕掉了？」

逆雪搖頭道：「不知道，她給我時便是這樣。」

小悟插嘴道：「那個姑娘會不會是季小姐？」

「我也這麼覺得。」逆雪臉微微一紅道：「這個男學生可能是季小姐的……小情人。」

「沒根沒據的，別瞎猜。」許枚在逆雪的額頭上戳了一指頭，問道：「你要我去查這案子？」

逆雪一點頭，「對，我認識的人裡，你最聰明了。而且你認識警察局新上任的那個宣隊長，也許在警察那邊說得上話，插得上手。」逆雪一抱拳，「拜託了許老闆，逆雪從不求人，今日破例求你一次！還有……千萬不要對警察說起我，為了李大帥那把刀柄裡藏著保險櫃鑰匙的軍刀，想抓我的警察沒有一萬也有八千……」

說著逆雪站起身來，「東西放在門口了，查明真相，必有重謝！告辭。」他身形一晃，倏地閃出門外，等小悟回過神來追出去時，逆雪早已蹤跡全無，只有一套乞丐服丟在門口，衣服裡裹著一只精緻的望遠鏡。

小悟把望遠鏡交給許枚，小心問道：「老闆，這活兒要接嗎？」

「接。」許枚乾脆地回答，心中卻暗暗奇怪：逆雪性子素來淡漠，這回怎麼對一個雇主如此上心？

凶手

宣成坐在拙齋內室客廳的紅木沙發上，輕輕放下手中的茶盞，略帶慍色，「你想插手這件案子？」

「不是插手。」許枚笑著為宣成續上茶水，「我覺得……或許我能幫你破案。」

「凶手已經抓住了。」宣成淡然道。

「案發現場是公園對吧？那可是公共場所，凶手為什麼會選用繩子這種工具？要知道勒死一個人是需要時間的，萬一季小姐掙扎起來驚動了遊客怎麼辦？還不如刀子錘子這樣的凶器，可以瞬間置人於死地，神不知鬼不覺。」許枚充分利用自己知道的少得可憐的線索，提出質疑。

「案發時間是晚上八點之後，屍體是在琴山公園東南角的樹林裡發現的——那裡草木繁密，很久沒有修剪清理，遍地都是蛇草和蒼耳，景致很差，還有刺蝟、菜花蛇和老鼠出沒，連白天也很少有人過去。公園的遊人大都集中在琴山湖西北的花園，和東南方向的樹林隔了一個巨大的人工湖，幾乎不可能聽到湖對岸的動靜。」宣成解釋道：「那條繩子也不是凶手自己攜帶的凶器，而是多年前公園護林人繫在樹上固定枝丫走向的，年深日久，脫落下來，林中這樣的繩子有不少。另外，死者頸上有苔痕，衣領上還掛著蒼耳，多半是凶器在草叢裡時黏上的。就現場來看，像是凶手不知為什麼和死者起了爭執，情急之下，隨手抓起地上的繩子將她勒死。」

「哦……是這樣啊，也就是說凶手原本無意殺人，只是情急之下才對季小姐動手的。不過案發時既已入夜，季小姐這樣的大家閨秀，沒道理到那樣一個偏僻的地方去……對了，會不會是凶手殺人移屍？」許枚小心地提出假設。

「也許吧。」宣成並未否認。

「那現場有季小姐的腳印嗎，就那林子裡？」許枚忙問。

「林子裡滿地積年雜草落葉，能提取到的腳印確實不多，可辨認的有一男一女，女性腳印與死者季鴻大小一致，鞋底的紋路也對得上，但受力點無法判斷，男性腳印和被逮捕的凶手也完全一致。」宣成道：「除此之外，還有兩個目擊者的腳印。」

許枚又問：「目擊者是什麼人？」

「季鴻的兩個同學。他們在公園幽會，聽見林子裡有聲響，循聲走去，在灌木叢後發現了季鴻的屍體，還看見一個鬼鬼祟祟的人站在屍體旁，嚇得大聲喊叫起來，驚走了凶手。這兩人以前還曾見到季小姐與那男人起過爭執，甚至動手打了他。」宣成頗耐心地解釋之後，又警惕地問道：「不過，你一個巫師為什麼突然關心起這件命案？」

「首先，我不是巫師，只是撫陶師。」許枚有點無奈，「還有，我在案發前四天——八月二十七日晚上見過季小姐，她來我的店裡，賣掉了一只雍正官窯的祭紅釉玉壺春瓶。」

「賣掉什麼？」宣成聽到一個奇怪的名字。

「雍正官窯祭紅釉玉壺春瓶，『祭紅』這釉色正巧和『季鴻』這名字讀音一樣。」許枚道：「她說她急等錢用，但所求不過是三十塊大洋而已。季世元是何等人物，他的女兒怎會窮到連家裡的古玩都拿出來變賣？也許季小姐有什麼不能讓父親知道的祕密。」

宣成眼皮一抬，像是提起些興趣。

許枚繼續說：「而且她當時頗有些焦慮。一個十八歲的女孩子，還是商場巨擘之女，夤夜籌錢，行色匆匆，其中必有文章。」

「你還知道些什麼？」宣成問，見許枚一臉待價而沽的神色，又無奈道：「好吧，你想知道些什麼？」

許枚見宣成鬆口，忙抓住機會問道：「凶手是什麼人，他認罪了嗎？」

宣成道：「他的身分我暫時沒有查到，從穿著來看應該還是個學生。從昨晚被捕到現在，他只說了一句『我沒有殺人』，便一言不發，一副萬念俱灰一心求死的欠打樣子。」

「學生……哪裡的學生？」許枚眼珠轉了幾轉道：「是冉城師專嗎？我上次見到季小姐時，她穿著冉城師專的校服。」

宣城搖頭道：「凶手穿的是深灰色中山裝，冉城的幾家學校沒有這種款式的校服。」

「外地學生啊……他和季小姐是什麼關係？」

「他不肯開口，我們暫時沒有查到。」宣成道：「這種校服式樣不常見，我已經派人給周邊縣市的學校打電話詢問了，應該會有結果。」

許枚沉吟片刻，又道：「這人多大年紀？容貌氣質如何？」

宣成道：「十八九歲吧，皮相不錯，一身書卷氣，不過眼下這氣質麼……被當作凶手，戴上鐐銬，誰都是一副霉相。」

許枚忙抓住宣成的話頭，「警官說他『被當作凶手』！你是不是覺得這案子有蹊蹺？」

宣成點頭，「和你說話很輕鬆。」

許枚繼續推測，「警官剛才說過，那兩個在公園幽會的目擊者只看到他站在季小姐的屍體旁，並沒有看到他行凶殺人。也就是說，這個從前和季小姐爭吵過的學生很不巧出現在凶案現場，還被目擊者看個正著，又被隨後趕來的警察當場抓住，他……這麼看起來這個小子還真像凶手……」

宣成道：「他不是凶手。」

見許枚一臉不解，宣成便問道：「如果你要勒死一個比你矮小的人，會怎麼下手？」

許枚伸出雙手做了個凌空回拉的動作，「像這樣，從身後絞住脖子。」

宣成點頭道：「凶器是粗糙的麻繩，勒殺季小姐的凶手掌心也會因此留下繩索的挫痕，按照正常情況，挫痕應該是自虎口向手掌另一側劃去的。可這個『凶手』掌心的挫痕方向是相反的，像是拔河時被對方從手中抽走了繩子。」

許枚恍然道：「果然有蹊蹺，那接下來你打算怎麼查？」

「我要去季家看看。」宣成道：「我的車在外面。」

「警官的意思是讓我同去？」許枚微笑。

「隨你。」宣成一扭頭道。

許枚得寸進尺道：「從拙齋到季家好像要路過警察局吧，我想去見見那位凶手，怎麼樣？」

「可以。」宣成站起身來，「茶不錯，但一想到這瓷杯子隨時可能變成妖精，心裡總有些不舒服，下回用玻璃的吧。」

「不是隨時，只有子時。」一直當聽眾的小悟終於插上一句話。

許枚有點鬱悶：重點不是時間吧？和你們解釋多少遍那不是妖精！

警察局的監獄是前清府衙的大牢改的，木柵欄變了鐵牢門，獄警替了小牢子，重枷鐵扣換了手銬腳鐐，牢房的舊磚牆也抹了白灰，可還是一樣的陰冷潮濕。不過幾年工夫，牆皮便脫落得斑斑駁駁如癩瘡也似，蟑螂老鼠殺一批又來一批，一來二去，便也沒人再管。

穿著深灰色學生裝的少年戰戰兢兢坐在冷板凳上，偷偷抬起眼皮瞧了瞧宣成，視線和那冷森森的目光一觸，只覺得心頭血都要凍住了，不由得打個哆嗦，縮著肩膀低下頭去。

「快一天了，一句整話都沒說過。」宣成道。

許枚細細打量這個「凶手」，見他生得俊眼修眉，清秀文弱，正是那半張照片裡的少年。此時他頭髮亂蓬蓬地垂在額前，雪白的臉上掛著幾道汗漬，斑斑駁駁地沾了些汙泥，頭埋得很低，上牙不時地咬住乾裂的下唇，一副狼狽相。

許枚歎了口氣，又見他頸上掛著一根黑色細繩，吊了一枚徑不及寸的銅錢，垂在胸前，一半藏在衣內，一半從扣間縫隙中漏出來。許枚定睛看去，輕輕吸了一口涼氣，眼睛瞪得溜圓，牙齒「咯嘣嘣」打了打戰，一扭身子便往外走。

宣成莫名其妙，急追出去問道：「你怎麼了？」

許枚道：「偵訊之道我不擅長，既然他不肯說話，我留在這兒也沒用。」

宣成道：「不對，以你的性子，就算明知問不出什麼，也會調戲他幾句。」

許枚一窒，「警官，擺著這麼一副撲克臉說出『調戲』二字真的很不正經。」

宣成上下打量著許枚，「你一定發現了什麼，你認識他？」

「不認識，從未見過。」許枚連連搖頭。

「你認得這身校服？」

「更不認得。」

「你……你這古董販子看上他戴的銅錢了！」

許枚一攤手笑道：「好吧，算你猜的沾了點邊。警官哪，這名『凶手』戴著這麼一枚銅錢，你竟沒有起疑心？」

宣成奇道：「少年人形魂未足，戴枚銅錢壓勝辟邪再正常不過，有什麼可懷疑的？」

許枚微笑道：「回去再說，咱們先去季家。」

宣成連連磨牙，「這神棍又賣關子。」

勒索信

季世元四十來歲年紀，穿一身洋味十足的灰色西裝，戴著一副金絲邊眼鏡，身材單薄消瘦，樣貌頗為英俊，腳踝上卻貼著一塊難看的狗皮膏藥。原來這位豪商收藏油畫的藏寶庫前不久被小偷光顧了——季世元性子獨得很，家裡除了按鐘點上班的廚子和清潔工，從來不雇管家傭人，一旦遭了盜，還得自己捉賊，偏偏季世元眼神不靈光，追賊時從樓梯上跌了下去，扭傷了腳。這個至今都沒有落網的小偷奇怪得很，把藏寶室翻了個亂七八糟，滿屋名畫珍寶卻一件都沒拿。

此時季世元正緊緊抱著季鴻的照片，臉色灰敗，嗚咽不止。季世元有三位夫人，季鴻的生母大太太早逝，二太太劉氏穩重優雅，穿淺黑色高領長襖和深灰色長裙，規規矩矩地併攏著三寸金蓮，低眉順目坐在季世元身邊，手撚佛珠，眼圈微微發紅。

宣成擒賊捉匪毫不含糊，可最怕這般淒淒慘慘的場面，坐在季世元夫婦對面柔軟的皮質沙發上，只覺得如坐針氈，忙側過頭看了許枚一眼。

許枚見他一貫冰冷的眼神裡滿是無助，心中暗笑，忙輕咳一聲道：「季老爺，人死不能復生，為今之計，還是先勘破凶案，緝拿凶手，為季小姐伸冤雪恨。」

「嗚嗚……好……可是，凶手不是當場便抓住了嗎？」季世元滿面悽惶，抽噎著問。

「在公園附近被捕的男子，也許不是凶手。」宣成解釋道。

「啊？哦……噗——」季世元使勁擤了擤鼻涕，二太太忙遞上自己的手絹。

許枚見季世元臉色微微一變，忙問道：「昨晚六點到七點，您在何處？」

此言一出，季世元夫婦皆是一怔，二太太花容失色，惶然垂首，看口型是在默念「阿彌陀佛」。

宣成詫異地看看許枚：你還知道多少內情？

許枚悠閒地挑挑眉毛：我知道的遠比你所想像的要多。

宣成磨牙。

季世元重重歎了口氣，為難地點點頭，「看來警官已經知道了，我也不瞞您了。」

季世元摘下厚如酒瓶底的眼鏡，長歎一聲，說道：「五天前，我剛娶進門不到三個月的三太太玉樓，被青龍會袍哥雷猛的太太請去喝茶打牌，玉樓半個月前認識了雷太太，據說兩個人處得不錯，也經常一道打牌，我當時也沒在意，便隨她去了。可八月二十六日下午，一封插著匕首的信釘在我家大門上，信中說玉樓和雷太太玩麻將，輸了整整一夜，要我九月一日，也就是昨天晚上，把五百大洋賭債放到馥餘堂二樓的玄字型大小雅間，他自會取走。」

「這是綁票。」宣成怒道：「為什麼不報警？信呢？」

「我不敢。」季世元攤手道：「信封裡塞著一顆子彈，信上還說『此事不足為外人道也』，我當然明白這是什麼意思。」他手忙腳亂地從懷裡摸出一封信，顫顫巍巍遞給宣成，也學著二太太虛合著手掌不住地默念阿彌陀佛。

勒索信是用報紙上剪下的字黏在白紙上拼湊成的，字體大大小小，一眼看去，幾乎每行都有錯別字，「玉樓」的「玉」錯用了「欲」，字體大得嚇人，多半是從哪家「欲購從速」的廣告上剪下來的；「雅間」的「間」黏成了「監」；「大洋」的「洋」黏成了「陽」；那句「此事不足為外人道也」變成了「此市不租為外人道也」；那「五百大洋」、「晚上七點」兩處字下的紙張還翻起了澀毛，像是黏錯了字又揭起重新黏過，應該是綁匪最後修改了贖金數目和交易時間。這勒索信雖然讀著彆扭，卻也能猜透其中意思，想來是那綁匪懶得到處去搜羅合適的字，只隨便翻了幾份報紙，找些將就的湊數了事。

宣成斂去眼中寒芒，耐心問道：「綁架人質，交接贖金，此事與季小姐何干？」

季世元懊惱道：「也怪我前些日子傷了腿，沒法親自走這一遭，所以阿鴻就……」他說到此，萬分懊悔地掩面抽泣。

「小姐自告奮勇，到馥餘堂交付贖金？」許枚替他說道。

「唔……嗚嗚……我不讓她去的，可她一再堅持……」季世元臉色灰敗，慘然道：「我就……」

「您這個做父親的很不放心，便跟了去？」許枚道。

「我開車去的，而且我還讓她帶了槍防身。」

「她帶了槍？」宣成大驚，「我們在現場沒有發現槍！」

許枚道：「如果槍落到凶手手裡，後果可不堪設想，對了，那個被你們抓到的凶手……」

「他身上沒槍。」宣成苦惱道：「是什麼樣的槍？」

季世元抹著淚道：「勃朗寧 M1911，加了消音器的。」

宣成黑著臉道：「我會讓人重新搜查那片樹林，你昨晚也去了馥餘堂？」

季世元搖搖頭，指了指自己的腳踝道：「我這副樣子，一旦出了事，只能拖後腿。我在馥餘堂對面的如歸旅社二樓訂了一間客房，可以看到馥餘堂的大門和側門，但是玄字型大小雅間在馥餘堂正北面，裡面的情況我看不到。」季世元痛苦地回憶，「我是下午六點從家裡出發的，可剛一到如歸旅社，我隨身攜帶的望遠鏡好端端地找不到了。我只好拄著拐上了樓，守在房間窗口。等到七點整，阿鴻坐著洋車從東邊來到馥餘堂正門外，提著箱子走了進去。我等了二十分鐘，見阿鴻從側門出來，又坐上一輛洋車，向北走了，我還鬆了口氣，以為她會繞回家去，可誰知道……」

「等一下，小姐是從東邊來的，為什麼離開馥餘堂後要向北走？」宣成忙問。

「不知為什麼。阿鴻是從側門出來的，外面有幾排小吃攤，路不大好走。我想跟上去，可是那條小路太窄，汽車開不進去，我只好先回家等她。」季世元解釋道。

宣成一點頭，又問道：「當時是七點二十分，天已經完全黑了，你能看清季小姐離開？」

季世元道：「阿鴻穿著一件大紅色的夾金線繡石榴花緞子旗袍，戴著一頂紅色大簷蝴蝶帽，特別顯眼——是她去年過生日時我送她的，用的是我店裡最貴的綢緞，請的是『羽衣閣』最好的裁縫，在整個冉城都是獨一無二的。可是阿鴻嫌顏色太豔……」季世元想起女兒生日，鼻子一酸，剛剛止住的眼淚又流了下來。

宣成點點頭，似是別有深意地說：「對，那件旗袍確實高檔。」

許枚奇怪地看了宣成一眼。

季世元泣不成聲，「這是她第一次穿這衣裳，第一次……」

宣成和許枚對視一眼，見季世元情緒激動，也不便再問，正要起身告辭，卻聽門外「噔噔噔」一陣張揚的腳步聲響，一個濃妝豔抹的年輕女子踏著小鹿皮的高跟鞋，穿著琵琶襟鑲緄金枝綠葉長旗袍，拎著鑲金嵌翠的小皮包，黃黃綠綠地扭了進來。她也不顧外人在場，一頭撲在季世元懷裡，摟著季世元的胳膊放聲大哭：「老爺啊，我聽鄰居說了，怎麼我不在家這幾天，家裡出了這麼大的事啊……」她一邊哭，一邊側過身子一屁股擠開二太太。

季世元見這女子進來，眼睛微微一亮，神色稍寬，但滿腹哀痛絲毫未減，嘴唇翕動幾下，卻只淡淡道：「這些天，你……受苦了……」說著季世元便心煩意亂地從她手中掙出來，一言不發。二太太輕歎一聲，轉過身去繼續念佛。

那女子有聲無淚地乾號了幾聲，才裝模作樣轉過身來，「喲，警爺，您別見怪，我實在是心疼阿鴻，剛才沒瞧見您二位。」說著挺了挺胸前那對奇峰，上下打量許枚和宣成，頓時眼前一亮，瞧這個也美，看那個也俊，口水含在嘴邊，幾乎要淌下來。

宣成臉色遽寒，抬手一指玉樓，「你是季三太太？我有話問你。」

「啊，好，您問。」季三太太玉樓激靈靈打個冷戰，乖乖地答應。

「你被綁架的這些天……」

「誰被綁架啦？」玉樓訝然道：「我只是在雷爺家裡玩了幾天，吃好的喝好的，胖了好幾斤。」

季世元登時大怒，晃晃悠悠站起身來，指著玉樓的鼻尖喝道：「你為什麼不跟我說一聲？你知不知道，阿鴻她就是為了你才……」說到此，他一口濃痰堵住咽喉，臉漲得通紅，重重咳了幾聲，頹然倒在沙發上。二太太忙上前撫胸捶背。好一陣子，季世元才舒緩過來。

「我讓雷爺給老爺送過信啦！」玉樓委屈地說：「老爺您怎麼啦？您從來不吼我的。」說著她小肩膀一縮，泫然欲泣。

許枚扶額暗歎：跟春宮圖鼻煙壺的瓷靈似的一副操性。

宣成看了看季世元，「看來雷猛把信弄錯了？」

「故意的，他肯定是故意的！」季世元又悲又惱，大聲號啕道：「我的阿鴻，我的阿鴻……」

玉樓見季世元這副歇斯底里的樣子，也有些慌了，不知說些什麼好，手足無措地看看二太太。二太太輕歎一聲，揮揮手讓她先上樓去。

玉樓不滿地一跺腳，轉身要走，許枚忽然叫住她，「你這些天都吃了什麼、玩了什麼、在哪兒住、誰陪著你、有沒有想家、為什麼不打電話？」

玉樓愣了好一陣，才轉著眼珠說道：「我就住在雷家，他家還沒裝電話呢。雷太太陪著我玩牌、逛街、聽戲、做衣服，我讓人給老爺捎過信兒，真的！我可想老爺了，還給老爺買了好多東西，就在門外放著呢！有『山凰成衣鋪』的西裝，『秋毫軒』的眼鏡，還有『不難調』的核桃酥……」

季世元正又悲又惱，一聽這話更是氣不打一處來，狠狠地一揮手，命她出去。季世元又對二太太道：「若梅，給上海打電話，讓阿嵐快些回來吧，我想她了……」

玉樓輕輕「哼」了一聲，嘀嘀咕咕地扭出靈堂，走到門口時還有些不捨地望了許枚一眼。

玉樓這麼一鬧，攪得季世元夫婦又尷尬又窩火。季世元頹喪地跌在沙發裡，二太太靜靜地坐在旁邊，輕輕握著季世元的手掌，一語不發。許枚、宣成也不好再說什麼。許枚望望掛在牆上的全家福，見季世元笑呵呵坐在當中，大太太和二太太伴坐身旁，只不見三太太的身影，看來拍照時她還沒有進門。許枚輕歎一聲，又見三位長輩身後站著兩個女學生，兩人都穿著學生裝，梳著長辮子，薄施脂粉，靈秀可人。個子高䠷些的是季鴻，身材嬌小些的應該就是二太太的女兒季嵐了。

許枚看著照片，若有所思，正此時，門外傳來一陣腳步聲，一個高䠷白淨的少年和一個瘦削的少女在門前探頭探腦。

宣成低聲道：「蕭逸生、呂慧，兩個目擊者。」

許枚一點頭，「瞧瞧去。」

目擊者和綁架犯

兩個目擊者是季鴻在冉城師專的同學。

蕭逸生眉目疏朗，神色悵然，頭髮梳成三七分，穿一身黑色校服，手裡拿著一頂黑色鴨舌帽。呂慧身材纖瘦，面色白皙，眼圈微紅，留著長髮，與照片裡的季鴻一樣，都穿著湖藍色小褂和黑色褶裙，不同的是呂慧略瘦一些，臉上還擦了厚厚的粉，顯得慘白可怖。二人正怯生生站在靈堂外，看著一臉冷峻的宣成。

宣成開門見山，「昨晚做筆錄時有些話沒問明白。你們何時何處看見『凶手』與季鴻爭吵？」

蕭逸生抖抖嘴唇，轉頭去看呂慧，呂慧紅著眼道：「大概十天前，我們在琴山公園湖邊的涼亭看見阿鴻在埋怨那個男生，還動手打了他。阿鴻一見到我們，就把他趕走了，我們再問什麼，她也不肯明說，只說那人是給店裡送貨的夥計。可是我們都知道，阿鴻是從來不插手她父親店裡的生意的，再說哪有穿著校服當夥計的。我猜這個男生，可能是阿鴻的朋友……」

蕭逸生趕緊點了點頭，「對對對，朋友……」

許枚眉毛一挑，微笑道：「在你們看來，這人和季小姐只是朋友？」

呂慧微微蹙眉，「我說『朋友』，您應該明白我的意思，我猜……那男人喜歡阿鴻，阿鴻好像也對他……對他……怎麼說呢？」她眼圈發紅，抬起手來抹了抹眼角，搖頭道：「也許是他因愛生恨，鑽了牛角尖，才對阿鴻下了毒手。」

許枚玩味道：「是嗎……」

呂慧忙道：「我……就是隨口一說，其實那個男生長得文靜秀氣，阿鴻很喜歡這種類型……」

蕭逸生眉頭大皺，一扯呂慧衣角，小聲說：「別瞎猜。」

呂慧訕訕住口。

宣成道：「第二個問題，你們看到凶手時，他有沒有帶著槍？」

蕭逸生吃了一驚，訥訥道：「啊……槍？當然沒有。如果他有槍，我們怕是都活不了。」

呂慧也道：「難道阿鴻身上有槍傷？我們當時沒聽到槍響啊。」

「那你們聽到了什麼？」許枚突然問道。

「呃……我們……我們就聽到樹林裡有沙沙的聲音，像是有人在走動或是……廝打，我們覺得奇怪，就走了進去。」蕭逸生道。

「這樣啊，那你們膽子倒是不小。」許枚的目光在二人身上游移片刻，道：「好了，你們去祭拜季小姐吧。」

目送呂、蕭二人走進靈堂，宣成突然對許枚道：「他有些過於緊張了。」

許枚道：「沒錯，那男孩的腿一直在抖。」

宣成輕輕一點頭，又道：「這個呂慧來祭拜亡者，竟然擦著那麼厚的粉，說話的時候都往下掉渣，這實在有點不尋常。還有你，你到底還知道些什麼，又從何而知？」

「我還知道，是季小姐命人偷走了季世元的望遠鏡。」許枚道：「至於從何而知，嗯……小祕密。」

「哼。」宣成轉身便走。

「去哪兒啊？」許枚緊追幾步問道。

「青龍會，雷家。」宣成不情不願地回答。

「我怎麼從未聽說過這個幫派？」許枚皺皺眉，「做什麼營生的？」

「煙館、娼寮。」宣成不屑地說：「青龍會是新成立的一個小幫派，只在冉城新城區和城外沄沄河兩岸活動，成員除了雷猛和他的夫人，還有些小地痞，總共不超過三十人，甚至連『幫派』二字都稱不起。」

「難怪只敢用這種缺德的小伎倆訛錢！若不是三太太心大了些，季世元軟弱了些，這筆錢雷猛根本詐不到手。」許枚搖搖頭說：「警官認為青龍會和季鴻的案子有關嗎？」

「季小姐是在送下贖金之後被人殺害的，這青龍會的雷猛，還有交付贖金的地點馥餘堂，一個都不能漏掉。」宣成道。

「雷猛那邊，我陪你去，至於馥餘堂麼，交給小悟如何？」許枚笑著說：「別用那種不信任的表情看著我，相信小傢伙一次吧。我這就去吩咐他，正好還有件事要託他辦，咱們下午見。」

雷家的宅子也算闊氣，但和季家比起來就寒酸多了。這是一座前清時法國人蓋的洋房，樣式還算別致，但久未翻新粉刷，已顯出些古舊味道。家具陳設倒是嶄新漂亮，可都是一水兒的來料加工的廣貨，看著光鮮亮麗，可用不過兩三年，就得來一次大換血。

雷猛午睡剛起，穿一件古銅色繡團壽紋的對襟馬褂和淺褐色長袍，踏一雙登雲齋的黑緞子布鞋，左掌中玩著一對厚重的獅子頭核桃，「喀啦喀啦」盤轉如飛，右手握著一根黑沉沉的烏木拐，嘴裡銜著紙煙，皮笑肉不笑地坐在沙發上，恭敬而做作地望著宣、許二人。

宣成見雷猛筋強肉厚，豹頭環眼，太陽穴微微鼓起，心中頓時了然：外家高手！

那雷夫人捻著一支細長別致的銀質煙鍋兒靠窗站著，盤著髮髻，滿頭珠翠，穿一件銀緞子高領中袖旗袍，踩著一對小巧的亮銀色高跟鞋，眼中帶著一副慵懶的媚態，眼波一動，便有一絲陰冷氣息散出來。

宣成清清嗓子：「雷先生，季世元的三太太玉樓……」

「啊，季三太太，這些天一直在我這裡玩，到今天上午才走。」雷猛不等宣成說完，便扯起大嗓門搶著說道。

「雷先生認得季老闆？」許枚道。

「這倒不曾。」雷猛搖頭。

「那為何要請三太太到府上？」宣成問道。

「季家三太太和我渾家投緣，所以請了她來，這一住就是四五天。」雷猛看看倚在窗邊的夫人，「對吧，翠芳？」

雷夫人翠芳輕輕嘬了一口煙，點了點頭，「季家三太太人不錯，很好相與。」

雷猛道：「她們有一回同在山凰成衣鋪買衣裳時認識的，您也知道，女人麼，都愛往那些地方跑……」

話未說完，翠芳眼中便閃出一絲不悅。

「可是……」許枚嘴角一挑，「山凰成衣鋪離季家雖近，離雷家卻頗有些距離，而在貴府不遠處的『羽衣閣』裁製旗袍堪稱一絕，夫人為何要捨近求遠？而且山凰成衣鋪以製售西裝為佳，女裝卻不甚精巧，夫人的品味麼……」他上下打量翠芳幾眼，點頭道：「還算不錯，雷先生穿的也是中式衣裳，和山凰的西式成衣毫不搭界。您大老遠地跑一趟山凰，莫不是專為結識季三太太吧？」

「路過罷了。」翠芳吐個煙圈，懶懶地說，對許枚的質疑一概不予理睬。

宣成又問雷猛道：「三太太可曾給季老闆捎過信？」

「捎過，當天我到季家附近的那條街有事，親手送過去的。正巧有個四十來歲的男僕站在門外，我就把信給他了。」雷猛道。

「季家從來不雇僕人，幾個按鐘上門的廚師和清潔工都是女人。」宣成微惱道：「你把信給了誰？」

「唉喲。」雷猛一拍大腿，「我看他那副打扮，又恭恭敬敬在門口站著，還以為他就是季老闆家的下人，原來這信沒送到啊？可是……這些天也沒見季老闆到處找人……」

「季老闆接到的，是一封以季三太太為人質的勒索信。」宣成冷然道。

「啊喲！定是那夥計……哦不，定是那接了信的漢子做的好事！他拆看了我的信，知道三太太這些日子不回家，便心生歹念，寫了封勒索信敲詐錢財！」雷猛怒沖沖地說：「讓我碰著他，非活剝了他的皮做成鼓不可！」

宣成若有所思地瞧了雷猛一眼，「和你說話真輕鬆，三兩句便把匪徒的計畫說了個通透。」

雷猛一怔，「我……我猜的。不信我寫幾個字您瞧瞧，我的筆跡和那勒索信一定對不上。」說著他偷眼去瞧宣成，眼中透著幾分狡黠。

宣成暗惱：你倒機靈，那封信和誰的筆跡都對不上。

「二位最近有沒有去過馥餘堂？」許枚突然問。

「沒有。」雷猛連連搖頭，「在那兒聽一場戲，就得脫層皮，哪怕是包個雅間，一些小家小戶就得傾家蕩產，聽說那些雅間用的桌椅都是清宮流出的高檔貨，連茶盞都是碧玉的，牆上一幅畫就能買一座宅子。」

「雷先生還包過馥餘堂的雅間？」許枚嘖嘖歎道：「真是闊氣。」

「我哪有那麼多閒錢，我都是聽說的。」雷猛訕訕地說。

「這麼說，你們對勒索信的事一無所知？」宣成道。

「當然！唉……其實也怪我，我要是不犯懶，直接把信送進季家，就不會出這種事了……」雷猛不痛不癢地輕輕掌自己的嘴，「這都怪我，都怪我！」

宣成暗暗磨牙，許枚噗地一笑，「好了雷掌櫃，我們就不打擾了。」

雷猛連忙起身，堆笑道：「哎，好好，二位慢走。」他又回頭道：「翠芳，別傻站著，和我一道送送警官啊。」

「雷先生留步。」許枚回以一個溫和的微笑。

馥餘堂

不論什麼日子，馥餘堂旁邊的兩排小吃攤都甚是熱鬧，有煎餅果子炸油條，乾鍋豆腐鐵板燒，瓜子鍋貼糖葫蘆，花生蜜餞紅豆糕。尤其是張老漢的餛飩攤，從來是座無虛席——南來北往、三教九流的客人都喜歡坐在這小小的棚子裡，吃上一大碗熱乎乎香噴噴的餛飩，小悟這樣滿街亂跑的小夥計，更是每次連湯都喝得一滴不剩。一些貪玩的小子還喜歡端著碗湊到馥餘堂門口蹭幾句戲聽，可聽不多時就被馥餘堂的夥計連喝帶嚇地轟走。

小悟放下大瓷碗，意猶未盡地吐一口氣，拍拍肚子，站起身來走到張老漢身邊，「大爺，給您碗。」

「噢，好，放那兒吧小子。」張老漢一邊答應著，一邊往鍋裡添了幾大勺高湯，又捻了一把小蝦皮。

小悟使勁吸吸鼻子，「真香！大爺您的餛飩真是冉城一絕，不對，是中國一絕！那些大酒樓裡掌勺的師傅，哪個能做出這麼香的餛飩？」

千穿萬穿，馬屁不穿，小悟這幾句話捧得張老漢打心眼兒裡痛快，一面往爐子裡填著炭，一面笑呵呵地說：「小子，老漢我不是跟你吹，我這做餛飩的手藝，已經傳了三輩兒啦！你瞧瞧那輛車。」他伸手一指停在馥餘堂門口的一輛西式馬車。

「那是米行魏老闆的車，魏太太特別喜歡吃我的餛飩，每次來這兒喝茶聽戲，都要打發人來買一碗，今兒怎麼還不來……」張老漢說著用大湯勺攪了攪湯鍋，滿滿地盛了兩碗餛飩給對面桌上的客人。

「大爺，再給我盛一碗。」小悟又數出幾個銅板。

「呵呵，小子飯量不錯啊，瞧這身板兒也夠結實的。」張老漢笑呵呵地給小悟盛了一大碗，還另添了兩個餛飩和一撮蝦皮。

「喲，這兒沒座兒啦，我上那邊兒吃去，一會兒把碗給您送來！」小悟道。

「好嘞。」

小悟端著餛飩逕自走進馥餘堂，那馥餘堂的夥計腆著肚子往門口一擋，「哎，站住站住，你幹嘛的？這地方是你隨便進的嗎！」

「喲，這位大哥，小弟眼拙，沒瞧見您。」小悟一手端著餛飩碗，一手探進懷裡，取出一包紅豆糕來，塞到那夥計手裡，「這個您拿著，豆子西施的紅豆糕。小弟我呢，嘿嘿……就是想給魏太太送碗餛飩去，順便賺一耳朵戲聽。」

「哦……嘿嘿，你小子夠賊的啊。」夥計掂掂紙包，「這魏太太吃張老頭兒的餛飩還吃上癮啦……行你去吧，小子挺會來事兒，今兒可是小白霜的《秦香蓮》，你賺到啦。」

「哎，是是，我這趟腿跑得值。您忙，您忙。」小悟答應著，轉身跑到個僻靜角落，狼吞虎嚥地把餛飩吃個精光，狠狠打了兩個飽嗝，暗道：太好吃了！

他摸摸肚皮，舔舔黏在碗沿上的蝦皮，轉身便往外走，一面走一面嘀咕：「這魏太太吃得夠快的……」

那迎門夥計一見小悟：「怎麼著，陳世美剛走，你也跟著出去呀？最精彩的地方還不到呢！」

「嘿，我出去幹嘛，我這不是來找您聊會兒閒天兒嗎？」小悟又從口袋裡掏出一袋蒜蓉花生，「來，邊吃邊聊。」

夥計樂得眉開眼笑，心說：今兒這應門當得可太值了。他便和小悟倚著門站著，瞧著臺上咿咿呀呀的大青衣，吃著花生有一搭沒一搭地聊天。

「在大店裡當差就是好啊，有這種耳福，可把小弟羨慕死了。」小悟隨著「秦香蓮」的抑揚頓挫搖頭晃腦，滿臉豔羨地說。

「不是跟你吹啊，能來這兒唱戲的可都是好角兒！遠的不說，單說昨天晚上，嘿……」夥計一挽袖子，口沫橫飛地說，「李少仙、小玉蟾的《四郎探母》、《龍鳳呈祥》，徐青山的《挑滑車》，孟鐵頭的《鞭督郵》，個個都是名角兒，場場都是好戲，人那個多呀，二樓的雅間提前四天就訂不上了。哎，你知道昨兒訂一個雅間要多少錢嗎？三十塊！」

「我的老天，那麼貴！」小悟做出個誇張的驚訝表情，差點把下巴掉下去。

「那是！」夥計一撇嘴，「也就這些天江蓼紅不在，要不然包雅間的錢還能再漲五塊。」

「這……包個雅間這麼貴，怕是沒多少人肯花這冤枉錢吧？」小悟小心試探。

「別說，還真有人傻錢多喜歡捧角兒的痴子，有個小姐提前五天就訂了黃字型大小，結果身上沒帶著錢，第二天大半夜才把訂金送來。」夥計笑道。

小悟心中一動，忙問道：「沒有訂金，你們老闆還把雅間給她留了一整天？這人誰呀，面子這麼大？」

「說出來嚇死你。」夥計嚼著花生說：「冉城商會季會長家的大小姐！她一報名字險些給我嚇得坐地上……」

小悟暗道：季小姐被害的消息就要登報了，到時候不知你什麼反應。

夥計繼續說：「要說那天的戲呀，可是真好，李少仙最後那一嗓子嘎調，呵，那句話怎麼說來著，繞梁三日！」

小悟使勁點頭，「了不起，真是了不起，你們老闆肯定賺翻啦。哎，黃字型大小挨著玄字型大小吧？那玄字型大小是誰訂的呀？」

「我想想啊……好像是個有錢的太太，穿著一身銀色的旗袍，把著一根又細又長的煙袋，闊氣得很，這人也怪，大熱天的還戴著口罩。別人訂一個雅間至少進去兩人仨人的，聽個夠本兒，這位可倒好，訂房的時候咬死了非玄字房不訂，可昨兒晚上人根本就沒來，真不把錢當回事兒。」

「至少兩人仨人？」小悟眼珠一轉，忙問道：「哎，那季小姐有伴兒嗎？」

「嗯……有一個，模樣我記不得了，也是位小姐，和季小姐身量差不多，穿一件紫色的旗袍。說來也怪，季小姐和這個紫衣小姐都戴著大簷帽，帽檐下面還有網紗，跟外國女人似的擋了大半張臉。」

「那季小姐有沒有拿什麼東西進來？」

「有啊。要說這季小姐可夠奇怪的，穿了一身紅豔豔的衣裳，看著就挺貴，手裡卻提了一個黑油油的大皮箱子，分量著實不輕。季小姐那麼個嬌滴滴的美人兒，提著那箱子一步一晃的，我們要上去搭把手，她還不讓。」夥計奇怪地說：「而且呀，剛剛開戲，七點半還不到呢，季小姐就低著頭從那邊兒最暗的一個樓梯下來，匆匆忙忙地從側門走了，要不是她穿那一團大紅，我還真注意不到她，那時候公主正讓楊四郎『盟誓願』呢，誰有工夫到處亂瞅！」

小悟想了想，「那她的同伴呢？」

「嗯……那位想來也是個有錢的小姐吧，沒過了十分鐘，也急急忙忙地走了。要說這幾位真是錢太多嫌燙手，好好的雅間，就這麼浪費了。」夥計說著搖了搖頭，忽然又說道：「不過有兩件事兒挺奇怪的。」

「什麼事？」小悟往跟前湊了湊。

夥計神祕兮兮道：「她們來時拿的那個箱子不見了！季小姐和那紫衣小姐都是空著手走的，我生怕她們把什麼東西落下，還特意跑到雅間去看，可屋裡什麼也沒有。還有啊，我明明沒見到訂玄字雅間的女客上樓，可是到後來收拾房間的時候，看見一條汗巾子塞在玄字號房門縫裡，還是條男人的汗巾子。」

「汗巾子？」小悟奇道：「你確定玄字號房的客人沒來過？」

「沒有，連門都沒打開，鑰匙也沒送回來，老闆都打算換鎖了。我們這兒一共四個雅間，天地在南，玄黃在北，都只有一條樓梯上下，那天我就在北邊的樓梯下面招呼客人，只看到季小姐和那位紫衣小姐上去過，所以我懷疑呀……」夥計壓低了聲音道：「這汗巾子是季小姐她們留下的，要麼是季小姐，要麼是那紫衣小姐，兩個人裡肯定有一個和野男人勾搭上了。那汗巾子上繡著鴛鴦、蝴蝶、大雁，誰看不出來什麼意思啊！那上面還有幾行字，長長短短的，好像是一首曲兒吧。我不識字，看不明白，只覺得這巾子倍兒高檔，我就自個兒收著嘍。」說著他從懷裡抖出來一塊水藍色的汗巾。

小悟「唉喲」一聲，「大哥您糊塗啊，這上面指不定染著花柳呢！您看這幾塊紅乎乎的，也不知是什麼髒東西！」

夥計大聲的「唉喲」一嗓子，「我也說呢，這麼好的東西就扔在那兒！」他一揚手便要把那汗巾子扔出門外。

小悟卻小心翼翼地用兩根指頭夾起來，「我幫您扔得遠遠兒的。」說著他一溜煙跑出門外。

那夥計呆了半晌，一跺腳道：「花柳個屁咧，那是油彩，小兔崽子敢騙我！」他幾步追了出去，卻早已不見了小悟的影子，只好一跺腳，悻悻地回去了。

小悟縮在馥餘堂後的巷子裡偷笑了好一陣，才一拍腦門道：「險些忘了，還得去找那個黑痣小鬼，然後要去……什麼地方來著……哦對了，鳴泉巷江府。」說著他轉身要走，卻見腳下有個東西被陽光照得光芒一閃。

「咦？這東西……子彈殼！」小悟吃了一驚，見四下無人，忙伸手從腳下的磚縫裡摳出那子彈殼，塞進口袋裡。

「這巷子，不尋常啊……」小悟托著下巴道。

豔詞

宣成和許枚在仙客來酒莊用過晚飯，散步回到拙齋，聽著小悟張牙舞爪的講述，看著眼前的汗巾子，對視一眼。

「玉樓冰簟鴛鴦錦，粉融香汗流山枕。簾外轆轤聲，斂眉含笑驚。柳陰煙漠漠，低鬢蟬釵落。須作一生拚，盡君今日歡。」許枚讀著汗巾上繡的詩詞，「唐末牛嶠的《菩薩蠻》，一首露骨的豔詞，這巾子可不像季小姐這樣未經人事的小姑娘用的。」

宣成道：「可是昨晚去過馥餘堂北面二樓的，只有季鴻和那個神祕的紫衣女伴，這條汗巾一定和她們有關。」

「沒錯，玄字型大小雅間是青龍會定下的交易地點，我想季小姐把汗巾塞進門縫裡，一定是想告訴綁匪些什麼，或許和季家三太太這個所謂『人質』有關。你瞧，『玉樓冰簟鴛鴦錦』，季三太太不就叫玉樓嗎？」

「是這麼解釋嗎？」宣成半信半疑，「『玉樓』這個詞在宋詞元曲裡很常見，也許是巧合吧。」

許枚道：「又或許是三太太與人有私情，你瞧這塊紅色的汙漬，這好像是……」

「是戲班子化妝用的紅油彩！關羽、黃蓋、聞太師、趙匡胤都用這種紅色。」深通此道的小悟搶著說。

許枚一拍手道：「嘿，我猜是季三太太和一個唱淨角兒的戲子有染，此事被季鴻得知，她留下這塊汗巾，就是為了告訴青龍會的人：這個女人不檢點，我季家不會為她出這五百大洋。」

宣成凝神思索片刻，「如果季鴻不打算交贖金，那她拿進馥餘堂的一箱大洋哪去了？她和那紫衣女子都是空著手出來的。」他又問小悟：「那夥計還說了什麼？」

「沒啦，就為了這些消息，我丟了一大包紅豆糕和一小包花生米！」小悟打著飽嗝說。

「肚子裡少說還有兩碗餛飩。」許枚拍拍小悟的肚皮，又疑惑地自言自語，「是呀，那箱大洋哪去了？還有，怎麼又冒出一個穿紫色旗袍的姑娘？季世元在如歸旅社看到季鴻是孤身一人走進馥餘堂的，難道她和這位女伴是分開行動，在馥餘堂裡會合？」

「我在想那個訂了玄字號房的客人。」宣成道：「銀色旗袍，細長煙袋，你覺得她是誰？」

「雷猛的老婆翠芳？」許枚道：「不過她戴了口罩，那夥計沒看到她的臉，這個人證做不得數。」

「翠芳專程去山凰成衣鋪，假意與季家三太太玉樓攀交情，又邀請她到雷府逗留，雷猛則寫信給季世元，命季家在九月一日把贖金放在玄字型大小雅間。當天晚上翠芳伺季鴻離開後，便可進去把贖金取走，雷猛則把事情引到一個根本不存在的四十來歲的男人身上，一句『送錯了信』便把敲詐的事推得乾乾淨淨。這些錢對季世元來說算不得什麼，他當然不會為此得罪這種難纏的小幫會，最重要的是玉樓也沒受什麼皮肉之苦，這案子便會無疾而終。」宣成帶著幾分氣惱推測雷猛的計畫。

許枚點點頭，又說道：「可奇怪的是翠芳當夜並沒有去馥餘堂玄字型大小雅間，季鴻還莫名其妙地提前定下了黃字型大小。也許雷猛派了手下人去……不對，那夥計一直守在樓下，只看到季鴻和那紫衣女子上了樓，難道這紫衣女子才是來拿贖金的綁匪？可她走出馥餘堂時也是空著手的。」

「那個雅間有向北開的窗戶。」宣成道：「既不在房間裡，也沒有被拿出去，那箱銀圓只有這一個去處。」

「丟出窗外？」許枚嘖嘖道：「馥餘堂後牆外是一條小巷，沒什麼人家，倒是個祕密交易的好所在。可如果是劫匪命季小姐把銀圓丟出窗外，那季小姐或者她的女伴為什麼要把那條汗巾塞進玄字型大小雅間的門縫裡，給誰看啊？難道守在窗外小巷裡的不是綁匪，而是季小姐的同夥……同伴？

又或者是那個上海來的學生？」

「頭緒太亂。」宣成揉揉眉頭，將玻璃杯裡的水一飲而盡，忽地一呆，繼而怒視許枚道：「你這神棍還有事瞞我！上海來的學生是怎麼回事？」

許枚裝模作樣地掩口縮肩，從懷裡摸出那「凶手」的照片道：「哎呀，我是想稍後一道說。」

「你竟然有他的照片！誰給你的？」宣成驚道：「還有稍後是什麼意思，你在等什麼？」

許枚摸出懷錶看了看道：「子時快到了。」

宣成想起許枚收了季鴻的瓷瓶，恍然道：「你想問季鴻賣給你的瓷器。」

許枚拊掌道：「不止瓷器，還有別的。」回頭問小悟：「託你辦的事可辦妥了？」

小悟道：「辦妥了，那個黑痣小鬼從大牢裡把這東西偷了出來。」他從衣袋裡取出一枚缺了角的銅錢。

「黑痣小鬼是誰！」宣成的頭髮都要炸起來了，戟指許枚，「你……你勾結匪類，從監獄裡偷犯人的東西？你這個無法無天的神棍……」

許枚一疊聲道：「警官警官，你別惱，消消氣，我這也是為了破案，這枚銅錢很重要，也許我能讓那個小子開口……」

小悟定定地望著許枚，暗道：老闆好像在安撫一隻發怒的貓啊……

缺角大齊

「警察局的防衛都鬆散透了，監獄也要好好整頓整頓。」宣成好容易消了氣，「你說，這銅錢有什麼來頭？」

許枚輕輕捻起銅錢，托在掌中細細觀看，過了好一陣，才嘖嘖歎道：「竟然是真品，竟然是真品！缺角大齊消失六十多年，竟然在這裡現身了！」

宣成奇道：「缺角大齊？」

許枚點頭道：「沒錯，你瞧，這枚大齊通寶邊緣缺了一塊。」

「大齊？這是什麼錢，我怎麼從沒聽說過？」宣成接過銅錢翻來覆去把玩。這銅錢徑不足寸，稍顯輕薄，「大齊通寶」四字直讀，端莊方正，左上角有一塊殘缺。

「小心些，警官千萬小心些，這可是曠世奇珍。」許枚忙不迭道：「這大齊通寶是南唐先主李昪所鑄，世間僅存此一枚，可別磕著碰著了。」

「南唐先主？南唐和『大齊』有什麼關係？」宣成把大齊通寶遞還給許枚，「這『大齊』兩字是年號還是國號？」

「算國號吧。」許枚道：「李昪原名徐知誥，是十國中吳國大將徐溫養子，吳天祚三年李昪稱帝，國號齊，這大齊通寶就是此時鑄造的，兩年後李昪改國號為唐，便是後來那個一江春水、愁起綠波的南唐。大齊通寶史書中從未記載，這枚『缺角大齊』前清時一經發現便名震泉界，翁樹培《古泉匯考》中便有記錄，戴熙《古泉叢話》有它的拓片。這枚大齊通寶一直收藏在杭州戴家，戴氏視若拱璧，輕易不肯示人，只製作了十幾張拓片分贈同好密友。直到咸豐十年，太平天國攻破杭州城，身為兵部侍郎的戴熙投水自盡，這枚缺角大齊便沒了下落，有謠言稱戴熙是揣著這枚古錢投水的，也有人說戴熙死前把這枚錢埋在家中的花園裡，還有人說這錢被戴熙丟在戴家後院的水井裡。太平天國平滅之後，有好事者買下戴家院子，掘地三尺，細篩沙土，轟轟烈烈找了大半年，最終一無所獲。

這枚大齊通寶就這麼長絕於世，令人惋惜。」他接過宣成遞來的大齊通寶，輕輕撫摸道：「想不到這枚被江南泉壇心心念念了幾十年的缺角大齊，就這麼邋邋遢遢地掛在一個少年的脖子上。」

宣成奇道：「他一個落魄的學生，怎麼會有這種珍貴古錢？」

「多半是家傳吧，你瞧這掛銅錢的繩子上還穿著一顆小銅珠，珠上還刻著字。」

宣成定睛看去，見那被磨得發亮的掛繩上果然還墜著一顆小圓柱桶似的銅珠，珠上刻著半首小詩：「獨占三秋壓眾芳，何須橘綠與橙黃。自從分下月中種，果若飄來天際香。」

「這是宋人呂聲之的詩，末尾刻了『並大齊之泉贈吾兒靈珊，頤真』十二字。如此纖細的蟻頭小字，筆力又能這般凌厲渾厚，顯然是出自大匠手筆，而且這珠子看起來也有些年頭了。」許枚道。

宣成被一連串舊事砸得頭昏腦脹，「頤真是誰？這小子叫靈珊？怎麼像個女孩家的名字？那首宋詩也像是誇讚女子的，哪有說男人『壓眾芳』的……」

許枚神祕兮兮地笑著說：「你猜那個買下戴熙故宅的好事者是誰？」

「是誰？」宣成一愣，瞧了瞧小銅珠，「這個『頤真』？」

「沒錯，此人叫楊頤真，是前清赫赫有名的神童。」許枚道：「這楊頤真精通商道，廣識人情，還通曉諸國風俗語言，尤其通曉經商之道。他於同治三年開設的雲濟公司，領銜東南繅絲業三十餘年，如今經營繅絲、綢緞生意的豪商巨賈，多曾是楊頤真麾下的理事，比如蘇州的商莫窮，關外的耿幸春，西北的湯明濟，廣東的華育亨，山西的張妙才，還有……冉城的季世元。」

宣成眉峰一挑，「季世元？這案子……難道牽扯到上一代人的恩怨？」

「也許吧。」許枚道：「楊頤真如果活到今天的話，算起來也有……八十多歲了吧，這個『凶手』看年紀不像是他的兒子，這個『吾兒靈珊』應該另有其人。」

「八十多……」宣成稍一推算，驚道：「清軍收復杭州是同治三年，這麼算來楊頤真買下戴家老宅時，還不到二十歲！」

許枚點頭道：「沒錯，楊頤真年少有為，手眼通天，十四歲便出海經商，到十六七歲時便創立了雲濟公司，算得上是赫赫有名的絲綢大亨了。」

宣成點點頭，又問道：「楊頤真喜歡收藏古錢？」

「當然，楊頤真是鑒藏古錢的大行家。」許枚慨然道：「世人皆道他花了大價錢買下戴家老宅、尋找缺角大齊是想瘋了心，誰知他竟真把這錢找著了，還自藏自樂祕不外宣，可歎世人以他為笑柄，卻反被他蒙在鼓裡。」

宣成沉吟片刻，問道：「我怎麼從未聽說商界有這麼個人物？」

「人有旦夕禍福，光緒二十六年的一場天火，令雲濟公司的千萬產業付之一炬，連楊頤真的妻兒也死在大火中，楊頤真憂病而亡，死時……不到六十歲吧，楊家偌大家業，頃刻便散了。這件事情在當時很轟動。」

「光緒二十六年，正是庚子年啊……看這小子的年紀，當時他應該還沒出生。」宣成道。

「所以這個『靈珊』不是他。」許枚道。

「對了，你既然要細看這枚銅錢，在監獄裡看便是，為什麼要大費周章把錢偷出來？」宣成對許枚這種古怪手段非常不滿，也很後怕。

「我想聽這錢說話。」許枚歉然一笑道：「直接開口索要，又怕人家不給，我是最不願和人紅臉爭吵的。」他見宣成一臉無奈，又道：「我是撫陶師，能在子時喚醒瓷靈，這你是知道的。其實金玉書畫、竹木牙角之精奇者，皆有靈氣，我取這枚錢，是為了請一位聽泉師幫忙。」

「聽泉師？」

「沒錯，古時錢亦稱泉。」許枚又問小悟：「去過江家了嗎？她說了什麼？」

「去……去了……」小悟吭哧一陣，小聲道：「她問你上次送她的旗袍和繡鞋，算不算定情信物……」

許枚一口茶水噴了出來，「噗，咳咳……不是讓你說這個！」

小悟暗暗壞笑，「哦……那個姊姊見了這個銅錢，當時就瘋了，手舞足蹈好一陣子，才拿著銅錢把自己鎖在一個小房子裡，出來後說……」

小悟裝出一副慵懶女人的樣子，緊了緊嗓子道：「這個少年是楊頤真的外孫，是楊頤真的女兒楊靈珊和一個野男人一夜歡好之後有的，楊頤真受不得女兒哭鬧，正想忍下這個女婿時，楊家慘遭天火，滿門盡喪，楊靈珊容貌被毀，一隻眼睛被大火灼傷，那位準女婿也不知所蹤。八個月後，楊靈珊在楊頤真留下的一座舊宅生下了這個孩子，取名楊之霽。楊靈珊頗通文墨，靠代人撰文、寫信撫養楊之霽長大，並用楊頤真送她的這枚古錢為楊之霽壓勝。對了，這銅珠上的小字也是楊頤真刻的，這老先生真是個鬼才。」

「楊之霽，那個孩子叫楊之霽……」許枚瞇起眼睛道：「這名字可有意思。」

小悟道：「那姊姊還說，這缺角大齊雖珍貴，但錢體受損，靈氣有限，她能聽到的就這麼多了。」

許枚點頭道：「可惜，這大齊通寶不知道楊之霽的父親是誰，但這些消息足夠騙那小鬼開口了。」

「你要詐供？」宣成一皺眉。

「不不不，我只是覺得這幾代人之間的關係有些意思：季世元是楊頤真的老下屬，死者是季世元的女兒，『凶手』是楊頤真的外孫，名字叫楊之霽，霽……季……」

「楊之霽……」宣成琢磨著道：「你想太多了吧。」

小悟繼續道：「那個姊姊還問你什麼時候去她家下聘禮……」

「啊……啊……子時快到了，你去把那個……那個玉壺春瓶取來，當心些。」許枚手忙腳亂道。

宣成乜了許枚一眼，「你有風流債。」

許枚急道：「哪有的事，是那聽泉師恨嫁成狂。」

話音未落，許枚纖長的手掌忽然變得白膩瑩潤，宛若美玉，隱隱然透出一絲仙風瑞氣，又帶了一股優哉閒適的紅塵味道。

宣成難得地睜大了眼睛。

祭紅瓷靈

小悟捧著木盒回來，放在桌上，輕輕打開，一手握住瓶頸，一手托住瓶底，將那玉壺春瓶小心取出，放在桌上，回頭看了看錶，「十一點整，老闆……」

許枚靜靜吸了口氣，緩緩呼出，道：「我們和這位姑娘聊聊。」說著他伸手輕輕撫摸那只祭紅釉玉壺春瓶。剎那間，一陣深沉靜穆的紅色霧靄漫溢開來，明明是虛無的霧氣，卻莊嚴凝重得令人無法呼吸，待霧氣散去，一個清秀高䠷的女子規規矩矩站在三人面前。

這女子身穿古拙厚重的大紅色長袍，那長袍紅得端莊肅穆，未作一絲一毫的裝飾紋繡，一頭黑亮的長髮規矩地挽成連環髻，一絲不苟地盤在腦後，臉上不敷什麼脂粉，更不戴什麼釵環，素面朝天，麗質純然；面如皓月，唇若塗朱，眉如煙黛，目似朗星，宛如一株紅豔而孤傲的虞美人，渾身上下透著一份倔強的高潔。

祭紅瓷靈走到許枚面前，略一頷首道：「許先生好。」

許枚點點頭：「姑娘請坐。」

祭紅道了聲謝，端端正正坐在紅木椅上，彬彬有禮地問道：「先生喚我出來，所為何事？」

許枚道：「為了季小姐的命案，姑娘也該知道。」

「是。」祭紅瓷靈文靜地點點頭，「上午二位說起此事，我也聽著。」

「好，那我也不作贅語，開門見山了。」

「先生請講。」祭紅瓷靈乾脆地說。

「季小姐是否想把五百大洋贖金交與一個叫楊之霽的人？」許枚問得直截了當。

「楊之霽……」祭紅瓷靈微一蹙眉，「我不曾聽過這個名字。」

許枚一怔，又問道：「那……季小姐有沒有說過五百大洋的事。」

祭紅瓷靈點頭道：「我曾聽到季小姐和兩位客人談論此事。」

「兩位客人？細細說來。」

「我一直住在匣子裡，鎖在季小姐臥房床下的櫃中，並沒有見過那兩人的樣貌，只知道一位公子姓蕭，一位小姐姓呂。聽季小姐說，她最信任的便是這兩位朋友，要請他們幫一個忙，至於是幫什麼忙，我也沒能聽得清楚。」祭紅清秀的臉上現出一絲歉意。

「一個姓蕭，一個姓呂，警官你覺得是誰？」許枚道。

「那兩個小東西沒說實話。」宣成冷冷道：「看來有必要把他們請到警局好好談談。」

祭紅瓷靈沉吟片刻，又微微蹙眉道：「我斷斷續續地聽見書房裡有『爸爸……眼睛……裙子……身量』還有『馥餘堂……扔下去……』他們好像還提到一個人，季小姐有說到『浤浤河……漁船……琴山公園……』之後又說『在店裡等我……公園回來……換回來』。之後好像那呂小姐問起『他是誰……值得嗎……』季小姐回答『你們別問……定會報答』之類的。」

宣成、許枚對視一眼——「馥餘堂」、「扔下去」，那些大洋真的被扔到馥餘堂後的小巷裡了？

祭紅瓷靈螓首低垂，沉思一陣，道：「之前在臥室，季小姐還說過：『那些惡徒實在下作，竟然想要爸爸把我送去換她。』『爸爸是愛玉樓，但他更愛我，他絕不肯為區區一個姨太太便捨了我。』『可是，爸爸確實太寵她，疼她疼到了骨頭裡。』『爸爸還不知道她在外面有個野男人，我旁敲側擊說過幾句，爸爸還對我翻臉，說我瞎猜。』蕭公子便勸她：『你別多想，這綁匪的要求出格離奇，季伯伯是決然不會答應的。』呂小姐也說：『你不是拿到她的汗巾了嗎？這種實打實的證據，容不得季伯伯不信，這姨太太不過是個戲子，捨了便捨了。』」

許枚瞠目結舌，「這雷猛是瘋了嗎？綁了人家的姨太太，讓人家拿女兒去換。」

宣成一咬牙，「這個季世元也沒說實話。」

祭紅瓷靈一咬嘴唇，道：「此事……季老爺未必知情。那封信是季小姐最先看到的，她把信拿回臥室，便打電話請蕭公子和呂小姐過來，還讓他們多帶些報紙，她放下電話後，還自言自語說：『這倒是個機會。』」

許枚「噢」的一聲，拍拍額頭道：「原來如此。季世元說，是玉樓去雷家的次日下午，發現勒索信釘在大門上的。你想想，綁匪投送勒索信為什麼會選擇中午而不是晚上夜深人靜的時候？現在看來，多半是季小姐當日一早出門時便發現了信，然後……」

「然後竄改了信的內容，趁中午無人時釘回門上。」宣成道：「雷猛的勒索信是用報紙上剪下的字貼成，季鴻要修改信的內容，當然會讓蕭逸生、呂慧帶報紙來。你記不記得，那『五百大洋』和『晚上七點』字下的紙像是被揭起重新黏過，我還道是綁匪最後修改了贖金數目和交易時間，現在看來，是季鴻把她的名字換成了五百大洋。季世元看到的，是季鴻改過的勒索信。」

許枚心念一動，抬眼望著祭紅瓷靈，祭紅瓷靈卻眼神迷離，渾若不知，自顧自道：「季小姐還說：『只要把汗巾子丟在那裡，青龍會自有計較，不論怎麼處置那下作婦人，都與我無關。』呂小姐說：『我的身材不及你，可別露了破綻。』季小姐說：『這個好辦。』」

「嗯……有點意思，還有呢？」許枚若有所思地問。

「還有……多是家常的閒話了。比如半月前，季小姐說呂小姐近日來消瘦不少，也頻有誤學，還問蕭公子是不是惹呂小姐生氣之類的話。」祭紅瓷靈輕輕搖搖頭，「總之多是與案子無關的閒話。」

許枚則是微微頷首，托著腮悶坐在紅木椅上；祭紅蛾眉微蹙，靜靜地望著許枚；宣成揉著眉頭，琢磨季鴻那幾個支離破碎的詞句；小悟看看這個，瞧瞧那個，想插句話，卻不知說什麼好。

祭紅瓷靈沉默片刻，又誠懇地望著許枚的眼睛，認真地說：「許先生，小女子也知道，您的智慧手段皆非常人可比，故此冒昧相求，請您務必還季小姐一個公道。她是好人，不該是這樣一個結局。」她說著眼中竟有些淚光閃動，忙微微側身，定了定神，又說道：「先生莫怪，小女子失態了。」

許枚像是也被祭紅那份純澈凝重的氣質所懾，自覺地收起了平日裡那份慵懶悠閒，鄭重地點點頭，「分內之事，何勞掛齒。」

宣成聽許枚說「分內之事」，心下一動：這神棍說話的語氣，倒像是警察似的，這明明是我的分內之事才對。又見許枚滿面肅然，全無玩笑之意，倒像真把自己當作警察了，不由暗暗奇怪。

「如此甚好，小女子代季小姐謝過先生了。」祭紅瓷靈欣慰點頭，起身萬福，「先生若有所需，赴湯蹈火概無所辭。」

「有勞了。」許枚一拱手。

祭紅瓷靈還了一禮，只見一道紅光，眼前女子已消失不見，還是那只祭紅釉玉壺春瓶靜悄悄端坐在椅上，依然是紅潤豔麗、古樸端莊。小悟靜靜打量著它，心底微動波瀾，只覺得這只瓷瓶身上，竟然散溢出一股濃濃的義氣和血性，令人肅然起敬。

宣成輕輕吐氣，望著許枚道：「最關鍵的部分，她只聽到些斷斷續續的詞。季鴻改了贖金，犧牲了玉樓，可那五百大洋被她拿去給了誰？如果雷猛沒有拿到錢，為什麼不再『挽留』玉樓，任她回了季家？」

許枚道：「我要再去一趟監獄，會會這位楊之霽，他不見了這枚銅錢，也許正急得團團轉呢。」

家醜不可外揚

然而許枚擔心是多餘的，那少年戴著手銬趴在審訊室的桌上，和負責審訊的小警察一道呼呼大睡，宣成強壓火氣將那小警察拎出審訊室，丟到廁所的水池裡。

「你請來的那個神偷做事真是大刀闊斧，直接用迷香把人迷暈了下手。」宣成咬著牙道。

許枚忍笑道：「年輕人做事，有時候不那麼講究。」說著他伸手掐住那少年的人中穴。

「啊！疼……」那少年痛叫一聲，猛地直起身來，只見上午來過的青衣男子和冷面警探又坐在審訊桌後。

「楊之霽。」許枚叫了一聲。

那少年一個激靈，愣然看向許枚，只見他纖細的手掌提起一根黑色細繩，懸著一枚殘缺的銅錢，登時急了，「還給我！」

「你終於肯說話了。」許枚將缺角大齊輕輕放在桌上，問道：「你是不是叫楊之霽？你外公是前清名震東南的絲綢鉅賈楊頤真。」

那少年瞳孔一縮，「你怎麼知道？」

許枚道：「憑這枚銅錢啊。我是季世元季會長的朋友，他對這枚銅錢熟悉得很，說這個叫什麼……缺角大齊，對吧？」

楊之霽雙肩一抖，顫聲道：「季世元，他看過這個了？」

許枚點頭道：「沒錯，他認得這枚錢。」他見楊之霽額上冷汗直冒，又笑道：「他說這是故人之物，大齊通寶幾為孤品，還有這顆楊頤真親手鐫刻『靈珊』名諱的銅珠，世間僅此一粒。」

楊之霽攥緊雙拳，咬牙道：「故人？」

許枚道：「是啊，想來用這枚銅錢為你壓勝的長輩是季老闆的舊相識，而且關係極好。季老闆說，他本想把季鴻許配給你的。你瞧，季老闆是個多念舊情的人，連你的面都沒見過，單憑一枚銅錢和一粒銅珠，就認定了你這女婿。只可惜啊，你竟然成了殺害季鴻的凶手，季老闆拿著這枚銅錢痛斷肝腸……哎，你怎麼了，你還好吧？」

楊之霽的表情早已扭曲到無以復加，一雙水汪汪的眼睛瞪得溜圓，顫聲道：「這……不……這……你胡說……」

宣成挪了挪身子，坐得離許枚遠了些：這神棍說起胡話來眼都不眨。

「我怎麼胡說了？」許枚帶著一絲揶揄道：「季鴻也對你心有所屬吧？她一直把你的照片隨身帶著，瞧這半張照片裡，你伸手摟著一個人，你的肩上還搭著一隻漂亮的小手，你們關係很親密啊。季老闆是最疼女兒的，更何況你還是他的故人之子，只要季小姐開口，季老闆一定會順著季小姐的意思，把她許配給你。」許枚不疾不徐地說。

楊之霽雙手捶著桌子低吼道：「不對！你胡說！」

許枚笑道：「我怎麼胡說啦？華東商界的人都知道，季世元年少時，曾是你外公雲濟公司的小經理，如今季氏的經營之道、管理之術，多源自楊氏。自雲濟覆滅之後，季世元毅然離滬，轉戰冉城，娶妻生女，以早年在上海打拚練就的眼光、手段和謹慎的性格，又憑藉大太太穆氏的豐厚家底，投身綢緞貿易，搏殺數載，才在華東商界取得今日的地位。你既然是楊頤真的外孫，當然是他的故人之子……」

楊之霽怒道：「我不是說這個！我是說季鴻不是那個意思，她帶著我的照片……她……她是因為……因為……」

「還能因為什麼呀，小孩子脾氣這麼大。」許枚搖頭道：「另外半張照片上是你的小情人季鴻吧？」

「不是！」楊之霽呼呼喘氣，胸口像風箱似的上下起伏。

「那還能是誰？」許枚笑著一攤手。

「是季嵐！」楊之霽脫口而出，隨即一呆，頹然坐倒。

「季嵐？」宣成眉毛擰成了疙瘩，「季世元的二女兒，這裡面還有她的事？」

許枚也是一怔，「你……和季嵐？」他繼而一拍腦袋，「你是從上海來的，季嵐也在上海讀書。」

楊之霽神情稍定，憤憤地看了許枚一眼，悶聲道：「你騙我，季世元不可能同意我和季嵐……季鴻在一起。」

許枚身子向前一傾，「為什麼？」

楊之霽兩眼通紅，吭哧吭哧五六分鐘，才從牙縫裡擠出幾個有氣無力的字，「季世元……是我爸。」

許枚鼻中輕輕呼出一口氣，宣成「嘶——」地吸了一口涼氣，他早覺得楊之霽和昔日的雲濟公司小經理季世元有關係，但好像許枚的預感更加強烈，也更加準確，這個神棍還真有些意思。

許枚見楊之霽開了口，便繼續問道：「你來冉城做什麼？」

楊之霽緊緊咬著牙，臉漲得通紅，額上滲出細細的汗珠，苦苦掙扎了十幾分鐘，才鼓足勇氣，猶猶豫豫地開口：「季嵐她……她懷了我的孩子。」

許枚、宣成齊齊倒吸一口涼氣。

楊之霽抬起戴著手銬的手，從胸前的口袋取出半張照片，和許枚手中那半張嚴絲合縫，照片上的少女笑得滿臉幸福。

「我只想著讓阿嵐把孩子生下來，等我畢了業，找份工作好好過日子。我媽起先倒也沒有反對，可是問起阿嵐的家世，她就突然……」楊之霽痛苦地攥著拳，聲嘶力竭地捶著桌子嗚咽道：「直到那時候，我才知道季世元竟然是我爸！這之前我一直隨母姓，被人罵了二十年野種！季鴻只比我小一歲，這說明季世元剛到冉城就娶妻生子，把我媽忘到腦後……」

許枚暗歎：季世元這位風度翩翩的商界大佬，在燈紅酒綠的上海灘厚積薄發，天知道他到底欠下了多少筆風流債。

楊之霽開了口，便滔滔不絕說個不停，「那些天，阿嵐整日以淚洗面，我媽眼睛被火熏過，本來就不好，又急火攻心，險些瞎了。阿嵐實在沒辦法了，才叫我拿著照片來冉城求她姊姊季鴻，還千叮萬囑不能讓季世元知道，所以……」

「所以你從上海搭船到了冉城，對季鴻說明此事，她也答應幫忙……」許枚道。

「是，她答應替我籌一筆錢，幫阿嵐打掉孩子，還要給我媽治眼病，又讓我們買一座舒適些的房子。說等阿嵐養好了身子，再送她回冉城……」

「這一切，大概需要多少錢？」

「五六百吧。」楊之霽為難地說：「她約我昨晚八點在琴山公園東南的小樹林見面，說要把錢交給我。可當我趕到時，卻看到草叢裡躺著一個穿紫色旗袍的人，走近一看，就是季鴻。我嚇了一跳，去探她的鼻息，結果……」

「紫色旗袍！」許枚、宣成異口同聲地說：「她穿著紫色旗袍？」

「對、對呀……」楊之霽嚇了一跳。

「然後呢？」宣成急問。

「然後我就慌了，不知道怎麼辦才好，這時候季鴻的兩個同學從林子後面走了出來……」

「這兩人你認得？」

「認得，我和季鴻第一次見面時，曾經被他們撞見過。當時季鴻正為阿嵐的事埋怨我，還動手打了我……」

「他們認出了你，認為是你殺了季鴻？」

「是……可殺季鴻的不是我，真不是我！」楊之霽使勁搖著頭辯解，「當時那林子裡除了我，一個人都沒有，我實在說不清。那個男生還撲上來喊著要抓我，我除了逃跑沒有別的辦法，沒想到剛剛跑出公園，就迎面碰上了巡夜的警察，那個男生也從後面追了上來。我心裡慌極了，就又踩到一隻狗的尾巴，那隻狗正抱著兩個饅頭在啃，一下就躥起來，撲上來咬我。我嚇壞了，被一塊翹起的磚塊絆了一跤。那些警察撲上來就給我上了銬子……」

「琴山公園東南的茶水路附近有巡警夜崗。」宣成道：「每晚八點上崗，你趕得不巧哦，或者說……有人故意把你趕到那個地方。對了，你說那個男生一路追著你，那個女生呢？」

「那個女生……好像沒追幾步腳就扭了，我聽見她叫那個男生別管她，先追我。」楊之霽道。

「蕭逸生帶著巡警找到季鴻屍體時，她穿著如季世元所述的大紅色旗袍，而你看見的屍體，卻穿著一身紫色旗袍。」宣成道。

楊之霽急道：「我沒騙你！我看見的確實是紫色旗袍。」

宣成略一思索，說道：「那座樹林晚上沒有人去，當你和蕭逸生一前一後離開，留在現場的就只剩下扭傷了腳的呂慧。」

「如此看來，這個呂慧不簡單。」許枚一笑，又看向楊之霽，「在我說破你的身分之前，你什麼話都不肯說，為什麼？就不怕被當作凶手推上絞刑架？」

楊之霽咬咬嘴唇，囁嚅好久才道：「家醜……不可外揚。」

許枚無奈搖頭。

宣成問道：「你手上的傷痕是怎麼回事？」

楊之霽翻翻手掌，「哦……我身上帶的錢不多，只好住在泫泫河碼頭一艘大些的漁船上。昨天早上，我上岸去買吃的，幾個小潑皮搞惡作劇，要把船划走，我情急之下，伸手抓住纜繩。可那纜繩粗糙得很……」

許枚搔搔下巴，「哪有這麼巧的事，白天剛被繩子劃傷了手，晚上就被當作勒殺季鴻的凶手抓了。」

宣成道：「你覺得是有人故意這麼做的？那些小潑皮……對了，泫泫河附近是青龍會的地盤。」

許枚思索片刻，繼而微笑道：「若是這樣的話，我倒有些明白了。」

「明白什麼？」宣成問。

許枚伸了個懶腰，「找個安逸些的地方說，先回我家。」

宣成皺眉道：「你這神棍不僅愛賣關子，還瞎矯情。」

許枚走出審訊室，突然又折返回來，問楊之霽：「昨晚季小姐的兩個同學撞見你時，呂慧……就是那個女生，她穿著什麼衣服？」

楊之霽有些莫名其妙，但還是回答道：「是一件水綠色的旗袍。」

許枚的推理

已是凌晨，被許枚從被窩裡喊起來的小悟打著哈欠沏茶倒水。

「根據楊之霽和瓷靈提供的線索，我試著推測一下季小姐的遭遇和應對計畫。」許枚窩在紅木椅裡，呷著濃茶，擺了個舒服的姿勢，「季小姐最近煩心事不斷，季世元的三太太玉樓與外人有染，此事被季小姐察覺，可她又不敢明著對季世元說，只好旁敲側擊，季世元卻是榆木疙瘩不開竅。」

宣成放下玻璃杯，點頭道：「沒錯，那只瓷靈提過這個。」

許枚繼續道：「恰在此時，她從未見過面的異母哥哥楊之霽從上海帶來了一個更壞的消息：楊之霽和季嵐在上海兩情相悅，偷嘗禁果，季嵐肚子裡還有了一個不該來到這世界上的孩子。易卜生《群鬼》的情節在季家活生生地上演了，還演進得更為徹底。我想此時的季小姐一定憂心如焚，隨後出現在季家大門上的一封勒索信讓她的處境雪上加霜，青龍會以欠下巨額賭債為由扣下了玉樓，並威脅季世元用季小姐來換——當時的季小姐是這麼認為的。我想，她也許曲解了青龍會的意思。」

「這話什麼意思？」宣成不解。

「季世元又不是色迷心竅的老糊塗，怎麼可能用女兒去換姨太太？連蕭逸生和呂慧都知道這事兒出格離奇，青龍會不大可能提出這種過分之極的要求。」許枚道：「我想青龍會要的，也許不是『季鴻』，而是『祭紅』。」他見宣成不解，又道：「那只祭紅釉玉壺春瓶，是祭祀之祭，紅色之紅。這瓶子是兩年前季小姐從一個落魄的前清老太監手裡買的，她並不知道這件瓷器叫什麼，又見那勒索信上錯字連篇，只道這信上的『祭紅』是『季鴻』之誤，便想當然地以為青龍會要季世元用女兒去換姨太太。事關自身，她當然又急又惱。」

宣成道：「那她之後來你這兒賣掉這只瓶子……」

許枚道：「因為季小姐從這一團破爛事裡理出了線頭，她最先發現了青龍會的勒索信，把一個絕好的機會攥在了手裡，打算畢其功於一役。楊之霽和季嵐需要大筆的錢，憑季小姐一己之力難以應付，又不好向季世元開口；青龍會綁架了玉樓，要季世元用季小姐交換；玉樓給季世元戴了一頂好大的綠帽子，偏偏季世元不願相信。季小姐權衡之下，決定將其中一環徹底打破，這一環就是青龍會的勒索。

「她把信上的『祭紅』改成了『五百大洋』，把原本的交易時間改成了晚上七點，『馥餘堂』三字倒是沒有修改的痕跡，看來季小姐並沒有修改交易地點。季世元財大氣粗，又不願得罪青龍會，這五百塊大洋他是一定會出的。按季小姐的計畫，五百大洋應該是直接拿去送給楊之霽，但她沒有想到摔傷了腿的季世元愛女心切，會跟著她去交付贖金。

「勒索信上的交易地點是馥餘堂的玄字型大小雅間，原本的交易時間我不知道，應該晚於七點，但也不會太晚，馥餘堂雅間的開放時間是七點到十一點。季小姐對兩位朋友隱瞞了楊之霽的名字、身分，甚至任由呂慧猜測她和楊之霽有私情，看來她是不希望外人知道這個哥哥，也不希望其他人和他接觸，所以她一定會親自去把這些大洋送到琴山公園。但季世元守在馥餘堂對面的如歸旅社，季小姐必須演一齣戲給他看：她拿著沉甸甸的錢箱走進馥餘堂，不久空著手出來，坐車離開。只有看到這一幕，季世元才會放心回家。可惜季小姐分身乏術，她不可能在空手離開的同時又拿著銀圓趕去琴山公園，所以她必須找一個替身。」

宣成道：「呂慧？但她的身材有些……平直。」

許枚道：「季小姐和呂慧自然也想到了這個問題，我想兩個聰明的姑娘一定想到了解決的辦法。她們互相換了衣帽，由呂慧替季小姐先行離開馥餘堂，以此向守在對面旅社的季世元『報平安』。」

宣成好奇道：「身材差異這種事情，她們是怎麼解決的？」

許枚道：「還記得楊之霽怎麼被抓的吧，他被一條狗嚇了一跳，絆倒在翹起的磚塊上，而那隻狗當時正在……」

「抱著兩個饅頭吃！」宣成表情格外精彩，「那裡草木荒疏，還有鬧鬼的傳聞，連白天都沒有人過去，更何況晚上？那裡的野狗又怎麼會有饅頭吃？呂慧是把饅頭塞在了胸口，到琴山公園後扔掉……」

「有趣吧？」許枚笑道。

宣成無奈道：「除了胸口規矩些，呂慧的身材和季鴻確實很像，戴上一頂垂著網紗的帽子，不熟的人倒是很難辨認，但要想瞞過季世元……」

「所以她找人偷走了季世元的望遠鏡。季世元那眼鏡比酒瓶底還厚，當時天已經黑了，又隔了一條街。他先入為主地認為，穿著那身獨一無二的紅色旗袍離開馥餘堂的就是季小姐，中了這李代桃僵之計也在情理之中。」許枚道：「不久之後，身穿暗淡的紫色旗袍的呂慧也來了，但這個人季世元不會去注意。」

宣成道：「季鴻和呂慧需要在馥餘堂換衣服，所以她必須提前訂下一個雅間。只是馥餘堂雅間的預訂費用十分高昂，季小姐雖是富家之女，一時間卻也無從籌措，所以她變賣了這只瓷瓶。」

許枚點頭道：「沒錯，這件兩年前一時心善買下的瓷器，價值遠遠超出她的預期。」

宣成道：「但還抵不上楊之霽和季嵐的需要，所以她必須繼續執行計畫。」

許枚歎道：「是啊……早知如此，我當初便多給她幾百大洋。」

宣成繼續道：「季鴻拿到錢，去馥餘堂交付訂金，拿到了黃字雅間的鑰匙，九月一日晚上七點，她和呂慧在馥餘堂碰面之後，一起上了二樓，走進黃字雅間。」

許枚道：「別忘了和她們密謀的還有一個蕭逸生，瓷靈聽到的『扔下去』三個字，應該就是對他說的。季鴻和呂慧換過衣服，從後窗把皮箱扔了下去，守在後巷的蕭逸生接了箱子，暫時保管。季鴻把那塊能證明三太太和外人有染的汗巾塞進原定的交易地點——玄字雅間的門縫。她認為撲了空的綁匪會拿著這條汗巾回去向雷猛覆命，人質玉樓看到汗巾之後自然會明白『季世元』的態度，無論她是哭是鬧，總歸會把與人有染的事說出來，雷猛也會明白自己手裡捏著一顆臭子。做完這一切之後，一身大紅的呂慧走出馥餘堂側門，坐了洋車向北而去。對面旅社中的季世元則以為季鴻安全離開，也放下心來，急匆匆趕回家去。穿著紫色旗袍的季小姐等到季世元的汽車離開，迅速走出馥餘堂，繞到後巷，從蕭逸生手裡接過皮箱，趕赴琴山公園，打算把錢交給楊之霽。

「瓷靈還聽到『在店裡等我……公園回來……換回來』，也許季小姐想著結束行動之後，在季氏的某座店鋪和呂慧碰頭，換回衣服，再趕回家裡。與季世元說是從北邊繞行耽誤了些時間，季世元應該也不會懷疑什麼，只會安心等待三太太回家。至於三太太是否能平安回家，季小姐就不那麼操心了。」

宣成順著許枚的思路說：「如此說來，季小姐在離開馥餘堂，趕往琴山公園時，應該是提著錢箱的。但我們發現屍體時，現場既沒有季世元所說的手槍，也沒有那箱銀圓。那麼從馥餘堂後巷到琴山公園之間，發生了什麼？」

「其實你早就懷疑他們了吧，蕭逸生和呂慧。只有他們既出現在馥餘堂，又出現在琴山公園。可季小姐甚至不願對他們說起楊之霽的名字，又怎麼會和他們一起去送錢呢？退一步講，就算季小姐為了路上安全，和兩人同行，那當季小姐遇害時，這兩人又在哪裡呢？」許枚思索著道：「而且據楊之霽說，呂慧和蕭逸生撞見他時，呂慧穿著一件水綠色的旗袍，她為什麼還專門準備了另一件衣服？」

宣成道：「穿著一件火鳳凰似的昂貴紅色旗袍出現在案發現場，實在太扎眼了，難免不惹楊之霽和隨後來的警察懷疑。」

許枚道：「可依季小姐的計畫，這個呂慧，本就不該去琴山公園，除非她早就準備以一個凶案目擊者的身分出現在案發現場，撞見楊之霽。」

宣成點頭道：「如果呂慧早打算去公園做些什麼的話，她會比季鴻早到，有充分的時間在密林裡換上綠色旗袍。」

許枚道：「而這件綠色旗袍，必須提前藏在這片無人踏足的樹林裡。如果呂慧在馥餘堂時就隨身帶了綠色旗袍，一定會引起季鴻的懷疑。」

宣成道：「這也解釋了當晚巡警看到的，呂慧旗袍下襬上沾著的一大片鳥糞。如果鳥糞落下時，旗袍是穿在身上的，不可能圓圓潤潤地乾在衣服上。看來是呂慧將疊起的綠色旗袍藏在樹叢裡……」

「然後一隻路過的鳥留下了牠的痕跡。」許枚道：「這件事你之前怎麼沒告訴我。」

宣成輕不可聞地「哼」了一聲。

許枚瞪圓了眼睛：呀？還有點小得意哈？他無奈道：「那請問宣隊長，後來『扭了腳』的呂慧又在做什麼呢？」

「也許在剝下季鴻身上的紫色旗袍，換上紅色旗袍。」宣成道：「季鴻陳屍的灌木叢中有不少折枝碎葉，其中一根上掛著血跡，但季鴻的皮膚並沒有被劃破。而今天在季家，我看到了呂慧手腕上有一道新近的劃痕，被衣袖遮得很嚴實，若不是她抬手揉眼睛，我還發現不了。」

許枚思索片刻，又道：「她換衣服時應該也慌了，他們的計畫出現了瑕疵。我想……按照原本的計畫，她應該趕在楊之霽到公園之前為季鴻的屍體換好衣服，但楊之霽提前到了公園。呂慧、蕭逸生不得不先藏在樹林裡，等楊之霽發現季鴻的屍體，嚇得手足無措時，再現身將他驚走。之後呂慧假裝扭了腳，實則是折返回去為季鴻換衣服，再把那件紫色旗袍藏起來，多半是藏在樹叢裡或者假山縫裡。凶手被當場擒獲，巡警們是不會非常細緻地勘查現場的。不過，穿著紫衣的季鴻畢竟被楊之霽看到了，這個計畫便留下一個大大的隱患。還有，你怎麼不早告訴我呂慧手腕上有劃痕？」

宣成輕哼一聲道：「你也沒有告訴我誰偷了望遠鏡和銅錢，還有，那張照片是誰給你的？」

許枚展顏一笑，露出一口整齊的白牙，「還有一件事我沒告訴你。小悟。」

案發現場

小悟伸手從懷裡掏出一個紙包，「這是我在後巷撿到的子彈殼，卡在地面的磚縫裡。今天下午我從馥餘堂出來之後撿到的，我仔細看過，後牆有一塊磚崩了，像是被槍打的。」

宣成幽幽地望著許枚。

許枚咳了兩聲，「季小姐在後巷開過槍，只可惜這槍是裝了消音器的，那條小巷又緊挨著歌舞昇平的馥餘堂，四下嘈雜喧鬧，所以沒有人注意到沉悶的槍聲。我猜，案發現場就是馥餘堂後巷，琴山公園只是棄屍地點。」

宣成無奈地歎了口氣，「按照那只瓷靈的證詞和你的推測，在後巷接應的是蕭逸生。那麼，季鴻去後巷取錢箱時，發生了什麼？季鴻為什麼會開槍？蕭逸生這個文弱書生有奪槍殺人的本事嗎？」

小悟小心推測，「後巷會不會還埋伏著一個高手，能奪槍殺人的高手？」

許枚嘴角一挑，「別忘了，訂下玄字號房的客人整夜沒有露面，他為什麼不來，難道不想要『祭紅』了嗎？」

宣成道：「除非他們早就知道季鴻的計畫，知道來玄字號房什麼也拿不到，甚至知道季鴻拿來的不是瓷瓶，而是銀圓。」

許枚微笑道：「可他們怎麼知道的呢？」

「據那瓷靈所說，季鴻的祕密計畫只有三個人知道。」宣成道：「如果後巷真埋伏著一個能奪槍殺人的高手，他為什麼沒有殺掉蕭逸生？」

許枚道：「除非他們是盟友。也許這位高手就是從蕭逸生、呂慧那裡得知了季鴻的計畫。你還記得吧，我們去雷家時，雷猛一手握著拐杖，一手揉著核桃，自始至終，他的手掌都沒有露出來。」

「也許他掌心裡有兩道繩索勒痕。」宣成皺眉道：「自己精心策劃的綁架竟然被季鴻利用，雷猛一定非常憤怒。可蕭逸生和呂慧是季鴻的朋友，他們為什麼要出賣季鴻？兩個十八九歲的半大孩子，怎麼會和青龍會有聯繫？」

許枚思索片刻，道：「我有個模糊的想法，但沒有任何證據。祭紅瓷靈說過，季小姐發現呂慧近來日漸消瘦。呂慧到季家祭奠季小姐時，臉上也抹著厚厚的粉，應該是為了遮蓋憔悴的臉色。警官你有沒有聞到，呂慧身上散發著非常濃烈的香水味。一般女學生是不會用這麼多香水的，若有若無的一絲幽香才最迷人，除非她要遮蓋身上的什麼味道。一個人迅速消瘦憔悴，身上還會散發出一種不願被人聞到的味道，會是什麼原因？」

宣成一驚，「青龍會經營著煙館！」

許枚點頭道：「也許呂慧陷進去了，鴉片這東西是魔鬼，一腳踏進去，便永遠掙不出來。蕭逸生是呂慧的小情人，他手腕上有一周白痕，卻不見手錶，也許呂慧為了籌集煙資，把他也榨乾淨了。」

「好毒的眼睛，蕭逸生手腕上的錶帶痕我都沒有注意到。」宣成有些佩服地瞧了許枚兩眼，「所以當季鴻請這兩位朋友來商量計畫時，他們立刻察覺到這是一個機會，這五百大洋不僅能解呂慧的燃眉之急，還能向青龍會賣個好。」

許枚歎了口氣，說道：「如果我猜得不錯，蕭逸生和呂慧把季鴻的計畫賣給了雷猛，雷猛惱怒之下，決心將計就計，他不僅要季鴻的命，還要讓季鴻的『小情人』陪葬。他先命人找到了沄沄河碼頭的漁船——沄沄河碼頭本就不大，在一群胼手胝足的漁夫裡找楊之霽這麼個俊俏少年實在太容易了。這些嘍囉假作奪船，楊之霽情急之下拉住纜繩，掌心磨出了兩道挫痕。

「案發當晚，季小姐離開馥餘堂，到後巷找蕭逸生取錢箱，沒想到雷猛早候在那裡，季小姐情急之下，開槍反抗，卻失了準頭，被雷猛覷得機會，奪下手槍。季小姐想要逃走，卻被雷猛從身後用繩索勒住脖子，活活絞死。雷猛既然知道了季小姐的計畫，也知道她和『小情人』會在琴山公園碰面，便事先從公園樹林裡撿了一根脫落的固定繩，當作凶器。之後雷猛和蕭逸生將季鴻的屍體帶到琴山公園，拖進人跡罕至的樹林。蕭逸生和早就換好衣服的呂慧留在公園，雷猛帶著錢箱和繳獲的手槍離開，他十有八九是開著車或駕著馬車的。」

宣成細細聽著，點頭道：「嗯……事情倒是都能圓上。」

許枚歎道：「這一切只是推測，我沒有任何證據。那件沾著鳥糞的旗袍呂慧應該會及時清洗，她藏在樹林裡的紫色旗袍應該也已經被拿走甚至毀掉。就算能證明斷枝上的一點血痕是呂慧的，她完全可以解釋說是發現季鴻屍體，上前察看時劃傷的。至於雷猛，就算他掌心有勒痕，又能證明什麼？除非我們在青龍會找到屬於季世元的手槍和錢箱，但雷猛怎麼可能允許你上門搜查……」

宣成無奈道：「更何況，蕭逸生和呂慧參與季鴻的計畫，是那只瓷靈說的，這種怪力亂神的證言法庭可不會採納。」

許枚打了個哈欠，回頭看了看錶，已是凌晨四點了，小悟手裡握著子彈殼，歪在椅子上小雞啄米似的打瞌睡。

「警官，我們詐供。」許枚道：「你現在便下令去傳蕭逸生和呂慧，這個鐘點，半大小孩正是睡得最沉的時候……」他一指小悟，「就像這樣，腦袋都是糊的。你只要對他們說，那個煙土販子已經招了，連運屍的車都找到了，足夠把他們嚇個激靈。你還可以派人到季世元家拿一只皮箱，要和昨晚裝贖金的箱子一模一樣的，到時候把箱子往他們面前一擺，還怕這兩隻小鬼不說實話？」許枚狡猾地笑笑，「如果蕭逸生和呂慧招了，你便有了人證，這個時候去找局長請令搜查雷家，他應該會同意。再說，青龍會這種小幫會遍地耳目，蕭逸生、呂慧被警察局帶走的事，雷猛會在第一時間知道，只怕整整一個上午他都會如坐針氈，就算局長不准搜查，我們適時地去詐一詐雷猛，說不定也能有些意外收穫。」

宣成道：「這是在賭，如果蕭逸生、呂慧攻不下來，雷猛那邊也滴水不漏，我可就不好下臺了。」

許枚道：「那警官你敢賭嗎？」

宣成吁了口氣，站起身來，晃動肩膀，鬆了鬆渾身骨骼，「賭了。雷猛這個人我可不想放過，在我眼皮底下開煙館、設娼寮，我早憋了一肚子氣。這回又是敲詐勒索，又是殺人劫財……」說著他一攥拳頭，眼中殺氣暴露，「可開這種生意的，上面都有人罩著，我不想給他太多的反應時間，遲則生變。」

「那你的意思……」許枚心頭一動。

「先斬後奏。你先休息吧，我讓人去傳蕭逸生和呂慧，兩個小時後，我們去找雷猛。」宣成冷峻的臉上露出一絲不易察覺的興奮神色，「先把他廢了再說。」

「以什麼理由？」

「襲警。」

「啊哈？」

「我小時候，我師傅說過：『如果有討厭的人欺負你，你就揍他，如果他不欺負你，你就逼他欺負你然後揍他。』」

「我以為警官是個正經人。」許枚難以置信地看著宣成，「想不到和在下是同道中人。」

先斬後奏

翠芳略帶焦慮地吐出一口煙圈，「剛才得到消息，兩小雛兒被警察帶走了。」

雷猛掌中飛轉的核桃略一停頓，「警察怎麼查到他們的？事情做得很乾淨。」

「猛哥，你還是有些毛躁。」翠芳輕輕吸一口煙，帶著一絲倦意道：「有時候容易得意忘形。」

雷猛重重一哼，「就算給他抓到把柄，又能奈我何？李副局長那邊我打點得妥妥當當。」

「這就好，那只瓶子沒到手，大姊那邊本就不好交代了，這時候可千萬別出什麼岔子。」翠芳踱到雷猛身邊，輕輕揉著他的肩膀說：「若是早聽了我的話，讓那個姓呂的小妮子到窯子裡接客抵煙債，也免得生出這許多事情。你呀，怎麼聽了兩隻小雛兒的主意？」翠芳戳了戳雷猛的額頭。

「還不是聽那小妞兒說，季家那死丫頭改了老子的信，還要把錢昧去給她的小姦夫，氣得老子火冒三丈！不過說實話，慢慢絞斷她那只又白又嫩的小脖子的時候，真他娘的解氣！真他娘的過癮！」雷猛伸手攬住翠芳的纖腰，在她臉上狠狠親了一口，「老子還想再過一把癮，你那窯子裡的姐兒，送我倆玩玩？」

翠芳半推半就地靠在雷猛懷裡，「行，要多少有多少。不過猛哥你真是個莽撞人，為解一時之氣，惹出一樁人命案來。你知道嗎，那個新來的小探長可不好惹，多少前輩都栽在他手裡，遲鶚你知道嗎……」

「稱那些惡徒為『前輩』，您二位又是何許人也呢？」翠芳話音未落，臥房的大門竟被人推開了，白天那與「新來的小探長」同來的俊俏書生，帶著一臉玩味的笑容站在門口。

雷猛大驚：他怎麼進來的，門口那些兄弟呢？

許枚優雅地一擺手說：「無須擔心，那幾位小兄弟一時半會兒醒不了。二位有空的話，請到警局小坐片刻，如何？」

「你最好滾出去，趁我還沒發怒。」有李副局長做後盾的雷猛臉色一黑，握了握手中的核桃。

「需要轎子還是車，或是囚車？」許枚毫不理會雷猛的威脅。

翠芳從雷猛懷裡掙起來，粉面含威，盯著許枚道：「私闖民宅，你最好給我一個解釋。」

「蕭逸生、呂慧都招供了。」宣成的聲音冷幽幽地從翠芳腦後傳來。翠芳猛吃了一驚，一扭身連退幾步，攥緊了細長的銀煙袋，頭頂直冒涼氣：他什麼時候來的？我竟一點兒都沒有發覺！

雷猛惡狠狠啐道：「兩個小雛兒，連句話都藏不住！」

翠芳惱道：「你閉嘴！他許你的！」話音未落，只聽「啪」的一聲脆響，翠芳臉上已多了五道鮮紅的掌印，臉頰頓時腫起半寸來高，火燒似的痛，耳膜都險些震裂了。翠芳忍不住失聲慘叫，跌出七八尺遠。她掙扎著撐起身子，望著扯過窗簾擦手的許枚，眼中幾乎噴出火來，正要發難，卻聽許枚道：「臉上擦這麼多粉，也不覺得膩乎？『血衣鴞』方小翠，辣手摧花的女魔頭，你手裡的人命，沒有一百也有八十吧！是不是因為在濟南誘殺了警察局長千金，被人追得無路可逃，才來冉城落腳啊？」

化名翠芳的方小翠直冒冷汗，心怦怦狂跳：這人是誰！這人究竟是誰！

宣成驚訝地看著許枚：他從哪兒知道這麼多黑道人物……

正此時，雷猛驚天動地一聲暴喝：「翠兒，把這兩小子統統宰了！上面有人扛著！」這一聲像是天邊響起一個炸雷，莫說方小翠，連許枚都震了個哆嗦，宣成卻穩如泰山，冷笑一聲，「你試試。」

雷猛大怒，一挽袖子，露出兩臂猙獰的刺青，掌中一對脂光油亮的獅子頭如流星趕月般分擊宣成眉心、小腹，在空中劃出一陣尖利的破風之聲。常人擋之，只怕當場腦漿迸裂、肚破腸出。雷猛這一對核桃，少說泡了百餘遭鮮血，只想著此招一出，頃刻間便能要了這小警察的命。卻不料這對核桃雷嗔電怒地爆射而出，宣成冷幽幽的眸子裡竟射出一絲笑意，像是一個身經百戰的屠戶瞪著一隻惱人的小豬崽，令雷猛不寒而慄，又有些惱怒。

宣成以慢打快，左手一揮，先接下一枚核桃，兩指如鉤，疾收疾彈，那核桃激射而出，竟把隨後攻至的第二枚核桃撞了回去，比來時更加迅猛狠辣。雷猛善攻不善守，又從未見過如此招數，驚駭之下，措手不及，竟被這枚核桃狠狠撞在鼻頭上，唠噗一聲，鼻梁折斷，連面骨都塌了一塊下去，頓時鮮血狂噴，直挺挺仰倒在地。

許枚抱著手探頭探腦，「死了嗎？」

宣成撚著核桃，「我有分寸。女的留給你。」

許枚為難地說：「這女人也不好對付哦。」

方小翠深吸一口氣，嫋嫋婷婷站起身來，把煙袋一丟，舉起雙手，「我自首，我跟你去警局。」

許枚道：「太好了。」接著他狡猾地一笑，「警官，我剛才在門外好像聽他們在叨咕什麼副局長，我看還是趁冉城警方插手之前把她送到濟南吧。」

「你卑鄙！我要打電話！」方小翠大驚，忙後退幾步，怒叫道。

「你家不是還沒裝電話麼……不好！」許枚猛然醒悟，「那季三太太玉樓純屬扯謊，她和青龍會是一夥的！我說她怎麼心這麼大，一口氣在雷家住了這麼多天。」

方小翠見許枚愣神，抽身便往裡屋走。宣成抬腳踏過床頭，倏地襲至方小翠身後，抬手向她頸側猛擊。方小翠大驚，拚盡渾身解數，如水蛇般扭動身體，以一個怪異之極的姿勢從宣成掌底滑脫。宣成一擊不中，後招又至，提膝撞向方小翠後脊背，方小翠避無可避，駭然慘叫……

二人正打鬥時，雷府門外也傳來一陣拳腳相擊的打鬥聲。許枚一驚，唯恐生變，迅速閃身出去，卻見那季家三太太玉樓披頭散髮倒在門外，嗚嗚地掙扎不止，一支鋒利的峨眉刺噹啷啷地滾在門前臺階下。許枚四下環視，除了剛才被擊昏的二十名青龍會夥計，整個院子裡空無一人，只有一溜血跡淋淋漓漓出了院門。許枚「嘖」的一聲，從玉樓肩窩拔出一枚飛鏢。

屋內的打鬥聲漸漸停止，許枚湊在玉樓面前，小聲問道：「你們要那個祭紅釉玉壺春瓶做什麼？」

玉樓眼睛忽地一睜，身體不受控制地顫抖起來。

許枚道：「為什麼問季世元要那個瓷瓶？這瓷瓶是季鴻買的，季世元可能根本不知道家裡有這麼個東西。」

玉樓咬住嘴唇，悶聲不語。

許枚將那枚飛鏢在她面前輕輕晃動。

玉樓怨毒地盯著許枚，澀聲道：「他說……老太監的畫……他把瓶子……賣到了冉城季家……我在季世元的……藏寶庫……沒……沒找到……」

許枚道：「你委身下嫁，在季家潛伏了三個月，就為了找到那個瓶子？」

「一個戲子，『下嫁』季世元？」宣成結束了戰鬥，悄無聲息地來到許枚身後。

許枚一驚，繼而定下神來，微笑道：「破家狐狸婁雨仙，這個名字你聽說過吧？」

宣成眉頭大皺，「這些黑道人物害的什麼病，怎麼一個兩個的都瞄上了瓷器？」

許枚輕不可聞地歎了口氣，輕輕捲起玉樓的衣袖，小臂上一道黑線怵目驚心。

宣成驚道：「她和鐵拐張一樣，被什麼人控制了！」

許枚神色凝重，「你在季世元的藏寶庫裡沒找到那個瓶子，就綁架了自己？」

玉樓呼呼地喘著氣，恨恨望著許枚。

「你背後的人是誰？你也進過一個藍色的世界？」宣成冷冷問道。

玉樓一個激靈，閉目不語。

宣成又看向許枚，「是誰把她收拾掉的？」

許枚道：「幫我偷望遠鏡和缺角大齊的人。」

宣成眉毛一挑，「你最好趕緊去救他，流了這麼多血，多半是傷了要害，如果不及時醫治的話，就算不死，也無法神不知鬼不覺地騰挪盜竊。」

許枚點點頭，「這裡你來善後，我先救人去了。」

宣成掂了掂從雷猛床頭櫃裡搜出的勃朗寧手槍，轉身回屋：雷家裡屋的電話應該派上用場了……李副局長今天值班，還是直接打到穆局長辦公室吧。

從季鴻的葬禮回來，小悟悶悶地趴在櫃檯上，望著門外來來往往的行人，長長地歎了口氣。

「想什麼呢？」許枚問道：「小小年紀學會歎氣了。」

「我在想那個季世元，認回了老婆兒子，卻丟了一個女兒，而且他直到現在還不知道他兒子和小女兒的……那件事。」

「他還是不知道的好，他現在一門心思考慮的是怎麼償還這筆情債。真正痛苦的是楊之霽和季嵐這對小冤家，日後他們怎麼面對對方，這可是個尷尬至極的問題。」

「那……季嵐的事，你怎麼對季世元說的？」

「我告訴他，季嵐在上海找到了他與楊小姐所生之子，不巧的是季嵐忽然得了一種重病，季鴻為了幫妹妹籌措診費，還不想讓父親擔心，便擅自挪用了這筆贖金。」

「那他不會怪季鴻嗎？」

「怪什麼？把汗巾子往他面前一擺，季世元什麼都明白了。說來季鴻可比他那一兒一女有主意得多。」

小悟嘴張了張，又問道：「那個黑痣小鬼呢？」

許枚道：「在江家養著。不知天高地厚的小傢伙，破家狐狸妻雨仙的峨眉刺神出鬼沒，是那麼好對付的嗎？要是那一刺再偏半寸，他的小命就交代了，不過他的飛鏢功夫倒是又精進了。」

小悟玩著那只望遠鏡說：「他一個小偷怎麼會對季小姐這麼上心？」

「你就不想問問季鴻一個大家閨秀，怎麼找到逆雪這個江湖上有名的神偷？」許枚笑著問。

「對呀，這是怎麼回事？」小悟有些好奇。

「逆雪十二歲那年偷了督軍老爺的金牙，被神捕李璜打成重傷，追得上天無路，入地無門。毫不知情的季小姐見到一個渾身是血的小男孩可憐巴巴倒在家門口，便大發善心把他救了回去……」許枚搖頭歎道：「也是這小傢伙命不該絕。」

「那季家後來丟東西了嗎？」

「不要把逆雪想得這麼壞，仗義每逢屠狗輩。」許枚在小悟頭上輕擊一記，「那孩子還是很有些良心的，比蕭逸生呂慧之流不知強出多少倍！」

小悟嘀咕幾句，又問道：「對了，那五百大洋找到了嗎？」

「找到了，就在雷猛家裡，鐵證如山。」

「你沒有證據，只憑臆測就跑到雷家去抓人，真夠冒險的！你不怕得罪李副局長？」小悟有些後怕。

「雷猛太愚蠢了，如果你是李副局長，會為了雷猛這樣一個黑道小卒而得罪季世元嗎？雷猛當庭判死的時候，李副局長一句話都沒說。至於那血衣鴇方小翠，這婆娘在山東誘拐良家女子為娼，犯下的累累罪行令人髮指，一旦被押到濟南，嘖嘖嘖……」

「那個三太太呢？她真的和人私通嗎？」

許枚神色一凝，歎道：「她是以戲子的身分接近季世元的，我去過那個所謂『戲班』，人去樓空。據附近的人說，班主是一個唱小生的年輕公子，取了個雌雄莫辨的藝名叫『甯鴛鴦』。」

小悟想了想，又問道：「那你是怎麼認出那個三太太是破家狐狸的？」

「我不是江湖人，卻不能不知江湖事，畢竟這是一個江湖的時代。」許枚高深莫測地說。

第三章 郎紅

小悟無精打采地趴在櫃檯上，望著滿屋子古玩，長長歎了口氣，嘟嘟囔囔道：「老闆這趟出遠門，不知道什麼時候才能回來，天天在店裡悶著不能出去玩，渾身的骨頭都快生鏽了！」他一仰身躺在籐椅上，抖抖剛買來的報紙，報上還在說半個月前秋家的大火。小悟一咧嘴，鬱悶地把報紙放在一邊：這種揪心的人間慘劇他可不願看，否則又睡不好覺了。說到睡覺……索性早些睡吧，反正也沒事可做。

小悟打了個哈欠，仔細檢查了門窗，昏頭昏腦走進自己的小房間，懶洋洋地脫下衣服，蹬掉鞋子，一頭倒在軟軟的被子裡。

「嗯？」小悟覺得被子裡熱熱的，好像有……人！

「啊呀！」小悟一個激靈，從床上彈了起來，慌手慌腳地披上衣服，喝問道：「何方毛賊？」

「咦，你怎麼知道我是賊？」一個毛茸茸的腦袋從被子裡鑽了出來，圓圓的壞壞的臉，灰絨絨的鴨舌帽被他握在手裡，晃啊晃的。

「逆雪！」小悟咬牙切齒，「你怎麼進來的？」

「揭瓦。」

「你！」

「誰讓你把門窗鎖得那麼緊，我只好從房上走了。」逆雪盤腿坐在床上說。

「為什麼鑽到我的被子裡？」小悟一邊滿屋找鞋一邊怒氣沖沖地問。

「因為我不敢鑽到許老闆被子裡啊。」逆雪一臉理所當然。

「你來做什麼？」小悟警惕地問。

「請你幫忙。」逆雪一本正經。

「我不當小偷。」小悟立即拒絕。

「不是當小偷……」

「那也不行，我一走店裡就沒人了，萬一有賊來了……」小悟話未說完，便鬱悶地閉了口：我在這兒也沒用，賊照樣能神不知鬼不覺地鑽進來。

逆雪笑得像隻剛偷了一尾鹹魚的貓，「許老闆不在這些天，你不也閒得發慌？正好我有件刺激的事，需要一個人幫忙。」

「什麼事？」

「捉鬼！」

「啥？」

「接著！」逆雪扔過來一個黑乎乎的東西。

「這……這什麼東西……夜行衣？」小悟眼睛一亮：這可是傳說中大俠飛簷走壁的聖衣……

逆雪和小悟蹲守在一座老宅院的假山後，這方局促在高聳屋簷下的小花園安靜得出奇，別說蟲鳴鳥語，就連一絲風聲都沒有，只剩下滿園慘白的月光。

逆雪打量著一身黑衣的小悟，滿意地點了點頭。

小悟也定定地瞧著一身夜行衣的逆雪，暗道：果然一副賊樣……評書裡說的夜行大俠高來高去瀟灑得緊，偶爾體驗一把也不錯，不過剛才翻牆時可費了不少勁。這小毛賊倒是功夫了得，一個跟頭就翻了上去……哎，他這是怎麼了？

逆雪幽幽地歎了口氣，神色凝重得出奇，小悟都有些不適應了。逆雪望望掛在空中的一鉤月牙，靜靜地坐在假山窩裡，說道：「你知道秋夫人嗎？」

「知道啊。」小悟來到冉城後，不止一次聽人提到秋家，連許枚也屢次談到，這是冉城最古老的家族——傳說秋家的祖上便是這座老城的營建者，冉城是何時建造的，早已無史可考，秋家的歷史有多長，當然也沒人說得清楚，人們只知道秋家一度人才輩出、氣勢烜赫。可不知從什麼時候起，秋家人開始變得沒沒無聞，深居簡出，近幾十年來，更是連個男丁都不出了。人們都說，自從洋人在城東劃了租界，秋家的風水便破了，可秋夫人從不這麼想，還常說：「租界在城東，秋家在城西，這風水如何破得？再說，風水這東西，我是從不信的。」話這麼說，但她還是在各處宅院裡都種了風水樹，還特意吩咐人小心照料。

秋夫人叫什麼名字，已經沒有人知道了，這位老婦一生未嫁，無親無後，但幾十年來收養的棄兒不下百人，其中功成名就的也不在少數。每到過年，無論是西裝革履的富商政客，還是老實本分的村夫莽漢；無論是已逾不惑的中年漢子，還是初及弱冠的翩翩少年，都會從四面八方匯集冉城，回家看看。這是秋夫人最幸福的時刻。如今秋夫人已經年過七旬，還在收養無家可歸的幼兒。

「秋家嗣火已絕，但家底頗豐，我用不了這麼厚的棺材本，倒不如拿來做些好事。」秋夫人如是說。

但天有不測風雲，今年九月十五日夜，一場毫無徵兆的大火在秋家老宅的西院熊熊燃起，那裡正是孩子們睡覺的地方。近七八天來，冉城的各大報紙對這一慘劇大書特書，連茶館酒肆的說書先生都為此事飆了幾升口水，小悟的神經都有些麻木了，此時聽逆雪提起此事，微微怔了怔，靜靜等待他的下文。

「秋夫人的義女對我有恩……」逆雪平靜地說。

「哦，你恩人不少啊……」小悟有些驚訝。

逆雪道：「上次我被婁雨仙的峨眉刺戳穿了肚子，在她家裡養了小半個月。」

「哦！是那個姊姊！」小悟暗道：她也會法術，能聽到銅錢說話！

他又問道：「那這是哪兒？」這座院子雖古舊寂靜，但一切如常，西邊的院子也沒有焚燒坍毀的痕跡，不像是新聞裡被燒得不成樣子的秋家。

「那場大火幾乎把秋家老宅燒了個精光，死了五個孩子，傷了八個，逃出火場的十個孩子也沒有地方住了。」逆雪說：「正巧離秋家不遠的丁家有一座老宅要出售，一切應用家什宅子裡都有，秋夫人二話不說，便把這座宅子買了下來。可她萬萬沒想到，這裡竟然是個鬼宅！」逆雪的語氣突然變得陰森怪異，嚇得小悟往後一縮，後腦勺碰在假山上，「嗷」地叫了一聲，忍痛問道：「這裡就是丁家老宅？」

「沒錯，搬過來七天，就有三個起夜的孩子看到了女鬼。」

「女……女鬼？」

「對呀，臉慘白慘白的，一身血淋淋的大紅長衣，在半空中飄來飄去，不是女鬼是什麼……」

「嘶——」小悟倒吸一口冷氣，有點後悔跟逆雪出來捉妖了。

「前天秋夫人請了和尚來作法，那和尚說這座花園妖氣最濃，現在秋夫人帶著孩子們住在前院和幾座偏院，連後院都沒人敢過來，更別說這座後花園了……」

小悟的臉都白了，「那……那你叫我來做什麼？我可不會抓鬼。」

「你還真信有鬼啊？」

「信啊……你是沒見過，我可見……我可聽說有人見過。」

「哼，這肯定是壞人搞的惡作劇，你幫我守住院門，這是胡椒麵和石灰粉，給……」逆雪又指了指院子的空中說：「我在半空中布了鉤網，那『鬼』若是從上面來……」

「這東西對我毫無用處……」一個幽幽的聲音不知從哪裡傳來，在冷寂幽深的花園四下漫溢，悠悠颺颺良久不散，顯得格外詭異。逆雪和小悟頭皮一陣發麻，連血管都要凍住了。

「你……你別嚇我！」逆雪使勁扯著小悟的衣袖說：「你還會變聲啊？」

「不是我……」小悟牙關打戰，「這聲音，好像是從四面一起飄過來的，是吧……」

夜色漆黑如墨，一個女子像一片雪白血紅的芭蕉葉，飄飄搖搖地站在井沿上，雪白的頭髮滿天飄揚，雪白的眸子殺氣橫溢，雪白的嘴唇微微上揚，雪白的臉龐依稀可見蛛網狀的淡淡裂紋，雪白的肩膀袒露在外，稜角分明，一道猙獰的傷疤自額頭而下，貫穿臉頰。一條血紅色長袍像是在地獄血池中浸了千年，又濕淋淋地披在身上，裙腳的顏色更是紅得深沉恐怖，如牛血垂凝，令人不敢直視。更可怕的是，這女子整具身體似乎有些透明，這絕不是人能辦到的，哪怕手段登峰造極的易容摹演高手也做不到。

「啊……」小悟看到突然出現在眼前的女子，想要叫卻叫不出聲來。

逆雪氣勢洶洶地要捉「鬼」，但他打心眼兒裡不相信這世上有鬼，總覺得那些孩子所見的「東西」是別有用心的人玩的花招，可眼前這個「女人」，絕對不是人！

他怎麼也沒想到會遇到這種情況，一時間只覺得手腳冰涼，身子貼著假山不敢動彈，小悟難以置信地捅捅他的腰眼，「你……要捉的是她？」

逆雪騎虎難下，咬了咬牙，猛一揚手，三枚厚重的飛鏢直奔那女子心口射去。那女子陰陰冷笑，紅袖翻滾，獵獵有聲，眨眼間三枚飛鏢都落在她雪白掌心。逆雪臉色一變。

「我最恨這種尖尖的鐵傢伙。」那女子的聲音冰冷妖異，雪白的瞳子微微一擴，怪笑著打量兩個縮在假山裡的少年，「就憑你們，也想來……」話音未落，她便覺月光一暗，一張帶著倒鉤的大網兜頭蓋下。那女子不禁失笑：「這等玩物能奈我何？」她一聲尖嘯，白髮飄揚，宛若千百條細小的白蛇，昂首吐信凌空而起，將那鉤網死死纏住，輕輕一扯，「刺啦」一聲，那拇指粗細的網繩碎作數百截，連著倒鉤叮叮噹噹散落一地。

逆雪清叱一聲，就地一滾，袖中白光閃爍，一條鏈子鏢激射而出，向那女子小腹打去，卻聽叮噹一聲脆響，鏢頭宛若射在石壁上，微微反彈數寸，鏗然落地。逆雪登時愣了：這女鬼的紅裙竟如岩石般堅硬。

那女鬼臉色微微一變，逆雪明顯感覺到一股難以形容的怒意向自己襲來。那女子雪白的臉龐變得扭曲，在月光照射下現出細細碎碎的裂痕，逆雪從未見過如此景象，頓時蒙住了，眼見千萬根纖細的白髮凌空蛇行般向自己脖頸絞來，一時不知如何招架。卻忽聽那女鬼嘶聲呼號起來，接著又發出「呼哧呼哧」的憤怒喘息聲。原來是小悟攀在假山山尖上，捧起一包石灰粉兜頭砸下，霎時間霧氣騰騰，那女鬼頓覺頭臉火辣迷濛，慘白碎裂的臉愈發猙獰可怖。

逆雪身子一扭，如移風踏火般抄到女鬼身側，踏空而起，一把拉住小悟，眨眼間躍下假山，閃在女鬼身後，沉聲道：「跑！」接著他扭頭便往走廊裡鑽，剛跑兩步，只聽小悟慘叫一聲，便再也拉不動了。

逆雪回頭看去，只見一束白髮緊緊纏在小悟腰間，如擒獲獵物的毒蛇般漸漸繞向他的胸口、手臂。小悟臉漲得通紅，呼吸都困難起來，從牙縫裡擠出幾個字：「你……放手……別拽我……好疼……」紅裙白髮在枯枝怪石間凌空舞蹈，張揚跋扈，奇譎萬狀。逆雪左手緊緊抓著小悟的手腕，右手摟住一棵半尺來粗的小樹，呼呼喘氣，生怕一鬆手，小悟便要被那女鬼拖進十八層地獄。此時最痛苦的便是小悟，胳膊被逆雪拽著，腰腹被女鬼的頭髮扯著，感覺像要被生生撕成兩開，想要大喊幾聲，卻一口氣卡在喉嚨裡吐不出聲來。奇怪的是，那女鬼似乎可以無限生長的長髮，並未在小悟身上做更多的動作，而是帶著一種勝利者的姿態向逆雪觸去。

逆雪幾乎絕望了：原來這世上真的有鬼！怎麼辦？放手逃走的話，這個笨小子肯定會被吃掉，不放手的話……啊！

那女鬼哪會再給他思考的機會，「嗞嗞」冷笑幾聲，另一股白髮輕輕繞向他的喉嚨。逆雪不願伸頸就戮，一跺腳，小皮鞋鞋尖處鑽出一片細小輕薄的利刃，向那白髮挑去。女鬼臉色又變了幾變，白髮一繞，像一條細長的軟鞭，「啪」的一聲，狠狠抽在逆雪腿上。逆雪褲腳像是被利剪狠狠裁了一道口子，連腳腕上也留下一道入肉半寸的紅痕，鮮血濺了出來。

逆雪「哇」的一聲，險些栽倒，接著便覺一股怪力撕扯自己的手臂，原來那一股縛住小悟的白髮如惡龍出水般向空中揚去，連帶把拉著小悟的逆雪一起拋向半空。同時一縷白髮已經繞到了他的喉嚨，細銳如刀，逆雪只覺下一瞬間自己便要頸血飛濺，心頓時涼了：天哪，這世上真的有鬼！想不到我會死在這裡……唔？

他正詫異自己怎麼還有時間想這麼多亂七八糟的東西，卻聽有人喝道：「住手！」逆雪頸間的壓迫感略略減退，緊接著便是「嘭」的一聲，只覺得自己狠狠撞在什麼硬物上，痛得幾乎要哭出來，口鼻中一陣發腥，好像連五臟六腑都被震得冒血。再睜眼看時，自己和小悟都從半空被拋在枯草地上，強大的衝擊力震得小悟悠悠醒轉，望著狼狽不堪的逆雪說：「你也死啦？」

「你們兩個！不知輕重的傢伙！」

小悟、逆雪向空中看去，見許枚一襲青色長衫，滿面慍色，站在牆邊怒視二人。

「老闆！」小悟幾乎要哭出來。

許枚甩出一個古怪的眼色，小悟明白，這是「秋後算帳」的意思，逆雪卻有些丈二和尚摸不著頭腦，只是興奮地呼呼喘氣：小命保住了！小命應該能保住吧……

許枚盯著那紅衣女鬼，眼神中透著一絲興奮。

那女鬼也死死盯著許枚，只覺一股難以承受的威壓兜頭澆下，不禁倒退一步，沉聲問道：「你是什麼人？」

「是誰把你叫醒的？你臉上那道傷疤是怎麼回事？像你一樣的還有多少？」許枚咄咄追問。

「你以為我知道？」女鬼盯著許枚光澤瑩瑩的手掌，像見了殺父仇人似的惡狠狠咬著牙說：「可像你一樣的，還有一個！」話音未落，紅光閃爍，一道白影直刺許枚咽喉。

許枚抽身退步，站在池塘邊的青石上，手掌緩緩搖動，輕輕推開白髮，順勢前欺，抵住那女鬼手臂，再向前一滑，攬住她的肩膀。許枚只覺觸手冰涼，寒氣徹骨。

那女鬼咬牙怒吼，白髮凌空亂舞，如亂針落雨刺向許枚頭頂，許枚搖頭道：「好狠，你是郎紅吧？」說著他雙指在那女鬼眉心輕輕一點，只見一團血色紅霧撲地噴散開來。逆雪大驚，一把扯住小悟，連滾帶爬鑽到假山縫裡，又偷偷探出頭來，向池塘邊看去。只見許枚掌心托著一只一尺來高的紅色瓷瓶，在夜色中閃著血腥妖異的光澤。

廉價古宅

「你們好大的膽子！」許枚蹺著腿坐在床邊，給渾身青紫吱喳亂叫的兩個小子上藥，「這種事也是你們能管的？」

「我……我以為都是丁家人使的詭計……啊，好疼！」逆雪揉著腳腕說，「誰知道這世上真的有鬼……」

「你是沒見過能把瓶瓶罐罐變成鬼的人……」小悟揉著摔痛的肩膀嘀咕，卻挨了許枚一個栗爆。

小悟揉著腦袋哀號，許枚卻托著下巴說：「不過……丁忱主動提出賣掉老宅，確實一反常態。」

「什麼意思？」逆雪撐起身子，眨著眼問。

許枚按倒逆雪，在他腰間揉抹著藥水道：「丁家二公子丁忱是個鼎鼎大名的木材商，這傢伙愛財如命，手段陰損，在冉城商界名聲很不好。」

小悟小聲道：「老闆很少這麼評價別人，看來這個丁忱確實好人渣哦……」

許枚繼續道：「此人少年得志，目中無人，還和冉城商會的會長季世元起過衝突，被季世元一連串雷霆手段打了個灰頭土臉，折了不少買賣。所以說，人哪，不能太作……作死就會死的，你們懂嗎？」

小悟扁了扁嘴，逆雪把臉埋在枕頭裡，輕輕「嘁」了一聲。

許枚繼續道：「丁家還有位庶出的大公子丁慨，丁老爺的姨太太生的，是個老好人。」

逆雪心不在焉地「唔」了一聲，「我知道這個人，是個笨蛋。」

許枚笑道：「丁大少人不笨，只是有些膽小，也有些迂腐。他最愛侍弄花草，也喜歡古玩，尤其是竹木器，之前還在我這裡買過幾件小玩意。丁老爺死後，丁忱不知使了什麼手段，繼承了丁家幾乎全部的生意和房產。丁慨母子只得到了老城東街的幾座小鋪子，只好到處低價收羅木材邊角料，做些筆筒硯盒、筆架臂擱、佛珠掛墜之類清雅的小玩意，生意做得不大，日子過得倒也不艱難。」

說著許枚取了一卷紗布，為逆雪包紮腳腕的傷口，繼續道：「鬧鬼的那座老宅也是丁二少名下房產，前清嘉慶年間的老房子。丁忱那傢伙，眼珠子都是圓形方孔的，秋夫人急需一座宅院安置那些孩子，這丁家老宅又闊氣又寬敞，離秋家也不遠，的確是秋夫人的首選。當丁忱主動提出賣掉老宅時，所有人都以為他會把價格抬得很高，誰知道秋夫人只花了不到三千大洋，就買下這麼大一座豪宅。但問題是，這座宅子已經兩個多月沒人住過了。」

逆雪道：「這我知道，那座院子是丁家的老宅。兩個月前，丁老頭子一病死了，丁慨、丁忱分了家，這兩個嬌生慣養的少爺都嫌這座老宅位置偏僻，丁忱住進了新城的別墅，丁慨住在老城東街，老宅子自然就空出來啦。」

許枚道：「可這宅子裡竟然連一個看家護院的下人都沒留下，你不覺得奇怪嗎？」

逆雪明白過來，揚起臉道：「你是說……丁家的人早就知道這裡鬧鬼？我說呢，怪不得丁忱那個死財迷這麼便宜就把宅子賣了，這老宅就是個燙手的山芋，他要擺脫這個女鬼，還要坑秋夫人！」

許枚笑道：「他們舉家搬走，不是已經擺脫這女鬼了嗎？秋夫人聲望極高，又和丁家無冤無仇，丁忱為什麼要坑她？」

「為什麼？」逆雪也有些摸不著頭腦。

「丁忱是個財迷，純純粹粹的財迷，他的一切行動都離不開一個錢字。」許枚道：「現在房契已經交接完畢，如果秋夫人主動毀約退房，丁忱只要退還一半的購房款，等於白白從秋夫人那裡詐走一千五百塊大洋。再說，鬧鬼之事虛無縹緲，秋夫人就算去告丁忱，也不會有什麼結果。」

逆雪咬著牙道：「我還以為丁家耍了什麼花招，誰能想到真的有鬼……」

許枚扭了扭小悟的肩膀，又問道：「那秋家的宅子怎麼樣了？」

逆雪道：「秋家老宅的西院幾乎燒了個乾淨，南北兩院也有波及，這些天秋夫人雇人清理火場，倒是把東邊的舊院收拾停當了。如果退掉丁家老宅，那些孩子們也能住回來，可終究不及以前寬敞乾淨了。」

許枚點頭道：「是啊，遭了這麼一場大難，還是換個新家比較好。秋家老宅死了五個孩子，再住在那兒，難保秋夫人不會睹物傷情。」

逆雪憤憤地說：「我心裡這口氣憋著難受，我早知道丁老二不會這麼好心。」

許枚道：「現在麼……倒是不必退了，畢竟這『女鬼』我已經收了。」

小悟忽然抬頭問道：「老闆，你問那女鬼像她一樣的還有多少，是什麼意思？她也是瓷……瓷那個？」

許枚一怔，送出一個警告的眼神，小悟一吐舌頭，埋下頭去。

逆雪也說：「對呀許老闆，你還會捉鬼啊？那個瓶子是你的法寶嗎？那女鬼是不是被你裝進瓶子裡了？」

許枚輕輕咳了一聲，「嗯，咳咳，沒錯。」

逆雪一骨碌爬起身來，滿眼興奮道：「許老闆，你是天師嗎？」

許枚在他頭上拍了一巴掌道：「不該問的別問，睡覺。」說著他一拉被子，劈頭蓋臉把逆雪埋了進去，又掰著指頭點了點小悟。

小悟抱著胳膊縮在床角，可憐巴巴道：「老闆，我錯了……」

許枚氣咻咻地「哼」了一聲，低聲叱道：「明天再和你算帳。」說著他一拉燈繩，起身離開。

逆雪從被窩裡伸出手來，捅了捅小悟，「你明天會挨揍嗎？」

「閉嘴，都是你害的，我遇到你就沒好事！」小悟摸黑拽了一床被子，咬牙切齒地把自己裹了起來。

許枚走進書房，輕輕打了個哈欠。

郎窯紅觀音尊靜靜擺在花梨木書案上，在昏黃的燈光下閃動著紅寶石般的光澤。許枚呵了呵手，看了看桌角的小座鐘，一點二十，子時已過。許枚坐在桌前，凝目看去，這觀音尊高逾尺半，尊口微敞，短頸弧肩，斂腹而撇足，在燈影下劃出兩道完美的弧線。口沿釉層纖薄，如脫釉般露出明澈的白色，愈至下而釉層愈加鮮紅肥潤，猶如寶石般清瑩透亮，至底處釉水凝聚，如初凝牛血般鮮紅，開片輕淺細碎，遍布器身。許枚輕輕將其托起，見底足內施白釉，微泛青黃，開片細碎動人。

「除了康熙郎窯紅，哪個有這般攝人心魄的血腥氣。」許枚輕輕撫摸尊口至肩下的一段裂痕，「這沖是新傷，釉片崩飛，胎骨受損，不像磕碰所致，倒像利器所傷，難怪你最恨尖尖的鐵傢伙。可再怎麼說，你也不該半夜亂跑嚇唬孩子，真把自己當成妖精了嗎？算了，你的身體都透明了，如果再現出靈體，恐怕這一點靈蘊就散盡了，抽空送你去一趟老葉家，看這道傷口能不能修補一下……我先給你找個盒子……」

凶手秋夫人

次日許枚睡到午後才起，洗漱之後，隨意吃了兩塊點心，便在店裡翻翻找找，取了一塊硯臺出來。這硯臺方不過四寸，恰可托於掌心，不工雕琢，稜角犀利，通體紫光凝厚，橫生一道金紋。許枚歎了口氣，「一方好硯啊，可瓷靈的存在不該被世人知道，所以丁家老宅鬧鬼的事不能再繼續報導了，我也是不得已，要拿你和報社的張主編做個交易，好在他是個愛硯之人，也比我懂硯。」

「那張主編就是個聽風就是雨的白痴！」

「哈？」許枚擰著眉頭回頭一看，只見逆雪甩著一張報紙氣呼呼衝了進來，一屁股坐在紅木太師椅上。

「什麼玩意啊，寫得有鼻子有眼的！」逆雪抱著胳膊氣呼呼道。

「你什麼玩意啊！什麼時候跑出去的？鼻青臉腫的滿街亂跑，傷筋動骨一百天懂不懂？」許枚伸手去擰逆雪耳朵。

「別別別……」逆雪像受驚的貓似的滿屋亂竄，「這……這是今天的報紙，上面寫著秋夫人殺了丁忱，這不是胡說八道嗎？」

「丁忱死了？秋夫人殺的？」許枚驚道：「什麼時候的事？」

逆雪道：「昨天晚上十一點，咱們在後院花園裡鬧成一團，丁忱就死在前院側門外。」

許枚一驚，隨即點點頭道：「丁家老宅偏僻得很，院子卻大得可恥，五六重院子，七八座花園，前院和後院跨了兩三條街，我們沒有聽到前院的動靜也不奇怪。不過這大半夜的，丁忱到老宅去做什麼，和秋夫人商量退房的事？」

逆雪搖頭道：「這我也不清楚，警察昨天半夜就把秋夫人帶走了，秋夫人都七十多了，當天晚上就急得昏死過去，現在還躺在醫院裡。」

許枚驚道：「直接把人帶走了？秋夫人這樣的人物，警察局那邊多少該有些忌憚，這樣雷厲風行地抓人，莫不是有了切實的證據？報紙給我看看。」

逆雪急道：「哪有什麼證據，是那丁忱臨死前蘸著血寫了個『禾』字，丁忱老婆和一個賣餛飩的又正好看到秋夫人從發現屍體的那條巷口跑出來……」

「這麼說警察把這個『禾』……理解成『秋』的一半？」許枚皺眉道：「這且不說，丁忱老婆怎麼也跑到這地方來？而且看這情況，她和丁忱不是一起去的。」

逆雪道：「對啊，所以丁忱老婆，叫什麼……李淑尤的，現在也被那個宣隊長留局子裡『做筆錄』。」

許枚一愣，繼而微笑道：「宣隊長是個明白人，他負責這案子最好不過。」

逆雪道：「還不止這些呢，警察局那個女法醫，叫……姬揚清的，說丁忱是自殺，聽說她正和那個宣隊長吵架，還占了上風。」

「自……殺？」許枚奇道：「丁忱少年得志，家財萬貫，要風得風，要雨得雨，怎麼會自殺！」

逆雪一攤手道：「這我可不知道。」他又壓低聲音道：「不過我聽說，這個姬法醫是捕門驗骨堂的人，厲害得很呢。」

許枚道：「你當然希望丁忱『自殺』，這樣秋夫人就能順利脫罪。」

逆雪也不否認，只咬咬嘴唇道：「許老闆，幫我打聽打聽消息吧，你不是認識宣隊長嗎？」

許枚搔搔下巴，「嗯，這案子我本來就打算……」

「你如果不幫忙，我就去鳴泉巷找江老闆告狀。秋夫人可是她乾娘，這你是知道的。」

「呵——」許枚抽了口冷氣。

逆雪帶著一絲小得意道：「我在江家養傷的時候，江老闆說了好多你們的情史……」

「哪有什麼情史！」許枚急道：「我們……只是……」他一眼瞥見小悟揉著眼睛從後院進來，便道：「我和江老闆沒有什麼的，對吧？」

小悟打了個哈欠，迷迷糊糊道：「江老闆？哦……老闆只是給那個姊姊送過定情信物，一件旗袍和一雙鞋子……啊！」

許枚揣好硯臺，背著手上了街。

逆雪、小悟捂著頭上突突直跳的大包，眼中淚花閃閃。

暴躁女法醫

宣成抱著胳膊坐在辦公桌前，無奈地望著臉紅脖子粗的姬揚清：好一副尤物的皮相，偏裹著一團河東獅的肚腸。

「這一定是自殺，偽裝成他殺的自殺！」姬揚清振振有詞道：「死者雖然是被匕首插入後心致死，但屍體雙腳朝牆，頭朝巷子中央，俯倒於地，雙腳距離牆壁只有十幾公分，他幾乎是靠牆站著的。如果真有凶手在死者背後持刀殺人，除非這傢伙藏在牆壁裡面！」

宣成道：「如果是自殺，那……」

姬揚清一瞪眼道：「你急什麼？聽我說完！死者身高一百七十五公分，匕首從他背後平平刺入心臟，幾乎與死者身體垂直。如果真有凶手的話，他是怎麼揮刀的？正手握刀上撩？反手握刀下刺？都不可能以這種角度刺入死者身體，所以……」

宣成道：「如果凶手先把死者打倒在地，或按倒在地，騎在他背上舉刀下刺……」

「不可能！」宣成的話又被打斷，姬揚清慍道：「死者身上沒有擊打所致的傷痕，現場也沒有掙扎的痕跡！」

宣成道：「那是一條光滑得過分的石板路，很難留下什麼痕跡。再說，要使一個人失去反抗能力的方法有很多，死者身上沒有被擊打的傷痕說明不了什麼。」

姬揚清臉一紅，繼而惱道：「你為什麼總打斷我！就不能聽我說完嗎？」

宣成無奈，「好……你說……」

姬揚清端起宣成桌上的水，一飲而盡，一抹嘴道：「死者口中沒有迷藥殘留，面部沒有掩捂痕跡，身體各處也沒有針刺所致的傷口。還有，我在死者身後的老牆上發現了一塊新的坑痕，在離地面一百三十五公分的地方，像是被什麼東西戳撞所致。」

宣成本想順著她的話問一句：你覺得是被刀柄撞出的坑痕嗎？但還是識趣地不敢開口。

姬揚清自顧自地繼續說著：「那個位置，正好是死者站立時後心的高度。所以我認為，是死者自己將刀尖抵在背後，刀柄頂在牆上，再奮力向後壓向牆壁，使刀刺入後背。屍體向前撲倒……」

「然後蘸著自己的血在地上寫了個『禾』字？」宣成玩味地看了姬揚清一眼，「且不說背部中刀的人是否有餘力留下死亡資訊，丁忱何等人物，他怎麼可能捨去自己的性命栽贓一個七十多歲的老婦人？我把凶器給了若光，請他試試英國人那套指紋鑒定的法子，看能不能找到些門路。」

姬揚清一揚下巴道：「好啊，我等著。我把話放在這兒，凶手絕不是秋夫人，她太矮小了，手勁也不足……哎，你是來送鑒定結果的？」

一個小警察畏畏縮縮站在辦公室門口，被姬揚清的大嗓門嚇了一跳，一縮脖子道：「不……不是……宣隊長，有位姓許的先生要見您，說是您的朋友。」

姬揚清輕輕「哼」了一聲，「不打擾你見客，咱們等著瞧吧。」說著她逕自轉身出去了。

宣成皺皺眉頭，「我有一種不好的預感……」

「警官……」許枚和姬揚清擦肩而過，慢悠悠走進宣成的辦公室，坐在窗下的客椅上。

「你有什麼事？」宣成警惕地盯著許枚。

「嗯……秋夫人那個案子，現在什麼情況？」許枚開門見山。

宣成扶額：果然……

「警官……」許枚討好地笑笑，壓低嗓子道：「丁家老宅鬧鬼這事兒吧……和瓷靈有關。」

「果然是你那些瓶瓶罐罐搞出的事情！」宣成磨著牙道。

「噓——噓——」許枚連忙道：「丁忱的死和瓷靈無關，他死的時候我就在丁家老宅的後花園，那個瓷靈也在。」

「你……在……現……場？」宣成倒吸一口冷氣。

「不不不，丁家老宅的後花園和案發現場隔了那麼遠，我今天中午才知道丁忱死了……聽說他是自殺的？」

「你信嗎？」

「說實話不大相信。」許枚習慣性地搔搔下巴，「不過丁忱這個人嘛，自幼錦衣玉食，一路順風順水，一旦遇到些椎心摧肝的刺激，難保不會做些出格的事。」

「你是來為秋夫人說情的？」

許枚笑了笑，「警官你不是也覺得這事蹊蹺嗎？我聽說丁忱的夫人李氏還在警察局扣著呢，這是你的主意？」

宣成沉吟片刻，還是決定不瞞著許枚，「我只是奇怪，案發時間是昨天晚上十點，天已經黑透了，丁忱和李氏為什麼要在這個時間一前一後去已經賣出的老宅附近？他們都沒有動用自家的汽車，也沒有帶貼身伺候的僕人，丁忱裹著圍巾、戴著墨鏡，坐末班電車到了西原洋行，又一路步行到丁家老宅東側小門外的無名巷，也就是案發現場。李淑尤戴著垂紗的西洋大簷帽，在離家兩條街的地方上了黃包車，一路橫跨半個冉城。那個累得跟孫子似的黃包車夫，對這位裹得格外嚴實的闊太太印象很深，電車司機也一眼認出那個大半夜戴墨鏡的怪人就是赫赫有名的丁二少。

許枚道：「那李氏怎麼解釋，她為什麼去那條無名小巷？」

宣成道：「散步。」

「噗……」許枚忍不住笑了出來，「這丁太太連藉口都懶得編啊。」

宣成道：「她只是一口咬定親眼看到秋夫人從那條小巷跑出來。」

「這並不能證明秋夫人就是殺死丁忱的凶手。」許枚道：「如果凶手從巷子另一邊跑了呢？」

「那條無名小巷是個又窄又小的死胡同，西邊是丁家老宅，東邊是西原洋行的後牆，兩邊院牆都高得嚇人，西原洋行那邊還裝了通電的防盜網。巷子裡面則堆滿了各種雜物，巷口不遠處有一個賣餛飩的小攤子，晚上七點出攤。攤主並沒有看到除了丁忱之外的人進過這條巷子。案發之後，跑出巷口的秋夫人和剛剛坐洋車過來的李淑尤撞個正著，二人爭執起來，那賣餛飩的就跑去兩條街外的警察崗亭報了警。你明白我的意思嗎？」宣成道。

「明白……」許枚皺眉，「這巷子……是個不密閉的密室？」

宣成道：「可以這麼說吧，凶手只可能……或者說最有可能是從丁家老宅側門走出來的人，秋夫人確實是有嫌疑的。」

「還可能是七點之前就走進巷子的人。」許枚思索著道：「他趁秋夫人和李氏撕扯，那賣餛飩的又跑去報案的空檔，偷偷從巷口離開。」

宣成覺得這說法太不可靠，搖頭道：「不可能，秋夫人和李淑尤不是瞎子。而且丁忱走進巷子的時間是九點半，死亡時間是十點左右。」

許枚略一思索，說道：「如果秋夫人是凶手，她殺死丁忱之後，應該立即返回丁家老宅，把側門鎖死，裝作什麼都沒有發生過的樣子，而不是傻乎乎地跑出巷子。」

宣成道：「沒錯，巷口賣餛飩的說，當時秋夫人神情慌亂，臉色慘白，提著一只燈籠，踉踉蹌蹌地跑出巷子，帶著哭腔喊『快報警，死人了』，還險些撞到李淑尤。」

「這麼說，李淑尤是在丁忱死後才來到無名巷口的。」許枚道：「又回到那個問題：丁忱夫婦來這裡做什麼？還有，秋夫人這時候出門做什麼？」

宣成道：「據秋夫人說，她今天早上在信箱裡發現了丁忱的信，約她晚上十點在老宅前院的東側院小門外見面，到時會告訴她驅除院中惡鬼的方法。」

許枚一咧嘴，「丁忱做事素來張揚跋扈，這種鬼鬼祟祟、故作神祕的行事風格可不像他。再說，他一個驕奢淫逸的公子哥兒哪懂什麼驅鬼？我看這封信大有問題。」

宣成道：「我在等筆跡鑒定結果。」

許枚道：「閒著也是閒著，那我們不妨先去那條小巷看看。」

「你說誰閒著？」

「啊……那警官你在忙些什麼？」

「我正打算去案發現場看看。」

「警官你什麼時候學會逗悶子的？」

無名巷

這條小巷的名字就叫「無名巷」，果如宣成所說，狹小逼仄。巷口外是一條稍顯破舊的小街，巷子西側是丁家老宅，院牆高大，青磚酥舊，苔痕斑駁，一株高大的老柏樹從牆頭探出枝丫，綠雲也似遮蓋了半條巷子。東側是西原洋行的後牆，三丈高的牆頭上圍著一周高壓電網，令人不寒而慄。巷子北端被一堵高牆封死，牆下堆滿了各種雜物：殘斷的磚瓦塊、散架的小推車、掉漆的老門板、開綫的舊皮鞋、磨得光禿禿的掃帚、壓得皺巴巴的紙箱、一捆粗粗細細開裂泛黃的老竹竿、兩把破破爛爛透風漏氣的油紙傘，還有不知哪個菜販子丟在牆角的一摞大竹筐，上面團著幾隻髒兮兮的野貓，懶洋洋地盯著頭頂老柏樹上的麻雀。

不知何時鋪就的石板路已被磨得光滑明亮，白粉撒成的人形撲在一團血泊上。一個穿著時興灰色小夾克的少年，蹲在牆邊饒有興趣地撥弄著幾隻蟲子的屍體，興奮地吹了個口哨。

「小弟弟，這裡是凶案現場……」許枚奇怪地盯著那少年，「現在是九月底，城裡的蟲兒已經疲了，抓蟲子得去東郊的葦子塘，那兒的蛐蛐又大又凶。」

那少年回頭瞥了許枚一眼，輕輕「嘁」了一聲，拍拍手站起身來道：「秋夫人收到的那封信我看過了，筆跡和丁忱有三分相似，但起筆落筆的力道不對，是有心人仿造的，目的也許是引秋夫人十點從這座側門出來。凶器是丁家吃牛排的餐刀，刀柄上的指紋是丁忱老婆李淑尤的，再沒發現其他人的指紋，連丁家僕人的指紋也沒有。」

宣成道：「李淑尤？這倒有些意思。」

許枚見二人默契地討論起案子，不由急道：「等……等一下，這位是……」

宣成道：「捕門勘痕堂弟子，衛若光。」

許枚尷尬地笑笑，「哦……『屬我巀景半，賞爾若光初』，好名字，好名字。」

衛若光輕不可聞地「哼」了一聲，算是對許枚的贊同。

許枚一愣：呵呀，這小傢伙好沒禮貌。

宣成又道：「這位是許老闆，制伏鐵拐張的就是他。」

「哦。」衛若光渾不在意，又蹲下身子，在牆根下擺弄蟲子的屍體。

許枚訝然：這小孩眼睛長在腦瓜頂上的嗎……警官你好像在憋笑？

宣成瞄了許枚一眼，輕輕咳嗽一聲，走到屍體雙腳正對的磚牆前，仔細去看姬揚清所說的坑痕。

「這也許是刀柄磕碰出的小坑，姬揚清說的有些道理。」衛若光小心收好蟲屍，起身道：「但刀柄上沒有丁忱的指紋，所以自殺的說法不大站得住腳。」

許枚忙道：「也沒有秋夫人的指紋，對吧？」

衛若光揚起下巴，輕輕「嗯啊」一聲，透著一副「你明知故問吧」的不屑味道。

許枚握了握拳頭：好氣，好想打他……

宣成道：「這可奇怪了，凶器上沒有秋夫人的指紋，也沒有丁忱的指紋，偏偏有李淑尤的指紋？可她是在丁忱死後才出現在巷口的。」

許枚忙道：「是不是可以說……凶手不是秋夫人，更不是李淑尤，丁忱也不是自殺的？」

見宣成皺眉不語，他又試探著道：「所以……是不是可以先把秋夫人放了，畢竟凶器上沒有她的指紋，對吧？」

衛若光道：「從這個案子來講，指紋說明不了任何問題：鑒定結果指向一個絕不可能是凶手的人。」

許枚無奈：這個小鬼……

宣成道：「還有一個問題，既然那封信不是丁忱寫的，他為什麼會來這裡？九點半進了巷子，十點左右中刀身死，這半個小時他在做什麼？」

「也許在等人，他就坐在那邊的竹筐上，開裂的竹條刮破了他的褲腳，喏……」衛若光從上衣口袋裡取出一個紙袋，小心地打開，裡面有一條細細的灰色纖維，「這是從竹筐上取下來的，材質顏色和丁忱那條被刮開線的德國西褲完全吻合。」

許枚搔搔下巴，「等人……如果丁忱來找秋夫人的話，敲門進去就是，何必坐在竹筐上等？他可能在等李淑尤，等這個指紋印在凶器上的女人……也許丁忱和李淑尤約好晚上十點在這裡見面，丁忱提前到了。」

宣成若有所悟，「當時丁忱和印有李淑尤指紋的凶器都在這條巷子裡，而李淑尤則在坐洋車趕來的路上。」

許枚緊接著說：「丁忱要拿到李淑尤平日用的餐刀再容易不過了。」

宣成難以置信，「難道丁忱要以死來陷害李淑尤？不可能，這太匪夷所思了……」他拍拍腦袋，「我的思路又被你帶偏了，這些只是你的猜測，沒有任何證據。」

「是你的猜測啊警官。」許枚笑了笑，「不過很有道理。」

衛若光硬邦邦道：「刀柄上沒有丁忱的指紋，屍體也沒有戴著手套，就算是用背抵住刀尖自殺，也總要用手來扶住刀柄或刀身來調整方向。如果丁忱是自殺，刀上不可能沒有他的指紋……」

話音未落，忽聽巷口處傳來一陣淒厲的嘶叫：「喵嗚嗷——」

許枚抖了抖身上的雞皮疙瘩，回頭看去，見一個精瘦的中年漢子一手提著一隻髒兮兮的野貓，一手提著一隻竹籃子，大踏步走進小巷，操著一口陝西話罵罵咧咧道：「你個瓜貓，我家二少爺的手巾也是你玩的嘛？」說著他揮手一甩，將貓丟在地上，那野貓渾身長毛直豎，色厲內荏地嘶叫兩聲，夾著尾巴逃之夭夭。

「咦？你們是……」那中年漢子和許枚三人打個照面，有些意外。

「警察。」一身便衣的宣成亮出證件，問道：「你是什麼人？你家二少爺的手巾是怎麼回事？」

丁忱行二，宣成對「二少爺」三字格外敏感。

「警爺。」那中年漢子的腰立刻躬了下去，露出一副苦巴巴的笑容，「我叫胡三，是丁家的廚子。昨天晚上，我家二少爺在這地方，被人給……給害了，我拿些香燭點心，過來祭拜一下。」

宣成點點頭，又問道：「現在丁家是誰主事？」

胡三苦著臉道：「二少爺死了，少奶奶又被留在衙門裡，現在家裡是劉管家做主治喪，至於之後怎麼操持……二少奶奶的叔叔是李大帥，我看警察局不敢把她怎麼樣，再怎麼著也會乖乖放她回來的……啊，警爺，我不是那個意思，我是說，二少奶奶是不會殺人的，警察局總會還她清白……」

許枚聽見「衙門」兩字，暗暗好笑，見宣成若有所思，便先問道：「那塊手巾是怎麼回事，是丁忱的？」

胡三道：「嗨，我剛才來這兒的時候，看見那邊牆根底下臥著一隻貓，嘴裡叼著一塊手巾，咬得亂七八糟的。這手巾我認得，蘇州的上品料子，杭州的好繡工，怕是整個冉城都找不出第二塊。這貓兒見了我扭頭就跑，我撒腿就追，這小東西可真能撲騰，我折騰了一個多鐘頭才把牠逮住。」

衛若光接過手巾，輕輕嗅了嗅道：「這上面有很重的魚腥味，像是有人刻意用魚油浸泡過，瞧那些貓的眼睛都綠了，直勾勾盯著這塊巾子呢。」他指了指臥在竹筐上的幾隻野貓。

許枚眼前一亮，說道：「如果丁忱襯著這塊手巾托扶刀柄，自然不會在凶器上留下指紋。」

衛若光有些後怕，不自禁順著許枚的話道：「在丁忱死後，巷子裡的野貓會把這塊散發著濃濃魚腥氣的手巾叼走，如果不是胡三今天過來祭拜，我們也許會徹底排除掉丁忱自殺的可能。」

許枚拍拍衛若光肩膀，「所以說，天網恢恢，疏而不漏嘛。」

衛若光臉「騰」地紅了，一晃肩膀退到牆邊，瞪著圓溜溜的眼睛，胸口一起一伏，半晌才道：「我……我先回去了，我有些……累。」

許枚莫名其妙，眼看衛若光埋著頭跑出小巷，回頭道：「我把他怎麼啦？」

宣成難得地露出一副促狹的笑，「這孩子害羞得很，最怕和生人打交道。你這麼毫無顧忌地拍他，他沒跳起來捶你已經算客氣的了。」

許枚無奈，「你們捕門的人……真是……有特點，連這種『塞膈而處』的都有。」

宣成道：「他只是害怕生人，和熟人交流沒有任何障礙。」

許枚道：「警察局什麼時候開始雇童工的？」

宣成道：「他成年了，只是臉嫩。」

胡三呆呆地看看許枚，又看看宣成，有些不知所措。

許枚調侃幾句，也轉身打量著胡三，突然笑道：「胡師傅身手了得啊，上躥下跳地抓一隻貓兒，身上連汗都不出。」

胡三一怔，退了一步道：「我……我在兩條街外抓到這隻貓兒的，一路提著牠慢悠悠地走回來，汗早就落了，現在已經快十月了嘛，天涼……」

許枚道：「這卻怪了，你要的是手巾，貓兒這傢伙，隨手放了便好，何必把牠也提回來？」

胡三額上冒出冷汗，結結巴巴道：「啊……我想著……這貓兒是住在這條巷子裡的，我為了一塊手巾趕了牠那麼遠，總該送牠回來……」

許枚失笑道：「胡師傅還真善良，你是怕野貓找不到家嗎？」

胡三訕訕道：「是……是我瞎操心。」

許枚又道：「胡師傅籃子裡都有些什麼？」

「呃……就是些香燭、水果……」胡三掀開籃子上的苫布，臉色登時變了。

「胡師傅，你趕了那貓兒幾條街，籃子裡的東西還是這麼整整齊齊，一點磕碰都沒有。」許枚讚許道。

胡三抹了把汗道：「我……嗨，追了那貓兒一路，籃子裡哪能沒個顛簸，只是這香燭品質好，而且……而且我重新整理過。」

許枚笑道：「提著一隻貓整理籃子？」

胡三一愣，只得咬著牙道：「是，沒錯。」

許枚「哦」了一聲，笑著點了點頭，「好吧，胡師傅請便。」

胡三被許枚問得渾身不自在，垂著頭蹲在屍體正對的牆根下，快手快腳地擺弄祭品。

宣成道：「離現場遠些。」

「是，是……」胡三極不情願地挪開幾步。

許枚心頭一動，仔細向牆根下看去。

巷中小路的石板並沒有規規矩矩地頂住院牆，長長短短的古舊石板與牆根間留著大約兩寸來寬的空隙，滿是泥土青苔，還有些不知名的細碎野草。西原洋行牆磚正下方的泥土上，有一個拳頭大小的圓形淺坑，靠近路面石板處略深些，靠近牆磚處略淺些。離此大約一米左右的位置，還有一個差不多的淺坑。

「你們當時沒發現這個？」許枚拈了一塊黃豆大小的石子扔進坑裡，「印痕還是新的，這裡面一定有文章。」

宣成蹲在牆下，難掩驚色，「當時出警的不是我，也許是夜裡視線不好，兄弟們疏漏了。」胡三點燃香燭，擺好果品，喃喃地念了幾句，縮手縮腳地快步離開。

許枚小聲道：「你不攔著他？這個廚子身上應該有些線索。」

宣成道：「不急，我總要請他到警局問話。有人要出來了。」

「什麼人？」許枚正摸不著頭腦，忽聽吱呀一聲，丁家老宅的側門被慢悠悠地打開，一個頭上裹著紗布的老婦人提著一個木桶一步一搖地走了出來，口中小聲念叨著：「小毛團團，快來吃吧，今天來得遲了。」

說著她走到竹筐前，揉著一隻三花野貓的頭道：「昨兒晚上挨了人家一棒子，在院子裡躺了半宿，好容易舒緩過來……呵喲……別搶，我給你們盛出來……唉，也不知道秋大姊怎麼樣了，那麼多孩子，我一個人可怎麼顧得過來……喲！」她不經意地一回頭，見巷尾兩個陌生人直勾勾盯著自己，忍不住心中發慌，手上一軟，木桶落在地上，剩菜剩飯灑了一地，幾隻野貓一擁而上，大快朵頤。

「你……你們是……」老婦人侷促地撩起圍裙擦了擦手。

「警察。」宣成亮出證件。

「哦……警爺。」老婦人矮了矮身子。

「您是孫嬤嬤吧？」許枚上前一步道：「我聽鳴泉巷的江老闆提過您。」

「噢，是我，是我，這位先生認得阿紅？」孫嬤嬤臉上展出一絲笑紋。

「認得，認得，我們很熟。」許枚微笑道：「孫嬤嬤辛苦，您每天都要餵這些野貓嗎？」

「唉……」孫嬤嬤又歎了口氣，「小東西怪可憐的，我就把孩子們吃剩的飯菜歸攏歸攏，拿來給牠們吃，總好過倒進陰溝裡。」

宣成道：「孫嬤嬤，你剛才說你昨晚被人打暈了？」

「啊……是……是……」孫嬤嬤頂著一頭紗布，也知道方才的自言自語被他二人聽了去，便小聲答應著道：「也不礙事，那人下手不重，就是頭上蹭破點油皮。」

宣成急問：「什麼時候的事？在什麼地方？」

「大概……十點多吧……就在這院子裡。」孫嬤嬤的聲音越來越小，身體也不受控制地顫抖起來。

「帶我去看看。」宣成沉聲道。

「哦……好，警爺您請，這位先生請。」孫嬤嬤顫聲道。

許枚撿起汁水淋漓的木桶，送到孫嬤嬤手裡，微笑道：「我姓許。嬤嬤拿好。」

「哎，謝謝許先生，謝謝許先生。」孫嬤嬤心頭一暖，連聲稱謝。

風水樹

側門後是丁家老宅的東偏院，一方小小的花園，迎面一座假山，怪瘦嶙峋，四周種滿了菊花，紅的、黃的、粉的，團團簇簇開得正好，假山後是一片空地，擺著些石桌石凳，四周種著高大的柏樹，蓊蓊鬱鬱，蔭蔽了大半個院子。

「晚上十點多，你在這座花園裡？」宣成語氣冷了下來。

許枚扶額：你和生人說話時總是一副冰疙瘩似的樣子。

孫嬤嬤被宣成身上的寒氣壓得喘不過氣來，不由自主退了兩步，跌坐在石凳上，「對……就在這裡……」

「你有沒有聽到院子外面的聲音？」

「沒……沒有。」孫嬤嬤連連搖頭。

「你有沒有看到秋夫人從側門出去？」

「沒有……」孫嬤嬤的嘴唇突突地抖了起來。

「你有沒有看清襲擊你的人長什麼樣子？」

「沒有，我當時累壞了，正坐在這兒歇腳，他從背後一棍子敲過來……」

「累壞了？為什麼？」

「我……我……就是侍弄些花草。」孫嬤嬤說了個小謊，連耳根子都紅透了。

「你住在哪座院子？」宣成繼續追問。

「前院東廂。」

「那地方離這座偏院可不近，你晚上十點多來這裡做什麼？」

「我……我……」

「侍弄花草？」

「對……」孫嬤嬤被問得腦袋發蒙，順嘴答應一句，頓覺不妥。

宣成果然道：「可是這院子裡的土沒有近期翻動過的痕跡，花草的枝葉也沒有修剪過。」

孫嬤嬤年老嘴笨，被宣成連珠炮也似一頓追問，急得渾身冒汗。

許枚有些看不下去，衝孫嬤嬤笑了笑，說道：「不修剪也好，古樸自然，別有一番趣味，只是……」他彎腰撿起一片手掌狀的暗綠色小葉，「這院子裡的花花草草，可沒有長這種葉子的。」

孫嬤嬤張口結舌，身體篩糠似的顫抖起來，「不……不……這……」

宣成奇道：「這是什麼？」

許枚兩眼放光，嘖嘖道：「紫菊。」

宣成一挑眉毛，「紫菊？很名貴嗎？」

「沒錯，此花出自遼東古國，西漢時入貢中原。」許枚細細端詳著花葉道：「王嘉《拾遺記》有載，『宣帝地節元年，樂浪之東，有背明之國，來貢其方物』，這貢物中便有紫菊。文稱此花『一莖一蔓，延及數畝，味甘，食者至死不饑渴』。」

宣成連連皺眉，「怎麼可能有這種鬼東西……」

許枚道：「古籍記述，多有誇大，但紫菊清雅幽麗，可遇難求，極是珍貴。孫嬤嬤，這老宅裡種過紫菊嗎，一種爬蔓子的菊花？」

孫嬤嬤長長歎了口氣，一副坦然伏法的樣子，「這花是丁家大少爺種的。」

許枚一愣，「丁慨？這裡面還有他的事？」

孫嬤嬤點點頭，「前些天丁大少爺來找秋大姊，說老宅前院的那棵奇怪的菊花是他小時候親手種的，他想把花買回去，出的錢實在不少呢。可這棵菊花種在前院正堂外邊，綠蓬蓬地爬了一架子，是棵『風水樹』，秋大姊生怕把花移走壞了風水，沒答應他。前天下午，秋大姊到城東的醫院去看受傷的孩子們，丁大少爺又帶著花花綠綠的禮物上了門，這回是來找我的……」孫嬤嬤說著哀歎一聲，「他把買花的價格提高了不少，還帶了幾個郎中，給孩子們開了些補氣血的方子。說實話，我是不信風水這套東西的，而且這些日子秋大姊又是治喪，又是買房，又是雇人打掃老宅，又是請醫問藥求神拜佛，錢花得像流水一樣，丁大少爺給的這筆錢可真不算少，多少能幫秋大姊填些窟窿……」

「所以您答應了？」許枚道：「就不怕秋夫人責怪？」

孫嬤嬤淒然道：「秋大姊不是那種鑽牛角尖的人，一旦生米煮成熟飯，她也不會再說什麼。再說，風水樹這東西，挪走了還能再種。」

許枚道：「所以昨天晚上，您幫著丁慨一起挖出了前院的那棵紫菊？沒有驚動秋夫人？」

孫嬤嬤道：「沒有，秋大姊住在西南別院的那座小樓，前院這點小動靜她聽不到的。」

宣成道：「丁慨是從哪個門進來的？」

孫嬤嬤指了指假山後道：「就是這個側門。」

宣成上前一步道：「也就是說，昨晚丁慨也出現在這條小巷，對吧？」

「對……對啊，他要從這道門進來，當然得走這條巷子。」孫嬤嬤不知宣成在緊張些什麼。

「他是幾點來的？」宣成又問。

「大概……九點前後吧。」孫嬤嬤想了想道。

宣成一愣，「九點？那個賣餛飩的沒說實話！」

許枚道：「或者說，丁慨在七點之前就進了這條巷子，直到九點才敲門進來。孫嬤嬤，丁慨是幾點離開的，從哪個門走的？」

孫嬤嬤道：「離開……大概十點來鐘吧，那花雖然細瘦，但蔓子又多又密的，要把花藤從架子上拆解下來可費了不少功夫，把我和丁大少爺都累得夠嗆。丁大少爺本來想從這道小門走，但我們剛走到這座院子，就聽見外面亂哄哄的，還有警笛的聲音，也不知出了什麼事。丁大少爺心慌，說宅子西邊還有一個小門，抱著花就折返了回去，應該是從那兒走的吧。」

宣成直皺眉頭，「這丁家老宅有多少門？」

孫嬤嬤想了想道：「大大小小……有六處吧，後花園那邊鬧鬼，我們是不敢進去的，平日裡進出的院門只有五個。」

許枚道：「您沒送丁慨出去？」

孫嬤嬤搖搖頭道：「我模模糊糊聽見巷子口有秋大姊的聲音，想出去看看，可又不敢。丁大少爺也顧不得我，自己抱著花往西邊走了。我陪他折騰了一晚上，累得腰瘦腿痛，就坐在這石凳子上歇腳，可我剛坐下沒多久，就聽見背後有腳步聲，我還道是秋大姊回來了。剛一回頭，腦袋上就挨了一棍子，也不知是誰這麼缺德。等我緩醒過來，已經是半夜兩三點了，我四處轉了轉，孩子們都睡得好好兒的，也沒發現哪間屋子被人撬過。」她揉揉腦門，「嘶」地倒吸一口涼氣，「這鼓包不知幾時能消下去……看來秋大姊說的沒錯，這風水樹移不得，是我老糊塗，是我見錢眼開……」孫嬤嬤自責不已，捶胸頓足道，「我挨這一棍子倒沒什麼，可是大姊直到現在都沒回來，早上才聽幾個小丫頭說丁家二少爺死了，秋大姊也叫警察抓了去，我這心裡油煎似的……」

「孫嬤嬤別急，秋夫人只是被警察局請去……幫忙，她最近和丁家打過交道，也許能幫警察提供些有關凶手的線索。對吧警官？」許枚衝宣成擠眉弄眼。

宣成橫了許枚一眼，含混不清地支吾幾句。

「也不算打什麼交道……」孫嬤嬤苦著臉道：「秋大姊只是買了丁家一座宅子，丁家的家務事她可不知道。」

許枚道：「所以嘛，秋夫人應該會很快回來。」

宣成狠狠一扯許枚後襟，咬著牙道：「你倒答應得很爽快啊！」

許枚仍是滿臉微笑，「孫嬤嬤無需多慮，只管養好身子，看好孩子做好飯，照顧好花花草草貓貓狗狗，安心等秋夫人回來。」

孫嬤嬤多少放下心來，抹著淚點點頭。

餛飩攤

從丁家老宅出來，天已經擦黑了，許枚伸了個懶腰道：「先買些點心，去我那兒坐坐吧，我肚子餓了。」

宣成斜他一眼，「你這喧賓奪主的毛病很欠打。」

許枚尷尬地笑笑，「抱歉抱歉，我以後注意，那我們現在……」

宣成指指路對邊的餛飩攤，「牛旺出攤了。」

「牛旺？」許枚望著懶洋洋坐在巷口小棚子下的邋遢漢子，嘖嘖道：「謔，瞧這攤子油膩膩的，剛從泔水桶裡撈出來似的。」

「他就是這個密閉空間的鎖。」宣成小聲說著，坐在桌旁的條凳上，一招手道：「兩碗餛飩。」

「稍等，就好……」牛旺打了個哈欠，漫不經心地往火爐裡加了兩根炭條。

許枚坐在桌邊，小聲問道：「他就是那個證人？」

宣成點點頭。

許枚四下看看，奇道：「他的攤子昨天也擺在這裡？」

宣成道：「沒錯，但是這附近的地面上沒有陳年油漬，這裡不是他長期固定的擺攤地點。」

許枚托著下巴，看向守在坑坑窪窪的鐵鍋邊等著水開的牛旺，笑道：「有意思，在這種偏僻的地方做生意，圖清淨嗎？」接著他揚聲道：「老闆，你一直在這兒擺攤嗎？」

牛旺一愣：「啊……是……是啊。」他從旁邊的竹筐裡抽了一棵打蔫的青菜，胡亂剝了兩片葉子丟進鍋裡。

許枚扯了個小謊，「那我之前怎麼沒見過你？我可是住這附近的。」

「啊？」牛旺臉色變了幾變，突然惱道：「你要吃便吃，不吃便走，問這麼多做什麼……呀？警爺，警爺好。」牛旺正要發脾氣，一眼瞧見宣成放在桌上的警官證，忙堆出一副笑臉，輕輕拍著自己的嘴，點頭哈腰道：「瞧我這張不會說話的臭嘴，該打，該打。」

許枚笑道：「且不忙打，先回答我的問題。」

「這個……」牛旺兩隻眼珠左右亂擺，支支吾吾道：「我……之前在耍子街擺攤，那兒熱鬧。」

「為什麼搬到這兒來？」

「這兒……風水好。」

宣成掀起衣角，露出明晃晃的手銬，「你覺得我信嗎？」

「呃……」牛旺腿一軟，連聲道：「不不不，是這裡……這裡……」

「這裡能賺大錢吧？」許枚指了指牛旺腳上的新鞋，「登雲舍的布鞋可不便宜，牛老闆這雙銀線緄邊的翹頭鞋是今年秋天的新款式，前不久才上市的。」

牛旺縮了縮腳，露出一個比哭還難看的笑容，「一時鬼迷心竅，買了個奢侈物件兒。」

宣成解下手銬，輕輕放在桌上，沉聲道：「說實話，否則跟我回去。」

牛旺「啊喲」一聲，也不顧鍋中沸水騰騰，「撲通」一聲跪在桌前道：「警爺，我可什麼都沒幹，就是丁二少爺交代我守住這條巷子，說是二少奶奶會來，我也不知道他要幹什麼，更不知道丁二少爺怎麼會被秋夫人殺了，那條巷子我從來沒進去過……」

「丁忱讓你在這兒守著他老婆？」許枚奇道：「這麼說丁忱知道李淑尤昨晚會來。」

宣成思索片刻，問道：「你怎麼認識丁忱的，耍子街離丁家可不近。」

牛旺道：「丁家的廚子胡三師傅就住在耍子街，丁二少爺要他找個信得過的人辦這件差事，胡師傅就找到了我，給了我十塊大洋……」

說著他埋下頭去，小聲嘀咕道：「誰知道攤上這麼件事……」

許枚笑道：「你的雇主已經死了，你怎麼不回耍子街擺攤？」

牛旺苦著臉道：「誰說不呢……可我想著這地方剛一出事兒我就走，顯得心虛，索性再出兩次攤……」

許枚「噗」地一笑，「真是『聰明』。」

宣成道：「你再仔細說說，那天晚上都有誰進過這條巷子。」

牛旺想了想道：「我是七點多出的攤，大概九點半左右，丁二少爺急匆匆地從西原洋行那邊繞過來，也沒理我，埋著頭進了巷子。又過了半個鐘頭，丁二少奶奶坐著洋車從西邊的小路過來，我可緊張得渾身是汗，一下都沒敢錯神兒，死死地盯著她。就在這時候，秋夫人慌手慌腳從巷子裡跑出來，險些兒撞在丁二少奶奶的洋車上。丁二少奶奶下了車，劈頭蓋臉就給秋夫人一頓臭　，秋夫人也沒理她，一個勁兒地說『死人了，快報警』。我一聽就慌了，丁二少奶奶更慌，還是我跑去報的警。往東邊去幾條街不是有個警察站嘛，幾個小警察吆五喝六地喝酒划拳……」說著他偷偷瞧了宣成一眼。

許枚道：「也就是說，李淑尤從沒進過這條巷子。」

牛旺道：「對啊，巷子裡有死人，那種嬌小姐哪敢進去？丁二少爺的屍體被抬出來的時候，丁二少奶奶好像非常意外，還衝口說了一句：『怎麼是他？他呢？』像是沒想到死的是丁二少爺。」

「看來她不知道丁忱會來。」宣成道：「她是來和另一個人見面的。」

許枚輕輕念叨著：「怎麼是他，他呢……這兩個『他』明顯不是一個人，前一個『他』是丁忱，後一個『他』應該是李淑尤要見的人……你先把火熄了，鍋裡的水都熬乾了，一會兒鍋壞了。」

「啊……是、是……」牛旺答應著站起身來，揉了揉膝蓋，撤了鍋，熄了火，又規規矩矩地跪在宣成腳邊。

「你站起來，民國不興這個。」宣成道：「昨晚你離開過攤子嗎？」

「沒有啊，我從七點開始就一直在這兒……啊，那個……我去那邊的小橋底下拉了一泡……出了一次恭。」牛旺小心翼翼地站起身，弓著腰道。

「時間呢？」宣成急問。

「九……九點，我聽見鐘樓那邊敲鐘來著，九聲兒。」牛旺見宣成顏色稍厲，雙腿一軟，險些再次跪下。

許枚奇道：「你就不怕錯過丁忱老婆？」

牛旺一臉糾結，「那……人有三急，我也沒辦法。再說，丁二少爺吩咐胡師傅交代給我，丁二少奶奶會在十點左右過來，那時候才九點，我去出個恭不會誤事的。」

「這麼說，丁忱知道李淑尤來這裡的時間。」許枚一臉莫測高深，「這種情節好像在哪見過：一個有夫之婦偷偷和人私會，被丈夫察覺，最後的結果是……她的丈夫死了。」

「《金瓶梅》？」宣成道。

「《水滸傳》。」許枚嫌棄道：「警官你平時都看些什麼書啊。」

宣成紅著臉摸出兩個銅板，重重拍在桌上，咬牙切齒道：「我們走，是時候談談鬧鬼的事了。」

許枚偷笑道：「不急嘛，這個『西門大官人』很可能是殺死丁忱的凶手，現在搜查李淑尤的房間也許會有些收穫，或許能撬開她的嘴巴。」

「你又替我拿主意……」

「下不為例，下不為例。」

故人故地，期君莫遲

新城的丁公館是一座排場的歐式別墅，處處透著一股摩登的奢靡氣息。管家劉喜從未操辦過西式葬禮，白幡、輓聯和寫著大大「奠」字的紙燈籠被生硬安置在豪華富麗的洋樓裡，顯得格外不協調。

劉喜引著許枚、宣成來到二樓的臥室，識趣地告退離開。

許枚關上臥室門，小聲道：「住這麼闊氣的臥室真是折壽，瞧這地毯足有一巴掌厚，這可是土耳其產的羊羔絨毯子，少說值五十大洋。這臥室裡一定有什麼線索，應該會藏在一個隱祕的地方，我們分頭找找……」

「是這個嗎？」宣成拉開床頭櫃的抽屜，取出一封信，「吾妹淑尤親啟。應該是寄給李淑尤的，落款是……知名不具。」

「呃，藏得好隱祕……」許枚有些無奈，「應該是普通的家信吧？」

信封已經被撕開，半露著一張色調曖昧的淡粉花箋。

許枚抽出花箋，輕輕展開，將上面的內容念了出來：「不信巫山女，不信洛川神。何關別有物，還是傾城人。經共陳王戲，曾與宋家鄰。未嫁先名玉，來時本姓秦。粉光猶似面，朱色不勝唇。遙見疑花發，聞香知異春。釵長逐鬟髮，襪小稱腰身。夜夜言嬌盡，日日態還新。工傾荀奉倩，能迷石季倫。上客徒留目，不見正橫陳。」

宣成皺眉道：「這是豔詩吧？」

許枚嘖嘖稱奇，「這是南朝劉緩的《敬酬劉長史詠名士悅傾城》，一首不惜辭藻誇讚女子姿色的露骨豔詩，李淑尤就這麼大模大樣地把信放在床頭的抽屜裡，這可真是……真是……」

「真是令人生疑。」宣成道：「像是有人希望我們發現這封信，連信封裡的花箋都抽出一半……這花箋背面有字。」

「咦，真的，用金粉寫的，這臥室燈光太暗，險些沒瞧見。」許枚揉揉眼睛，念道：「八月廿日，亥四之時，故人故地，期君莫遲……這是那『西門慶』約李淑尤私會的情信！農曆八月廿日亥時四刻，就是昨天晚上十點啊！」

宣成哭笑不得，「這線索來得太容易，也太簡切了當。如果李淑尤真有情夫，她怎麼會毫不避諱把信……誰在外邊！」宣成厲聲斷喝，屏息凝神藏在門外的劉喜狠吃一驚，「咚」的一聲撞在門上。

許枚拉開房門，見滿頭白髮的劉喜像隻蝦子一樣躬縮在門前，忍著笑搖頭道：「劉管家這是做什麼？」

「那個淫婦……」劉喜揉著額頭站起身來，恨恨道：「我早知道這婦人不檢點。」

「什麼意思？」宣成對聽牆角的人素無好感，身上的殺氣又難以克制地溢了出來。

劉喜只覺渾身發冷，不由自主退了兩步，瑟瑟縮縮道：「我……我好幾次看見這女人趁二少爺不在偷偷出去，我問她去哪、去幹什麼、幾時回來，她也支支吾吾地不肯說。我當時就覺得不對勁。後來廚子胡三在古槐巷看到她和一個俊俏後生見面，嚇得六神無主，猶豫了好幾天才告訴我……」

「胡三見過那個男人？」宣成一驚，忙問道：「胡三呢？」

「胡三做完晚飯就回家去了，他不住在丁家。」劉喜一縮肩膀，後退一步道：「再說，他也沒看清那個小畜生長什麼樣子，只說他戴著墨鏡，裹著圍巾，個頭不高。」

許枚道：「是你把這事兒告訴丁忱的？」

劉喜哭喪著臉道：「我還沒敢說，那李氏是李大帥的侄女，如果拿不到實在證據，丁家可不敢輕易得罪她。胡三把這事兒告訴我，他心裡倒是踏實了，可輪到我犯愁了……」他抹了把眼淚，「我還想找個機會，把這事兒告訴二少爺，可一直張不開嘴，二少爺從小性子就衝，萬一他氣急之下做出什麼出格的事，撕破丁李兩家的臉面，那可大大不妙……」

「看來他已經察覺到了。」許枚道。

劉喜歎了口氣，點點頭道：「昨天晚上二少爺一定是去捉姦的，沒想到反被這淫婦給害了……」

許枚道：「你覺得是李淑尤害了丁忱？」

劉喜一副理所當然的樣子，「不是她還有誰？這種不守婦道的貨色，瘋了也是活該！」

「瘋了？什麼意思？」宣成急問道。

「呃……有……有個小警爺來了，就在樓下，說李氏在警局發了狂，又號又叫，鼻涕眼淚滿臉亂飛……」劉喜說著深深埋下頭去，偷眼瞧著滿臉怒色的宣成，惴惴不安道：「那小警爺問我她是不是害了什麼病，有沒有藥，我可不知道她有這種病，想著先上來知會您一聲，正好聽到這位先生在讀信，什麼『故人故地，願君莫遲』……」

宣成輕輕「哼」了一聲，劉喜只覺渾身被一股寒氣裹住了似的，不由自主地戰慄起來。

許枚笑了笑，「警官，別嚇著老人家，我聽著李淑尤這病可不像發瘋，倒像是……」

「煙癮發作。」宣成磨著牙道：「是時候會會這位丁二少奶奶了。」

調料粉

李淑尤抱著膝蓋坐在牆角，頭髮亂蓬蓬的，容貌雖美，臉色卻白得像靈堂的蠟燭，一身鵝黃色的奢侈洋裝滿是灰汙，顯然是剛剛在地上打過滾。

姬揚清站在囚室門外，透過鐵窗望著李淑尤，搖頭道：「毒癮不算重，折騰起來可夠嚇人的，這會兒算是消停下來了，你們是沒見她剛才那架勢……」

宣成無奈道：「是你把她關進囚室的？」

姬揚清一揚下巴，「是呀，總不能讓她在外面鬧吧。」

宣成哭笑不得，「她又不是犯人。把門打開，我有話問她……」

那李淑尤聽見門外有人說話，忽地來了精神，餓虎撲食似的衝到門前，兩手死死攥著鐵窗，嘶聲吼道：「放我出去，快放我出去！不然我會死的！你們知道我是誰嗎？你們知道我爸是誰嗎？你們知道我叔叔是誰嗎？我死了你們擔待得起嗎！」

姬揚清一聳肩，「還開門嗎，不怕這女人吃了你？」

宣成「嘖」的一聲。

許枚湊上前來，笑道：「安全為上，就這麼問吧警官。」

姬揚清「嗯」的一聲，轉過臉來，細細瞧著許枚，皺了皺鼻子。

許枚被她看得渾身不自在，抖了抖肩膀，小心問道：「我臉上有什麼東西？」

姬揚清嘴角一挑，「沒什麼，長得還滿俊俏的，像隻白狐狸，難怪了……」

「難怪什麼？」許枚莫名其妙。

姬揚清一翻眼皮道：「難怪把人迷得七葷八素的。」

「啥？」許枚莫名其妙。

「沒什麼。」姬揚清抱著胳膊退到一邊，「有什麼話隔著鐵窗問吧，我不摻和。」

宣成輕咳一聲，將信封舉到鐵窗前，清清嗓子道：「丁夫人，認得這個嗎？」

「這是什麼？我沒見過！快放我出去！」李淑尤雙眼赤紅，伸手撥開信封，怒吼道。

「昨天晚上你去見誰？別跟我說什麼散步。」宣成耐著性子道：「寫這封信的人約你昨晚十點在『故地』見面，這個『故地』在哪？這個『故人』是誰？你們什麼時候開始在那裡私會的？」

「你胡說！我沒見過這東西！」李淑尤怒沖沖道。

「沒見過？那他是怎麼約的你？」許枚適時地湊上前問道。

「還是寫在碗底，送飯的時候……你詐供！」李淑尤衝口而出，便覺不好，惡狠狠地伸手去抓許枚的臉，許枚笑著側身避開。

「寫在碗底？」宣成大奇。

許枚道：「『還是』寫在碗底，看來這個人約過你不止一次，每次都把約見資訊寫在碗底。」

李淑尤惡狠狠地瞪著許枚，呼呼喘氣。

宣成道：「丁夫人，這個男人到底是誰，到現在你還要護著他嗎？」

李淑尤滿臉的不可思議，「我護著他？我恨不得掐死他！我變成這副鬼樣子都是他害的！」

姬揚清一愣，皺皺眉頭，轉身離開。

許枚愕然道：「他不是你的情人嗎？」

李淑尤氣得牙關打戰，「你……你們這是侮辱我！」

「可是管家劉喜幾次見到你避開丁忱獨自出門，廚子胡三也看到你和一個戴著墨鏡的男人見面。」許枚道。

李淑尤急道：「我……我實在挨不住了，這人約我見面，是……是給我一種調料粉，我現在離不了這東西。」

宣成、許枚面面相覷，姬揚清兩指捏著一個紙包快步走來，揚手扔進鐵窗，「他給你的是不是這種東西？」

李淑尤撿起紙包，伸手挑了一點粉末，眼睛登時亮了，魔怔似的將手指含在嘴裡，吱吱吮著，眉眼五官都舒展開來。

許枚目瞪口呆，「這是什麼？」

姬揚清道：「前天從一個無良飯館抄來的罌粟粉。」

宣成「呵」地抽了口氣，「你把贓物給……」

「怕什麼？」姬揚清毫不在意，「我只用指甲挑了一點，不妨事的。」

許枚道：「你怎麼知道那人給她的是罌粟粉。」

姬揚清道：「症狀很像。她剛才說那人每次送飯時把約見的時間地點寫在碗底，說明此人能接觸到丁家的碗筷，很可能是在後廚做事的。他要給李淑尤下藥，在飯菜裡動手腳最方便不過，而要在飯菜裡加些料的話，罌粟粉是最好的選擇。」說著她伸手敲敲鐵窗，「舒坦了嗎？說說吧，那個男人是誰？」

李淑尤攤開四肢躺在地上，夢囈般喃喃道：「我不知道……我們每次見面，他都戴著墨鏡、口罩，還裹著圍巾，說話甕聲甕氣的……啊……調料還有嗎……」

宣成道：「你們都在哪些地方見過面？」

李淑尤瞇著眼睛，含含糊糊地念叨：「在……古槐巷、天盛街、永甯路……還有……還有雲夢歌舞廳後面的巷子……」

宣成等了半晌，見李淑尤不再說話，便問道：「丁家老宅外面那條無名巷呢，你們在那兒見過面嗎？」

李淑尤道：「沒有……昨天晚上，我剛到巷口，就看見秋家老太婆跑出來……」

宣成與許枚對視一眼，又問道：「他每次都把見面的時間地點寫在碗底？」

李淑尤喉中咕咕幾聲，呻吟般應道：「是……」

許枚道：「你就沒有想過，他可能是後廚的人？」

「想過……還查過……」李淑尤像做噩夢般蜷起身子，發癲似的搖著頭道：「然後……他就不賣給我調料粉了，我不敢再查了，我不敢查了……」

「他的『調料粉』賣多少錢？」宣成繼續問。

李淑尤舞蹈般抬起胳膊，伸出一根手指，「每包……一塊大洋……」

宣成一怔，「這可不算貴。」

姬揚清也奇道：「便宜得很。」

許枚道：「這人打算細水長流嗎？」

「這水也太細了，幾乎沒什麼利潤。」宣成搖頭道：「他的目的應該沒這麼簡單。」還待再問幾句，卻聽李淑尤輕輕打起鼾來。

姬揚清道：「睡了，也難怪，從昨晚到現在，折騰了一整天。」

宣成一抿嘴道：「那……」

「那什麼那，再問下去她身子可吃不消。」姬揚清掏出一塊洋氣的銀色懷錶，「啪」地打開錶蓋道：「都十點多了，下班。你們先走，我去給她拿床被子。」

走出警局大門，宣成揉著眉頭道：「線索越來越多，也越來越亂，而且……」

他幽幽地望了隨後出來的許枚一眼，「你還沒交代鬧鬼的事。」

許枚道：「去我那兒坐坐吧，那隻『鬼』已經被我收了，而且我已經快餓得昏過去了。」

宣成也摸摸癟癟的肚子，無奈點了點頭。

二人坐黃包車回到拙齋，許枚駕輕就熟地從一只琺華罐子裡取出小悟偷藏的點心，還不忘吩咐一臉悽惶的小悟，「去沏些茶來，給警官用玻璃杯。」

宣成吃了幾塊紅豆糕，接過小悟遞來的普洱，靠在紅木椅上舒了口氣道：「昨天晚上出現在無名巷的，至少有三個人。」

許枚笑道：「你就這麼迫不及待要談案子啊。」

宣成道：「怎麼，先談談『鬼』？」

許枚道：「還是先談案子吧。沒錯，昨晚至少有三個人進過無名巷。牛旺是七點出的攤，九點左右離開巷口去解決個人問題，丁慨應該就是這時進的巷子。孫嬤嬤說丁慨是九點到的，看來他沒有在巷子裡逗留，而是直接敲門進了老宅。丁忱是九點半左右到的，走進巷子之後，坐在巷尾高牆下的竹筐上，應該是在等什麼人，也許他發現了李淑尤的異常。秋夫人收到『丁忱』的信，十點走出老宅側門，發現了丁忱的屍體，跑出巷子找人報案，正好撞到趕來赴約的李淑尤。而從秋夫人的臥房到這座側門的途中，不會經過前院，所以沒有遇到正在偷掘紫菊的丁慨和孫嬤嬤。」

宣成點點頭：「昨晚先後進過巷子的是丁慨、丁忱、秋夫人。丁慨在丁忱來之前就進了老宅，之後一直和孫嬤嬤在一起，直到案發後才從西邊的側門離開。這麼看來，殺死丁忱的凶手只可能是兩個人，秋夫人或是丁忱自己。」

許枚道：「可秋夫人是被一封莫名其妙的信騙出去的，這個寫信的人存的什麼心思？而且丁忱的死狀奇怪之極，嗯……這麼說吧，我還是贊同姬法醫的觀點，丁忱不大像是他殺。」

宣成道：「可凶器上沒有丁忱的指紋。」

「當然，別忘了那塊被魚油泡過的昂貴手巾。單從目前得到的線索來看，丁忱是在用自殺的方法來陷害李淑尤。」許枚道。

「我不同意，不過你可以試著說服我。」

許枚思索片刻，說道：「丁忱的計畫也許是這樣的：吩咐胡三買通牛旺守在無名巷口，讓他親眼看著自己和李淑尤先後走進小巷。這麼一來，牛旺就成了這個密閉空間的一把鎖，如果丁忱在小巷『被殺』，牛旺的證詞會對李淑尤非常不利。

「丁忱走進小巷後，坐在竹筐上等了半個小時。將近十點時，丁忱背對院牆站好，襯著手巾扶住刀柄，用刀尖頂住自己的後心，刀柄頂住院牆。調整好位置之後，將手巾遠遠丟開，身體奮力向院牆壓去……」許枚說著奮力靠向椅背，「就像這樣，刀尖刺入體內，身體撲倒在地。丁家老宅的院牆磚石老舊發酥，所以刀柄在牆上留下一塊坑痕。這把刀是李淑尤平時使用的餐刀，上面滿是她的指紋，那塊手巾也會被巷子裡的野貓處理掉。當李淑尤來這條巷子時，等著她的會是一具看起來像極了他殺的屍體，一把滿是她指紋的凶器，還有一個守在巷子外面的目擊者。」

宣成點點頭：「聽起來有些道理，可然後呢，丁忱拚著最後一絲力氣，在地上寫了一個『禾』字？」

許枚一愣，「也許他是想……想寫一個『李』字，還沒寫完便斷了氣？」

宣成道：「那應該是『木』，不是『禾』。還有，西原洋行牆根下面那兩個圓形的印子怎麼解釋？」

許枚撓撓頭，「是呀，為什麼是『禾』？為什麼會有兩個圓形的印子……嗯？有人敲門，這麼晚了會是誰？」

「我去看看……」小悟打了個哈欠，晃晃悠悠跑去開門。

「你是……」小悟將門打開一條縫，見門外臺階上站著一個戴眼鏡的少年，胳膊下夾著一個紙盒。

那少年抬起眼皮瞧了小悟一眼，迅速移開目光，局促地咬著嘴唇，憋了好久才道：「宣成隊長……在裡面嗎？」

小悟見這少年古怪之極，心下頓生警惕，問道：「你是誰？」

那少年輕輕「哼」了一聲，小悟一呆，暗道：呵呀，這傢伙好像在鄙視我？

「他叫衛若光，警察局鑒識科科長。」宣成隨後出來，問道：「你怎麼來了？一個人上街不害怕嗎？」

「不怕。」衛若光搖搖頭，「我在警局和你家都找不到你。」

「怎麼了，有急事？」宣成帶著衛若光走進裡屋。小悟關了門，隨後進來，暗道：這個科長好像比我大不幾歲，現在警察局也雇童工嗎？

許枚見衛若光進來，不禁一愣：這個怕生的小鬼怎麼敢到我這兒來，就不怕我這個生人吃了他？

衛若光併攏雙腿坐在屋角的小凳上，打開放在膝蓋上的紙盒，望著宣成道：「丁忱可能不是自殺的。」

小悟奇怪地望著衛若光：這麼多舒服的紅木大椅子不坐，偏要溜到牆角坐小板凳，這小子屬黃花魚的嗎？

宣成見衛若光取出幾隻蟲子的屍體，不禁奇道：「這是你今天在案發現場找到的蟲子？」

衛若光點點頭，「是被『醉撲跌』殺死的……」

許枚一愣，「醉撲跌？這東西我聽說過，是一種極下作的迷香。」

衛若光被許枚接了話頭，臉憋得通紅，望著許枚吭哧半晌，又轉向宣成道：「對……對，醉撲跌是用草烏、川烏、醉仙桃、鬧羊花和曼陀羅調配的迷香，無色無味，藥力極強，江湖上的小偷、騙子和人販子常用這種東西。昨天晚上一定有人在那條小巷裡點過醉撲跌，劑量極大，否則無法殺死這種大甲蟲。」說著他從一堆蟋蟀的屍體中翻翻撿撿，拈出一隻拇指大小的漂亮甲蟲。

許枚一拍額頭，「難怪，難怪。警官還記得吧，今天下午咱們過去的時候，巷子裡的野貓一個個懶洋洋地窩成一團。我當時就覺得奇怪，野貓這東西最是警覺，見人進了巷子竟然不躲不閃，看來是醉撲跌對貓這種小東西影響太大，後勁還沒過。」

宣成點點頭：「牛旺也說過，秋夫人跑出巷子時腳步踉蹌，還險些撞上李淑尤的洋車。秋夫人被警察帶走時氣急攻心昏厥過去，可能也和這種迷藥有關……可警局來人勘查現場時，並無異常。」

衛若光道：「醉撲跌在開放空間散得很快。秋夫人跑出巷子時是十點，那幫忙著打牌的警察趕到現場時已經過了十點半，毒氣早散了。」

宣成道：「半個小時的時間，醉撲跌就能散得如此乾淨？那這香是誰點的，要對付的又是誰？」

「不知道。」衛若光搖搖頭，「但這個點香的人在九點半到十點之間就在巷子裡。」

「十點……按說當時巷子裡除了丁忱沒有別人。」宣成覺得自己的思路走進了死胡同，無奈問道：「這醉撲跌有解藥嗎？」

衛若光點點頭，「有的，含一粒葛藤花丸就不怕醉撲跌了。我給姬揚清打過電話，丁忱嘴裡沒有發現葛藤花丸的殘渣。」

「所以迷香不是丁忱點的，是有人要對付他？」宣成道。

衛若光點點頭：「丁忱就算不致昏厥，也會失去反抗能力，任人擺布，無法掙扎。」

許枚思索片刻，擰著眉毛道：「這卻說不通了，昨晚出現在無名巷的一共有三個人，丁慨、丁忱、秋夫人，丁慨九點便從側門進了老宅，如果是他設下的醉撲跌，等丁忱走進無名巷時，迷煙已經散得七七八八，很難對丁忱產生影響，更不消說十點才從側門出來的秋夫人了。」

宣成道：「如果這個人要對付的是丁忱，他點燃迷香的時間應該在九點半左右，可這時候沒人進過無名巷，除非……」

許枚道：「除非他在七點前就進了巷子，藏在什麼地方，還記得那些倒扣在牆下的竹筐嗎？那些筐子大得很，足夠藏下一個成年人。」

宣成若有所悟，「對，竹筐……如果真是這樣，那這個人可真算是煞費苦心了。」

衛若光又從盒子裡取出兩個紙包，「我剛才去過一趟無名巷，這是從竹筐下面找到的香灰，這是掛在竹筐內側的一根頭髮，很短，男人的頭髮。」

許枚嘖嘖道：「好穩的性子。七點之前便藏在竹筐下，苦苦等了兩個多小時，等丁忱走進無名巷，再將葛藤花丸含在嘴裡，點燃醉撲跌。迷煙從竹筐縫隙中散出，等丁忱渾身酥軟癱倒在地，他再現身殺人，然後用丁忱的手指蘸著血在地上寫了一個……禾？」

「他寫的是木。」衛若光道：「那一撇是後來有人加上的。」

許枚奇道：「你怎麼知道？」

衛若光道：「撇在上層，豎在下層。如果寫『禾』，先寫撇後寫豎，兩筆若有重疊，應該是豎在上層，撇在下層。」

許枚道：「也就是說，有人先寫了一個『木』，後來又在上面加了一撇，改成了『禾』。」

衛若光點頭道：「沒錯，而且牆上的坑痕不是刀柄撞壓所致，是丁忱的翡翠扳指。」

「翡翠扳指？」許枚奇道。

衛若光道：「沒錯，今天下午你們到無名巷之前，我從牆上那個小坑裡摳出兩片綠色的碎屑，和丁忱手上那個破裂的扳指材質相同。」

許枚道：「是這樣啊，丁忱被醉撲跌放翻之前，也發覺情況不對，掙起身來想跑，但已經吸入大量迷煙，腳步不穩，伸手在牆上扶了一把……咦……你能和我說話了喲！」

衛若光一呆，紅著臉吭哧幾聲，「嗯……啊……是啊……怎……怎麼啦……不行嗎？」

許枚大笑，「你這孩子真有趣！」

衛若光頭頂冒出陣陣白煙，騰地站起身來，「我……我睏了，先回去了……」話音未落，他上衣口袋裡蹦出一隻油亮亮的青頭大蟋蟀。

「你真的去東郊捉蛐蛐了？」許枚實在忍不住，放聲大笑，「哈哈哈哈，太可愛了！」

衛若光幾乎要昏厥過去，也顧不得千辛萬苦捉來的蟋蟀，連滾帶爬地逃了出去。

殺人犯丁大少

宣成幽幽地望了許枚一眼，「欺負孩子很有意思？」

許枚眉毛一挑，「好像真的很有意思哎！」

宣成嫌棄地瞪了許枚一眼。

「你不去送送他？路上遇到壞人怎麼辦？」

「但願他下手輕點，別把壞人打成糨糊，他正在氣頭上。」

「這孩子很凶啊！」

「而且下手沒個輕重，你以後最好少招惹他，上個月調戲他的一位斷袖公子現在還在醫院的重症監護病房躺著，兩隻鹹豬手被擰得跟肉麻花似的，已經做了截肢。」宣成警告許枚幾句，把衛若光丟在桌上的一盒蟲屍收好道：「說正事。」

「呃，好吧，我們繼續說案子。」許枚實在無法想像人畜無害的衛若光發起狠來是個什麼樣子，忍不住打了個寒噤，把思路扭轉回來，「如果丁忱真是被這躲在竹筐下的人殺死的，那凶手的目標應該不止丁忱一個。」

宣成道：「還有李淑尤，凶器上滿是她的指紋。」

許枚道：「所以這個人知道李淑尤會到無名巷，也知道丁忱會趕去『捉姦』。那封所謂『情書』不是寫給李淑尤的，而是寫給丁忱看的，目的是將丁忱引到無名巷。」

宣成搖搖頭，「那封信是寫給我們看的，信上寫著『故人故地』，丁忱不可能知道『故地』在哪。而且信上約定的時間是亥時四刻，也就是晚上十點，可丁忱九點半就到了無名巷。俗話說『捉姦捉雙』，丁忱就這麼大馬金刀地守在巷子裡，這對先後到來的野鴛鴦不等碰面就被驚散了。」

許枚一拍腦袋，「對對對，我糊塗了。凶手把丁忱引到無名巷的法子有很多，寫個字條，或是傳個口信兒，或是打個電話，說些讓丁忱不得不去的事情……」

宣成道：「這先不必考慮。如果用罌粟粉控制李淑尤的人就是殺死丁忱的凶手，這個人布的局可不算小，牽涉其中的人怕也不止丁忱和李淑尤。」

「布局麼……」許枚搔搔下巴道：「我們且先不考慮秋夫人和丁慨，只說凶手對付丁忱夫婦的計畫：兇手七點之前便藏在竹篁下面，等丁忱來到無名巷時，點燃迷香將他制伏，隨後用一把沾有李淑尤指紋的餐刀將其殺死，並寫下一個『木』字——『李』的上半部分；隨後趕來買『調料粉』的李淑尤看到丁忱的屍體，驚慌失措跑出小巷，這一切都被牛旺看在眼裡——牛旺或許也是兇手布下的棋。如此人證物證俱全，李淑尤百口莫辯。

「至於姬法醫所說的形如『自殺』的現場……也許是丁忱感覺頭昏目眩，站起身來打算離開時，因為無法站穩，不得已扶了一把院牆，但最終無法抵擋醉撲跌的藥力，一跤撲倒在地。丁忱暈倒之後，兇手從竹篁下爬出，用餐刀刺進丁忱後心，將其殺死。」

宣成一貫緊鎖的眉毛舒展開來：「沒能查出丁忱中了醉撲跌，沒能發現坑痕裡的翡翠碎屑，把他殺誤斷為自殺，姬揚清這個跟頭栽得不小。」

許枚好奇地湊上前道：「警官，你現在滿臉都是『幸災樂禍』、『落井下石』、『小人得志』、『揚眉吐氣』，這個法醫和你有仇還是你喜歡……」

「嗯，咳咳……」宣成臉一紅，劇烈地咳嗽幾聲，迅速轉移話題，「那問題來了，兇手是怎麼消失的？」

「總用咳嗽來化解尷尬不是什麼好習慣。」許枚嘀咕幾句，托著腮想了想道：「也許是又躲進了竹篁，也許是……警官還記得那兩個圓圓的印子嗎？」

「記得，怎麼？」

「巷尾堆著幾根老竹竿子。」

「你是說……兇手用竹竿爬牆跑了？」

「對啊！」許枚道：「那竹竿很長，兇手用竹竿底端抵住西原洋行的後牆跟，上端搭在丁家老宅牆頭，順著竹竿爬進丁家老宅，再把竹竿也拉進去……對了，孫嬤嬤不是挨了一記悶棍嗎？也許就是這個凶手幹的。」

「說得通。」宣成道：「凶手原本想穿過老宅逃之夭夭，沒想到孫嬤嬤坐在石桌前歇腳，凶手等得焦躁，索性把孫嬤嬤打昏了事。」

許枚一拍手，「就是這麼回事兒。」

宣成沉吟片刻，搖頭道：「如果事實如此的話，那塊泡過魚油的手帕怎麼解釋？」

許枚眼中精光閃閃，「那塊手帕是胡三送來的，牛旺是胡三直接聯繫的，目睹李淑尤和人私會的只有胡三，而且胡三是丁府的廚子——無論是在食物裡下藥、在碗底留言，還是拿到李淑尤的餐刀，都非常容易。」

「你是說……」

「胡三的嫌疑很大。」許枚道，「警官還記得吧，他自稱手帕是從一隻貓嘴裡奪下的，可他手裡提著的那隻貓張牙舞爪活潑得很，可不像無名巷那幾團委靡不振的毛團子。而且他籃子裡的香燭供品絲毫不亂，連最容易酥碎的小糕點都完完整整，這架勢絕不像是剛剛和野貓大戰三百回合的樣子。那隻野貓一定是他從別處捉的，他到無名巷來，就是為了把『泡過魚油的手巾』這個證據送到警官手裡。至於供品和野貓，不過是為了給他自己和這塊手巾的出現尋個託詞。」

宣成道：「這塊手巾直接把我們的思路引向了『丁忱自殺』的推論，這個胡三還真不簡單。可是約秋夫人出來見面的是誰？把『木』改成『禾』的又是誰？從胡三……我是說從凶手的這套設計來看，他的目標是丁忱夫婦，不應該牽連到秋夫人，秋夫人的出現和地上那個『禾』反而打亂了他的計畫。」

許枚道：「所以當『秋夫人殺死丁忱』和『丁忱自殺』兩種消息滿城亂飛時，他適時送來一塊泡過魚油的手巾，佐證丁忱自殺的論斷——他不想把秋夫人牽扯進來。」

宣成道：「可這還是無法解釋秋夫人收到的信和那個『禾』字。」

「那……」許枚看了看放在邊條案上的座鐘，「十點四十……子時快到了，要不……怎麼又有人敲門？哪個小可愛迷路了？小悟……小……小東西又睡著了。」

站在門外的是一臉喪氣的丁家大少爺丁慨——穿半掩襟深灰色長袍，戴褐色窄簷禮帽，手裡提著一個精緻的禮盒——見了來應門的許枚，「撲通」一聲跪倒在地，哭喪著臉道：「許老闆救命！我殺人了，我……你……只有你能救我了！」

「殺人？」許枚大驚，「快起來，起來再說。」

「許老闆，我……我不是故意的，是他要撲上來殺我……」丁慨擦著眼淚站起身來，一眼瞧見許枚身後的宣成，登時嚇得一佛出世二佛升天，「啊！他……他……他……他怎麼在這兒？」一句話沒說完，人已經跌跌撞撞退到路對面。

許枚哭笑不得，「丁老闆別慌，你先進來把話說清楚。」

「我……我不！」丁慨哭哭啼啼地把身子貼在拙齋對面裝裱店的大門上，拚命搖頭，「我在報紙上見過他，他是警察局的那個……那個隊長……」

許枚忙道：「宣隊長是我的客人，總會賣我幾分面子，不會為難你的。」

宣成橫了許枚一眼，又看向丁慨，沉聲道：「你跑得了嗎？」

「我……我……」丁慨抹了一把鼻涕，「許老闆，你怎麼把他請到這兒來……你可坑死我了……」

掛著兩個黑眼圈的小悟又被許枚趕去煎茶。

丁慨可憐巴巴地坐在紅木椅上，抽泣著道：「我……我就是想把那棵紫菊買回來，我招誰惹誰了？本來想從東邊那個小門走，那兒最僻靜，誰知道外面突然就鬧了起來，連警察都來了。我尋思折回去從西邊走，可剛走到東花園的月亮門，就和一個拿著刀的傢伙碰了個對臉兒。那是我們家花匠，叫榮蕚，是個小話癆，一個沒話找話說的話癆，我家老爺子在的時候倒是挺喜歡這個孩子……」

「榮蕚……」許枚奇道：「一個花匠殺你做什麼？」

「我哪知道啊！他兩個月前就辭職了。」丁慨一臉委屈，「當時我倆都蒙了，榮蕚那傢伙反應快，沒等我回過神來，舉起刀就劈我，還說：『大少爺，今兒撞上我算你倒楣，你就給秋老太婆陪葬吧。』」

許枚、宣成對視一眼：他是衝秋夫人去的。

丁慨繼續道：「我看榮蕚那小子也一臉晦氣，一邊舉著刀追我，一邊罵罵咧咧，說：『好容易把秋老太婆哄出來，誰知道來了個餓行的，壞了老子的好事，老子不到七點就來了，在樹上窩了三個鐘頭……你大爺的，真他娘的能跑啊！』這句是罵我的……」

「他在樹上？」許枚、宣成都是一驚。

「是啊，榮蕚那麼說的，他還說：『要不是這些天巷口總有個賣餛飩的傻子，老子才不來那麼早呢……』」丁慨道。

許枚笑道：「看來這傢伙也是為了避開牛旺，才早早躲在那棵老柏樹上。也就是說，榮蕚才是昨晚第一個到無名巷的，他目睹了下面發生的一切，從他的角度……不知有沒有看清凶手的臉。接下來呢？他有沒有說看到了什麼？比如竹筐，比如有人在他之後進了那條巷子？」

「接下來……接下來我躲到水池旁邊的假山裡，撿了一根尖尖的木棍，等他追過來的時候，給他小腿肚子上來了一傢伙，然後……然後他就掉進水池，撲騰了一會兒，就……就沒聲兒了……」丁慨哭喪著臉道：「可我真不是有意殺人的，我也不知道他不會水。」

許枚奇道：「你家水池多深啊？」

丁慨道：「六米多吧，像個小湖似的，下面全是水草。」

許枚咧嘴道：「真不知道給你家修園子的大匠怎麼想的，造這麼深的水景兒，就不怕出危險？」

丁慨道：「這老宅都幾百年了，我家老爺子買下院子的時候，也沒想到水池這麼深，估計是圖個風水好吧……」

許枚搖頭道：「你呀……這麼大的事怎麼不早說，這都整整一天了。如果明天屍體漂起來，嚇著孩子可怎麼好……」

丁慨五官扭成一團，囁嚅道：「應該……應該不會這麼快吧？屍體估計被水草纏住了，那水草比皮帶還結實。我小時候被老二推到水裡，給那水草纏住腳腕子，掙都掙不開，要不是劉管家銜著刀下水救我，我這條命怕是就交代了……」

宣成突然道：「看來你和丁忱關係很僵。」

丁慨一個激靈，彈簧也似站起身來，把頭搖得呼呼作響，「沒有沒有，那都是小時候不懂事瞎胡鬧，老二的死可和我一點兒關係都沒有！」

宣成道：「丁忱幾乎繼承了丁老先生的全部家產，你只得到幾座不大不小的普通店面。」

丁慨跌足道：「家產是我主動讓出來的，我……我不是個庶子嗎，哪有資格和老二爭……」

許枚見丁慨慌得滿臉冒汗，忙安慰道：「你只是防衛殺人，法院應該會酌情輕判，如果當時情狀危急，也許會不予追究，現在最重要的是先去丁家老宅把這個榮尊的屍體撈出來……怎麼又有人敲門！」

丁慨大急，「許老闆，如果被別人看到我在這兒……」

許枚道：「怕什麼，誰知道你是來幹什麼的？」

他見丁慨臉色蒼白，搖搖欲墜，無奈道：「好吧……小悟，帶丁老闆從後門走……丁老闆你自己走吧，這孩子又睡著了。」

「謝謝許老闆，謝謝許老闆。」丁慨滿口稱謝，卻不敢邁步，只偷偷望著宣成。

宣成道：「你先回去吧，暫時不要對任何人提起此事，也不要離開冉城。」

「是是是，我明白，我明白。」丁慨如蒙大赦，逃也似的奔向拙齋後門，還把靠在牆上睡覺的小悟撞了個跟頭。

「啊！」小悟慘叫一聲，一骨碌爬了起來。

「開門去。」許枚道。

「啊……哦……」小悟哀怨地揉揉眼睛，踉蹌著跑去開門，不多一會兒，引了一個身穿絳色旗袍的女郎進來，打著哈欠道：「老闆，你沒過門的媳婦來了。」

許枚見了這女子，不禁倒吸一口涼氣，白玉般剔透的臉通地紅了。

宣成從未見過許枚如此窘態，心中大呼有趣，又回頭打量這女子，見她彎眉鳳眼，圓鼻小口，鵝蛋似的一張臉，雖不是國色天香，卻透著幾分可人的嫵媚，嫋嫋婷婷幾步走來，一管纖腰微微搖擺，竟有一份男兒般的風流灑脫從骨子裡透出來。

「好久不見。」那女子也不客氣，逕自坐在方才丁慨坐過的椅子上，笑吟吟瞧著許枚，「還熱乎著，你剛才有客人在？倒是我來得不巧，把人驚走了。」

「這說的哪裡話。」許枚紅著臉咳嗽兩聲，局促道：「那個……我介紹一下，這位是江蓼紅江老闆。」

宣成大奇：大名鼎鼎的京劇名旦江蓼紅？果然風致不凡。可這樣的人物……怎麼會是這傢伙未過門的媳婦？

許枚繼續道：「這位是……」

「是宣隊長吧，久仰大名。」江蓼紅微笑點頭，神色間卻透出幾分焦慮，也顧不得寒暄，開門見山道：「瓷靈、泉音的事情，你是知道的，對吧？」

宣成一驚，忙看向許枚，許枚無奈道：「她就是那個聽泉師。」

宣成愕然，隨即點頭道：「我本無意打探個中祕辛，只是無意中撞見一件案子……」

江蓼紅道：「無妨，我是為我乾娘來的，姬揚清說你們在查她的案子。」

宣成滿頭霧水，「姬揚清？你……乾娘？」

江蓼紅道：「我和姬揚清都是冉城秋氏的養女。」

宣成動容道：「你？姬揚清？秋夫人？她怎麼從沒對我說過這些？」

江蓼紅點點頭，又狐疑道：「她為什麼要對你說這些？你們只是同事吧，還是說你們……很熟？」

宣成臉上泛過一層紅暈，咳嗽兩聲道：「沒……沒有，我只是覺得……姬揚清一貫謹慎，今天竟然不管不顧一口咬定丁忱是自殺，有些不對勁……」

江蓼紅忙道：「我乾娘不是殺丁忱的凶手，我有『證人』。」

許枚、宣成都是一驚，「證人？」

江蓼紅點點頭，「丁家老宅有棵老柏樹，枝幹伸到那條無名巷裡，你們記得吧？」

許枚、宣成點點頭：榮蕚就躲在那棵樹上。

江蓼紅道：「我今天去看孫嬤嬤，有個孩子拉著我到那棵樹下，說他前些天把毽子踢到樹上的鳥窩裡，一直沒能取下來。」

許枚了然，「噢……毽子，看來毽子上的銅錢就是你的『證人』。」

江蓼紅點頭道：「沒錯。幾個毫無靈氣的光緒通寶中間，夾著一個俊俏的小『大觀』。」她從隨身的手包裡取出一枚徑不及寸的銅錢。這銅錢圓形方孔，內外皆細廓，「大觀通寶」四字直讀，纖瘦挺拔，橫畫收筆帶點，豎畫回提帶鉤，撇如縱劍，捺如揮戈，揮灑自如，俊逸豪縱。

許枚笑道：「『風流天子出崇觀，鐵畫銀鉤字字端』，宋徽宗大觀通寶，疏密有致，文廓相照，氣度著實不凡。可此錢存世極多，倒也不甚珍罕。」

江蓼紅道：「存世雖多，靈蘊卻足。它可是親眼見到昨晚那棵老柏樹上藏著一個人！」

許枚點點頭，「嗯，然後呢？」

「你怎麼一點都不吃驚？樹上藏著一個人！」江蓼紅見許枚一副雲淡風輕的樣子，心中著惱，伸手便要捏他的臉。

「別……別……」許枚連連躲閃，「樹上那個人……不是殺丁忱的凶手。」

江蓼紅微惱道：「你怎麼知道不是？」

許枚微微一挺胸，「我還知道巷子裡的竹筐底下藏著一個人。」

小悟有些想笑：老闆在這個姊姊面前怎麼像小孩子一樣？

江蓼紅一挑眉毛，「可以啊你……沒錯，巷子裡確實還藏著一個人，但是這小傢伙……」說著她輕輕掂了掂手中的銅錢，「沒有看到那個人的樣子，也不知道他藏在哪兒，更不知道樹下發生了什麼。它當時被困在鳥窩裡，只看到先後有兩個人順著竹竿翻進了丁家老宅，其中一個是之前藏在樹上的人。前一個人爬進老宅後，樹上那個人才躡手躡腳地跳到巷子裡，肯定是去做什麼見不得人的勾當。過了不多一會兒，這個人也學著前一個人的樣子，用竹竿爬進了丁家老宅。」

許枚、宣成對視一眼，同時道：「那一撇看來說得通了。」

江蓼紅莫名其妙，「什麼一撇？」

許枚道：「地上寫的原本是『木』，藏在老柏樹上的人在『木』上加了一撇，改成了『禾』。」

江蓼紅一愣，「是樹上那人要對付我乾娘？」

許枚道：「應該不錯。」

江蓼紅又道：「那丁忱是怎麼死的，自殺？」

許枚搖搖頭，「我想是藏在竹筐下面的人幹的。」

江蓼紅道：「這人是誰？」

許枚道：「有懷疑的物件，但是……怎麼說呢，我們沒有任何證據。」

江蓼紅輕輕咬著嘴唇，低下頭去，抬眼望著許枚，又偷偷瞄了宣成一眼。這幾許狐疑，幾許焦慮，竟無端透出一絲無可名狀的媚態。

許枚心怦怦直跳，宣成咳了一聲，道：「那個……已經快十二點了。」

許枚忙道：「對對對，我也有個證人要請出來。」

江蓼紅指指在裡屋竹簾後紅衣白髮的女子，「是她嗎？」

許枚一回頭，大驚道：「你怎麼醒了？」

小悟早嚇得手腳發軟，連滾帶爬鑽到許枚身後。

宣成見那瓷靈，也大吃一驚，手按在槍柄上：這個……也是瓷靈？連眼珠和嘴唇都是白色，人也是透明的……

江蓼紅上下打量著瓷靈，「『脫口垂足郎不流』，這是康熙郎窯紅吧，據傳是郎廷佐……或是郎廷極督燒。」

許枚輕輕點頭，「是朗廷極，郎廷佐仕於順、康之際，郎窯紅燒於康熙末年，這郎窯紅當是紫垣中丞朗廷極任江西巡撫兼管窯務時燒造。」

那郎紅瓷靈挑起珠簾，冷笑著走進屋來，一抬腿坐在桌上，陰陰惻惻道：「我怎麼醒了？你以為我喜歡這樣？」她輕輕一撫貫穿臉龐的傷疤，恨恨道：「丁家老大用刀刺他，他卻用我來擋！尖刀刺得我釉面崩飛，順著我的脖頸滑到他的手上，血當時就噴了出來。撫陶師的鮮血滲進我的胎骨裡，所以每晚子時，我都會自己醒來。」

江蓼紅駭然變色：撫陶師？

宣成愕然，「丁慨？他還敢持刀傷人？」方才的丁慨一副哭哭啼啼的可憐模樣，宣成怎麼也想像不出他手舞利刃的樣子。

許枚頓足道：「造孽，造孽！我還正奇怪這老宅夜夜『鬧鬼』是哪裡出了問題，唉……哪有這般不知憐香惜玉的撫陶師？像這樣連續數十日現出靈體，對瓷器靈蘊損害極大，昨夜我見你的身體已經變得透明，今夜愈發嚴重了，如果再現出靈體，恐怕你這一身靈蘊就要散去，變成一件無靈的死物。」

江蓼紅好容易回過神來，聲音有些顫抖，「這世上……還有其他撫陶師？」

許枚沉默半晌，輕輕歎了口氣，「開始我也有些意外。」

「『有些』意外？」江蓼紅幾乎要跳起來，難以置信地望著許枚，「你還真沉得住氣，這世上幾時同時存在過兩個撫陶師？這人身在何處，是敵是友？」
許枚平靜地笑了笑，「這件事我會追查到底。」
江蔘紅胸口微微起伏，瞇著眼睛道：「你早就知道？」
許枚道：「比你早不了多少……」
郎紅瓷靈像是有些焦躁，打斷許枚道：「昨天你說能修補我的傷口？」
許枚道：「當然，最好的鐥寶師就在冉城，但你要先回答我幾個問題。」
郎紅瓷靈「哼」了一聲，點頭道：「你問吧。」
許枚道：「那個撫陶師叫什麼名字，長什麼模樣？」
郎紅瓷靈嗤笑一聲，「我哪裡知道？他從沒說過自己的名字，樣子麼……比你矮些，精瘦精瘦的，戴著一副墨鏡，容貌看不清楚，只記得他小臂上有一片斑斑點點的傷疤。」
「斑斑點點的傷疤……」許枚擰著眉頭道：「我不記得見過這麼一個人。」他又問道：「丁慨為什麼要傷他？他是怎麼得到你的？」
郎紅瓷靈道：「這人是丁老二雇來的，他給丁老大下了一種手臂上會出現黑線的毒藥，逼他放棄丁老頭子的財產。這人也奇怪，事成之後，不要錢，不要地，只讓丁老二打開丁老頭的藏寶閣。丁老二知道那藏寶閣裡都是丁老頭私藏的古董珍玩，價值不菲，還當那人要搜羅些金銀珠寶，心裡很是不痛快，可那撫陶師在藏寶閣裡挑挑揀揀，最後只帶走了被丟在角落裡的我。當晚他還住在丁家，丁老二專門闢了一處小院子給他，就在後花園旁邊。那天夜裡，他問了我一些奇奇怪怪的事……」
宣成豎起了耳朵，許枚卻打斷道：「丁慨是怎麼傷到他的？」
郎紅瓷靈冷笑一聲道：「丁老大被迫放棄家產，心裡當然憋屈，剛拿到解藥就翻了臉，從袖裡抽出刀來，要殺那傢伙出氣……哼，兩個都不是什麼好東西……」

許枚又道：「那之後呢？」

郎紅瓷靈道：「丁老大一個文弱書生，能幹得什麼大事？沒多一會兒就被那姓劉的老管家按住了，那撫陶師倒是大度，也沒再追究他。可是我……他們撕扯的時候，我被鋼刀劃傷了釉面，撫陶師的血濺到我的胎骨上。那撫陶師手一鬆，便把我丟到了窗外假山縫裡的一簇雜草上。那撫陶師包紮過傷口便離開了丁家，再也沒有回來找我。」

許枚有些心痛，「那你……」

「我能怎麼樣？每晚子時都在後花園閒逛，然後找個安身的地方，有時是假山縫裡，有時是樹叢裡，有時是水池裡，子時一過，又變回原來的樣子……這麼渾渾噩噩的，已經兩個月了。」

江蓼紅道：「每晚子時都在後花園……孩子們看到的女鬼就是你？」

郎紅瓷靈點頭道：「是我，怎麼著？」

江蓼紅無奈，對許枚道：「真要謝謝你降妖捉鬼了。」她又問那瓷靈：「你一直在丁家老宅的後花園，就沒有想過出去？」

郎紅瓷靈恨恨道：「出去？子時一過，在大街上變回原形，被乞丐拿去當尿壺？」

小悟「噗嗤」一聲笑出聲來。

郎紅瓷靈怒道：「小東西，你笑什麼！」

小悟縮在許枚椅背後，憋著笑道：「老闆，她嚇唬我……」

許枚拍拍小悟的頭，又問道：「你這兩個月在後花園裡，有沒有聽到或看到什麼奇怪的事？」

郎紅瓷靈道：「那之後不久，丁家人就搬走了，也許是因為有不少在靈堂守夜的人看到了我。要說奇怪的事……搬家之前的一段時間，丁老二媳婦躁得很，一個人躲在後花園，又哭又叫，還摔盤子砸碗的。」

許枚、宣成對視一眼：應該是李淑尤去查後廚的人，結果被停了藥。

郎紅瓷靈繼續道：「還有丁家的廚子，姓胡的那個，操著一嘴陝西話，半夜偷偷在後花園燒紙祭奠自己的兒子，那天是他兒子的周年，我怕嚇著他，躲在暗處沒敢現身。聽他念叨的那些話……他兒子是橫死的，好像死在城西。」

「姓胡的廚子，兒子死了？」許枚眼前一亮。

宣成蹙眉沉思，「週年……你看到胡三燒紙是哪天？」

郎紅瓷靈道：「七月初三，丁家搬走前沒幾天。」

「七月初三？週年？」宣成一驚，「去年的七月初三，應該是陽曆的八月一日……我記得警局幾位前輩說過，那天傍晚在冉城西郊碼頭附近發生了一場槍戰、一場車禍。」

許枚驚道：「槍戰？車禍？」

宣成道：「那時我還沒有來冉城，前些日子聽幾個老警察提過這兩件事。槍戰是兩夥毒販火拚，死傷慘重；車禍的肇事者正是丁忱，李淑尤坐在副駕，死者是個外地孩子，身上藏著一包叫『神仙膏』的昂貴毒品。」

許枚忙道：「那個外地孩子……」

宣成道：「沒有查出身分，不過他隨身的包袱裡滿是關中特產，石榴、大棗、石頭餅什麼的，還有一瓶西鳳酒，風塵僕僕，像是剛到冉城。」

許枚道：「胡三也是陝西人。你有沒有聽到那天胡三說些什麼？」

郎紅瓷靈白了許枚一眼，「我可不是愛聽牆角的人，再說他嗚嗚咽咽的，連句整話都說不清，誰知道他在念叨些什麼。」

許枚咂咂嘴，又問道：「你還記得丁家原來的一個小花匠嗎？」

郎紅瓷靈臉色一沉，怒道：「怎麼不記得！就是那小畜生成天假借打理花草，在花園裡到處亂翻，害得我每天都要找新的藏身處！」

「他找什麼？」許枚奇道。

「誰知道他找什麼！」郎紅瓷靈「哼」了一聲，「丁家搬走之後，這傢伙竟然自己偷偷跑回來挖土。有一次被西原洋行的人從後窗看到，還報了警，從那以後他有一個多月沒敢回來，我還稍稍鬆了口氣。可前些日子他竟然毛遂自薦，上門請秋老太太聘他做花匠。」

許枚一挑眉毛，「看來秋夫人沒答應。」

郎紅瓷靈道：「當然，他最先去找的是那個姓孫的老嬤嬤，那老嬤嬤耳根子軟得像麵糊似的，當即便一口應下，可帶他去見秋夫人時，秋夫人卻一口回絕了。」

許枚奇道：「他就是因為這個對秋夫人懷恨在心？莫非丁家地下埋著什麼值錢東西？」

宣成道：「丁家花園的水池有六米多深，這本就很不尋常。」

許枚搔搔下巴道：「難道水池下面有……寶藏？啊！水池！小花匠的屍體還在水池裡呢，我們是不是……啊！」

江蓼紅一口半涼的茶水噴了許枚一臉，「咳咳咳……水池裡有屍體？」

「你……」許枚委屈巴巴，「我們也是剛剛知道，本就打算一會兒去把屍體撈出來的。」

江蓼紅圓睜杏眼，「你說清楚，屍體是怎麼回事？」

許枚抹著臉道：「這個小花匠應該就是躲在樹上的人，我猜就是他給秋夫人寫了那封信，地上『禾』字的那一撇也是出自他的手筆。這個人處心積慮要潛入丁家老宅，只要秋夫人一死，他就能說動孫嬤嬤雇他做花匠，這麼一來，他就能繼續在老宅尋寶。」

江蓼紅本是氣勢洶洶，揣著一條隱祕的消息來看許枚震驚的表情的，誰知卻被一連串消息砸得暈頭轉向，急道：「他怎麼會死在丁家老宅的池塘裡？是被人殺死的還是自己失足？」

許枚揉揉眉頭，站起身來，「我們先來梳理一下目前所知的案件過程。」

宣成坐直了身子，「好。」

撞車的計畫

許枚思索片刻，說道：「且不論丁忱之死是否與之前的槍戰、車禍有關，也不管胡三和那個從陝西來的孩子有什麼關係，我們目前可以確定的是，殺人嫌疑最大的是廚子胡三。我們先假定他就是殺死丁忱、栽贓李淑尤的兇手。

「丁忱商務繁忙，常年在外奔波。胡三是丁家的廚子，神不知鬼不覺地在李淑尤的飯食裡下些罌粟粉非常容易，等李淑尤漸漸對這種調料粉上癮之後，他也許會先暫停下毒，讓李淑尤變得焦躁難熬。接下來他開始在碗底寫字，道出『調料粉』的事。斷了罌粟粉的李淑尤痛苦難熬，只好依照碗底的指示，偷偷出門去買『調料粉』。如此詭異舉動，當然會引起丁家上下的懷疑，此時胡三再適時地對劉喜說起見到李淑尤和一年輕男子私會的事，便不由得劉喜不信了。但劉喜謹小慎微，不敢輕易對丁忱說起此事。」

宣成道：「若真如此，那胡三布下的局便不可謂不細緻。」

「這是個可怕的廚子。」許枚繼續道：「胡三籌謀一年，見時機成熟，在昨晚他以某個理由把丁忱騙到了無名巷，而這裡正是他約李淑尤取『調料粉』的地方。當然，他約丁忱見面的時間稍早些，約見李淑尤要稍晚些。除此之外，他早在幾天前就以丁忱的名義把牛旺騙到了無名巷口，讓他守著李淑尤，如此一來，可謂萬事俱備，只欠東風──他只要在當晚執行自己的計畫，就可以順利地完成一次殺人栽贓。」

江蓼紅努力摘取許枚話中的資訊，微微蹙眉道：「我好像聽懂了一些，可他自己怎麼避開那個牛旺？」

「很簡單，也很辛苦。」許枚道出此前他與宣成透過「竹筐」、「醉撲跌」等商討出的結果，他說著說著搖頭一笑，「可當晚發生的事情遠遠超出了胡三的控制。」

江蓼紅道：「他沒想到樹上藏著一個小花匠。」

許枚道：「沒錯，我們來說說小花匠的計畫。這個……好像叫榮蕚？」

宣成點點頭。

許枚繼續道：「這個榮蕚的目標是秋夫人，他一定偵察過這周圍的情況，知道最近來了個傻頭傻腦的餛飩師傅守在巷口，所以他只好提前來到巷子裡，躲在樹上，等著被他那封信騙出來的秋夫人。他是最早來到無名巷的，所以他應該看到了當晚發生的一切，包括躲在竹筐下的凶手殺死丁忱、順著竹竿爬進老宅，也包括九點左右來到老宅的丁慨。親眼看見這麼多匪夷所思的事，也真難為他還能一直躲在樹上，看來他對殺死秋夫人這件事非常上心……」

宣成道：「他是被醉撲跌熏得動彈不得，下不了樹了。」

「對哦！」許枚笑道：「當秋夫人應約出現的時候，醉撲跌的藥勁還沒過，榮蕚手腳發軟動彈不得。當他恢復力氣奮力爬下樹的時候，秋夫人已經叫喊著跑出巷子找人報警去了，榮蕚無可奈何，只得把胡三寫下的『木』改成『禾』，誣陷秋夫人是殺死丁忱的凶手──這個花匠能模仿丁忱筆跡寫信誘騙秋夫人，說明他是通文識字的。做完這一切之後，榮蕁當然要想辦法脫身，可他手痠腳軟，已經沒力氣再爬回樹上，只好依著胡三的法子，取了一根竹竿爬進丁家。」

宣成道：「所以西原洋行牆根下有兩個圓印。」

許枚道：「沒錯。胡三爬進丁家，不知從何處逃之夭夭，隨後進去的榮蕁卻和抱著紫菊的丁慨撞個正著。」

江蓼紅錯愕不解，「丁慨，紫菊？」

許枚解釋一番，又道：「丁慨也是霉氣沖天，和拿著刀的榮蕁撞個對臉。」

「他還拿著刀？他要幹什麼？」江蓼紅又驚又怒。

許枚道：「所幸他的刀沒有用在秋夫人身上，丁慨就沒那麼幸運了，被榮蕁揮著刀趕得到處亂跑，要不是他使了個小心眼把榮蕁絆下水池，丁老爺子就絕後了。」

江蓼紅唏噓良久，才道：「所以……是三個各懷鬼胎的人撞到了一起？」

許枚道：「沒錯，由於榮蕁橫插一手，胡三的計畫幾乎失敗，他又不希望把秋夫人牽連進來，所以才冒險送來一塊手巾。我想，他當時就躲在暗處等著警察局的人二次勘查現場，看到警官你來到無名巷時才壯著膽子現身。」

宣成道：「是時候去打撈榮蕁的屍體了，警察局現在有人值夜班，我去打電話叫人。」

許枚伸了個懶腰，輕輕打著哈欠道：「好……好……」他一眼瞥見沉著臉坐在桌上的郎紅瓷靈，忙道：「你……」

郎紅瓷靈看看桌上的小座鐘：「時間到了，別忘了你說過的話。」說罷，只見一片紅霧騰騰而起，驟然消散，桌上現出一只挺拔修長的觀音尊。

宣成瞇著眼盯著許枚，「你就沒有其他的話想問她嗎？」

「什麼話？」許枚故作不解。

「撫陶師的事。」宣成道：「另一個撫陶師是怎麼回事，江老闆為什麼這麼大反應？」

江蓼紅一咬嘴唇，擔憂地望著許枚。

許枚搔搔下巴，「我還沒想好該怎麼問。」

江蓼紅輕輕說道：「凡事不到非解決不可的時候，你都是能逃便逃的。」

許枚臉一紅，尷尬地咳嗽兩聲道：「警官，我們剛才的推測幾乎沒有證據做支撐，想要定胡三的罪可沒那麼簡單。」

「明天去找他談談吧。」宣成道：「用咳嗽來轉移話題確實很不自然。」

許枚「嘖」的一聲，「下午去吧，我明天怕是要睡到日上三竿的。」說著他賭氣扭過頭去。

江蓼紅笑著撥弄許枚的頭髮，回頭道：「對了宣隊長，如果案發當晚，兇手確實是翻進丁家老宅逃走的，那宅子裡多少會留下些腳印或是別的什麼。」

宣成點頭道：「好，我會留意。」說著他嫌棄地斜了許枚一眼，「懶貨。」

江蓼紅忍著笑道：「如果丁家老宅裡沒有找到有用的線索，我們可以告訴胡三，滎萼還活著，我可以再請……請那位神偷幫個小忙。」

鈞窯花盆

胡三衣物行李都已經收拾妥當，整整齊齊打點了三個大包袱，坐在床邊，四下望望，輕輕歎了口氣。正呆呆發愣時，忽聽有人敲門，不禁皺了皺眉，揚聲道：「我已經辭了，莫再請我。」

敲門聲頓了一頓，又篤篤篤地響了起來。胡三歎了口氣，起身開門，卻見之前在無名巷的警察和青衣人站在門外，不禁一愣，「你們……」

許枚道：「胡師傅不請我們進屋嗎？」

胡三忙道：「啊……好，好，二位裡邊請。」

許枚進了屋，四下打量一番，指指堆在床上的包袱道：「胡師傅怎麼現在才走？」

胡三道：「主家出了那麼大的事，我這心裡多少……您說什麼？」

許枚道：「一旦李氏被帶進警局，吃不到那種特殊的調料粉，還不得把所有事情竹筒倒豆子似的一股腦兒招了？你猜那個在她飯食裡下藥、在碗底寫字的人是誰？」

胡三一呆，咬牙不語。

許枚道：「如果我是凶手，昨天就該收拾行李離開冉城了。」

胡三冷笑道：「這位先生，你說我是凶手？」

宣成道：「所謂丁忱臨死前寫下的血字，本是一個『木』，卻在凶手離開之後、警察到來之前被人改成了『禾』。」

胡三一愣，衝口道：「誰改的？」

許枚道：「一個七點之前就進了巷子、一直藏在老柏樹上的人。」

發生了什麼。」

胡三大驚，額上滲出一層汗珠，「樹上有人？」

許枚道：「當然，秋夫人就是被這個人約出來的。」

胡三抹了把汗，強打精神道：「這……他既然七點之前就進了巷子，那……那他應該看到巷子裡

「是呀，他看到了。」許枚坐在窗下的小竹椅上，微笑道：「這個藏在樹上的人叫榮萼……」

「榮萼？」胡三大驚，「他不是早就辭職了嗎？這時候回來幹什麼？」

「這個不勞胡先生操心。」許枚道：「榮萼看到一個熟人躲到了竹筐底下，還看見這個人把隨後來的丁二少爺一刀刺死。當然，此時的丁二少爺已經踉踉蹌蹌撲倒在地，毫無反抗之力。」

胡三咬咬牙，擠出一個比哭還難看的笑容，「這……榮萼他……鬼鬼祟祟躲在樹上，本就奇怪得很，他的話……您信嗎？」

宣成從口袋裡掏出一個紙包，輕輕打開，裡面是一撮不知從何處刮下的青苔。

「這是……」胡三莫名其妙。

許枚道：「榮萼是花匠，對這些花花草草的最熟悉不過，這種青苔叫『茸茸縷』，罕見之極。胡師傅最近沒出過城吧？」

胡三見許枚一臉神祕，心裡頓時怯了，「沒……沒有。」

許枚道：「『茸茸縷』只可能生長在離地一丈五尺處、長年被柏樹蔭蔽的百年老磚上。在冉城，只有丁家老宅東側的那道院牆上有一小片，偏偏在這一小片『茸茸縷』上，有一個腳印。」

胡三臉色微變，「那這個……」

宣成又取出一隻鞋子，無奈望天：偷來的「證據」，這東西做不得數啊。

許枚道：「這是胡師傅的布鞋，所幸鞋底縫隙很深，我們在裡面發現了枯朽的『茸茸縷』。」

胡三臉色大變，猛地掀起床單，只見原本放在床下的一雙布鞋只剩了一隻，頓時怒道：「你們這是什麼意思？懷疑我是凶手？榮蓴那小廝素來奸懶饞滑，你們連他的話也信，這真是……真是……」

「這縷乾苔你怎麼解釋？」許枚道：「榮蓴還看到，那個凶手用竹竿撐在西原洋行的牆根，爬過院牆。這些苔蘚應該就是爬牆時沾在他鞋底的。這種苔蘚罕見至極，我們請冉城書院的生物學教授看過，老先生高興得什麼似的，一個勁兒地說此物貴比黃金呢。胡師傅，如果榮蓴證詞不實，這些『黃金』怎麼可能出現在你的鞋底？」

胡三雙目漸漸充血，恨恨地「哼」了一聲。

許枚繼續道：「凶手殺死丁忱後，爬牆進入丁家老宅，腳印也留在老宅的泥土路上，胡師傅，這些腳印和您的鞋子分毫不差。」

「胡說！」胡三道：「我走的都是石板路，怎麼可能留下腳……你詐我！」胡三狂怒地撲上前去。

許枚輕輕避開，順手按住胡三肩膀道：「招了吧，胡師傅。」

胡三吃不住許枚這一按，悶哼一聲，順勢坐在地上，咬牙切齒道：「榮蓴……小畜生……」

宣成走到胡三身邊，沉聲道：「為什麼殺丁忱？為什麼栽贓李氏？」

胡三恨恨道：「他們撞死我兒子，還誣陷他是毒販！」

宣成、許枚對視一眼，宣成道：「是去年七月的那件案子？」

胡三索性伸開四肢躺在地上，喃喃道：「我兒子下了船……本想著抄條近路到耍子街找我。沒想到，在造船廠後面的小路遇到兩夥賣煙膏的火拚，又是槍，又是刀，打得血流成河……我兒子不敢再往前走，悄悄折返回去，正遇到丁忱和李氏開著那輛龜殼似的汽車醉醺醺地撞進這條小路來……我兒子心善，遠遠地便揮手攔著那車，誰知道丁忱那畜生眼見路上有人，也不停不躲，逕自撞了上去……」

許枚歎道：「醉酒驅車釀成大禍，固然不該，可是……」

「可是什麼！你知道什麼！」胡三惡狠狠瞪著許枚，「那火拚的匪徒聽見汽車的聲音，只道是來了警察，當下作鳥獸散。當時我兒子還活著，丁忱卻連車都沒下，逕自向前開去。那李氏更是歹毒，開不多遠，看到滿地死屍煙膏，當下便讓丁忱停了車，拾了幾包煙膏回去，藏在我兒子身上。」

宣成「嘶」的一聲，「竟是這樣……我早先聽幾位老警察說過，那件案子疑點不少，最後是被丁家和李大帥聯手壓了下去。」

「是啊，那老警察……他是個好人，是他看不過去，把實情告訴了我。這仇我一定要報啊，我一定要報啊……可我怎麼報？丁家和李家好大的勢力。」胡三慘笑道：「我突然想到，如果李家的人殺了丁家的人，會是個什麼局面？丁忱開車撞死我兒子，我就要他的命，李氏用煙膏栽贓我兒子，我就用罌粟粉壞她名節。警官、先生，我這個主意怎麼樣？」

許枚無奈搖頭，思索片刻道：「看來丁忱不知道他撞死的是家裡大廚的兒子，否則不會容你繼續留在丁家。」

胡三道：「他當然不知道，我自也不會說的。」

宣成道：「你兒子身上沒有帶任何可以證明身分的證件，所以沒有人知道他的身分。」

胡三慘然道：「農村孩子，哪有什麼證件。要不是那老警察把他的屍體送來，我還不知道他死了。」

宣成驚疑不已，「可那個老警察是怎麼知道他是你兒子的？人是丁忱開車撞死的不假，這老警察怎麼知道，在你兒子懷裡藏煙膏的是李淑尤，難道他在車禍現場嗎？」

胡三登時愣住了。

宣成歎了口氣，「那老警察長什麼樣子？他穿著警服嗎？你看過他的證件，還是……他告訴你他是警察？」

胡三像是被定住了，半天說不出話。

許枚小聲道：「警官，你早就關注過去年這件案子對嗎？」

宣成道：「那件案子最大的疑點，就是車禍中遇難少年的屍體無故失蹤。」

胡三猛地坐起身來，嘴唇簌簌發抖，「他……他是怎麼知道的？他為什麼要告訴我這些？」

宣成道：「那老警察長什麼樣子？他什麼時候來的？」

胡三重重一拳搗在地上，澀然道：「他是今年五月初來找的我，當時是夜裡十一點多，他戴著口罩、墨鏡、手套，我沒看清他的模樣，只看見……他小胳膊上有一片斑斑點點的傷疤，像是燙傷。」

「嘶——」許枚倒吸一口涼氣，「又是這種傷疤？他有沒有和你說些別的什麼？」

胡三眼淚滾滾，搖了搖頭。

許枚忙道：「你再想想。」

胡三哽咽道：「我當時只覺得天都塌了，恨不得索性隨我兒子去了，哪記得他說過什麼……」話未說完，他早已嗚嗚咽咽泣不成聲。

許枚皺眉不語。

宣成道：「如果這個小臂上有傷疤的人就是那個撫陶師，他的所作所為應該和瓷器有關。」

許枚點點頭，四下看去，「可是胡三這屋子素淨得很，半點裝飾都沒有……」

胡三突然抬頭，抽噎著道：「他……他拿走了我家窗臺上的一盆花，說權當為我送來兒子屍體的報酬……」

許枚眼前一亮，急上前兩步道：「花盆是什麼樣的！」

胡三被許枚嚇了一跳，抹了一把淚，結結巴巴比劃道：「這……這麼大……六個彎彎，從上面看花瓣似的。」

許枚蹲在胡三身前，又問道：「顏色呢？那花盆是什麼顏色？」

胡三道：「是藍色……有些地方是紫色，流油掛水似的……」

許枚「呵──」地長吸一口氣，「鈞釉？那底呢，有款識嗎？就是……花盆底下有字嗎？」

胡三苦著臉想了好久，才道：「沒……沒有吧……」

許枚歎道：「可惜，可惜，寶器蒙塵。」

宣成道：「看來那人盜屍送屍，都是為了換胡三家的這個花盆？」

許枚不解，「若真如此……以他的狠辣手段，直接搶走便是，何必如此費力盜來屍體換走花盆？」

宣成搖搖頭：「我也想不通。」

許枚起身道：「那胡三呢，帶回警察局還是……」

宣成道：「帶回捕門。」

胡三茫然抬頭，「我……不用去警察局？」

宣成道：「出去吧，門外有人等著你。」

胡三不明所以，「你不抓我？」

宣成道：「拿上你的行李，跟門外的人走。」

胡三張了張嘴，終是沒敢問出口，一把抱住行李，戰戰兢兢溜出門去。

許枚一臉驚駭地目送胡三出門，「門口有人？來的不是只有我們兩個嗎！你怎麼不告訴我？」

宣成輕輕「哼」了一聲，透著幾分小得意，「你不是也沒告訴我那什麼『茸茸縷』嗎？還有那只臭鞋，憑什麼讓我揣在懷裡？」

許枚小聲道：「什麼茸茸縷，那是我出門前從我家後院牆角刮下來的普通苔蘚，再說了『柳絲嫋嫋風繰出，草縷茸茸雨剪齊』，這是白居易寫春草的句子，怎麼可能用作苔蘚的名字？」

宣成一咬牙，「我就說這種濕乎乎的東西怎麼會有這麼可愛的名字……」

許枚道：「這且不說，秋夫人呢，她可以回家了吧？」

宣成道：「我們會安排最好的大夫為她診治，等她醒了就能回家，不過丁家老宅這地方還是不要住了，邪性得很。榮葶的事情到現在都沒查清楚，他處心積慮進入丁家老宅要找什麼？老宅後花園的水池為什麼那麼深，還有……那個手臂上有疤的人從瓷靈那兒打聽了些什麼事，我們都一無所知。」說著他抬起眼皮，定定地望著許枚，「或許你能告訴我？」

許枚一愣，陪笑道：「這個……她的靈蘊非常虛弱，離消亡不遠了，如果今晚再任由她化作瓷靈，恐怕……恐怕之後她就是一件死物了。我已經把她送去修補，估計她兩個月內無法現出靈體。」

宣成皺眉道：「你一點都不著急？有個和你一樣的傢伙為了幾件瓷器到處殺人放火！」

「殺人放火？不至於吧警官。」

「不至於？」宣成惱道：「豇豆紅太白尊和柳葉瓶、祭紅釉玉壺春瓶、郎窯紅觀音尊、鈞窯花盆，每一件他想要的瓷器，都能牽扯出一件甚至幾件命案，而且他掌握著一種奇怪的劇毒，這個人太危險了。」

「可是……這個瓷靈我必須要救，如果再逼她現出靈體，她怕是撐不到說完你想聽的話。」許枚說著搖搖頭，「我越來越覺得……事情有些不對頭，無論是四個多月前送屍體換花盆，還是兩個月前從丁忱那裡換走觀音瓶，還有挾制婁雨仙盜取玉壺春瓶——別忘了季鴻的事情是婁雨仙的手下雷猛夫婦自作主張，和幕後人物的計畫背道而馳。這個人獲取瓷器的手段似乎非常柔和，不像對付興雲鎮杜家那樣殘忍酷烈，所以『殺人放火』這四個字放在他身上，多少有些不妥。」

宣成不悅，「你想說什麼？」

許枚道：「我想問問，捕門對鐵拐張、獨眼趙、海饕餮和婁雨仙的審訊怎麼樣了，他們背後的主使者是一個人嗎？」

「隱堂的事，緝凶堂無權干涉。」宣成有些煩躁，盯著許枚雙眼問道：「你這個撫陶師不辭勞苦趕去興雲鎮，真的只是為了找杜士遼『收貨』嗎？你離開興雲鎮的第二天，杜家便突遭橫禍，鹿童也暴露身分被鐵拐張殺死，控制這些凶手的正是一個善於使毒的撫陶師。還有，江老闆聽到這世上有第二個撫陶師的時候，驚駭之情溢於言表，可你聽鐵拐張、海饕餮說起這件事的時候，似乎不是很驚訝。」

許枚沉默片刻，歎道：「杜士遼的死與我無關。」

「那藍色的世界是怎麼回事？你之前親口說過，你曾見過這種所謂『幻術』。」宣成咄咄逼問。

「這個……我還不便說。」許枚咬咬嘴唇，低下頭去。

宣成不知再說些什麼，二人默默無語，在胡三這間小小的瓦房裡悶坐良久。宣成道：「我先回警局，李家的人也該上門來鬧了。」

許枚道：「好，我也要去看看那件觀音瓶，那繕寶師膽大得很，最喜歡動刀動鑽的。」

宣成點點頭，二人並肩出門，耍子街上熙熙攘攘熱鬧非凡，卻早已沒了胡三的影子。

多嘴的繕寶師

當天下午，許枚提著兩瓶太原晉裕公司的汾酒，溜溜達達來到冉城東邊一處偏僻的小巷裡。這裡有一處古舊的小院子，青磚灰瓦，綠樹青苔，院門虛掩著。院裡兩掛老藤，一架葡萄，葉子半綠半黃，伶仃欲落，牆角種著幾盆雞冠、月季，紅彤彤開得正豔。屋簷下掛著三尾鹹魚，兩串辣椒，窗紙上貼著半褪色的窗花，剪的是幾隻喜鵲圍著一個大大的字——不是常見的福祿壽喜吉祥如意，而是一個「繕」字。兩隻肉乎乎的小土狗滿地亂跑，撞得竹編的躺椅「吱呀呀」搖晃。一隻狸花貓圈在躺椅裡，煩躁地打著哈欠，許枚認得，這貓叫小花，是江蓼紅的寶貝，平素裡卻極喜歡黏著許枚，不知怎麼今天竟出現在這裡。

許枚心裡一陣糾結，還是敲了敲門，喚道：「老葉，老葉，我那瓷器怎麼樣了？」門吱呀一聲開了，江蓼紅探出頭來，笑吟吟道：「還得不少工夫，你也太心急了些。」

許枚吃了一驚，訥訥兩聲，面皮一紅道：「你……你怎麼在這兒？」

江蓼紅道：「我也有一枚開裂的古錢請老葉修補。」說著她引許枚進了屋。

只見一個白髮長鬚、滿面紅光的高胖老者正坐在長約一丈的大木桌前。那桌上滿滿地擺著瓶罐紙筆、簽鑿銼鋸、瓦屑金縷、殘銅碎玉，還有一方古硯、一台電燈，處處雜亂紛繁，偏又透著幾分別致的錯落。那老者穿一身半舊的灰布長袍，戴一頂瓜皮帽，手裡把玩著一枚綠鏽斑駁的刀幣，眼中滿是興奮，正是繕寶師葉公山。

許枚粗略掃了一眼，見那刀幣弧背狹身，似有一「明」字，不禁疑道：「是燕明刀嗎？此物極常見，老葉你怎麼……」

「不不不……」葉公山喃喃道：「此物形似燕明刀，皆為弧背，但比之略小，面文那『明』字也略方折，背文……第一個字我卻認不出了……」

許枚一驚，「博山刀？」

江蓼紅微笑點頭，「正是博山刀，嘉慶時人馮雲鵬、馮雲鵷《金石索》中初記此刀，共錄兩枚，書云此刀出自博山，一枚文不能辨，唯卅字可識，另一枚品相不甚好，字在有無之間。我得此刀背文四字，除第一字不可識，其餘三字當為『冶法化』或『冶大刀』。」

許枚嘖嘖道：「此物實在珍罕。」

江蓼紅道：「可惜刀首斷裂，我便來找老葉修補。」說著她在窗下的小凳上坐了，托著下巴望著許枚。

許枚輕輕「哦」了一聲，側著身子坐在葉公山桌前。

葉公山捧著博山刀，嘿嘿一笑，「你可別信她，她是帶著一肚子話來找我老頭子絮叨的，也許還有一肚子問題想問。」

許枚一愣，心中忍不住打起鼓來。

江蓼紅輕啐一聲，「老葉，你可別亂說，我凳子還沒坐熱，什麼時候和你絮叨了？」

葉公山輕輕摩挲著刀幣上的薄鏽，瞇眼掃過二人，見許枚渾身不自在，便道：「我認識的這幾個通靈識古的小朋友，數你最灑脫自在，也最敢搏敢殺敢交朋友，怎麼一見了這女娃，便沒來由地拘束起來？她又不是老虎。」

許枚臉漲得通紅，咬牙切齒道：「老葉，你這破嘴啊……」

葉公山道：「我這嘴怎麼的，有話還不讓說了嗎？玩古錢的女娃喜歡你，這話她是逢人便說的，你呢？」

許枚心跳得不成拍，偷眼去看江蓼紅，見她輕咬下唇，眼珠亂擺，心下明白：這話莫非是她讓老葉問的？她今天是特意在這兒等我的，可是她怎麼知道我會來老葉這兒……啊，小悟，我昨天對小悟說過……

葉公山見許枚不說話，便道：「你心裡是念著她的，你去興雲鎮時，還特意為她買了漂亮的旗袍和鞋子？那可是『興雲天絲坊』的衣服，貴得很呢！你是打心眼兒裡欣賞她，否則你不會總去看她的戲，她的戲票可不便宜。你也是信她的——否則你不會讓那個受傷的小神偷去她那裡養傷，也不會相信由她道出的泉音。可你怎麼從來沒有對她說一句你念著她，想著她？也沒有約她去看看時興的電影，打打那什麼跟捶丸似的高……高夫球，還有什麼網球，最不濟也該去逛逛山賞賞水啊……你們兩個至今都是『你』啊『我』啊的相稱。怎麼？沒個親暱些的稱呼，卻又嫌『許老闆』、『江老闆』太過生分？」

此言一出，連江蓼紅的臉都陣陣發燙：天殺的老葉，我讓你旁敲側擊地問一句，你怎麼竟說出這許多話來？他莫不會認為這是我讓你問的吧？我可沒讓你問這麼多啊，你……你這不正經的老頭子……

許枚見葉公山絮絮叨叨說個不停，怔忡半晌，才輕輕歎了口氣，說道：「男女之事，天下之大防也，不敢濫，也不敢不慎。我若對一個女子說出心裡念著她，想著她，那便是打定了主意要和她過一輩子的……」

此言一出，江蓼紅的心幾乎要從嘴裡跳出來。

許枚神色迷離，繼續道：「可我從小便是一個人，一個人吃飯，一個人睡覺，一個人讀書，一個人賞玩古物。我有朋友，但都是君子之交，淡如水，淡以親，斷沒有和人食則同器、寢則同床的。突然間有個人要日日夜夜和我一道吃飯，一道睡覺，柴米油鹽，赤裎相對……想到這些，我還是有些慌。」

葉公山笑道：「可你這一輩子，總要有這麼個人。」

許枚默然不語，江蓼紅期期艾艾。

葉公山「嘿」的一聲，繼續道：「如果你未來的這個人不是她，你心裡是不是空落落的？」

許枚聞言，登時呆住了：我將來總要有這樣一個人嗎？是呀，如果這個人不是她……我和一個不是她的女子柴米油鹽，赤裎相對……那簡直……簡直……

「怎麼樣？」葉公山笑得像一隻老胖狐狸，「是不是覺得非她莫屬了？這種感覺就是喜歡，你這小老古董，世事洞明，才高似鬼，卻唯獨這種事想不明白。」

江蓼紅心花怒放，抿起嘴角，無聲一笑。

「你別笑。」葉公山指點著江蓼紅道：「你喜歡他，怎麼從不親口對他說？見面就撩撥他，還總是『點到為止』，半步也不敢深入，偏又好在背後和他親近的人亂說亂道，真不知道你是矜持還是潑辣。」

江蓼紅「哎呀」一聲，又羞又惱，偷眼去瞧許枚，見他也一臉無助地望著自己，心下頓時一空，一時不知說些什麼。

靜了半晌，才聽許枚道：「我們……像是被老葉剝光了晾在這裡呢，我是來取瓷瓶的，怎麼就……怎麼就……。」

「對，臭老葉，你……呀？」

葉公山不等江蓼紅拿他撒氣，便將修補得平整渾然的博山刀遞了出去，方才這老繕寶師嘴裡絮叨不停，手上也沒有閒著。江蓼紅本是極愛古泉之人，一見之下，滿腔羞惱之氣頓時散了。

「你們啊，有些話還是在我這裡說明白的好。我是覺得你們實在合適，學識精深、相貌周正、無家無累，還都能溝通古物……」葉公山不知從哪裡抓過一條布巾，擦著手道。

許枚此時倒是見機得快：「我只有一座小店，一身祕術，還有滿肚子的不合時宜……」

江蓼紅道：「你是不合時宜，不喜歡電影，不喜歡網球，吃不慣西餐，睡不慣軟床，可你身上卻沒有一點陳腐之氣，這倒難得得很。」

葉公山無奈，「你們這是說什麼呢？你喜歡他就直接對他說，你喜歡她也直接對她說啊。」

江蓼紅本要循序漸進，卻被葉公山一陣催促，不由一翻眼皮道：「我們說的話憑什麼給你聽到？」

葉公山吹鬍子瞪眼：「嘿，你以為我喜歡聽這些酸辣情話？不過這『我們』二字一出口，事情便成了八分，繼續說啊！」

江蓼紅一咬牙：「你……」

許枚生怕葉公山咄咄相逼，忙不迭道：「我們去……吃西餐？」

江蓼紅一愣，哧地笑道：「不用了，我也吃不慣那個，過幾天我帶你去個四季如春的好地方玩。」

「嘿，還是沒聽到我想聽的那句話。」葉公山意興索然，「不過總算有些好苗頭吧，你們呀，需要一些親密些的動作來拉近距離，發乎情止乎禮那套君子規矩不適合你們。」

恐怖黑線

李家人竟然沒有為難警察局，這讓宣成頗感意外。目送李大帥的副官將毒癮發作的李淑尤塞進汽車揚長而去，宣成長長舒了口氣，搖搖肩膀，從警局後門折返回辦公室。

法醫室的大門開著，裡面沒有屍體，味道仍是格外刺鼻。牆邊的貨架上密密麻麻擺滿了各種奇形怪狀的藥瓶，裡面則是五顏六色的藥劑——姬揚清有個獨特的愛好，搜集世界各地奇怪隱祕不為人知的藥物，無論是歐洲的化學藥劑、西亞的奇香怪草、熱帶的蛇毒蛙毒、苗疆的詭蟲異蠱、宮廷的養生祕藥，乃至道家的丸散膏丹，無所不包，無所不備。宣成屏著呼吸皺了皺眉頭：她也怪不容易，只是這霹靂火似的性子……咦，這是什麼？

姬揚清桌上擺著一個小小的紙袋，像是沒裝什麼東西，袋上卻寫著「牆洞翠屑，與扳指相合」幾字。宣成心頭一顫，忙打開紙袋，只見裡面果然裝著幾粒細碎如塵土的濃綠色碎片。

宣成大驚：她知道，她知道牆上的淺坑是丁忱手上的翡翠扳指磕碰出來的，她知道丁忱扶過院牆，也就是說，她知道丁忱不是自殺……

「呀！你幹什麼！」姬揚清回到辦公室，見宣成拿著自己桌上的紙袋發呆，登時怒火萬丈，幾步衝上前來，劈手奪下紙袋，咬牙切齒道：「不告而取是為偷，你……你……」她瞥見這袋中內容，自己先怯了幾分。

宣成臉上羞紅一閃而過，反詰道：「不告而取是為偷，知情不報又是什麼？」

姬揚清又羞又惱，「你……你……我這是為你好，讓……讓你少走彎路，丁忱不是秋夫人殺的。」

「他也不是自殺的。」宣成玩味道：「你瞞下這幾片碎屑，只是為了借用牆上的淺坑和丁忱倒地的姿勢為你乾娘脫罪。」

姬揚清一驚，「你知道秋夫人和我……」

宣成點點頭。

姬揚清惱道：「你……你調查我？」

宣成道：「我是無意中知道的。」

姬揚清重重「哼」了一聲，認命似的道：「你要怎麼處置我？上報警局還是上報捕門？」

宣成神色如常，淡淡道：「我打算饒你一次。」

姬揚清一怔，不禁問道：「為什麼？」

宣成道：「謝謝你沒有把淺坑裡的翠屑全都搜羅走，給若光留了些線索。其實你若有心作假，完全可以把那半寸見方的小小淺坑掃個乾淨，你還是希望我能查到真相的，只是關心則亂。」

姬揚清臉紅得像要滴下血來，吭哧半晌才色厲內荏道：「你……別以為我會感激你，你……你還欠著我們秋家一個人情！」

宣成奇道：「嗯？怎麼回事？」

姬揚清好容易扳回些面子，「你以為李家人怎麼會輕易放過警察局？那是我姊姊替你說情。」

宣成一怔，「你姊姊？」

姬揚清道：「沒錯，也是我乾娘收養的女兒，江蓼紅這個名字你總不該陌生吧？名震華北的刀馬旦，李大帥面前的紅人。」

「哦，是她。」宣城輕輕點頭，「一個伶人這麼大面子，真是『智勇多困於所溺』……」

姬揚清「嘿」的一聲，怒道：「我姊姊救過李大帥全家的命！前年李大帥和老婆女兒在伏龍寺遇刺，如果不是我姊姊殺死刺客，現如今冉城的主人是誰可真不好說！我姊姊顧著李大帥的面子，這事兒從沒對外人說過，世人只知她是李大帥面前的紅人，卻沒人知道這一段因果。」

宣成訝然，「她……能擊殺刺客？」

姬揚清傲然道：「當然，我姊姊的身手對付幾個刺客簡直易如反掌。」

宣成暗道：怕不是身手多好，多半也是個神棍巫師之流，能施什麼法術。

姬揚清繼續道：「對了，你還得謝謝那個許老闆，是他請我姊姊來為你說項。」

宣成一愣，「他？」

「怎麼了？你們不是朋友嗎？」

「啊……是。」宣成口中應著，心中卻暗自打鼓：這神棍，真是……捉摸不透……

「對了……」姬揚清突然想起了什麼，「那個叫榮蕚的花匠，是怎麼回事？除了上門求聘被拒絕，這個人和我乾娘沒有任何聯繫，他總不至於為這個殺人。我乾娘對他也沒有什麼印象，如果不是我提醒，她都想不起來見過這麼個花匠。」

「榮蕚的動機是目前這案子裡唯一無法解釋的疑點，只能推測是受人雇傭或是……受人挾制。」

打撈屍體時，宣成和許枚都在場，清楚地看到榮蕚手臂上一道醒目的黑線。

宣成應付著姬揚清，心中暗道：看來，是那個撫陶師要對秋夫人下手，或者說……他命榮蕚到丁家老宅找某樣東西，榮蕚已死，線索便斷了。現在看來，那個快要消逝的瓷靈是唯一的突破口了……

第四章　霽藍

梅子黃時，枇杷滿樹，密密團團地壓彎了枝條。

許枚倚著一棵斜生的桑樹坐在湖邊的青石上，半眯著眼睛，望著在水面上探頭探腦的小魚，愜意地搖著摺扇，低低哼唱：「雲霞出海曙，梅柳渡江春。淑氣催黃鳥，晴光轉綠蘋……早聽說春實島上有這樣一處四季如春的仙境，寒冬時節遍地瓜果。可惜之前從未來過。」

江蓼紅用隨身的小刀斫下一根碧瑩瑩的竹子，只手指粗細，八九尺長。她將竹梢的細枝剔淨，刻出一圈淺淺的細槽，繫上絲線，掛了小鉤，順手從許枚身下的石縫裡捏出一條肥肥的蟲子，掛在鉤上，抬手一揚，魚鉤在薄薄的光幕裡劃出一道漂亮的弧線，撲地打破了湖面，驚得魚群四散而逃。

許枚抖著長衫跳起來，「你早知道這裡有蟲子不是？我早該想到，四季如春也有壞處，這都十一月了，還到處都是大肉蟲子。」

江蓼紅笑道：「咦？你這大男人害怕的樣子有趣得緊……哎呀別害羞，晚上給你烤魚吃……」

許枚臉色微紅，無奈抖手道：「你把人家園子裡的竹子折了，就不怕人家亂棍打你出去？這是上品紫竹，可不便宜的。」

「不怕，我是李矩的『特使』。」江蓼紅笑道：「這位李大帥可是他們的大金主，百果莊的四家主人全靠大帥府的『珍果宴』捧上神壇，他們可不會為一枝竹子和我爭執。」

許枚沉吟半晌，說道：「那個……我說句話，你可別惱。李大帥待你恭謹有禮，一則為著你救過他們夫婦的命，二來也為你江老闆的人緣名望，這第三麼……怕也為你這『傾國傾城的貌』了……」

江蓼紅一怔，粉面緋紅，輕啐一聲：「渾說什麼……」

許枚道：「李大帥素來強橫好色，這你不會不知道，他今年年初新娶的十三姨太，才十六七歲年紀，生得那樣標致靈秀，不知是哪家千般寵著百般愛著的女兒，生生被李矩那鬍子糟蹋了。還記得吧，那天的《冉城日報》用一個整版登著李矩和十三姨太的婚紗照，那姑娘笑得極是勉強。今年夏天，大概是……八月份吧，十三姨太趁李矩出城練兵時投井自殺，坊間都說她是不堪李矩凌虐……」

「我記得這件事，轟動一時，後來被李矩壓了下去。」江蓼紅歎道：「我明白，我不會和李家走得太近，但也不好傷了他的面子，後天的珍果宴還是要去的。」

「嗯……」許枚轉移話題道，「說起來，那個養鴿子的孩子把我們迎進莊子裡已經一個多小時了，住處也安排了，茶也喝了，點心也吃了，主人還是不肯露面，這架子可夠大的。」

江蓼紅道：「我想是南邊水路那裡來了貴客，他們四人不敢不去迎接。」

「南邊水路？」許枚不解。

「我們是走陸路從百果莊西南門進的，春實島還有一座碼頭，有條水路直通莊子南門。」江蓼紅道，「能讓桑、洪、梅、金四家公子親自迎接的客人，整個冉城怕是找不出幾個。」

桑、洪、梅、金，是冉城一帶身價最高的四家果品商，以經營昂貴珍果為業，四家在冉城遠郊的大鴻山深處有數十頃果園，山谷裡溫泉如沸，滋潤了大片沃土，各色珍果四季可熟。冉城一帶有幾句童謠：「春來桑葚累如棗，萬貫一斛洪櫻桃，黃梅雨後流珠玉，枇杷結出金元寶。」桑家產桑葚，洪家種櫻桃，梅家養黃梅，金家出枇杷，都是不同凡品的佳果。除此之外，四家宅院之中還各有幾樹上品，是專供李大帥珍果宴的上等奇珍，民間等閒不得一見。

江蓼紅稱李矩是百果莊的大金主，倒是沒有誇張。這百果莊正是桑、洪、梅、金四家的公子湊錢買下春實島後建的一處園子。

春實島，位於冉城以西的溫峪湖中，島上和大鴻山一樣，遍布溫泉，四季如春。

江蓼紅伸手從樹上摘下一枚桑葚道：「這四家栽種的果樹，哪怕中下品都是極稀罕的異種。你瞧這桑葚，紅得發紫，油得發亮，個頭兒比棗還大，除了冉城桑家，再沒人養得出來。這四家的公子年幼貪玩，將自家中下品果樹共挪了一百多株來，零零星星點在百果莊裡，還常邀名媛雅士遊玩採摘、吟詠詩賦，在莊子裡景致最好的『忘機閣』或是『饗賓樓』狂歡濫飲。」

許枚笑道：「『梅子流酸濺齒牙』、『枇杷黃盡客窗枝』、『櫻桃色照銀盤溜』、『桑葚連村布穀啼』。晚春新果，早被古人寫絕了，還能翻出什麼新花樣？我倒真想會會那些『吟詠詩賦』的『名媛雅士』，只是今天這莊子裡太靜了些，連個人影也不見。」

江蓼紅道：「今天是十月十日，正是市面上難見果品的時日，李矩的人每年這一天便來百果莊收反季果，為十月十三日李矩生日當天的珍果宴做準備。這莊子景致不錯，我想帶你來散散心，便主動從李大帥那兒要了這差事。」

許枚恍然道：「我們來時乘的那艘船是往冉城運水果的嗎？我說怎麼那麼大。」

江蓼紅笑道：「沒錯，這才是正事。這項生意辦結之後，才輪到那些遊園吟詩的才子佳人過來耍矯情。這一船要裝二十箱中品果，還有上品桑葚、櫻桃、梅子、枇杷各一箱。大鴻山谷那四棵上品果樹結的果子，是桑、洪、梅、金四家的絕密極品，專供李矩的珍果宴享用，向來由四家嫡系子嗣負責押送，從不許他人染指。現在這園子裡除了我們，就只有親自押送果子來百果莊的桑悅、洪瓔、金沁、梅笙四位公子和那個養鴿子的鴿僮。至於什麼僕役、管家、廚子之類一概沒有，連他們隨身的僕人都安頓在湖對岸的莊子裡，等貨物交接完畢後才能上島伺候。」

「啊？那這兩天他們吃什麼喝什麼？一個養鴿子的小孩伺候得了他們嗎？」許枚道。

「自己架爐子燒烤啊，有趣極了！」江蓼紅興匆匆道。

許枚輕輕一撩眼皮，表示懷疑。

江蓼紅見許枚這副神色，無奈道：「你這食古不化的老古董，不要這麼排斥這些新花樣嘛。」

許枚失笑道：「燒烤算什麼新花樣，這東西周秦漢唐皆有，只是近來不多見了。」他扳著指頭道，「你看啊，這《禮記》中便有『以炮以燔，以烹以炙』。《韓非子》中有『桑炭炙之，肉紅白而髮不焦』。北朝《齊民要術》裡有不少燒烤河鮮水產的法子，比如炙蚶、炙蠣、炙車鼇、炙魚。不久前羅振玉先生在日本發現唐人昝殷所撰《食醫心鑒》，裡面有炙黃雛雞、炙鴝鴿，都是極好的藥膳。宋人呂希哲《歲時雜記》中的『暖爐』，便是將酒與肉片置於爐中，圍坐飲食，這和時興的燒烤沒什麼區別嘛。還有……」

「打住打住！」江蓼紅揚眉作色，「吃個燒烤還掉起書袋來了。」

許枚一縮脖子：「我也沒說不吃啊。」說著他又問道：「對了，莊子裡為什麼有個鴿僮？哪位公子喜歡鴿子，還是喜歡烤鴿子？」

江蓼紅道：「桑家公子桑悅在分綠園養著些玩耍用的鴿子。」

許枚道：「分綠園……這名字倒是雅致得很。有道是『梅子留酸軟齒牙，芭蕉分綠與窗紗』。一目所望，閒情果香，頗有七八成在這『分綠』二字當中。」

江蓼紅道：「分綠園是百果莊西北的一座小院子，院中有一座竹樓叫『分綠閣』，被桑悅改造成了大鴿籠，養了不少珍奇鴿子，都是為了賞玩賣弄……魚咬鉤了！」

「別急著提鉤，先溜溜它。」

「哎……魚跑了……」

「你這魚竿不成，軟綿綿的沒勁道。」

「哪兒呀，是這兒的魚勁兒太大……」

二人正說笑時，一團毛茸茸的東西悄無聲息地從樹梢上撲將下來，正落在江蓼紅懷裡，翻了個身，露出四隻梅花形的肉墊。

許枚定睛看去，卻見小花銜著一隻灰毛胖鳥，仰起頭來一副邀功請賞的樣子。

江蓼紅拍拍胸口，一捏小花的頸皮，對許枚道：「都是你寵的，這傢伙越來越沒樣子了！」她見那胖鳥腳上懸著一個核桃大小的篾編小盒，不禁臉色一黑道：「這不是分綠閣的信鴿吧？臭貓，你闖大禍了！」江蓼紅腦袋一陣陣發脹，弓著手指在小花腦門上敲了幾下。

小花喵喵慘叫幾聲，抬爪一陣亂撓，掙脫出來，蹦跳著鑽進池塘旁邊一座精巧別致的小屋裡，江蓼紅氣沖沖地一丟魚竿，擼起袖子進屋捉貓。

「當心些，別把紫藤花撩撥壞了。」這座精緻的小屋叫紫藤館，許枚很喜歡這座小屋外面一掛瀑布似的紫藤花，見小花和江蓼紅接連穿藤而過，撥打得藤簾一搖三晃，紫豔豔的花瓣落了滿地，忍不住心疼道，「真是不知道憐香惜玉……」他捧著被咬斷脖子的灰毛鴿子隨後跟上。

勒索信

「你下來！」

「喵！」

「你給我下來聽到沒！」

「喵嗚！」

「你不下來我可上去啦！」

「喵？」

「呀你還不信！看我怎麼收拾你……」

「喵嗷……」

剛一進屋，許枚就聽到這麼一段詭異的對話，忙一把拉住正準備往房梁上爬的江蓼紅，衝炸著毛的小花招招手，「小花乖，爬那麼高多危險啊，先下來，她不敢打你。」

「誰說我不敢！」江蓼紅齜著牙道：「都是你慣的，我今天非得狠狠揍牠一頓再說。」

「先騙牠下來嘛。」許枚把鴿子放在桌上，舉起雙手，做出個等小花投懷送抱的姿勢，「乖貓貓，快下來，一會兒釣魚給你吃。」

江蓼紅嘀咕道：「叫得這麼肉麻，牠哪聽得懂……咦？」

小花像是聽懂了許枚的話似的，團了團身子，乖乖跳了下來，許枚一把接住，「哎喲，那是什麼？江老闆！」

小花跳下時碰掉了房梁上一個褐色的東西，許枚抱著小花不及抬手去接，眼瞧著那板磚似的東西向自己臉上拍來，嚇得失聲驚叫。江蓼紅眼疾手快，一把將那「板磚」抄在手裡，「嗯？是個盒子。」

「盒子？」許枚揉著小花的腦袋湊過去，「雞翅木盒子，倒也普通，怎麼會放在房梁上？」

「誰知道。」江蓼紅打開盒子，兩隻小巧的鼻煙壺靜靜躺在厚實的淡灰色綢布軟窩裡，許枚一見之下，頓時叫了出來。

「哎呀！這是乾隆官窯鼻煙壺！」許枚一把丟開喵喵亂叫的小花，小心翼翼地捧出一只橢圓形的鼻煙壺，「松石綠地粉彩寶相花，豔而不俗，筆觸精到，松石色為地，紅珊瑚作鈕，真品無疑，真品無疑。」他又拿起稍寬扁些的，「這只也是粉彩寶相花，淡黃色地，模樣更柔更媚，這顏色也更撩人。」

許枚接過盒子，收好鼻煙壺，奇道：「怎麼會有人把鼻煙壺藏在房梁上，多危險。」

「就是啊，奇怪……啊，小花你給我撒嘴！」江蓼紅正摸不著頭腦，小花悄無聲息地把許枚丟在一旁的灰毛鴿子叼了起來，弓著背踮著腳作勢要逃。許枚一眼瞥見，一把將盒子塞在懷裡，伸手抄住小花軟乎乎的肚子，將牠抱了起來，在毛茸茸的小腦袋上輕輕拍了一巴掌，「鬆口，這麼饞呢這小東西，你媽媽餓著你了嗎？」

江蓼紅一把撈住小花吐出的鴿子，氣咻咻道：「這惹禍精，這鴿子十有八九是桑悅養的珍奇信鴿。」

「珍奇信鴿？我看這鴿子普通得很。」許枚揉著小花絨絨的背毛道。

江蓼紅提著鴿子的翅膀仔細瞧了瞧：「鴿子的良莠我可看不懂。」

許枚道：「我也不大明白，倒是有些北京的朋友喜歡玩鴿子。冉城離北京不遠，北京的鴿市我也見識過幾回，熱鬧得很，陰曆逢七、逢八的護國寺廟會，逢九、逢十的隆福寺廟會，滿處都是漂亮鴿子，什麼短嘴、青毛、黑皂、七星、黑玉翅、鐵翅烏、銅膀白、紫點子、花脖子、勾眼瓦灰、紫四塊玉，形形色色，花花綠綠，晃得人眼花撩亂。」

江蓼紅聽得許枚滿口的青白黑紫，不禁頭大，「這鴿子的名兒倒也俗中帶雅。」

許枚笑道：「要說這鴿名之妙，當屬明代張萬鐘《鴿經》，什麼巫山積雪、銀灰串子、雨點斑、鳳尾齊、紫葫蘆，總計有三十來種吧，現在已經不多見了。幾年前江蝶廬先生寫過一本《實用養鴿法》，裡面還有不少外國鴿子，什麼觔斗鴿、寶德鴿、嘉可平鴿……」

江蓼紅忙道：「打住，打住……那這隻是什麼？」

許枚訕訕一笑，「我只有嘴上功夫，曉得幾個花稍名字，眼力是頂不濟事的，只看得出這是一隻信鴿，花名品種可說不出來。」

「信鴿……那是給誰送信的？是桑悅嗎？」

「要不……打開瞧瞧？」許枚見那鴿子腳上的篾編盒子只以一枚搭扣扣合，也沒有什麼火漆封泥，便也動了玩心，一伸手便扳開了搭扣。

江蓼紅輕叱道：「胡鬧……」

許枚臉騰地紅了，渾身骨頭一陣陣發軟：這一聲「胡鬧」……好親暱呢……

盒子裡捲著一張紙條，紙條上鬆鬆地繞著一根女孩子的髮帶，髮帶上綴著七顆粉白色的珍珠。

江蓼紅掩口輕笑，「這髮帶是冉城『悅媬樓』的首飾，名貴得很，看來這紙條多半是哪家小姑娘寫給情郎的情書。這莊子裡可有四個翩翩貴公子，信是給誰的呢？」說著她捋下髮帶，打開紙條，見上面寫著幾行小字，順口便念了出來：「『髮帶主人在我手裡，想要她活著回去，明日中午十二點，用錦緞妥善包裹此玉壺春瓶，裝入木匣，置於百果莊外泛盡河渡口的小船中，解開纜繩，使船順流而下。我拿到東西，便放她離開。不要報警，也不要將此事告訴其他三人，莊裡有我的人盯著你，你若輕舉妄動，便等著為她收屍吧。』我的老天……」

「勒索信？」許枚愕然道：「這鴿子是來送勒索信的？那綁匪要什麼東西，玉壺春瓶？」

「這……這個……」江蓼紅指著紙條一角道：「綁匪在紙上畫了這麼個東西，看起來……像一個瓶子……」

許枚湊上去一看，臉上一陣扭曲，「這綁匪的字凌厲瀟灑，畫工卻差得愁人，這畫的……應該是個玉壺春瓶……吧？」

江蓼紅連連皺眉，「這麼說，綁匪綁架了一個女孩子，讓百果莊的某個人用一只玉壺春瓶來換？我記得你上次讓小悟拿著那枚缺角大齊來找我，那件案子就和一只玉壺春瓶有關，對吧？看來這種瓶子不祥……」

許枚無奈，「瓷器哪有什麼不祥的……眼前這事情怎麼辦？你的貓把人家的鴿子叼了，綁匪的信沒送到，我們也不知道收信人是誰？綁匪限定的時間是明天中午，一旦不能按時送出瓷瓶……也未見得是瓷瓶，玉壺春瓶以瓷質最多，元明以來銅的銀的玉的也有不少……」

江蓼紅道：「不管什麼材質，一旦不能按時送出綁匪要的玉壺春瓶，恐怕這個戴珍珠髮帶的女孩子凶多吉少，我們甚至不知道綁匪勒索的目標是誰，等等……看這句『不要將此事告訴其他三人』，這綁匪要勒索的可能就是桑、洪、梅、金四人之一。」

許枚點頭道：「沒錯，這鴿子畢竟是來百果莊送信的，他們四個就是百果莊的主人。」

江蓼紅抖抖紙條道：「那我們怎麼辦？一個一個去問他們：這是誰的髮帶？這裡可寫著『莊裡有我的人盯著你』。」

許枚道：「莊裡有綁匪的同夥，至少是個眼線。可你說過這裡只有五個人：四個主人，一個鴿僮。」

江蓼紅道：「如果這個所謂眼線就在這些人當中……不對，今天除了他們，還有一個身分尊貴的客人，以及我們。」

「且不管他是誰，如果這個『眼線』知道勒索信落到了我們手裡，他會怎麼做？」

「也許會不甘心地繼續發出第二封勒索信，也許會先對我們做些什麼，然後再打那玉壺春瓶的主意。」江蓼紅有些緊張，抱著勒索信四處亂瞧。紫藤館靜悄悄的，除了許枚懷裡的小花發出軟軟的呼嚕聲，四下裡再沒有別的動靜。

許枚輕輕撓著小花的下巴，問道：「那條泛盡河在什麼地方？」

江蓼紅道：「就在春實島上的深山裡，九曲八彎的，中游有一段穿過百果莊東北角。河道兩側都是老樹，從沒人打理過，黑沉沉的長得遮天蔽日，白天去也怪瘆人的。從信中所說來看，綁匪的藏身處在泛盡河下游，那地方是森林深處，荒僻得緊，我從沒去過，據說那裡有獐子、狐狸、野獾之類的小野獸出沒。」

許枚道：「那船是……」

江蓼紅道：「百果莊東北有個小碼頭，配了幾條三尺來寬的小船，一般只在百果莊外面的那段河道玩耍用，很少往上游和下游莽莽荒荒的森林裡走。」

「嗯……」許枚思索片刻，說道，「這件事還是先通知警察比較合適。」

江蓼紅犯難道：「怎麼通知？這裡可沒有電話。」

許枚道：「分綠閣不是有好多鴿子嗎？」

江蓼紅無奈道：「都是養來玩的鴿子，一個個胖得像球似的，哪會送信？」

許枚一拍腦門，「也是，總不能當著那桑公子的面說『讓你的鴿子去警察局送一封信』，萬一他就是綁匪的眼線，那可就糟了……」

二人正為這勒索信犯愁，卻見那鴿僮氣喘吁吁地跑來，委屈巴巴道：「江老闆，許老闆，可算找到二位了，四位公子在忘機閣張羅宴席，正等二位過去呢！」

這鴿僮名叫阿七，十五六歲年紀，身材精瘦健壯，剃著短短的平頭，小臉細細白白，鼻頭旁邊滿是小雀斑，穿一身素淨的短褂長褲，顯得老實幹練。

許枚修長的手指藏在小花絨絨的背毛裡，偷偷將紙條揉成小團，滾進袖口，輕輕一笑，「我們貪看紫藤館景色，一時遲怠了。」

江蓼紅不動聲色地將鴿子的屍體藏到櫃子後面，笑吟吟道：「好，我們正要過去。我來過百果莊，知道去忘機閣的路徑，我們自去便好。你先把這貓送回我們的住處，牠若上了宴席，誰都別想安生。」

果商公子

忘機閣在百果莊正中偏西處，一條石子小路宛轉隱現，盡頭便是一叢芭蕉，密密層層的大葉後掩著一座月亮門，走進門去，豁然開朗，遍體生涼。院子四面是一色的水磨石磚牆，樹影參差，苔痕濃淡，滿地芳藤異草，隨興招搖，濃綠間零星點著些淺色小花，纖薄輕弱。院後樹蔭中藏著幾座房屋，透出一角飛簷，頗有幾分神祕蒼涼之態。月亮門正對一片排場的池塘，波光粼粼如湖泊也似，池塘上飛起一座極寬大的十字橋，連通四岸，橋中心一座四壁通透的寬敞水亭，亭中畫屏桌椅、燒烤爐架、蔬果魚肉一應俱全，四個穿著鮮亮的少年忙忙碌碌地操備酒水，打點炭火，蝴蝶般橋上橋下來往翻飛，不時地夾著幾聲呼叱催促。水亭正門兩側柱上掛著聯牌，用金字填著歐陽修的詩句：「黃栗留鳴桑葚美，紫櫻桃熟麥風涼。」

許枚望著眼前一番景象，一時有些恍神，「這忘機閣果然古意十足，置身此境，令人忘機。」

四個少年一一從橋上迎下來，先與江蓼紅見禮。

桑悅在四人中年紀最大，身量也最高，穿一身筆挺的暗紫色小西裝，渾身上下收拾得一絲不苟，眉眼疏朗清秀，手捧著一個白瓷小罐，舉手投足間滿是舒展幹練，臉上也掛著與年齡不搭的成熟微笑：「江老闆，知道你要來，我特意準備了野蜂蜜，是我自家釀的。」

冉城各路八卦小報對江蓼紅這種當紅名伶的飲食喜好，挖掘得格外透徹，江蓼紅不收厚禮的習慣自也不是祕密。江蓼紅多次在萬籟樓駐唱，那裡的夥計對她的飲食喜好把握得格外準確，潤喉的蜂蜜是每晚登臺前必不可少的，桑悅備下的野蜂蜜雖然不甚值錢，卻無疑正對江蓼紅的胃口。

江蓼紅見桑悅捧起瓷罐時露出手腕，腕上戴著一條穿綴著小貝殼、水晶珠、琉璃管的紅繩手鏈，心中不禁一動：這東西……好像在哪兒見過。她臉上卻不露聲色，雙手接過瓷罐，連連道謝。

洪瓔身材圓滾滾的，卻穿了一套極「顯身材」的月白色馬褂，活像一隻小白熊，手裡捧著一個半尺來寬的小盒，舉到江蓼紅面前，甕聲甕氣道：「我聽說江老闆好茶，這是我從我家老頭子那裡偷……那裡拿來的頂級普洱茶磚……」

江蓼紅一愣，「不怕洪老闆打你？」

洪瓔一揚鼻子道：「他捨不得。」

梅笙身材纖瘦，彎眉細眼，戴著一頂小禮帽，穿著一身剪裁精到的中式長衫，慢條斯理地說：「我卻聽說江老闆最愛吃魚，我帶了上好的細鱗鯛，都已經切好了，就鎮在冰匣裡。」梅笙的父親曾參加過李矩府上的珍果宴，清楚地記得江蓼紅對鮮美細膩的海味情有獨鍾。

金沁性子靦腆，也不說話，只捧著一只木盒，抿著嘴笑吟吟舉到江蓼紅面前。

許枚見金沁年紀雖小，卻別有一種風流氣韻，活像仙山深谷裡採藥的童子，不禁多看了兩眼，卻發現他神色恍惚、面目無神，舉手投足多有遲滯，不禁暗暗奇怪。

江蓼紅笑吟吟地一併接了，滿滿抱了一懷，連聲道：「四位公子如此厚贈，可讓我怎麼受得起。」

許枚只覺一陣恍惚：這些孩子好像在……搶著投餵……某種珍奇的……毛茸茸的……我在想什

麼……

江蓼紅打開金沁遞來的木盒，見裡面是一只一尺來高的仙女木偶，面容五官精雕細琢，宛然如生；一頭長髮用纖絲攢成，光可鑒人；純白色的仙袍裁剪得體，水藍色絲條束腰，穠纖得衷，修短合度。面容雙手皆用肉粉色水彩潤色，分外柔嫩，墨點雙目，精光流轉，朱抹雙唇，明豔動人。更妙的是木偶每個關節都加了機簧，以絲線操控，可活動自如，與生人無異。

江蓼紅嘖嘖稱奇，「時人皆道金公子是天下第一木偶師，果然名不虛傳。」

許枚也是讚不絕口。

金沁小臉一紅，抿著嘴低頭偷笑，「我可算不得什麼『第一』，天下第一木偶師是當年名震京城的六指如意。」

「六指如意銷聲匿跡五年多了，現在的天下第一就是金公子。」江蓼紅抱著滿懷的小禮物，用眼神一指許枚，介紹道：「這位是我的朋友，許枚許老闆，做古玩生意的。」

話音剛落，四個少年一起道「許老闆好」，眼中卻或多或少閃過一絲八卦的神采。

許枚忙還禮道：「叨擾叨擾，不請自來，讓四位公子辛苦破費了。」

四人簇擁著許枚、江蓼紅進了水亭。其時已近黃昏，亭中高掛鯨燈，將滿桌的果品菜蔬、點心魚肉照得油光水亮，令人食指大動。

桑悅招呼著金沁、洪瓔將炭火夾進烤爐，又吩咐梅笙把山筍蘑菇用竹簽穿了，自己用隨身的小彎刀片割鹿肉，又問道：「季先生、季小姐和那三位警官還沒過來嗎？」

許枚和江蓼紅對視一眼：有警察來？

洪瓔粗聲粗氣道：「我和季會長說了，他說稍稍安頓一下就過來。我看那季會長心事重重，季小姐也一副恍恍惚惚的樣子，怎麼看怎麼詭異。」

桑悅眉頭微皺，「確實有些不大尋常，季先生從一進莊子便反反覆覆地說一定要安排他們父女和三位警官住在一座院子裡，我只能安排他們到房間最多的洗玉樓去住，那裡的環境可比我們之前安排的紫藤館差得遠了，位置也偏僻……他們不會迷路了吧？我還是去迎一迎……」

梅笙操弄著白嫩的筍片道：「放心，我已經吩咐過阿七去迎他們了。」

許枚問道：「這個季先生和季小姐，莫非是……」

梅笙道：「冉城商會的會長季世元先生和他的女兒季嵐，我和季嵐之前是冉城致良中學的同學。」

「哦……」許枚點點頭：致良中學可是冉城學費最高的學校，看來做水果生意真的很掙錢。

江蓼紅心下了然，難怪四個小傢伙如此殷勤，原來今天來的是冉城商會的會長，這四個做水果生意的家族正削尖了腦袋要往商會裡鑽呢。

許枚繼續問道：「那你們說的警察是……」

梅笙道：「兩男一女，我也不認得。」

洪瓔重重「哼」了一聲道：「一個兩個都是一副冷冰冰的鬼樣子。」

梅笙緊了緊衣領，小聲道：「那個高個子的男警官殺氣很足呢，我都不敢看他的眼睛。」

許枚一擰眉毛，「冷冰冰……高個子……殺氣……」

江蓼紅也道：「聽起來，有些像是那位宣隊長。」

洪瓔一驚，「你們認得那個冰疙瘩？」

話音未落，便聽桑悅道：「小聲些，人來了。」說著他堆出一張笑臉，甩了甩手上的水珠，小跑著迎了出去，不及下橋便揚聲招呼道：「季先生、季小姐、二位警官，多謝賞光，多謝賞光！」

許枚透過窗戶向外看去，見鴿僮阿七引了兩男兩女四個人來，笑道：「果然是他，看到那個穿男裝的姑娘了嗎?她叫姬揚清,是捕門驗骨堂的人。」

江蓼紅忍不住笑出聲來,看傻子似的瞧著許枚:「你覺得我不認識她?」

許枚一怔,接著一拍腦門,「糊塗了糊塗了,你們都是秋夫人的養女,之前怎麼也沒聽你提過她?」

「她也是剛回冉城任職,我還沒來得及給你引見。」江蓼紅道。

許枚暗道:你倒是跟她提過我吧,上回她還說我像個會迷人的狐狸,除了你我還迷過誰?

江蓼紅用下巴指指一名笑得十分勉強的男子,「那位也不勞介紹,冉城商會的會長季世元,他和李矩關係不錯,之前我和他見過幾面。後面那個女孩子就是他的女兒吧,和異母哥哥……相見不相識的姑娘?」

許枚見過季嵐照片,便輕輕「嗯」了一聲,細細打量著縮在季世元身後的少女。見她身材纖瘦,臉色蒼白,眼神時聚時散,不時地用牙齒輕輕抿咬嘴唇,一副心事重重的樣子。五官容貌嬌柔可喜,和那日的季鴻有七八分相似,但神采氣質遠遠不及。

許枚輕輕歎了口氣,遭遇這種事情,能瞞著父親不動聲色地挺過來,也算得女中豪傑了,不知那個楊之霽現在如何。想到楊之霽,許枚心念一動,他剛才便覺得梅笙像什麼人,現在想來,梅笙眉眼間確有幾分楊之霽的憂鬱氣質,只是容貌不及楊之霽英武俊秀。

江蓼紅見許枚一副感慨神色,心下一動,小聲道:「有空把他們的事和我仔細說說,你之前語焉不詳,那枚缺角大齊靈韻有損,能談的事也實在不多。」

許枚不經意地輕輕點頭,正要說話,江蓼紅已迎出涼亭,笑吟吟和季世元、宣成寒暄起來,又拉著姬揚清好一陣嬉笑,一個叫「阿清」,一個叫「姊姊」,看起來關係很是親密。許枚見狀,會心一笑,還是那個玲瓏鮮活的江老闆,真好。

宣成走進水亭，見滿桌瓜果魚肉鮮亮奪目，又瞧見許枚站在窗邊，一副懷揣心事強作悠閒的樣子，不禁瞇起眼睛，上下打量起來。

許枚見他一臉警惕，不禁「噗嗤」笑出聲來，「警官，咱們有半個月沒見了。」

宣成道：「是啊，許久沒有瓷靈出來作祟了。」

許枚一驚，連連擺手道：「小聲些，小聲些。」他一面說著，一面鬼鬼祟祟四下偷瞧，見眾人都圍在江蓼紅和季世元身邊，暗暗舒了口氣，一把拉過宣成，小聲道：「你和姬法醫來這裡做什麼？」

宣成不動聲色，反問道：「那你呢？」

許枚道：「受邀來玩。」他邊說邊回頭望望被眾人簇擁著笑語盈盈的江蓼紅。

宣成上下打量著許枚，半晌才道：「好。」

許枚「噗」地一笑，「『好』算什麼意思，我們許久不見，總該握個手吧？」

宣成有些莫名，「握手？我們還……」話沒說完，許枚的手已伸了過來。宣成也不是一味冷狂之人，下意識地抬手相握，卻覺許枚指縫間夾著一個小球似的東西，逕自送入自己指掌間，心中頓時一緊：這神棍來這裡果然有事。忙抽回手，不經意地將那小球捏在指尖，輕輕一撚，垂目看去，見是一個紙團，不禁暗暗納罕：遞個紙團為什麼搞得這麼神神祕祕的？怕什麼人看到？

許枚神色如常，「警官，你還沒說你們來這裡做什麼。」

宣成搖搖頭，用輕不可聞的聲音道：「我來，自然是有案子。」

許枚也壓低嗓音道：「這麼說……百果莊裡發生了凶案？」

宣成一皺眉，「我可沒說是凶案。」

許枚用下巴一指攀著江蓼紅說個不停的姬揚清，「沒有凶案，你帶法醫來做什麼？」

宣成一偏頭道：「是她聽說這裡風景獨特，死纏著我偏要跟來，我有什麼辦法……」

許枚似是飽含深意地「噢」了一聲，又四下瞧瞧，「我聽桑公子說來了三個警察，怎麼只有你們兩個？」

宣成道：「另一個不願見人。」

「噢……哈哈哈！」許枚了然，「不願見人怎麼也跟著你跑到這地方來？」

宣城白了許枚一眼，「到四季如春的地方捉個兒大漂亮的蟲子！都是你招的他，一開始只到城東捉蛐蛐，現在開始玩蟈蟈、油葫蘆、梆子頭、金鐘……」

「哈哈哈……」許枚捂著肚子笑個不停，「玩蟲兒我多少懂些，有空送他一個趙子玉款的過籠。」

「要送誰這麼重的禮啊？」江蓼紅攜了姬揚清笑吟吟走了過來。

隨後跟來的洪瓔也操著一副洪鐘也似的大嗓門道：「是啊許老闆，趙子玉的蟲器可不比康乾官窯瓷器便宜。」

許枚嘿嘿一笑，「我是說送他一個『趙子玉款』的過籠。」

洪瓔道：「許老闆說笑了，趙子玉的過籠從不落名款，有趙子玉名款的多半是仿品。」

許枚點頭讚道：「想不到洪公子也是個玩蟲的行家。」他回頭對宣成道：「我那過籠兒可是北京連輔鳴之子小連子仿的，也算可玩之物了。」

洪瓔又道：「老連子、小連子所製蟲盆蟲罐雖也可玩，但比之趙子玉真跡可謂雲泥之別，就算與瑞敬和所仿相較，也是遠有不及的，至於過籠麼……我卻不甚見過。」

許枚訕訕一笑，回頭對宣成道：「我再送他一只春茂軒的水槽。」

宣成不知侍弄蟲子的器物中有這許多門道，自也是一副無所謂的樣子，「好啊，替他謝謝你了。」

姬揚清瞧瞧許枚，「聽起來……許老闆要送小若光這個蟲痴一件厚禮啊。」

許枚連連擺手，「厚禮稱不上，兩件小玩物罷了。」

桑悅見洪瓔與匆匆地還要開口，怕許枚面上不好看，忙輕輕咳嗽一聲道：「宣隊長，衛科長怎麼不見？」

宣成道：「他有些累，先歇下了。」

洪瓔聽了，輕哼一聲，小聲嘟囔道：「好大架子嘛。」卻不擅控制音量，在場眾人一個個聽得清清楚楚。

許枚暗笑：這小胖子倒是一副渾樸性子。

季世元好容易從一片殷勤中脫身，忙攜了季嵐到許枚身前，小聲道：「許老闆，之前小女的事……多謝了。」

說著他眼睛一紅，喉中一陣哽咽，但他畢竟久在商場，老於應酬，極善壓抑喜怒，不過剎那工夫，滿面悲苦已渾然無跡，只向許枚投去一個感激的眼神，又小聲道：「如果一會兒發生什麼事，還請許老闆不吝援手。」

許枚一驚，低聲問道：「會發生什麼事？」

季世元五官皺成一團，半晌才道：「也不見得真的有事。」

許枚莫名其妙，暗道：這趟散心可真散出不少古怪。

季嵐順目垂手，半藏在季世元身後，忍不住偷眼去瞧許枚，正與他四目相對，只見這男子目光柔靜如水，卻像是能把人滿懷心事都看去，令人藏無可藏、避無可避。季嵐心中一亂，忙垂下頭去，囁嚅道：「許老闆好。」

許枚微笑道：「季小姐好。」

桑悅見梅笙、金沁已將燒烤食材、作料與一應器具酒水準備妥當，便熱情地招引眾人入座。

宣成走在最後，偷偷剝開許枚方才遞來的紙團，一看之下，登時色變，忙將紙條復揉成小團，抬眼望向季嵐，這勒索信中的內容與她所說幾乎不差，難道她真的遇到「仙人」？若果真如此，此事當由隱堂處理，不是緝凶堂可以插手的，可是事情緊急，一時也無法聯繫隱堂……

姬揚清挨著江蓼紅坐下，見宣成面沉似水站在窗邊，忙伸手道：「喂，傻站著做什麼？快過來坐，這燒烤宴有趣得很。」

宣成輕不可聞地歎了口氣，在姬揚清旁邊坐下。

許枚坐在江蓼紅身邊，湊到她耳邊輕輕道：「我已經『報警』了。」

江蓼紅點點頭：「不枉我把人拖住。」

許枚偷眼去瞧宣成，見他臉上變顏變色，不時地遞來一個幽怨的目光，只好擠出一個抱歉的微笑。

又見勒索信

桑悅命鴿僮阿七點燃炭火，梅笙、金沁打開兩瓶晉裕的汾酒，桑悅、洪瓔親自動手，將魚肉蔬菜刷油上架，姬揚清、江蓼紅看得有趣，也自己動起手來，不多時濃香滿溢，勾得人肚裡饞蟲蠢蠢欲動。

許枚抿了一口汾酒，連連點頭：「這酒極好。」

桑悅又從冰桶裡取出幾瓶不一樣的酒，笑道：「那酒勁道太足，怕幾位姑娘不好消受，這裡有我家釀的桑葚酒，香柔可口，最適合女士品嘗。」

江蓼紅道：「這桑葚酒的確難得，李大帥的夫人最好這口。去年李大帥送了我兩瓶，我一直沒捨得喝呢。」

姬揚清興致勃勃道：「那我可得嘗嘗。」

桑悅起身斟酒，洪瓔招呼著取出自家釀的櫻桃汁，一時觥籌交錯，倒也有幾分熱鬧。只是宣成依舊冷若冰霜，季世元父女笑得格外勉強。許枚看在眼裡，心中不安，卻寬慰自己道：我瞥見警官已經看過那張紙條了，他應該會想辦法應付這件事吧……

江蓼紅吃了兩塊魚脯，湊在許枚耳邊道：「你那宣隊長怎麼還沒動作？」

許枚小聲道：「放心吧，他會處理的。」

姬揚清拉拉江蓼紅的衣袖，問道：「你們是有什麼事兒吧？他們兩個剛才躲在窗戶那兒嘰嘰咕咕的，現在你們兩個又在這兒咬耳朵。」

江蓼紅道：「嗯……我一會兒便告訴你，你可別往外說，省得別人緊張……」

「果然是有事吧！」姬揚清實在按捺不住好奇心，攛掇著江蓼紅，「姊姊先告訴我嘛，小聲些說……」

話音未落，只見一隻白羽紫斑的漂亮鴿子撲啦啦飛進水亭，抖抖翅膀落在桌角，見眼前擺著一盤當佐料的碎花生，也不知客氣，俯身便啄。

桑悅吃了一驚，回頭問捧著扇子忙前忙後的阿七，「怎麼回事？這是我的紫四塊玉，怎麼跑到這裡來了？」說著他熟練地一把抄住鴿子，撫摸著背毛道：「你忘了鎖鴿籠了？」

阿七揉揉被煙火熏痛的眼睛，委屈道：「我……我也不知道，鴿籠我都鎖了，它不可能自己飛出來……」

梅笙突然道：「哎，它腳上掛著個小竹筒！」

「竹筒……」桑悅掀開紫四塊玉腹底軟乎乎的羽毛，奇道：「果然有個竹筒，你們幾個，這是誰幹的？」說著他伸手指點著洪瓔、梅笙、金沁，「這鴿子養尊處優可飛不遠，送信的人一定就在島上，或者在莊子裡。」他打開竹筒，取出一個紙卷，「這東西……怎麼用一把頭髮繫著？這頭髮還是褐色的。」

洪瓔道：「是馬尾巴吧？」

金沁輕聲細語道：「不是，馬尾巴毛又粗又硬，這就是人的頭髮，髮質比我那些木偶的假髮都好，

只是有些油膩，看來有兩三天沒洗過頭了。」

江蓼紅湊在許枚耳邊道：「金沁做過不少和真人一般大小的木偶，維妙維肖，皮骨俱全，幾可亂

真。」

桑悅展開紙卷，見上面寫著幾行蹩腳的小字，笑道：「這字寫得真醜……『你認得她的頭髮吧，

你的女人在我手裡，快把你的三百枚上等果種剝好洗淨，收入袋中，放在泛盡河渡口的小船上，讓

船順著河漂走，我會在下游等著。任何人不准隨船一起來，否則我就宰了你的女人。如果明天中午

十二點看不到船來，我一樣會殺了她。不准報警，也不准告訴其他三人，莊子裡有人盯著你，你如

果不聽話，我會立刻……立刻殺了她……』」桑悅沒等念完信便嚇傻了，吞了口唾沫道：「這……

這是誰搞得惡作劇？」

這一紙的車軲轆大白話粗糙之極，姬揚清嫌棄地一咧嘴道：「勒索信？」

她一拍宣成肩膀，小聲問道：「你就為這個來的？」她又抬眼一掃坐在對面的季世元父女和身邊

的江蓼紅、許枚，「他們也知道這事？」

宣成點點頭，又搖搖頭，姬揚清莫名其妙，「什麼意思嘛！」

桑悅臉頰直抽搐，「這是誰幹的？怎麼能開這種玩笑？太過分了！」

「連頭髮都剪了，這不是玩笑吧……」梅笙膽子小，見了那束頭髮，嚇得冷汗直流，顫聲道：「這

是綁架勒索，弄不好會出人命的。」

季嵐面色發白，口中不自禁地喃喃道：「怎麼要的是種子？」她身子本弱，聲音又小，說起話來嗡嗡嗡如蚊蟲振翅，幾不可聞，好在江蓼紅聽力絕佳，季嵐所說一字不落入她耳中。

江蓼紅凝目望去，見季世元也滿臉疑惑瞧著季嵐，宣成眉頭緊鎖，悶悶不語。她不禁暗暗奇怪，總感覺這個季二小姐好像知道些什麼，似乎在她的印象裡，綁匪要的不應該是種子，那會是什麼？難道是……玉壺春瓶？想到此處，忍不住回頭看了許枚一眼。

許枚也困惑不已，這封勒索信和剛才那封太像了，連約定的時間和交付「贖金」的方式都一樣，偷眼去瞧宣成和江蓼紅，見兩人一個皺眉沉思，一個怔怔地望了過來，都是一臉懵相。無奈他遞給江蓼紅一個同樣迷茫的眼神，輕輕咳嗽一聲，說道：「信上說『不准告訴其他三人』，看起來是有人挾持了四位公子中某一位的親近女眷，要脅他交出……交出三百顆上品水果的種子，這種『贖金』可真怪極了。」

江蓼紅道：「桑、洪、梅、金四家種的桑葚、櫻桃、梅子、枇杷比尋常的果子大了一倍不止，在市面上的價格本就貴得嚇人，綁匪要的上品果更是價比黃金，民間幾不可見。這人要上品果種子，可能是要自己拿去種，日後好大賺一筆吧。」

洪瓔性子衝，也不顧及江蓼紅的面子，連連搖頭道：「不對不對，要等種子長成果樹，再結出能吃的果實，至少要五六年時間。就算綁匪能拿到種子，他有沒有好水好地，會不會澆水施肥，會不會除草殺蟲，會不會剪枝嫁葉擇花護果？任何一個環節出了差池，結出來的果子就未必是原來的樣子、原來的味道、原來的時令。如果是只為了『大賺一筆』，這彎子繞得可有點太遠。」

江蓼紅不以為忤，笑道：「是我這個外行說了蠢話，多謝洪公子指點。」

洪瓔臉騰地紅了，「不……不是指點，我不是這個意思……」

季世元輕拍緊張得瑟瑟發抖的季嵐，輕咳一聲道：「上品果的樹種是桑、洪、梅、金四家的絕密命脈，這綁匪開口要個千八百塊大洋，也比要上品果種子容易些。而且這些反季上品果素來被四家壟斷，如果若干年後市面上出現了一模一樣或是大體相似的反季珍果，被警察順藤摸瓜查到來源，綁匪的處境可大大不妙。綁匪如此處心積慮，這一點他不會考慮不到，他要這些種子，應該不是自己拿去種的。」

梅笙急得直撓頭，「那他圖什麼？」

季世元稍一猶豫，說道：「你們年紀小，不懂商場凶險詭詐。」

桑悅心思機敏，見季世元有意指點，忙作揖道：「請季會長明示。」

季世元拈起桌上果盤中的一枚櫻桃，「綁匪要的是上品果，這莊子裡種的都是些中下品的果樹，雖比市面上尋常水果好些，但比之上品果還是相差甚大。如果急切間想要拿上品種子去換人質，只有一個辦法──剔掉準備獻與李大帥、用於珍果宴的上品果肉，剝出種子。」

洪瓔頓時急了，「這怎麼行，李大帥會剝了我們的皮！」

「也許這就是綁匪的目的。」季世元推了推眼鏡，歎道，「他要讓某位公子，在家族生意和心愛的女子之間，做出選擇，也許……」說著他咂咂嘴，有些尷尬地搖搖頭，「這麼說吧，也許綁匪非常瞭解這位公子對那褐髮姑娘的感情，知道他一定會為了心上人毀壞『進貢』給李大帥的上品果，綁匪的目的就是讓這位可憐的公子親手毀掉李大帥珍果宴，親手砸了自家的招牌。」

桑悅身子微微發抖，「那……這位公子是誰？」

姬揚清看向桑悅，「就是你吧？這鴿子可是你養的。」

桑悅急道：「鴿子是我的沒錯，可我不認得褐色頭髮的姑娘！」

許枚端起一杯紅瑩瑩的桑葚酒道：「我倒覺得不會是桑公子，櫻桃、梅子、枇杷都有核，可是桑家是種桑葚的，桑葚這東西沒果核。」說著他眼神一轉，在洪瓔、梅笙、金沁三人臉上一一掃過，「綁匪的目標是你們三人中的一位，你們誰認得這頭髮？」

洪瓔嚷道：「我不認得，我不和洋人打交道！」

洪瓔伸手向梅笙、金沁的鼻子戳來戳去，「你們兩個，誰談了女伴兒？」

梅笙苦著臉連連搖頭，金沁小嘴一扁，幾乎要哭出來。

桑悅道：「你詐唬他們做什麼？」

「誰詐唬他們啦……」洪瓔不敢和桑悅頂撞，嘀咕一聲抱著胳膊扭過身去。

「宣隊長，這怕不是個惡作劇吧？」桑悅可不願看到自己精心安排的宴會打了水漂，還抱著一絲僥倖。

「不是！」季嵐突然輕輕叫出了聲。

「季小姐，你說什麼？」季嵐體弱聲輕，桑悅沒聽真切，忙問道：「你是不是知道些什麼？」

季嵐蒼白的臉上泛起一絲血紅，偷眼看看梅笙，又看看宣成，心裡忽又怯了，咬咬嘴唇，低下頭道：「沒……沒什麼，只是……覺得這不像惡作劇。」

江蓼紅湊在許枚耳邊，輕聲道：「看來這位季小姐知道些什麼。」

許枚正偷眼瞧著宣成臉色，忽覺一股暖暖的香氣吹入耳中，登時心搖神蕩，好一陣才回過神來，應道：「啊……是……是啊，她好像知道什麼……我在想那兩封勒索信，內容像得出奇，要的東西卻都古怪得很，呃……」他話沒說完，便覺江蓼紅拚命扯拽自己的袖子，忙抬起頭來，見眾人都目瞪口呆地望著自己，才猛覺方才一時出神，說話的聲音大了些。

洪瓔性子急，口便道：「許老闆，兩封勒索信是什麼意思？」

許枚搔搔下巴，「啊？我剛才說了……兩封……嗎？」

所謂玉壺春瓶

宣成幽幽瞧了許枚一眼，悶聲道：「許老闆之前在莊子裡撿到一封勒索信……」說著宣成從袖中滾出一塊小紙團，輕輕撚開，沉聲念道：「『髮帶主人在我手裡，想要她活著回去，明日中午十二點，用錦緞妥善包裹此玉壺春瓶，裝入木匣，置於百果莊外泛盡河渡口的小船中，解開纜繩，使船順流而下。我拿到東西，便放她離開。不要報警，也不要將此事告訴其他三人，莊裡有我的人盯著你，你若輕舉妄動，便等著為她收屍吧。』」

宣成靜靜念完，眾人瞠目結舌，半晌無語，只有許枚默默從袖中取出一條綴著珍珠的髮帶。過了好一陣，才聽梅笙「呼哧呼哧」喘著氣道：「他要什麼東西？什麼春瓶？你手裡那是什麼？」

許枚道：「髮帶，綴著七顆珍珠，用來繫著勒索信的，你們可見過？」

「沒有。」梅笙一怔，隨即使勁搖頭，桑悅、洪瓔、金沁三人也是一臉茫然。

宣成展開紙條，那幾行小字下面的空白處畫著一只撇口、細頸、垂腹的瓶子，「你們莊子上，有這樣的瓶子嗎？」

桑悅接過紙條看了好久，犯難道：「百果莊的家具、陳設都是我置辦的，我不記得買過這樣的花瓶。」

許枚道：「準確地說，這不能叫『花』瓶。我見莊子裡的陳設多是近年燒造的青花、粉彩大撣瓶，還有些帽筒、冬瓜罐，都是時新的造型。高檔些的麼……我和江老闆住的幽篁舍正堂有一塊金品卿的淺絳瓷板插屏。至於這樣的玉壺春瓶，我的確沒有見到。」

「玉壺春瓶？」桑悅道：「綁匪要的這種瓶子是叫『玉壺春瓶』嗎？」

許枚點頭道：「沒錯，古人稱酒為『春』，唐人名酒多帶春字，李肇《國史補》中便有滎陽之土窟春、富平之石凍春、劍南之燒春。《水滸傳》裡宋江、戴宗、李逵在潯陽江邊的琵琶亭吃酒，吃的便是江州特產『玉壺春酒』。這『玉壺春』既是酒的名字，『玉壺春瓶』當然是用作酒瓶了。不過此瓶挺拔秀氣，纖弱有之，圓潤有之，端莊有之，靈巧有之，形如美人靜坐，頗入文人法眼，故而後來變成了書齋雅室中的陳設。」

宣成道：「桑公子，你確定百果莊沒有這種……玉壺春瓶？」

桑悅搖搖頭道：「應該沒有吧，我不懂瓷器，這裡的擺設除了從家裡拿來的一些舊物，大都是從我父親的一個做瓷器生意的朋友那裡一股腦兒運來的，景德鎮新出窯的，沒有一件值錢貨，倒是我書房裡有幾個玉擺件還值些錢，還有洪瓔養蛐蛐的幾個罐子……」

洪瓔鼻中一哼，「我隨便一個蛐蛐罐都比你這滿屋子瓶瓶罐罐加起來值錢。」

許枚聽得心動，正要出口相詢，卻覺此情此景問及此等閒事大不妥當，便道：「這卻怪了，四位公子都不認得這條髮帶，百果莊也沒有玉壺春瓶，難道這信送錯了地方？」

宣成道：「不可能，這兩封信的內容太像了，那封要種子的信明顯就是衝他們這些果商家的孩子來的。」

「內容太像……」許枚搔搔下巴，「我有個想法，這髮帶的主人會不會就是褐髮姑娘？」

江蓼紅一拍手道：「你是說……兩個綁匪綁架了同一個人，卻送出了兩封不一樣的勒索信？」

姬揚清也覺得不可思議，「一個人質，兩個綁匪，各自寄出一封勒索信……綁匪內訌了？」

許枚道：「內訌不至於，至少兩人各懷心思，各有目的，而且他們要的東西都很奇怪。」

宣成將兩封信和髮帶、頭髮小心收好，抬眼掃過桑悅、洪瓔、梅笙、金沁和鴿僮阿七，沉聲道：「我最後問一遍，你們確實不認得這頭髮和髮帶？」

洪瓔粗聲粗氣道：「不認識！」

桑悅也歎了口氣道：「宣隊長，事關人命，我們不敢和警察撒謊。」

梅笙垂下眼皮，輕聲道：「我……也沒見過。」

金沁怯生生地偷眼瞧瞧宣成，咬著嘴唇搖了搖頭。

宣成點點頭道：「好。」

桑悅只覺這個「好」字意味深長，心中忐忑不已。

洪瓔狐疑道：「宣隊長……你是不是早就知道什麼？」說著他不經意瞥了一眼臉色大變的季嵐：「你是不是也知道什麼？」

季嵐被洪瓔的大嗓門嚇了一跳，忙躲在季世元身後，帶著哭腔聲道：「我……我不知道！」

梅笙眉頭大皺，重重推了洪瓔一把，「你嚇唬女孩子幹什麼？」

洪瓔胖臉一紅，訕訕地嘟囔幾句。

桑悅見季世元臉色不善，不由暗暗叫苦，回頭狠狠瞪了洪瓔一眼，正要告罪，卻聽宣成道：「天色不早，各位先回房休息，綁架的事由我們來處理。」

季世元歎了口氣，扶著瑟瑟發抖的季嵐，「好，勞煩宣隊長，我們先回去了。」

桑悅忙道：「我送季先生。」說著他一扯梅笙衣袖。

梅笙會意，也道：「這裡到洗玉樓距離不近，天也黑透了。」梅笙吩咐阿七從水亭立柱上取下三只燈籠，當前帶路，梅笙與桑悅一人提了一只陪在左右，向宣成、江蓼紅道聲晚安，簇擁著季世元父女回住處去了。

洪瓔一時口快，此時也覺後悔，悶悶地拉了金沁離開。一時間偌大一座水亭只剩許枚、江蓼紅、宣成、姬揚清四人。毛茸茸的紫四塊玉偎在姬揚清懷裡，身子微微起伏，像是在打鼾。

許枚捧起面前酒杯道：「警官，你來百果莊是不是和這件綁架案有關？」

宣成微微皺眉，反問道：「你是不是和這件綁架案有關？」

許枚莫名其妙，「為什麼這麼說？」

宣成遲疑片刻，偷偷瞧了逗弄鴿子的姬揚清一眼，歎了口氣道：「沒什麼，我稍後和你細說，時候不早了，回去歇了吧。」

許枚滿腹狐疑，宣成有什麼事不能讓姬揚清知道，卻能私下對他細說，思來想去，總覺得這事十之八九和瓷靈有關。又想到季家父女神色詭異，加上綁匪索要玉壺春瓶，許枚忍不住自言自語：「難道和季鴻的案子有關？不會吧……」他正苦苦思量，卻聽江蓼紅道：「發什麼呆呀，人家都走了，我們趕緊回去吧。」

許枚回過神來，見宣成、姬揚清已經走下十字橋，出了忘機閣，只好伸個懶腰道：「好，我們回去。」

羊脂玉鐲換膽瓶

百果莊占地不小，獨院眾多，季世元父女和宣成、姬揚清、衛若光住在東南角房間最多的洗玉樓，莊子正中偏東的溫苑、醞館是桑悅、洪瓔、梅笙、金沁四人的住所。溫苑占地頗廣，一道粉皮牆分隔東西，桑悅住在東苑，洪瓔住在西苑；醞館則是一架青藤間隔南北，梅笙在北，金沁在南。

許枚、江蓼紅被桑悅安排住在百果莊正北的幽篁舍，江蓼紅住在內室，許枚住在偏院書房。此處翠竹叢生，庭院陰涼，月照竹影，參差交疊，投於石板路上，宛然如畫。竹林外幾座花壇，栽種著各色花木，卻不知造了什麼孽，一個個枝折花落，淒慘不堪，花壇中的泥土上還印著清晰的梅花似的小腳印。

江蓼紅怒道：「小花呢？這些花草一定是被牠禍害的。」

許枚笑道：「是你吩咐那孩子先把牠送回來的，這貓兒頑皮，一時沒人看著便要闖禍。」

江蓼紅怒沖沖在竹林裡找了一遭，沒瞧見小花的影子，只好走進正堂，卻見許枚湊在中堂下的條案上，細細瞧著條案正中擺設的一架高約一尺五六的瓷板插屏。那畫屏是花梨木的框架，正中嵌著一塊一尺寬的方形瓷板，繪著淺絳山水，江蓼紅不禁問道：「這瓷畫屏有什麼門道？」

「卻也沒什麼門道，這是光緒年間金品卿所製淺絳瓷板。」許枚嘖嘖讚賞道：「金品卿山水畫師法沈南田，筆法細秀，境界圓融，不愧是淺絳諸家之翹楚……」

話音未落，忽見江蓼紅挑起纖指豎於唇前，輕輕「噓」了一聲，啞著嗓子道：「有腳步聲。」

許枚側耳聽去，院子外面嚓嚓的腳步聲由遠而近，像是有人踏著石板路不疾不徐地走來，不禁疑道：「這麼晚了，什麼人會到這兒來？你先到裡面去，我迎著他。」

江蓼紅笑道：「別緊張，是宣警官，他的腳步聲很有特點，輕捷有力，不急不緩，一聽便是練家子。」

許枚推開窗戶，探出頭去，見宣成提了一個包袱，沿著竹蔭下的石板路走進幽篁舍。

「警官！」許枚揮著手打招呼。

宣成悶悶地「嗯」了一聲，板著臉走進屋來，小心翼翼地捧著那錦緞包袱，放在中堂下的方桌上。

「這是什麼？」許枚湊上前去。

宣成輕輕拍了拍那包袱，定定地望著許枚，一字一句問道：「那封用玉壺春瓶換人質的勒索信，確實不是你寫的吧？」

許枚驚訝莫名，「當然不是！你怎麼了？」

宣成打開包袱，裡面是一只斷裂的瓷瓶。

許枚不由一愣：霽藍釉膽瓶？

宣成將瓷瓶擺在桌上，許枚、江蓼紅湊上前細細觀看，見這瓷瓶長頸纖細，腹部圓鼓，形如懸膽垂露，造型柔美俊秀，如身披大氅的美人，口沿及內壁白釉似乳汁，外壁通體藍釉，均勻厚潤，深沉靜穆，純淨無瑕，觀之令人肅然心折。只是器表釉面崩飛，口沿一周盡是長長短短的衝線，底款不知為何被人磨去，露出白胎，器身自肩至腹斷作兩截，用小鋦釘細細鋦起，那一周如蜈蚣般趴在瓶身上的銅釘令人怵目驚心。許枚「哎喲」幾聲，連道可惜。

江蓼紅看罷，喟然道：「這瓷瓶寶光凝斂，璨如珠玉，雖殘損如斯，亦可知不是凡品。」

許枚靜默良久，才道：「這是雍乾之際的官窯霽藍釉膽瓶，可惜，可惜。」

宣成奇道：「季嵐？」

許枚道：「霽藍，光風霽月的霽，此類瓷器曾用於祭祀，也可以叫祭藍，近人有叫積藍的，積累之積，我不大喜歡這叫法。」

宣成有些納悶，季世元給女兒起名字，怎麼總和瓷器扯上關係？

江蓼紅拿起瓷瓶，摩挲著底部粗糙的磨痕道：「這底款……是當年鬧官窯造的孽吧？」

宣成不解，「鬧官窯？」

許枚道：「當年洋人打進京城，全城喪亂，宛如末世，宮中之物流落民間的不在少數。帝后回京後便命民間如有見宮中之物者，一概送還宮中，如有隱藏不報者，重罪治之。這下私藏宮中器具的商戶百姓都慌了神，有幾分歪才急智的便將瓷器底下的官窯年款磨去，即使清廷降罪，也可辯稱不知者不罪，搪塞一二。」

宣成道：「你確定這是……膽瓶，不是玉壺春瓶？」

許枚簡直要噴出來，「這哪兒像玉壺春瓶啦？膽瓶和玉壺春瓶的瓶口一直一敞，玉壺春瓶的身材曲線渾圓健美，這瓷瓶卻活像一只懸起的苦膽，所以叫膽瓶，又叫懸膽瓶、膽式瓶。」

宣成道：「季嵐把它當玉壺春瓶買來的，為了替她的同學梅笙支付贖金。」

「呃……哎？等等，等等……」宣成這句話信息量太大，許枚一時有些消化不了，「你是說……這只膽瓶是季嵐帶來的，目的是用它為梅笙支付贖金？這麼說季嵐早就知道今天會發生一起綁架案，也知道對方勒索的對象是梅笙，還知道綁匪要的是玉壺春瓶！」

宣成一點頭，「沒錯，她知道。」

許枚、江蓼紅對視一眼，齊聲問道：「她怎麼知道的？」

宣成抬眼看看許枚，說道：「這就需要你來解釋了。」

許枚莫名其妙，「我？解釋什麼？」

宣成道：「鐵拐張和海饕餮的經歷。」

「鐵拐張和海饕餮？」許枚一愣，隨即驚道：「你是說……」

「藍色的世界。」宣成直直盯著許枚，說道：「藍色的山水，藍色的草木，藍色的房屋。幾天前，季嵐自稱在午睡時『夢到』了這樣一個仙境，還有一位仙人送了她一對羊脂玉嵌紅寶石的手鐲作禮物。當她醒來時，那對鐲子就戴在她的手腕上。」

「這樣啊……她被人帶入瓷境，卻以為是做了一個夢。」許枚自言自語道。

「瓷境？」宣成抓住一個從未聽過的詞。

許枚也不再解釋，只輕輕搖頭，「這也未必，季嵐還記得那個『仙人』長什麼樣子嗎？」

「黑袍蒙面，身材瘦削。」宣成本也沒指望那「仙人」能對季嵐袒露真容，「這人對季嵐說，她同學梅笙的未婚妻將在十月十日，也就是今天被人綁架，綁匪會要脅梅笙用一只雍正官窯的玉壺春瓶贖回人質。但梅笙並沒有這樣的瓷瓶，季嵐的姊姊季鴻卻有。」

許枚面色微變，「果然和那個玉壺春瓶有關！看來婁雨仙事敗被捕後，這個撫陶師還沒有放棄那只玉壺春瓶。」

宣成繼續道：「那『仙人』吩咐季嵐拿著她姊姊的玉壺春瓶隨季世元一道來百果莊——季世元本就打算今天到百果莊來談一筆關於果酒的買賣——到時可以用這只瓷瓶換回人質。」

許枚立刻抓住其中關竅，「這麼看來，『仙人』不知道季鴻把那只玉壺春瓶賣了，卻對季家父女的出行安排和人際關係打探得格外清楚。」

宣成點點頭，繼續道：「季嵐焦慮萬分，又不敢直接對梅笙說起此事，畢竟這種『仙人』的『預言』令人無法盡信，一旦不能應驗，她難免落個裡外不是人。」

「所以呢？這個膽瓶又是怎麼回事？」許枚盯著眼前泛著藍寶石般光澤的膽瓶。

「季嵐不懂瓷器，不知道玉壺春瓶長什麼樣子。」宣成道：「季嵐說她在『夢裡』恍惚昏沉，並不記得那『仙人』描述的模樣，只是對『玉壺春瓶』四字印象深刻，也記得仙人說過『玉壺春瓶』是形如水滴的鼓腹瓷瓶。她翻遍了季鴻的遺物，還溜進季世元的私人藏寶室，可一件類似瓷器都沒有找到。季嵐無奈之下，只好去老城的古玩攤找——那『仙人』只說綁匪要的是玉壺春瓶，並沒有說一定要季鴻當年買下的那只，所以季嵐認為，只要找一件玉壺春瓶帶去百果莊，就能幫梅笙贖回未婚妻。」

「謔，好大魄力！」江蓼紅道：「可她有那眼力嗎？」

宣成道：「沒有眼力，卻有一股憨直勁，還有一對『仙人』送她的鐲子。」

許枚盯著殘破不堪的膽瓶，搖頭道：「你說那『仙人』送她的是羊脂玉嵌紅寶石的鐲子？此瓶若品相完好，三對鐲子也換不來，不過眼下這副模樣，怕是一顆寶石也不值了。」

宣成道：「季嵐遇到一個黑心的古董商，用這件東西換走了她手上的鐲子，還告訴她這是自清宮流出的官窯玉壺春瓶，雖殘尤珍。季嵐抱著瓷瓶回家時，正巧遇到剛剛談完生意回家的季世元——這個年紀的女孩子可不是什麼事都能瞞過爹娘的——被『仙人示警』的故事嚇得魂飛魄散的季世元立刻拖著季嵐找到了我。」

許枚聽罷，露出一個牙疼似的表情，「那『仙人』真是個馬虎傢伙，連瓷瓶的顏色都沒講清楚，還說什麼『形如水滴』，難怪季嵐把膽瓶當作玉壺春瓶了……他不會畫一張圖給季嵐看嗎？就像勒索信上那樣。」

「季嵐當時神志恍惚，她能記得的只有這些。」宣成指了指膽瓶，「眼下的綁架案怎麼解決？綁匪要的可不是這東西。」

許枚卻搔搔下巴，「我怎麼覺得……季嵐也太過熱心了，為一個同學的事如此奔波，又是翻箱倒櫃又是跑古玩店的，她和梅笙有什麼特殊關係？」話說至此，他心中忽地一動：對了，梅笙神情體態，和楊之霽多少有些相似。

「沒什麼關係，只是平素相處頗為慣熟。」宣成雖也對季嵐的過分熱心有些不大理解，卻對她這份仗義頗為讚賞，「這世上並非處處都是猜疑算計和趨利避害，總有些古道熱腸的人。」

許枚點頭笑道：「季世元自少年時浮沉商海，如今坐在冉城商會會長的位子上，可說是猜疑了大半輩子，算計了大半輩子，趨利避害的買賣也做了大半輩子，卻把兩個女兒教成了『古道熱腸』的小天使。季鴻聰明果決，敢想敢做，倒是頗有俠女之風，這位二小姐麼……軟糯得跟個白湯圓似的，好像連說話都不敢出聲兒。不過麼……經歷了那種《群鬼》式的情變，她能咬牙挺過來，也算是女中豪傑了。何況如今這世道，多幾個溫暖乾淨的人是好事。」

江蓼紅讚道：「這話我喜歡。」

「《群鬼》是什麼？」宣成問道。

許枚道：「一個類似於季嵐和楊之霽的故事，是挪威人易卜生寫的劇本，前年有個叫潘家洵的學生把這故事譯成中文，刊發在《新潮》雜誌上。只不過楊之霽和季嵐的關係，比《群鬼》中歐士華和呂嘉納的關係更加……更加深入。」

「咳咳……」宣成自然明白何謂「更加深入」，尷尬地咳了兩聲。

「可你們不覺得事情很詭異嗎？」許枚將話題轉回案子，「剛才梅笙口口聲聲說沒見過那髮帶。還有，那封要拿種子換人的勒索信是怎麼回事？」

江蓼紅思索片刻，說道：「我們還是無法避開那些問題：綁匪是一個還是兩個，人質是一個還是兩個，勒索對象是一個還是兩個？如果真有兩個綁匪，他們知不知道彼此的計畫，他們在泛盡河下游的藏身處是一個還是兩個？」

「我們沒有足夠的線索解決這些問題。」許枚有些苦惱，「但這兩封像得出奇的勒索信不應該毫無關聯。還有梅笙這小鬼，他為什麼不敢承認自己的未婚妻被人綁架？難道他真不認得那條髮帶？」

「他應該認得。」宣成道：「綁匪既然選擇這條髮帶和勒索信一道送來，說明他知道這東西足以說明人質的身分，至少足以讓勒索對象明白：你的未婚妻在我手裡。」

「梅笙明明知道兇手的勒索目標就是他，卻不敢對我們明說。」江蓼紅道：「還記得吧，洪瓔問梅笙和金沁『你們兩個，誰談了女伴』——梅笙這年紀結婚有些太早了點，所以洪瓔用了『女伴』這個詞，看來他不知道梅笙有『未婚妻』，也許在場所有人都不知道。」

「所有人都不知道……你的意思是，梅笙不想讓這個『未婚妻』曝光？」許枚道。
「難道沒有這個可能嗎？也許這所謂的『未婚妻』只是梅笙的地下情人。這些孩子的年紀，正是蘭芽初茁，心智未熟，談婚論嫁雖嫌太早，談情說愛卻正當其時。」江蓼紅毫無忌諱道：「我和梅笙不過數面之緣，不曉得他品性如何，也不知道他對那女子有幾分真情，幾分肉欲，若只是露水之情……他怕是打死都不會承認那被綁架的女子和自己有關。」
「你也太悲觀了些。」許枚一咧嘴道：「我看那孩子不像是薄情寡義的小色狼，只是……」
「我也是隨口一說。」江蓼紅道：「再說我們認定梅笙就是綁匪的目標，全靠季家小姐的幾句『夢話』。」
宣成道：「季嵐『夢中』聽來的話未必可信，她『夢裡』的『神仙』十之八九就是綁匪。」
許枚道：「且不忙否認，這些『夢話』是我們現在為數不多的線索。至少在我看來，梅笙這小鬼是有問題的。」
「有問題？」江蓼紅回想著席間梅笙的言談行動，「我不記得他有什麼奇怪舉動。」
宣成蹙眉沉吟，也搖了搖頭，「在我看來，他的一切反應都還算正常。」
許枚笑了笑，「你們還記得那隻飛到桌上的胖鴿子嗎？」
江蓼紅對毛茸茸的小東西充滿好感，應道：「記得，叫紫四塊玉。」
許枚道：「那種鴿子身形精瘦輕小，只是長了一身長而蓬鬆的羽毛，看起來像一隻軟胖的毛球。還記得吧，那隻鴿子落在桑悅手邊，可第一個叫出鴿子腳上有信的是梅笙。」
宣成猛然驚覺，「鴿子腹下的羽毛把小指粗細的信筒遮蓋得嚴嚴實實，連桑悅都是經梅笙提醒撥開羽毛後才發現信筒，坐在遠處的梅笙不可能在鴿子剛剛落下時就發現牠腳上有信。」
「沒錯。」許枚道：「我猜梅笙早就知道會有這麼一隻鴿子飛來送信，至於信的內容，他八成也是瞭解的。」

「他瞭解……」江蓼紅道：「紫四塊玉送來的是索要種子勒索信，如果梅笙知道這封信的內容……」

「他就是兩封勒索信的交結點。」許枚目光炯炯。

宣成若有所思，「你的意思是……梅笙是第一封信的勒索對象，也是第二封信的知情者，甚至是……寫信的人？」

許枚點點頭，又道：「只是推測而已。」

江蓼紅思索著道：「梅笙在那樣的場合提醒桑悅鴿子腳上有信，應該是希望在場所有人看到信的內容。」

「有道理，可梅笙為什麼這麼做？」許枚問道。

江蓼紅的思路格外清晰，「綁匪要的是三百顆種子，李大帥讓我來取的上品果一共四箱，桑甚質軟，分小箱盛著，總也有七八百枚吧；櫻桃估計也有五百顆以上；個頭最大的枇杷應該有二百顆左右；至於梅家送來的黃梅子，差不多就是三百顆，正是綁匪索要的種子數量。

「綁匪的目的應該正如季世元所說，逼收信人在那褐髮女子和家族生意之間做出選擇。如果勒索對象是洪瓔，就算毀掉三百顆櫻桃，剩下的二百顆應該也勉強能應付李大帥的珍果宴。如果勒索對象是金沁，那孩子根本拿不出三百顆上品枇杷的種子，金家的枇杷一果一籽，和一般的枇杷不一樣。」

許枚順著江蓼紅的話頭道：「所以，這封勒索信的目標應該也是梅笙。」

宣成也道：「而且梅笙早就知道紫四塊玉會帶著這封信落在餐桌上，他還希望大家都能看到這封信。」

「可他當著所有人的面說他沒見過那條髮帶！」許枚簡直要崩潰了，「這小鬼打算幹什麼呀？」

「誰知道……」江蓼紅腦袋也亂了。

三人擰著眉頭，抱著胳膊，大眼瞪小眼。

宣成實在受不了這種頭腦風暴，站起身來揮揮手道：「都是毫無證據的推測，我必須親自去一趟泛盡河下游的森林，否則這案子不會有任何進展。玉壺春瓶這裡沒有，水果也不能輕易破壞，一旦不能按時交出『贖金』，綁匪隨時可能撕票。」

許枚忙阻止道：「不妥不妥，那綁匪明目張膽地暴露自己的藏身處，一定在林中做了妥善的準備，且不說有沒有機關暗器，單是敵暗我明這一點，就是兵家大忌。若到明天中午這案子還破不了，就把這只膽瓶和一袋石子放在船裡，送到下游。我水性還算不錯，可以銜著葦稈躲在船底潛至下游，看看這綁匪的真面目。」

江蓼紅有些擔心，「這能瞞過綁匪在莊子裡的眼線嗎？」

許枚道：「由警方祕密行事嘛。」說著他捧起膽瓶，「再說那『眼線』也未必認得這個……啊！」那霽藍釉膽瓶與許枚手掌相觸之際，一道藍光沖天而起，充盈屋宇，一閃而沒，隨後團團濃重的藍色雲霧柔柔地迸散開來，一個身材高䠷的藍衫少年大袖一展，將濛濛藍霧一掃而盡，輕輕吁歎一聲，抬眼望向許枚。

江蓼紅看向八仙桌上的座鐘：哎呀，已經快十二點了。

宣成見瓷靈現身，倒也習以為常，輕不可聞地歎了口氣，站起身來四下看看。他見幽篁舍裡幾叢青竹颯颯搖動，四下寂靜如水，了無人聲，便稍稍放下心來：這正屋四面通透，若被人看見方才那般場景，可大大不妙。

許枚退了兩步，仔細打量那少年，見他身材纖薄，脖頸修長，溜肩細腰，形如瘦鶴。一頭長髮結於頂心，用白玉簪插束於薄紗冠內。白潤潤一張小臉，如雲堆雪鑄，俊眼修眉，薄唇細齒，像「冰肌玉骨，吹彈可破」這樣形容女子的精巧詞句用在他身上毫不為過，只是面頰和脖頸上有幾道細細的傷疤，令人不由得生出一份心疼。這少年身穿一件大襟闊袖的藍色交領曳地長衫，色如藍寶石般深沉凝厚，在燈光下華彩灼灼——不知是何等精巧絲材，卻莫名地讓人腦中浮現出「披羅衣之璀粲兮，珥瑤碧之華琚」這樣的華美章句，只可惜腰下至腿彎處的衣裾被生生撕裂開，用均勻而粗重的針腳隨意縫補，好歹算是接綴起來。

許枚微笑道：「殘損如斯，靈采依舊，霽藍釉膽瓶果然不凡。」

那少年微微一欠身道：「先生謬讚了。」

「我本無意喚醒你……」許枚歉然道：「但是……還是想問一下，你這一身傷是……」

霽藍瓷靈黯然道：「你們剛才說得不錯，有人將我的底款磨去，假作不是官器，可後來還是被人發現，那人為了躲避上樓搜查的差人，將我順手拋下樓去，落在花叢裡，斷作……兩截。事後那人捨不得把我丟掉，便請了鋦瓷匠，把我救了回來，然後低價賣給了一個古玩商。」

許枚喟然道：「你這一遭經歷實在是……」

「也算精彩，也算波折吧。」霽藍瓷靈淡然道：「前些天我被一個姑娘買下，她對我很好，專門託人找了個紅木匣子，做了綾子襯裡，我住得倒也舒坦。不過聽你們的意思，她買下我是為了換一個人。」說著他抬眼在三人臉上一一掃過，「你們拿定主意了嗎？」

「呃……只是一個提議，具體的還要這位警官拿主意。」許枚滿心歉愧，「你放心，我一定會保你平安無事。」

霽藍瓷靈不以為意，依舊平淡地說著：「隨先生安排，那小姑娘也叫『霽藍』是吧？這也算我們的緣分。她對我不錯，我也該為她做些事。」

許枚暗道：季家姊妹的名字還真是對我的胃口。

霽藍瓷靈繼續道：「不過這綁人的事，我或許知道些你們不知道的。」

宣成一驚，忙問道：「你還知道什麼？怎麼知道的？」

霽藍瓷靈仍是波瀾不驚，緩緩道：「我被那『霽藍』小姐帶進這座莊子，放在一座漂亮的房間裡，那房間和這裡一樣，四面通透，窗外是假山芭蕉，花草亭閣，所以一些人在窗外說的話，我也能聽見。」

「窗外……」宣成心中駭異無比，「我和季家父女一道住在洗玉樓，那裡是百果莊最西邊。一層是一座廳堂，和這裡類似，我和若光住在二層，姬揚清住在三層，季世元和季嵐的房間都在四層，季世元在東，季嵐在西，你聽見窗外有說話聲，除非是……鸚鵡。」

霽藍瓷靈微微錯愕，隨即搖頭笑道：「是人聲不假，大約在距窗二十多步遠的地方，但一定不是從下面傳來的。」

許枚也頗覺奇怪，「那人聲音如何？說的什麼？」

霽藍瓷靈道：「是個男孩子，聲音嫩得很，怎麼也不會超過十七八歲吧。我聽他像是在自言自語，呼呼喘著氣說：『這筆錢賺得還真不容易。』『這傢伙還非得我爬高爬低地從這兒翻上去，當我是猴子嗎？』」

「爬高爬低……」許枚眼前一亮道：「他在爬牆！」

宣成也道：「原來如此！洗玉樓的牆修得很高，應該是為了防止盜賊野獸爬進百果莊，如果這人說話時正坐在牆頭上，在季嵐房間裡聽來，正像是有人在窗外二十多步遠處說話。」

江蓼紅道：「他說『這筆錢賺得還真不容易』，還說有人讓他爬牆頭，莫非是有人雇他潛入百果莊做什麼事？這會不會和綁架案有關？」

霽藍瓷靈輕輕頷首，「此人來此何干，我卻不曾聽得，只依稀聽他說了一句：『膽小怕事，女娃似的，三唬兩詐便嚇破了膽，哪能幹得了那種翻天的大事？』我覺得這也許和你們方才談論的案子有關，便說與你們知道。」

江蓼紅道：「女娃？莫不是在說梅笙那未婚妻吧？」

許枚搖搖頭：「女娃『似的』，他口中的人不是女娃。」

「噓——」江蓼紅突然止住許枚話頭，小聲道，「有人來了。」

宣成搶到門邊，舉目向外望去。

許枚也是一驚，忙回頭看向霽藍瓷靈，「你……」

「不勞先生吩咐。」霽藍瓷靈淺施一禮，正色道：「那『霽藍』小姐熱心仗義，為此事掛念懸心，還請先生著力助她。若有用我之處，皆請先生決斷，我概無怨言。」說罷他輕輕躍起，坐在八仙桌上，藍光閃動，現出一只霽藍釉膽瓶，柔光內斂，靈氣猶在。

許枚凜然還禮，沉聲道：「放心，此事我定當竭盡全力。」

窗外腳步聲越來越近，江蓼紅湊在許枚身邊，小聲道：「腳步輕靈穩健，是個年輕人。」

「若光？」宣成看見轉過竹林的人影，心中一動，揚聲道：「出什麼事了？」

衛若光見了宣成，忙揮了揮手，「有個人被打昏了，倒在……」說著他幾步跑到宣成身前道：「東邊的一座長廊外面……啊……」話音未落，他一眼看見隨後走出的許枚和江蓼紅，頓時一個激靈，受了驚的貓似的一縮肩膀鑽到宣成身後。

「這孩子怎麼回事？」江蓼紅莫名其妙，回頭瞧了許枚一眼，「你欺負過他？」

「沒有，哪能啊，我還想著送他一個趙子玉款的蛐蛐過籠兒呢。」

「噢，你說的就是他啊，他也是警察局的人嗎？這麼小的孩子……」

「我成年了……」衛若光從宣成身後探出頭道。

許枚簡直難以置信：「你不是從不和生人說話的嗎？」隨即他恍然道：「小傢伙也到了『春風春雨花經眼』的年紀，見了這樣宜嗔宜喜、若飛若揚的美人，便按捺不住了。」

此言一出，衛若光一張小臉登時紅了個透，頭頂白霧騰騰，咬牙切齒地望著許枚，眼角幾乎滲出淚來。

江蓼紅本要埋怨許枚不該調笑小孩子，卻不知怎的對那句「宜嗔宜喜、若飛若揚」滿意無比，只輕不可聞地暗啐一聲，又不自禁地向許枚身邊湊了湊。衛若光見了，臉上的幽怨委屈之色更濃了。

宣成道：「這孩子是江老闆的擁躉，常去萬籟樓包雅間聽戲。」

衛若光輕輕捅了宣成一下，把臉深深埋在胸前。

「噗……」許枚又忍不住笑出聲來，「你還怪有錢的啊，去萬籟樓包一次雅間的花費足夠貧苦人家半年開銷。」

宣成道：「他……怕見生人。」

江蓼紅笑著打量躲在宣成身後的衛若光，小聲道：「這孩子確實很有錢啊，這身衣服，這副眼鏡，還有這只手錶！哎喲，是寶璣的錶！」

衛若光把手腕藏在身後，囁嚅著道：「這是……我爸送我的……」

江蓼紅道：「有錢也不好隨處亂花，萬籟樓的雅間就是坑你們這些公子哥兒錢的，尋常時候沒什麼人進去，以後想聽戲的話……我給你寫個條子，只要有空閒的雅間，你隨便進。」

衛若光心「嗵嗵」直跳，呆了半晌，才紅著臉點了點頭，小聲道：「謝謝……」

「嗯……咳咳……」許枚咳嗽兩聲道：「你剛才說，有人昏倒了？」

衛若光別過頭去，扁著嘴不說話。

「呀？」許枚氣道：「這個彆扭的小鬼……」

宣成道：「帶我們去，邊走邊說？那昏倒的人你認得嗎？」

衛若光道：「認得，是這莊子的一個主人，叫……我只在進莊時和他們見了一面，名字記不得了，好像是姓梅吧……」

「梅笙！」許枚三人大驚。

宣成回屋取了膽瓶，催促道：「快帶我們去！」

衛若光道：「不打緊，我已經看過現場了，人沒有大礙，我託一隻貓看著他。」

「嗯，有人看著便……貓？」宣成一瞪眼睛，懷疑自己聽錯了。

「那隻貓很靈的，乖乖地守在那人身邊不走。」衛若光道：「而且長得漂亮，圓頭圓腦，毛茸茸的，摸起來手感也很好。」

剖果取核

守在梅笙身邊的果然是溜出幽篁舍的小花，四人趕到時，見黑夜中一個圓滾滾的淡灰色毛團倚著路邊的石牙子，懶洋洋地舔著爪子。

梅笙直挺挺趴在廊下石階上，這道長廊出簷很長，幽深雅麗，頗有江南格調。

宣成蹲下身細細看了半晌，問道：「你沒試著叫醒他嗎？」

衛若光嘀咕道：「後腦勺上好大一個鼓包，怕是一時半會兒醒不了，而且……叫醒他之後，還得……還得和他說話……」

宣成無奈，半晌說不出話。

許枚「噗」的一笑，換來宣成一個警告的眼神，忙俯身抱起小花，揉了揉牠的頭，「怎麼這會兒這麼乖，小東西？」

江蓼紅抽抽鼻子，「你們有沒有聞到什麼……味道？」

「有梅子的味道，很濃。」衛若光道。

「這條走廊通向哪裡？」宣成望著蜿蜒於花徑樹叢間的長廊道：「味道是從那邊飄過來的。」

江蓼紅道：「這條廊盡頭好像是倉庫，輕易不許外人進來的。那邊不遠處就是你們住的洗玉樓。」

許枚道：「這地方確實偏僻得很。」

宣成問衛若光：「你怎麼會跑到這裡？」

衛若光小聲道：「追一隻青頭大蟋蟀，叫聲又脆又亮，肯定不是普通貨色……」像是怕宣成怪他亂跑，忙伸手向不遠處黑魆魆的樹叢一指，邀功道：「我發現了凶器，是一根木棒，就在那邊的樹叢裡，樹叢旁邊的土坡上還留著一個腳印，赤腳男人的腳印。」

宣成驚道：「赤腳？他往樹叢那邊跑……那邊不是……」

「洗玉樓。」衛若光道。

宣成臉色一黑，「這麼重要的事你怎麼不早說？」

衛若光委屈道：「我去找你們之前先回去告訴姬揚清了，是她讓我去幽篁舍找你的，洗玉樓那邊有她守著，出不了事的。」

許枚道：「小傢伙，以後有什麼話一口氣兒說完，你這樣會被打的。」

衛若光「哼」了一聲，扭過頭去。

江蓼紅道：「我們沿著走廊進去看看，小朋友，你在這兒守著。」說完從許枚懷裡捉起小花，丟進衛若光懷裡。

走廊的盡頭是一座不大不小的石砌倉庫，坐北朝南，自東至西共有四扇鐵門，分別掛著巨大的銅鎖，令人怵目驚心的是自左而右第三座鐵門已被打開。倉庫黑魆魆的沒有燈火，也沒有窗戶，其中陳設十分簡單，宣成手電筒一掃，眼前情景一目了然：倉庫正中間擺著一個打開的藤箱，後牆下是一張低矮的小桌，桌上似乎擺著些瓶瓶罐罐，藤箱裡和地上到處都是被一剖兩半的梅子，足有小孩拳頭大小，橙黃色的湯水果泥淌了一地，果肉堆疊處還清晰地印著兩個赤腳的腳印，梅子核已消失不見。

江蓼紅驚道：「這是李大帥珍果宴上用的上品黃梅！」

宣成用手電筒四下照看，眉頭越皺越緊，「看來是有人剖走了梅子核，第二封勒索信要的就是這些東西……那後邊是什麼？」

倉庫最裡邊的桌上擺著幾個大玻璃罐，裡面滿是指甲蓋大小的果核。

「是梅子核。」許枚瞇起眼睛，望著照在玻璃罐上的手電筒光暈道。

江蓼紅不解，「這人要果核，為什麼不直接拿走桌上的罐子，卻要費這般力氣剝開新果取核？」

許枚道：「瞧這滿地梅子足有鵝蛋大……」說著他俯身拾起半枚被剖開的梅子，用手指輕輕拂過被挖走果核的空隙，「梅子核怎麼也該有栗子般大小吧，那罐子裡的果核稍小了些，多半不是上品果的，而且……」

話音未落，只見宣成縱身一躍，輕輕落在藤箱沿上，穩住身形，又縱步跳起，腳尖踏在小桌旁一處乾淨的地面上，伸手抄起玻璃罐，又依原路騰挪跳躍，回到倉庫門外。

許枚讚道：「警官好利索的身手。」

「能看出什麼？」宣成將玻璃罐遞向許枚，他對如何鑒別水果一竅不通。

江蓼紅從罐子裡抓了一把果核道：「這些梅子核已經清洗晾曬過，是舊年積存的。這莊子裡栽了不少梅子樹，這些多半是往年吃剩的中下品梅子的核，被梅笙特意收集起來存在這裡。」

許枚掂著手中的半顆黃梅道：「這些梅子是用小刀剖開的，如果取走果核和打量梅笙的是一個人，那麼此人手中應該有一柄小刀，幸好他對梅笙沒有殺意，否則後果不堪設想。」

「但是梅笙來這裡做什麼？」江蓼紅像是突然想到了什麼，一把拉過鐵門，撥弄著掛在門鼻上的獅頭大銅鎖道：「這四間倉庫分屬桑悅、洪瓔、梅笙、金沁四人，據說四隻銅鎖也是特製的，每只銅鎖只有一把鑰匙，由倉庫主人保管。梅家倉庫這把鎖沒有被撬動過的痕跡，應該是梅笙用鑰匙打開的，或者說，是用梅笙的鑰匙打開的。」

許枚連連點頭，「凶手打暈梅笙，搶走了他的鑰匙，打開倉庫，剖開黃梅，取走果核，這個人是綁匪嗎，他潛進來了？」

「不知道，不好說，也許是綁匪的眼線。」宣成看看滿地黏糊糊的果肉汁水和黑洞洞的倉庫，心中也是一陣煩膩，「我們去看看所謂的凶器和腳印。」

打暈梅笙的凶器是一根再常見不過的木棒，丟在距長廊不遠處的一片竹林裡。竹林面積不小，竹子也和幽篁舍中的細竹不同，皆有碗口粗細，立地沖天，種在石板路旁黃土坡下。這土坡地勢比路面約低近兩米，坡度不陡不緩，土質濕潤緊致，坡面上有幾個非常清晰的赤腳腳印——自石板路奔向坡下，跑入竹林。

「凶手……沒有穿鞋？」許枚莫名其妙，「這是什麼套路？」

「唔……若光……」宣成見衛若光扁著嘴不肯搭理許枚，便問道：「從這腳印能看出什麼？」

衛若光道：「腳印在林子裡也有，穿過竹林後沿著竹林另一邊的石板路走了。這人腳掌寬大，步幅也長，應該是個高大漢子。」

許枚托著一塊手帕掂著那根三尺來長的木棍道：「小彆扭，你怎麼確定這個就是打暈梅笙的凶器。」

衛若光對「小彆扭」這個詞格外反感，正要齜牙炸毛，卻聽「蛐蛐」幾聲，清脆悅耳，忙定睛看去，只見許枚指尖捏著一隻一寸來長的大蟋蟀，圓頭紫翅，遍體油光，六肢粗壯，牙鉗猙獰，在許枚指尖振翅掙扎，鳴聲如鈴。

衛若光眼睛頓時亮了，輕輕吞了口唾沫，不自禁地回答道：「木棒枝縫裡掛著一根短髮，長度、髮色和梅笙後腦的頭髮沒有差別。長廊入口旁邊有一座一人多高的假山，假山後面的土地上有一對同樣的赤腳腳印。梅笙昏倒在長廊入口處，當時凶手應該就躲在假山後，趁梅笙走入長廊時突然現身，一棍打下……」

割喉血案

「噢……」許枚愉快地點點頭，撿起一片寬大的竹葉，折了一個小筒兒，把亂叫的蟋蟀塞進去，折下細小的竹葉梗插住封口，「喏，送你了，剛才順手捉的。」

「送……我？」衛若光臉色紅得噴火，卻還是抵不住極品蟋蟀的誘惑，伸手接過小竹葉筒。

「鬥蟲的時候悠著點，這樣的絕品蟋蟀傷了可惜。」江蓼紅雖不好玩蟲，卻也被方才那幾聲宛如鶯啼鶴唳的鳴叫撩撥得心癢難耐，生怕衛若光拿這蟋蟀去賭鬥。

衛若光忙道：「我從不鬥蟲的，只是養著玩。」

許枚笑道：「這樣最好，古人玩蟲，本為其鳴聲悅耳。《開元天寶遺事》有載：『宮中妃妾輩皆以小金籠捉蟋蟀，閉於籠中，置之枕函畔，夜聽其聲。』多雅致，多有詩意……」

「百果莊應該沒有這樣長腿大腳的高個子……」宣成強行結束了蟋蟀的話題，指點著腳印道，「這人應該是從外面來的。」

許枚當即道：「會不會是洗玉樓外爬牆頭的男孩？」

宣成道：「也許吧，這人能爬上近兩丈高的牆頭，身手想來不會差，身量也不會太低。」他俯身架起昏迷的梅笙，「先把他帶回洗玉樓，姬揚清到底是學醫的，處理這些傷口腫塊比我們強。」

許枚嘖嘖幾聲，「等他醒來以後，知道有個法醫在自己後腦勺上動手動腳，會不會落下心病？」

「心病不是我能管的，但是眼前的綁架案和襲擊案，我有很多話要問他。」宣成道：「麻煩你們帶他回洗玉樓，我沿著腳印去竹林那邊看看。瓶子你們拿著。」

姬揚清仔細驗罷橫躺在離洗玉樓不遠處、一叢灌木中的屍體，輕輕歎了口氣，將自己的外套輕輕蓋在屍體上：「可憐的阿七，這麼小的孩子，誰下的這種毒手……」她揉揉肩膀站起身來，一回頭便瞧見衛若光和許枚架著一個軟綿綿的人快步走來，一旁的江蓼紅手裡還提著一根嚇人的大棍子，不由大驚，「別告訴我又來一具屍體！」

梅笙本就生得蒼白瘦弱，此時垂頭耷腦、四肢綿軟被許枚和衛若光二人架著兩臂，晃悠悠毫無生氣，著實嚇了姬揚清一跳。

「別緊張，他被人打昏了，傷得倒是不重……等等，你為什麼說『又』？你這兒……我的天！」抱著膽瓶的江蓼紅走在最前，眼見灌木叢中一攤血泊，不由大驚，「這是……阿七？」

許枚心直往下沉：死人了，竟然死人了！是那撫陶師下的手嗎？

「快，快把他扶到屋裡。」姬揚清跳出灌木叢，招呼著三人將梅笙扶進洗玉樓，放在一張太師椅上。

許枚此時心情極差，事情的發展完全超出了之前的預料，他始終覺得，無論綁匪的目的是什麼，在拿到想要的東西之前都不應該闖到莊子裡來殺人。

姬揚清用濕手帕擦去手上血跡，撥開梅笙腦後的頭髮看了看傷口，又見他眼皮已經開始跳動，便輕輕舒了口氣道：「問題不大，過一會兒就能自己醒過來，不過你們也許沒時間等他……」說著她伸手狠狠扣住梅笙的人中……

「啊——」

梅笙登時清醒過來，一聲慘叫把許枚嚇了個趔趄，許枚拍著胸口道：「梅公子，中氣好足啊……」

梅笙恍恍惚惚喘息幾聲，猛地捂住後腦，「啊……我的頭……好疼……」

「可不是嘛，被人一棒子敲暈了。」江蓼紅道：「有沒有看到是誰下的黑手？」

「有人……用棒子打我？」梅笙揉著腦袋上的鼓包，疼得齜牙咧嘴。

「你當時就一點反應都沒有？」許枚表示懷疑。

「沒……沒有啊，一定是有人在我身後下的手。」梅笙絲絲吸著氣。

姬揚清拉過江蓼紅，小聲道：「姊姊，這個梅笙不是被打昏的，他頭上的腫塊絕不可能致人昏迷。」

江蓼紅驚道：「我們發現他的時候，他確實是沒有意識的。」

「沒有意識……是昏迷，還是沉睡？」姬揚清問道。

「這個……」江蓼紅語塞，「這我可分辨不出……」

姬揚清道：「要致人昏迷辦法多不勝數，暴力擊打是最粗糙也最不好掌控力度的。他的頭、臉、頸部都沒有針孔，口鼻外沒有異味，也沒有掩捂痕跡，我想他應該是服用藥物導致的昏迷，至於是別人動的手腳還是他自己玩的花樣，那可就不好說了。」

江蓼紅望著抱頭呻吟的梅笙，輕一皺眉道：「這孩子一定有什麼不好見人的事兒。」

一旁的許枚面帶微笑望著梅笙，「這麼晚了，你到倉庫去做什麼？」

「我……啊！對了！」梅笙眼睛忽地瞪得滾圓，被針扎了似的從太師椅上彈了起來，手忙腳亂道，「我……我得回倉庫，否則會出人命的！」

姬揚清道：「已經出人命了，你們的鴿僮被人一刀割斷了喉管，死在離洗玉樓五十米遠的一叢灌木裡。」

此言一出，梅笙登時懵了，嘴唇張合數下，才艱澀地從喉中擠出幾個字來，「阿七……死……死了？」

「我還騙你不成？」姬揚清舉起血淋淋的手帕道：「你回倉庫去做什麼？」

「我……我……我去……取梅子核……」梅笙被嚇得失了魂，連完整話都說不出了，「我……我要……救人……」

「取梅子核救人？」姬揚清驚道，「那封勒索信是寫給你的！那個褐色頭髮的姑娘是你的戀人？」

梅笙惶然點頭。

「所以……你打算毀掉給李大帥的上品黃梅，用梅子核去交換人質？」許枚問道。

「不……我不敢……」梅笙一咬嘴唇，稍稍定下神來，「那個倉庫裡存著些中品、下品黃梅的種子，外觀和上品沒什麼不同，只是稍稍小了些。我想挑出三百顆大些的中品種子，再從莊裡的樹上摘幾枚中品新梅，搗成果泥，裹在種子上，冒充新剖出的上品果種子，把雲伊換回來。」

「那個姑娘叫雲伊？」許枚點頭道：「好聽的名字。可是我們進入倉庫時，發現所有上品黃梅都被剖去了種子。」

「剖……上……上品果？」梅笙如受雷殛，一張小臉青裡透白，血色全無，「誰幹的？他怎麼打開倉庫的？」說著他兩手在身上亂摸，「我的鑰匙呢？我的鑰匙……」

「你從來沒有打開倉庫大門對吧？」許枚問道。

「沒有，我剛走進長廊就被人打暈了！」梅笙兩腿簌簌發抖，「那……那雲伊怎麼辦？李大帥那邊怎麼辦？」

許枚道：「從腳印來看，打傷你的是個身高至少在一百八十五公分以上的男人……」他看了衛若光一眼，衛若光點了點頭。

許枚繼續道：「我們發現你的地方正是那道長廊的入口處，旁邊有一片竹林，幾棵芭蕉，還有一座假山。躲在假山後面的凶手在你剛剛踏入走廊時揮棒擊出，非常順手。假山後的地面上也確實發現了腳印，也就是說，這個人一直等守在長廊外，等著來取梅子核的你。」

江蓼紅立刻明白了許枚的意思，「換句話說，這個人知道你身上有倉庫的鑰匙，也知道你會來倉庫挑選個兒大的中品黃梅核，所以事先埋伏在假山後面，守株待兔。」

許枚道：「這個『以次充好』的計畫你都對誰說過？」

梅笙猶猶豫豫道：「我……我只告訴了阿七。」

姬揚清越看梅笙越覺可疑，沒好氣道：「阿七已經死了，頸動脈被人『喀嚓』一刀割斷，救無可救。」

梅笙聽見維妙維肖的「喀嚓」，嚇得打了個突。

江蓼紅生怕姬揚清驚了梅笙，忙打岔道：「阿清，你怎麼發現他的？按說你應該守在洗玉樓……」

「我聞到血腥味了，我鼻子很好的……」姬揚清臉微微一紅。

「這我知道，可是五十多米開外……你也能聞到？」江蓼紅見姬揚清一副做了壞事的神色，瞇起眼睛追問道：「說實話。」

「哎呀……姊姊……」姬揚清咬咬嘴唇，小聲道：「若光讓我守在這兒，他自己跑去找你們，還把隨身揣著的一個葫蘆放在桌上。我一時無聊，就把葫蘆打開了，然後……」說著她像做了壞事的貓一樣偷偷看了看放在桌上的蟋蟀葫蘆，小聲道，「若光捉了一下午的蟋蟀全都跑了，我是追蟋蟀的時候聞到了血腥味……對不起啊小若光，等回去之後姊姊一定賠你幾隻大的……若光？這孩子哪去了？」

「他剛才就跑出去了。」許枚道：「那個灌木叢是案發現場，一定會留下什麼痕跡。你剛才有什麼發現？」

姬揚清道：「從血跡來看，阿七是在灌木叢旁的石板路上被殺，又被凶手拖入灌木叢的。從傷口來看，凶手站在死者背後，突然探出匕首在他頸前狠狠一抹，將正中喉管與右側頸動脈割斷……」

「右側……凶手是左撇子？」許枚問道。

「對。」姬揚清點點頭，「可是這裡大部分人都是右撇子，除了……」她一指梅笙，「除了梅公子，他的手錶戴在右腕，晚飯時倒酒夾菜都用的左手。」

梅笙嚇了一跳，隨即回過神來，忙道：「對，我是左撇子，我不是凶手。」

「你確定知道你計畫的只有阿七？」許枚狐疑道：「你為什麼把這麼祕密的計畫告訴他？」

梅笙道：「阿七的父親是我家果園的莊戶，我們從小就認識，還是我介紹他給桑哥做事的。而且泛盡河的碼頭已經很久不用了，幾條小船都擱在岸上，我力氣小，需要阿七幫我把船推到河道裡。我也不知道事情怎麼會變成這樣……」

許枚略一思索，又問道：「你就不怕綁匪看出種子有問題？」

梅笙道：「大些的中品梅核和小些的上品梅核從外觀上看沒有區別，連我都很難看出不同。」

許枚點點頭，「這樣啊……」

沿著腳印去向西南的宣成兜了個圈子，也回到了洗玉樓。

「警官你回來啦？」許枚招招手道。

宣成隨意找了個椅子坐下，揉著眉頭道：「我看過鴿僮的屍體了，若光有些發現。」

衛若光跟在宣成身後，手裡捏著幾個捲起的竹葉——身上沒帶著證物袋，但這個討厭的古董店老闆用樹葉折成小筒的法子實在不錯，附近桑樹的大葉片當證物袋非常合適。

「死者的指甲縫裡掛著一絲灰褐色的纖維，也許來自凶手的衣服，也許來自一個布囊之類的東西。」衛若光打開桑葉做成的證物袋道：「我在離灌木叢五六步遠的地方發現一枚染血的銀圓，在灌木旁的石縫裡又發現一枚，還有一枚沿著石板路滾到了二十多米外的地方。這種情況看起來像是……怎麼說呢……像是一大包銀圓撒了一地，有人在撿拾時落了幾枚。」

許枚拉拉江蓼紅的衣角，小聲道：「江老闆，銀圓這東西有泉音嗎？」

江蓼紅搖搖頭，「銀圓銅板這些機制錢都是死物，毫無靈氣。」

姬揚清沒聽見兩人咬耳朵，襯著一塊手帕輕輕捏起一枚銀圓，若有所思，「銀圓啊……阿七死時兩手在胸前扣握成爪，像是緊緊抓著什麼東西，他的手指被人用力掰開過，左手中指和右手無名指都被折斷了。」

衛若光道：「對，屍體的狀態很奇怪，他死時一定把什麼東西抱在懷裡，被凶手生生拽走了。」說著他指了指銀圓。

許枚立刻明白了衛若光的意思，「阿七死時抱著一個裝銀圓的布囊，被凶手失手扯壞，銀圓滾了一地。凶手情急之下掰斷了阿七的手指，拿走了布囊，拾起散落的銀圓，逃之夭夭。那地方又黑又暗，凶手沒有看到這幾個滾到路邊的銀圓也在情理之中。」

姬揚清又道：「阿七死亡時間在十一點半到十二點之間，我發現屍體的時間是十二點二十。」

許枚想了想，問道：「現場沒有光腳的血腳印嗎？」

「光腳？」姬揚清莫名其妙。

衛若光搖搖頭，「凶手很小心，附近的石板路和樹叢裡都沒有腳印，樹叢裡的土地上有很細小的織物壓痕。」

許枚一愣，「織物？這麼說……凶手害怕腳印留在灌木叢裡，在拖拽屍體之前先在土地上鋪了一塊布，或者是把自己的衣服鋪在地上，這傢伙夠謹慎啊。」

說著許枚搔搔下巴，喃喃道：「腳印……對了警官，你追著那個腳印一路過來……」

「泥腳印走出竹林，踏上石板路後，沒走幾步便淡去了。」宣成道：「那條石板路也是通向洗玉樓的，只是比你們走的路繞得稍遠了些。我去小路兩側的果樹林、樹叢和花圃都看過，沒有發現腳印，襲擊梅笙的凶手應該是沿著這條小路一路走向洗玉樓，除非……對了，半路有個水池，如果凶手跳池自殺的話……」

「哪有這麼想不開的凶手！」許枚嘴角一陣抽搐，「我倒覺得打昏梅公子的和殺死阿七的未必是同一個人。一個大模大樣地在倉庫附近留下那麼多腳印，一個連拖動屍體都要避免在灌木叢裡留下痕跡，兩個凶手的行事風格完全不同。」

宣成一陣頭疼，「兩封勒索信，兩個綁匪，兩個人質，兩個勒索目標，現在又冒出來兩個凶手，兩個受害者。」

「不不不，有些『兩個』可能是『一個』。」許枚思路非常清晰，回神望著縮在太師椅上的梅笙，「梅公子，寄來褐髮索要果核的勒索信，目標是你。」

「對……」梅笙有氣無力地點點頭。

「那另一封勒索信的目標是誰？」許枚盯著梅笙的眼睛，微笑道：「那條髮帶你應該認得吧？」

「不……不認得……」梅笙縮了縮脖子，眼珠左右亂擺。

「真的嗎？」許枚見梅笙這副神色，笑吟吟道：「你可別說謊，否則這位警官會請你到警察局喝茶，那兒的茶粗糲得很，怕是不合梅公子胃口。」

梅笙吞了口唾沫，抬頭望望許枚，忽覺一股凜冽寒氣滾滾而來，不自禁一偏頭，正和宣成四目相對，嚇得一個激靈，「我……我……那種髮帶……我給雲伊買過一條……」

許枚解釋道：「雲伊是梅公子的未婚妻，這麼說來第二封勒索信也是給你的。」

宣成臉色一沉，輕輕瞪了梅笙一眼，梅笙嚇得渾身發抖，瑟瑟縮縮道：「我……我給雲伊買的那條髮帶……掉了一顆珍珠，綁匪送來的那條髮帶上，珍珠是全的……七顆。」

宣成取出隨身帶著的髮帶，「你仔細看看。」

斷腿哪吒

梅笙怯兮兮接過髮帶，小心翼翼道：「沒錯啊，七顆珍珠都在，這不是……」他抽抽鼻子，「咦？這髮帶上的味道倒是和雲伊常用的洗頭香波一樣，可是珍珠……」

「會不會是雲伊自己買了一顆一模一樣的珍珠縫綴上去？」許枚問道。

「她買不起。」梅笙連連搖頭，「雲伊家貧，所以我們是……」

「私訂終身？」江蓼紅對小兒女間事情很感興趣。

「沒有……我們只是……偷偷交往……」梅笙把頭埋在胸前，紅著臉道。

許枚心中一陣糾結：不對啊！根據季嵐所說，寄來髮帶的勒索信目標才是梅笙，綁匪要的是玉壺春瓶，至於寄來雲伊頭髮索要果核的勒索信……從梅笙當時的反應來看，他是知道鴿子腿上綁著信筒的。綁匪在百果莊裡有眼線，這個眼線是留下腳印但從未露面的大個子，還是在今晚赴宴的人當中？

宣成心裡也是一團亂麻，歎了口氣道：「看來，確實有必要去泛盡河下游的樹林裡走一遭了。還有，這莊子裡現在有一個極危險的人物在，還是把所有人都聚在一起的好，洗玉樓房間最多，住十來個人不成問題。」

姬揚清道：「阿七的屍體也得先抬進洗玉樓來。」

「好，我和若光去抬。」宣成道。

十多分鐘後，桑悅、洪瓔、金沁都趕到了洗玉樓，住在四樓的季世元父女也戰戰兢兢下了樓。

「阿七死了？」桑悅又驚又痛，「是綁匪幹的嗎？」

洪瓔臉也漲得通紅，揮著拳頭道：「無法無天，敢到我莊子上來殺人，簡直是不把小爺放在眼裡，我饒不了他！還有你！」說著他一指梅笙，「處個姑娘還藏頭露尾的，不敞亮！還有那些黃梅，那可是李大帥訂購的！」

梅笙欲哭無淚，「我這是撞了哪路神煞，怎麼什麼事都衝我來！」

金沁自進屋後便忙不迭地找了個椅子，爛泥也似把自己甩了進去，沒過兩三分鐘竟打起鼾來。

「這小子吃錯藥啦！」洪瓔火往上撞，「什麼時候了還睡這麼香！」

季世元望望金沁，搖頭道：「他不對勁。」

季嵐縮在季世元身後，緊咬下唇，瑟瑟發抖。

姬揚清眉頭一皺，屈起手指在金沁頭頂「嘣」地彈了栗暴……

「啊噢噢噢——」金沁慘叫一聲，立刻清醒過來，眼窩裡淚花滾滾。

「你有失眠的毛病？」姬揚清問道。

「沒有……」金沁可憐巴巴地捂著頭頂，遠遠躲開。

「你身上有一股諧神香的味道。」姬揚清道。

「諧神香？」季世元悠然點頭，「不錯，不錯，這症狀像是用了過量的諧神香所致，我之前做過香料生意，這諧神香可不便宜。」

「豈止不便宜，是貴極了。」姬揚清道：「諧神香需用龍腦、沉香、安息、乳香、白芷等十多種香料細細調配，是一種效力極強的助眠香。」

「我從沒點過這種香！」金沁驚駭無比，「我房裡點的是普通的沉香。」

「有人換掉了你的香。」姬揚清道：「你屋裡可少了什麼東西？門窗有沒有被撬過？」

「我沒注意……」金沁後怕不已，「我的門是老式雙開扇木門，只有一條橫閂。」

姬揚清無奈，「那種老古董用一把小刀就能撥開，對吧若光？」

「會留下痕跡的。」衛若光道：「無論多小心的闖入者，在撥動門閂時都會留下痕跡，天亮後我去檢查。」

許枚突然道：「你的鑰匙還在嗎，倉庫的鑰匙？」

「哎呀，鑰匙……」金沁伸手在腰間一陣亂摸，「啊……還好還好，鑰匙在呢！」金沁舒了口氣，從左腰側解下輕薄細小的鋁製鑰匙。

「去倉庫看看吧……」許枚變了臉色，「去金公子的倉庫看看，怕是已經有人闖進去過了。」

此言一出，滿座皆驚。

「許……許老闆……」金沁大驚，「我的鑰匙還在！」

許枚道：「你睡覺前脫下衣褲時，是先鬆開皮帶扣，把褲子連同皮帶一起脫下來，搭在衣架上的是嗎？」

金沁臉一紅道：「是……是，褲子連著皮帶一起搭在床邊的椅背上。」

「第二天起床時再一起穿上？」許枚道。

金沁點點頭：「是……」

許枚道：「你是右撇子，鑰匙為什麼掛在左腰後？你西褲右腰後的一道皮帶穿口上有鑰匙扣磨損的痕跡，左側卻沒有，可見平時鑰匙是掛在右邊的。我見你白天便神色恍惚，行動遲緩，應該是連續多夜使用諧神香的緣故。如果我所料不錯，你的鑰匙應該在幾天前就被人拿走用過，又連夜還了回去。這個盜賊做事太不仔細，鑰匙掛錯了地方，諧神香也沒有取走。你這孩子也太馬虎，沒有注意鑰匙變了位置，也許是連續幾日受諧神香的影響，精神無法集中，更無力顧及這麼一個輕輕小小的鑰匙。」

「對……我的鑰匙一直掛在右邊。」金沁小臉煞白，「他拿我的鑰匙幹什麼！」

「去倉庫看看吧，你的枇杷應該不是凶手的目標。」許枚道。

「所有人都去。」宣成道：「天亮之前任何人不得單獨行動。」

「稍等一下，我給這孩子取些薄荷丸醒醒神，諧神香的藥勁還沒過，別一會兒又睡過去。」姬揚清動身上樓。

「不必了吧？」江蓼紅同情地望著金沁，「這滿頭冷汗淌得跟雨點子似的，任什麼藥勁兒也早流光了。」

梅家倉庫汁水淋漓的慘狀令四個少年駭然心驚。

梅笙兩眼一翻，險些昏死過去。

「快把他扶到外面，這裡不透氣。」江蓼紅道。

季世元歎了口氣，「這些上品果價格不菲，梅家這回損失不小。」

季嵐緊緊攥著季世元的胳膊，顫聲道：「爸爸……」

季世元輕輕拍著季嵐的背道：「丟些財貨倒在其次，一旦惹惱了李大帥那個……」他壓低了聲音道：「那個匪性十足的愣頭青，才是大禍臨頭呢……」

金沁顫抖著打開倉庫門，鼓足勇氣用手電筒照去……

「我的枇杷都在！」金沁幾步撲到倉庫中的兩個竹筐前，捧起芒果般大小橙黃喜人的枇杷，在臉上輕輕蹭了蹭，長長吁了口氣。

「你的木偶果然放在這裡啊。」許枚饒有興致地用手電筒四處亂晃，見幾十個真人大小的木偶緊靠倉庫四壁，歪頭垂手軟塌塌地站著：青面獠牙的太歲，三頭六臂，赤髮沖天，手持各種不知名的法寶；媚眼如絲的狐妖，身披薄紗，酥胸半露，一頭長髮光可鑒人；慈眉善目的老翁白鬚飄飄，手執拂塵，一派仙風道骨；濃眉大眼的少年，頭綰雙髻，身披蓮瓣，一臉的飛揚跳脫……

姬揚清、江蓼紅都嚇了一跳，這些木偶簡直太逼真了！一個個五官身形與真人分毫不差，卻這般頭頸頹軟，四肢僵直地靠在牆上，活像殭屍！

許枚舉著手電筒一一看過，嘖嘖稱奇，「金公子，這都是你做的？這是《封神榜》裡的人物吧？」

「對，學校有個演劇社，我和同學用這些木偶演過《大破十絕陣》。」金沁有些羞澀。

許枚連連讚道：「這些木偶雕工用色都可謂絕妙，瞧這妲己的眸子，真好像能勾魂奪魄似的，還有這個手持雙鞭的將軍，金盔金甲，三眼白鬚，一定是聞太師吧？瞧這威風凜凜的架勢，可比廟裡的靈官還有派頭！」

「許老闆謬讚……謬讚。」金沁小臉一陣發紅。

「那邊的漂亮小夥子……挽雙髻髻，赤裸上身，項戴金圈，肩披紅綾，腰束蓮瓣裙，這是哪吒吧？」許枚說著把手電筒照向倉庫角落，「他的腿呢？」

「啊？」金沁揉揉眼睛，望著兩腿齊膝而斷的哪吒木偶，驚道：「哎呀！哪吒的腿呢？哪吒是赤腳，比雕刻各種靴履難得多，我可花了不少功夫做的，連趾甲和腳背的血管都細細刻了，每個趾掌關節都加了機簧，可以活動。表演時配合竹皮彎成的風火輪，上下騰躍，靈動無比……」

江蓼紅見金沁一副心痛欲絕的神色，輕輕湊在許枚耳邊問道：「這哪吒身架好大，若是肢體完好，怕不得一米八多吧？」

許枚道：「這不奇怪，《封神榜》裡助周伐紂的哪吒是個率直野性的俊美少年，可不是穿著肚兜的小娃娃。書中說哪吒剔骨復生後的蓮花化身『面如傅粉，唇似塗朱，眼運精光，身長一丈六尺』，我看這木偶還做得矮小了些呢！」

宣成望著斷腿的哪吒木偶，沉默良久，才問道：「你是不是想說，所謂襲擊梅笙的凶手就是它？你早就有這想法？」

許枚輕輕一點頭：「我只是覺得那些腳印有問題。」說著他轉身走出倉庫，來到走廊外的假山後，指著地上的腳印道：「這對腳印太詭異了，他是藏在山石後面守株待兔，又不是站崗，為什麼只留下一對腳印？難道他一直直挺挺站在這裡沒有移動過腳步？還有，這兩隻腳印站得平行端正，活像是蹲馬步，常人不會這麼站吧？」

江蓼紅湊在許枚身後，連連點頭，「沒錯，常人站立時，兩腳間總會有些角度。」

許枚又走到竹林旁的土坡前，隨手撿起一根小竹枝，指點著留在坡上的幾個腳印道：「常人跑下山坡時，身體平衡不好掌控，腳步會較常時細碎一些，可這兩三步跨度很大。這坡上土質細膩，軟泥似的，人在下坡時一腳踏上去，總會有些傾斜滑動——一般是後傾，下坡時人會不自覺地把重心向後仰，腳跟處的印痕略深些，可這『凶手』的腳印卻端端正正，不前傾不後仰，前掌後跟一般深淺，這實在不像活人踏出來的。」

「確實不對勁……」說話的是不知何時悄悄跟來的滿臉通紅的衛若光，這本是他該發現的問題，卻由一個外行一一道破，衛若光羞臊不已，忙補救道：「我剛才也覺得這些腳印很奇怪，這人赤腳踩在如此細膩柔軟的泥土上，腳印窩裡竟然光光淨淨的，沒有留下足紋。」

許枚一拍腦袋，「對呀，這也是個大問題。」

江蓼紅恍然，「難怪你說金沁倉庫裡的枇杷不是凶手的目標，這腳印不是活人留下的，百果莊裡和活人很像卻沒有活人氣兒的，就只有這些木偶了。」

宣成道：「偽造腳印的人知道金沁的倉庫裡有木偶，所以設法偷走了金沁的鑰匙。」

姬揚清也湊了過來，「這裡那麼多木偶，他為什麼選了哪吒？留下赤腳的腳印也太奇怪了吧？」

許枚笑道：「剛才金公子說，哪吒木偶這對赤足每個趾掌關節都加了機簧，可以活動，這樣的腳印更有活人氣兒。再說，那些道履、戰靴、繡鞋什麼的，不是更奇怪嗎，難道凶手會是個古代的將軍、老道或是女子？更何況，這個大尺碼的赤腳腳印會讓人第一時間想到有『闖入者』，若是用鞋印的話，或許會引人懷疑——這會不會是有人用鞋子偽造的？如此一來，凶手一番安排算計豈不是枉費功夫？」

宣成默默聽著許枚的推斷，突然搖頭道：「不對啊……你是說這些腳印是凶手偽造的？」

許枚點頭道：「當然。金公子，金公子！」

桑悅三人守在竹林外探頭探腦，不敢進去，金沁猶自守著斷腿的哪吒心疼落淚，聽見許枚遠遠喊他，才抹抹眼睛，答應著跑出走廊。

「你來看看這幾個腳印，和你當時做的木腳大小相符嗎？哎……不用下坡，小心摔著，那假山後面便有。」許枚道。

金沁順著許枚的指引走到假山後，一看之下，頓時叫喊起來，「對對對！一模一樣！大小尺寸、形狀比例都一絲不差！為了加裝機簧，我還把這腳做得較常人的稍寬厚了些。許老闆……這些腳印是怎麼回事……」

「多謝金公子。」許枚道：「看來凶手打開你的倉庫，便是為了這兩隻木腳。」

宣成還是覺得不對勁，「可竹林裡沒有其他人的腳印，凶手是怎麼操縱這兩隻斷腳穿過竹林的，握著小腿倒立行走嗎？」

「啊？這個麼……」許枚撓撓頭，「這個……步幅那麼大，不會是倒立。這凶手是怎麼辦到的……

嗯……」

「這裡竹子很密。」江蓼紅揚起手電筒，照著密密麻麻、杵天杵地、碗口粗細的竹子，「如果凶手身手夠好的話，完全可以腳不點地攀著這些竹子離開竹林，捎帶手還能用木偶的腳在泥土上按幾個印子。」

「等一下，手電筒別動！」衛若光突然叫了出來。

「怎麼啦？」江蓼紅吃了一驚：這孩子一驚一乍的。

「那個……那個……」衛若光眼見高處幾根細小竹枝伶仃欲斷，忙揚起胳膊指點著道：「就那裡，看見了嗎？那些竹枝像是被折斷或是壓斷了，還有那裡……最東邊也有，而且這幾處竹枝折斷的竹子下面都有腳印！」

「真的啊……」許枚舒了口氣，「看吧警官，凶手就是攀著竹子，用木腳……呃……」

「發現問題了嗎？」宣成道：「那幾處折斷的小竹枝距離地面足有四五米高，那木偶的腿腳不過四十公分，凶手懸身於半空，怎麼把木腳按入泥土？」

「嗯……」許枚訕訕道：「至少假山後和竹林裡的這些痕跡不是活人的腳印。梅笙昏倒在走廊入口處，附近可供凶手藏身的地方只有那座假山，如果當時假山後沒有『活人』在的話……」

「梅笙的『昏迷』就很值得懷疑了。」江蓼紅道：「他腦後那個鼓包並不嚴重對吧，阿清？」

「半天就能消腫，這樣輕的力度擊打頭部，絕不會致人昏迷。」姬揚清道。

「你不早說……」宣成滿腔怨念。

「我和姊姊說了，誰叫你當時不在？」姬揚清輕「哼」一聲，甩去一個白眼。

「看來我們有必要和這位梅公子好好談談了，他身上的疑點太多。」許枚道。

「噓……」江蓼紅突然壓低了聲音道：「有人來了……」

宣成心猛地一緊，攥了攥拳頭，姬揚清也嚇得一個激靈，忍不住向宣成身邊湊了湊。

「別緊張，來的應該是個小姑娘。」江蓼紅眯著眼瞧著姬揚清：這不經意間的動作很可疑嘛……

宣成凝神聽去，遠處石板路上吧嗒吧嗒的腳步聲顯得有些笨拙，但怎麼也聽不出是個姑娘，忍不住小聲嘀咕道：「這神婆耳力好得離譜。」

江蓼紅耳力確實好得離譜，這「神婆」二字落在耳中，倒是絲毫不覺冒犯，反倒有一絲小得意，這位警官常管許老闆叫神棍，神棍神婆，倒也搭對。

季嵐偎在季世元懷裡，老老實實坐在走廊入口處的吳王靠上，視線最好，眼見西邊的小路上一道人影背著月色搖搖晃晃地走了過來，瘦削伶仃活鬼也似，嚇得肩膀一縮，鑽進季世元懷裡。季世元也覺脊背一陣發涼，連聲道：「宣隊長，宣隊長！有人！有人過來了！」

人質

「雲伊！」一臉頹喪坐在廊前石階下的梅笙，一見那女子，頓時瘋魔似的叫喊起來，三步併作兩步跑上前去，一把將那女子抱在懷裡，嗚嗚地哭了起來。

「梅哥……」那雲伊也抽抽噎噎的，泣不成聲，「我……我好害怕，我好害怕……」

「不怕不怕……」梅笙輕輕拍著雲伊的背，柔聲道：「有沒有受傷？餓了嗎？怎麼回來的？」

「不餓，他沒把我怎樣，只是把我綁在河邊的帳篷裡……」雲伊吸著鼻涕嘟嘟囔囔地道：「他……

還打了山雞和魚給我吃，剛才他離開了好一陣子，回來之後就給了我一只小木筏子，讓我一個人划回來。我從碼頭進了莊子，也不認得路，進了幾座院子都沒有人在，七繞八繞的，就走到這兒了……」

眾人都識相地遠遠站著，臉上表情或驚或怕或疑或戲謔，格外精彩。

洪瓔甕聲甕氣道：「果然是褐色頭髮的姑娘，這臭小子嘴可夠嚴的啊！」

桑悅臉色極不好看，「綁匪要的是上品黃梅種子，現在梅子毀了，人也放回來了，難道真的是綁匪潛入莊子剖走了梅子核？」

「綁匪……」金沁怨憤不已，「他要的是種子，好端端的折騰我的木偶做什麼？」

「嘿，瞧這小丫頭，長得可真水靈！」洪瓔嘖嘖讚了幾聲，上下打量著抽泣不止的雲伊，搖頭道，「可惜衣服破舊了些，怕是家道不大好，梅叔叔那個老勢利眼應該不會同意這姑娘嫁到梅家。」

宣成輕咳一聲，打斷了兩人和著鼻涕眼淚的卿卿我我，取出隨勒索信寄來的珍珠髮帶，「你認得這條髮帶嗎？」

雲伊使勁吸了吸鼻子，抹著眼淚從梅笙臂彎裡滑出來，接過髮帶，「這是梅哥給我買的……啊不是……我的髮帶掉了一顆珍珠……等等……這就是我的髮帶！」

姬揚清小聲道：「這丫頭有點彪啊。」

江蓼紅「噗」的一笑，「這叫迷糊，不叫彪。」

宣成皺眉道：「到底是不是你的，你可看清楚了。」

「是是是！」雲伊用手隨便捋了捋頭髮，兩指繞著髮帶便往頭上繫。

「拿下來！」宣成也沒了脾氣，「這上面的七顆珍珠一顆不少。」

「這就是我的，這上面的紅印子是我不小心蹭上去的指甲油。」雲伊亮出紅豔豔的指甲道：「瞧，顏色一模一樣，還有這兒，第二顆珠子線頭兒也鬆了，這是我家門簾子掛的。」

「髮帶是她的。」衛若光突然道：「髮帶打結的痕跡和她頭髮的彎折痕跡完全可以對應，而且她繫髮帶的動作很容易把指甲油蹭在髮帶中段，就是那個沾著紅印子的位置。」

「你看吧，你看吧，我可沒騙你！」雲伊揚起頭道。

許枚輕輕笑道：「像一隻得了頸椎病的母雞。」

「嘴別這麼損。」江蓼紅耳力絕好，把許枚這句損話聽得一清二楚，偷偷伸手在他脅下輕輕一掐——這算是老葉說的親密些的動作了吧？

許枚只覺脅下軟肉一陣酥癢，整個人木偶似的僵在當場，臉火燒似的噴紅噴紅，所幸夜色尚濃，眾人的注意力都集中在雲伊手中那條髮帶上，沒人發現風度翩翩的許老闆竟變成了紅臉關公。

「這麼看來……」宣成從雲伊手中半奪半拿地取過髮帶，「兩封勒索信的人質都是你。」

「兩封？」雲伊一頭霧水，「綁我的只有一個人呀，是個男的，有一米八五那麼高，穿得很破舊，還光著腳，他用黑布蒙著臉，我看不到他長什麼模樣。」

「觀察還算細緻。」宣成玩味地瞧著雲伊，問道：「我有多高？」

「你……一米……七八？」雲伊上下打量著宣成，猶猶豫豫道。

「他呢？」宣成用手電筒光束一指許枚，突然一怔：這神棍怎麼一臉呆樣，臉還這麼紅？

「他麼……一米七五吧？」雲伊的聲音透著幾分心虛。

「還有他們，他們多高？」宣成又指指桑悅和洪瓔。

雲伊搔搔臉蛋，小聲道：「瘦的一米七，胖的……一米六？」

「我哪有那麼矮！」洪瓔登時急了，「我一米六八，六八！」

桑悅道：「我一米七二。」

梅笙臉色青一陣白一陣，活像剛出泥的白蘿蔔。

宣成道：「四公分的身高差，你卻看出了十公分的差距。我身高一米八五，和你看到的所謂綁匪一樣高，這位許先生身高，大概有……」

「呃……一米七九。」許枚終於回過神來，連忙說道：「我身高一米七九。」

宣成道：「雲伊，你怎麼確定綁匪身高是一米八五的？」

雲伊張口結舌，愣了半晌才道：「那……那也許不是吧……」

宣成道：「可你描述的身高一米八五左右的赤腳男子，和現場呈現的證據完全吻合。」

「所以我說嘛，他的身高是……一米八五……」

「你根本無法準確目測人的身高，卻對綁匪的身高估測得格外準確。」宣成咄咄逼問。

雲伊臉漲得通紅，偷眼去瞧梅笙。

「宣隊長，雲伊被困在林子裡受了不少苦，又逆著河水划著筏子一路回來，還是先讓她洗個澡，換身衣服，休息一晚再說吧。」梅笙鼓起勇氣，顫聲請求道。

宣成卻道：「是啊，一個小小女子，獨自撐著筏子逆流而上，不知走了多長一段的水路，到此時竟臉不紅氣不喘，這份體力實在驚人。」

「雲伊是漁家女，撐慣了船的。」梅笙咬著牙解釋道。

宣成見梅笙、雲伊慌得臉紅腿軟，也不再逼迫，鬆口道：「既然『唯一的』人質已經解救回來，所謂『綁匪』也已經離開了百果莊，各位可以先回去休息了。明天……已經可以說是今天了，天亮後我還有話要問各位，關於洗玉樓外的命案。」

「命案？」雲伊大驚，一把抱住梅笙的胳膊，「有人死了？」

梅笙臉色發白，輕輕一撫雲伊披散的頭髮，寬慰道：「別怕，別怕……」

宣成又道：「為保險起見，大家還是在一處休息的好。洗玉樓有五層，除了一樓正廳外，二樓到五樓共有十六個房間，每人一間房也綽綽有餘。」

「可是……洗玉樓一樓大廳裡還停著一具屍體。」季世元道。

雲伊聽見「屍體」二字，恐懼地望了梅笙一眼。

「我住一樓。」姬揚清道：「我常和屍體打交道。」

宣成道：「一樓大廳和二樓的四間房歸警方，其他的房屋各位自行安排。」說著他突然一回頭：「對了雲伊，你所說的帳篷在什麼地方？」

剛剛卸下防禦的雲伊猛吃了一驚，吞了口唾沫道：「啊……呃……就在河邊，沿著泛盡河一直走下去，一定能看到。」

所謂綁架

許枚對睡眠並不十分渴求，可一旦鑽進被窩，總喜歡賴到日上三竿。

「他們應該已經去那個所謂的帳篷調查過了吧？」許枚穿衣洗漱，伸了個懶腰，推開五樓的窗戶，窗外景色一覽無遺，連牆外山林中的一片莽莽蒼蒼都盡收眼底。

洗玉樓位於洗玉園中，這裡是百果莊東南角的一處並不很美的宅院，卻將幾株參天古木包裹在院牆裡，樹下有一個小小的池塘——小島上水源豐沛，百果莊裡一窪一窪的大小池塘星星點點，都被巧妙地借勢造景，成了園中的獨到景致，洗玉園也是如此。這汪小池用不大不小的青石砌了邊角，池中栽了大葉蓮花，周遭岸邊一片茸茸草茵，點綴著幾朵白色的小野花，像一塊平坦乾淨的綠毯。卻有一塊兩尺多高的不規則青石像癩蛤蟆一樣蹲在池邊，顯得格外突兀。

許枚望著層層綠蔭下的一汪碧水，又好氣又好笑，「池塘邊為什麼會有這麼一塊討厭的石頭，簡直像美人眼裡揉了一粒沙子，山不山，石不石，人不人，鬼不鬼，造園大匠若不是腦袋壞掉，斷不會在這裡安排一塊石頭。若是三四尺高怪瘦嶙峋的假山倒還罷了，橫豎也算一景，這不尷不尬的小方疙瘩算什麼？整個洗玉園的景致全被這蠢物破壞掉了。」許枚連連搖頭，又不經意地向樹後看去，「咦……樹後面的草叢裡……像是堆著一團麻繩？有意思，有意思。」他河馬似的打了個哈欠，整整頭髮道：「是時候去警官那裡打擾他一下了，看來住在高處還是有好處的，至少視野好了很多。」

宣成恰在此時敲響了許枚的房門。

「真是心有靈犀啊警官，我正想去找你。」許枚笑道。

宣成走進屋中，默默坐在靠窗的椅子上，有些不大情願地一抿嘴，說道：「姬揚清和若光在梅笙住的醞館附近和那個泛盡河下游的帳篷外面發現了一些特別的東西，他們建議我立即逮捕梅笙和雲伊，我覺得還是有必要和你商量一下。」

「立即逮捕？」許枚奇道：「他們發現什麼了不得的東西了？」

「腳印，梅笙書房的視窗下有兩個赤腳腳印，和倉庫走廊外面、假山後的腳印大小形狀完全一致，也一樣規矩得奇怪。」

「噢……」許枚微微一笑，思索片刻道：「警官，『逮捕』這兩字用得太重，姬法醫和小傢伙有點冒失了，梅笙應該不是殺死阿七的凶手，雲伊更不是，他們只是騙子。」

「騙子？什麼意思？」宣成問道。

「我大概知道這兩個小鬼在搞什麼花樣了。」許枚優雅地伸了個懶腰道：「不過我得去阿七的住處和他養鴿子的那個……分綠閣看看。」

「真的？這案子你都想明白了？」宣成進房間時沒有關門，被隨後來找許枚的江蓼紅鑽了空子。

「哎喲江老闆，聽牆角可不是好習慣。」許枚被嚇了一跳，脫口便道。

江蓼紅一怔：他叫我什麼？江老闆？隨後她也賭氣道：「無意聽到可不算聽牆角，許老闆。」話一出口，自己也是一愣：這「江老闆」、「許老闆」怎麼聽起來格外親近，不見半點生分，倒像是……愛稱？

許枚愣了好久，突然了悟似的笑道：「江老闆不嫌棄的話，一會兒也來聽聽這案子？」

「好啊，許老闆。」江蓼紅展顏一笑，如風過芙蕖花顫首，「分綠閣我熟，我帶你過去，那地方離洗玉樓可不近呢。」

宣成道：「我已經約了梅笙和雲伊過來，分綠園不妨稍後再去。」

許枚點頭道：「也好，先聽聽他們怎麼說。」

梅笙、雲伊被叫到宣成房間，規規矩矩地坐在兩只並排的靠椅上，緊張兮兮地望著眼前的三個人：一個警察、一個名旦、一個……古玩店老闆？

宣成開門見山，指指桌上的幾個打開的紙包，「雲伊，認得這個嗎？」

紙包裡是吃剩的雞骨、魚骨，散發著難聞的餿味。

「這……這是什麼？」雲伊掩著鼻子挪了挪身子。

「這是在你所說的帳篷裡找到的。」

「噢……這些是那壞人從山林裡打來吃的，他給我吃的也是這些東西。」雲伊小聲道：「怎麼把這些髒東西拿回來，真是……」

「綁匪竟然能在山林裡打到家雞？這可能嗎？」宣成拈起一根粗大的雞腿骨，重重拍在桌上，沉聲道：「這個魚骨是羅非魚的骨頭，泛盡河裡不產羅非魚。還有，雞骨和魚骨上都有鹽分，最過分的是還有孜然末，綁匪帶著人質躲在深山老林裡，哪裡來的調味料？」

「啊？這個……這個……」雲伊頓時慌了。

宣成步步緊逼，「帳篷外面發現了所謂綁匪的腳印，非常完整，非常清晰，但那些腳印都是至少三四天前留下的，腳印窩裡已經開始長細苔。你說昨晚綁匪回過帳篷，但我們勘查現場時，一個新的腳印都沒有發現。在帳篷附近發現不少你的腳印，卻沒有一處和『綁匪』的大腳印重合疊壓，像是在刻意避開『綁匪』的腳印，生怕把它踩壞了似的。昨晚我便想說，你手腕上的繩索勒痕也不像是被綁了三四天的樣子，倒像是用力捆束之後立即鬆開，痕跡深入肉中，卻沒有磨破皮膚。現在可好，這些綁痕幾乎完全消退了。」

「我……我……」雲伊把雙手藏在身後，幾乎要哭出來。

「說實話，真的有一個綁匪和你在樹林裡同住了三四天？」宣城冷冷地盯著雲伊，「地上的篝火灰堆沒有添柴的跡象，也沒有熄滅後再次點燃的痕跡。」

「宣隊長！你這樣逼問一個姑娘，不覺得失禮嗎？」梅笙壯起膽子為雲伊出頭，聲音卻像斷了的琴弦似的嘶啞顫抖。

許枚暗笑，這孩子已經徹底慌了。

宣成盯著梅笙的眼睛，一字一句道：「你能替她解釋這些問題嗎？」

梅笙咬著牙嘶嘶喘氣。

「梅公子設下這一局的目的，應該是為了把李大帥的注意力轉引到一個根本不存在的『綁匪』身上，為梅家消去這場災禍。」許枚淡淡一笑，「今年的上品黃梅，恐怕是種毀了。」

梅笙驚駭莫名，粉團似的小臉頃刻間血色全無，呆呆地靠在椅背上，半晌說不出話。

「看來我猜中了。」許枚道：「百果莊四季如春，蟲子自然也不少，可昨天倉庫門大開著，傳說中香甜無比的上品黃梅，果肉汁水流了一地，竟然沒有一隻蟲子爬去享用，這實在太不尋常了。所以我……」說著他尷尬地笑了笑，「我很沒出息地悄悄撿起半個『品相』不錯的梅子，咬了一口，那口感簡直是……簡直是無法形容，活像蛇膽拌白糖和著餿豆腐用韭菜花醃漬之後涼拌山東大蔥的味道！看來嗜甜的蟲子是最知道果子好歹的，所以有蟲蛀的桃杏一般都很甜。」

「許老闆，你竟然撿掉在地上的東西吃？」江蓼紅大驚。

宣成也露出一個嫌棄的表情。

「梅公子正是篤定我們這些『貴客』不會撿起地上的東西吃，才大大方方地把剖走果核的黃梅晾在倉庫裡，我這是為了查案犧牲自我。」許枚紅著臉為自己的丟人行為辯解。

梅笙臉色難看之極，又急又惱地攥了攥拳頭。

「梅家種壞了上品黃梅，無法供應今年李大帥的珍果宴，梅公子無奈之下出此下策，設計了一件『綁架案』，讓萬惡的『綁匪』毀掉貢果，梅家從『失職者』變成了『受害人』，李大帥也會把怒火發洩到這個本不存在的大個子『綁匪』身上。」許枚微笑道：「而你的計畫中必須有阿七，甚至可以說，他也是你計畫的核心參與者。你昨晚說過你的『以次充好』計畫只有你和阿七兩個人知道對吧？你們在什麼地方商量這件事的？」

梅笙眼圈微紅，鼓著腮不說話。

「別賭氣，我是在救你。」許枚道：「你的計畫破綻太多，如果不把事情一條一縷地說個明白，阿七的死就得算在你的頭上。」

梅笙幽怨地橫了許枚一眼，咬牙道：「在……在我書房……」

「你書房窗外有一對赤腳的腳印。」宣成道。

「噢，是這樣啊，難怪……」梅笙眼珠亂轉，小聲應道：「一定是那個綁匪躲在窗外聽到了我的計畫。」

許枚忍著笑道：「你在窗下偽造一對腳印的目的無非是想講這麼一個故事：你的計畫被藏在莊上的綁匪聽去了，他知道如果自己傻傻地守在泛盡河下游的帳篷裡，等來的只有三百顆個頭稍大的中品黃梅核，所以他決定親自到莊上來把種子拿到手。上品黃梅被鎖在倉庫裡，倉庫的鑰匙你隨身帶著，綁匪要想悄無聲息地拿到種子，最好的辦法便是在夜深人靜時用鑰匙打開倉庫，剖開那些鵝蛋大小的上品黃梅。

「而你，為了避開勒索信上提到的所謂『眼線』，只能趁夜去倉庫取中品梅核，聽到你和阿七談話的綁匪當然不會放過這個大好的機會。他早早地躲在那座假山後面，等你走到長廊入口處時，一棍將你打倒，奪下鑰匙，闖進倉庫剖走了上品黃梅的果核，然後穿過竹林，逃之夭夭。綁匪要的是種子，也不想鬧出人命，所以回到帳篷後便放了雲伊。雲伊獨自撐著筏子回到百果莊，綁匪則遁入深林，不知所蹤。阿七在碼頭久等多時不見你來，只好趕回倉庫附近，發現了『遇襲昏倒』的你。」

梅笙直冒冷汗，他苦心謀設的計畫竟被這個古玩店老闆輕描淡寫地點破。

許枚繼續道：「你透過勒索信、大腳印、泛盡河下游的帳篷、划木筏歸來的雲伊、遇襲昏倒的你和被剖走果核的黃梅講了這麼一個故事：你面對綁匪的勒索，在李大帥的珍果宴和自己的戀人之間反覆權衡，最終決定鋌而走險，用中品黃梅核換回戀人，卻不料計畫被綁匪聽去，自己遇襲受傷，上品黃梅也慘被破壞。為了生造出一個根本不存在的綁匪，你和雲伊、阿七製造了一連串線索。

「且不說泛盡河下游的簡易帳篷、篝火堆和吃剩的雞骨、魚骨，光是你書房窗外、倉庫走廊外、帳篷旁和竹林中的腳印，就不是隨隨便便能造出來的。為了製造一個明顯屬於闖入者的腳印，你在幾天前換掉了金公子房間的熏香，所以這幾個晚上他睡得很沉，白天精神也很差。我想是你……或者阿七，闖進金公子的房間，偷走他掛在腰帶上的鑰匙，打開他的倉庫，拆下了哪吒木偶的小腿交給雲伊，讓她在帳篷附近製造了一些腳印，之後你又拿回了木偶的腿，作為昨晚行動的重要道具。桑公子、洪公子和金公子都不知道雲伊這個人吧？這也是你實施計畫的前提。」

梅笙不甘心地「哼」了一聲。

「至於阿七，你們身分懸殊，畢竟也算髮小，你知道他身手不錯，所以攀爬竹林製造腳印的任務就交給了他。」許枚轉向宣成，解釋昨晚遺留的問題，「警官，人懸在四五米高的大竹中段，也可以用四十公分長的木腿製造腳印。」他見宣成滿面疑惑，江蓼紅也一臉茫然，笑著解釋道：「阿七可是鴿僮啊，要伺候那麼一大群鴿子，必須熟練掌握驅鴿的竹竿。高手訓鴿，一根一兩丈長的竿子足夠。試想一根一丈來長的竹竿，兩端各綁一隻木腿，阿七一手持竿，一手攀大竹，腳踏著橫生的粗大竹枝……」

宣成聯想著那幅畫面，翻了翻眼皮。

許枚繼續道：「竹林很密，他踏著橫枝攀竹行走，手腳兩下借力，完全可以空出一隻手，操縱鴿杆上下翻轉，造出左右腳交替前行的足跡。之後，阿七將竹竿和木偶的腿藏在某個穩妥的地方，再裝作剛剛從碼頭返回的樣子來到倉庫外，發現昏倒的梅公子。」

宣成沉思片刻，點頭道：「說得通。」

「不過，梅公子的計畫突遭不測，阿七在洗玉樓附近被人割喉殺害。」許枚瞧瞧面色慘白的梅笙，又看看迷迷糊糊的雲伊，說道：「梅公子和雲伊都不可能是殺阿七的凶手，阿七死時他們一個昏倒在倉庫外，一個還撐著筏子漂在泛盡河上。」

「是是是，我不知道阿七怎麼會被人殺死。」梅笙生怕殺人的罪名也扣到自己頭上，忙不迭道：

「按說應該由他來『發現』被『打昏』的我。」

「這麼說你承認了，偽造綁架案？」宣成道。

梅笙沮喪地點點頭。

「那你的所謂昏迷是……」江蓼紅插口問道。

「我真的昏過去了……」梅笙忙道：「裝昏是瞞不住人的，我必須真的失去意識，頭上也必須有個腫包。我讓阿七用木棒在我頭上打了一下，他不敢使勁，所以我……我吃了點藥。」

江蓼紅哭笑不得，「阿七下手太輕了些，那麼一個小小的腫塊不可能致人昏迷，這個破綻可不小。」

「我哪知道今天會有警察和法醫來……」梅笙悲歎一聲，「我的計畫本來很完美，怎麼到了你們眼裡就處處都是破綻？」

「到底還是孩子，辦事不夠細緻。」江蓼紅道：「右撇子掛鑰匙的位置，常人站立時雙腳的角度，走下坡路時身體的重心，這些你都沒有考慮到。還有那些雞骨、魚骨，都是你莊子裡吃剩的垃圾吧？你也不想想，人在野外將就果腹，哪裡去找油鹽和孜然？」

梅笙面紅耳赤，「吭哧吭哧」地說不出話。

「江老闆，你在教他怎麼犯罪嗎？」許枚眼睛睜得滾圓。

「我只是教他……辦事要細心。」江蓼紅一時嘴快說多了話，臉微微一紅，輕輕瞪了許枚一眼。

宣成沉聲道：「梅公子演了這麼一齣戲，梅家固然能保住招牌，免於責難，但『綁匪』毀了李大帥的果子，大帥府不可能不聞不問。『綁匪』是一個對這座小島非常熟悉的、赤腳行動的高大男子，你覺得李大帥會懷疑到什麼人？」

許枚瞧了雲伊一眼，意味深長道：「溫峪湖有不少漁民乘船撒網討生活，冉城街市上的鮮魚水產全賴溫峪湖供應，雲伊也是漁家女吧？」

「是……」雲伊臉色慘白，無助地看向梅笙。

許枚點到即止，沒有再往深裡說下去。

江蓼紅道：「金公子在你們當中年齡最小，身體尚未長足，他這個年紀的孩子連續數日吸入高純度諧神香，對心智損害極大。梅公子，你既已盜走木偶的腿，為什麼不找機會換掉諧神香？」

梅笙囁嚅道：「我……我想著事情結束之後，總歸要把木偶的腿接回去的，一旦他事後發現木偶壞了，聯想到那些腳印……」

「你還要偷一次金公子倉庫的鑰匙，所以任由他繼續用諧神香？」許枚歎道：「這麼做太自私了，梅公子。」

梅笙又羞又怕，眼眶裡淚光盈盈，「我也不想這麼做……我也不想害人……可是今年的上品黃梅全都毀了，一旦惹惱了李大帥，梅家的生意可就垮了……」

「我不想聽你的苦衷。」宣成道：「把你的全盤計畫詳詳細細地說一遍。」

梅笙頹然垂首，擦去眼中淺淺一層淚花，小聲道：「他都說過了，還要我說什麼？隨你處置便是。」

宣成道：「你這是在和我賭氣？」

梅笙只覺周身寒氣肅殺，登時打了個激靈，連連搖頭，「不不不……我說，諧神香是我買的，我爸爸有做香料生意的朋友。金沁的鑰匙是我偷的，也是我還回去的。我卸下哪吒木偶的腿，給雲伊拿到帳篷那裡用完之後，又藏在我的倉庫裡。泛盡河下游的篷子是我們三個一起用蓑草搭的，那些雞和魚是我從外面買來給雲伊吃的。」

江蓼紅臉一紅：原來雞和魚不是從莊上拿走的……也對，這些天百果莊裡就這麼幾個人，平白少了這麼多食物，總會引人懷疑。

梅笙繼續道：「送信的鴿子是阿七準備的，勒索信是雲伊寫的，她……」說著他偷偷看了雲伊一眼，「她讀書不多，遣詞用句的水準和那一手不像字的字，更像綁匪的風格……」

雲伊伸手在梅笙脅下狠狠一掐，梅笙「嘶」地倒吸一口涼氣，眼窩裡忽忽打轉的淚水終於流了下來。

宣成又問道：「在你原本的計畫中，阿七會把竹竿和木偶的腿藏在哪裡？」

「藏到他的住處，在分綠園，然後他再回來『發現我』。」

「我們搜查過分綠園，沒有發現這些東西。」宣成道：「分綠園和洗玉樓一個在西北，一個在東南，完全是兩個方向，阿七沒有按照你的吩咐去做，為什麼？」

「我……我哪知道？」梅笙有些委屈，他可不知道自己「天衣無縫」的計畫怎麼會出這麼大的岔子。

「你是用什麼工具剖開黃梅的？」宣成道。

「我有兩把專剖水果的小刀，那梅子核與肉很容易分離，只要把梅子果肉劃開，輕輕一掰，核自然就會脫落出來。」

「刀呢？果核呢？」宣成忙問。

「我和阿七一起剖出果核，把刀和果核一道埋在倉庫外面的花池裡了，就在那棵開得最大的月季下面，埋好之後又在上面撒了些落葉，然後……我就讓阿七用木棒打了我……」

宣成一點頭，又道：「那麼……雲伊，你的髮帶是什麼時候不見的？」

「啊？我想想……」突然被點名的雲伊嚇了一跳，拍拍胸口，仰著臉想了好久，迷迷糊糊道：「我也不知道，我來島上時沒紮這條髮帶，應該是……放在我的枕頭下面了，我住在溫峪湖南邊的漁村，村東頭老杏樹下面的小院子就是我家。」

「也就是說，有人潛入你家，偷走了這條髮帶，寫了第一封勒索信，向梅公子勒索一只玉壺春瓶？」宣成皺眉道：「可他為什麼又補了一顆珍珠上去？」

「不知道啊……」雲伊、梅笙滿臉迷茫。

「我沒有那種玉……什麼瓶。」梅笙不懂瓷器，「玉壺春瓶」這種東西他聞所未聞。

「那髮帶確實是我的。」雲伊生怕宣成扣下髮帶不還，急道：「那是梅哥帶著我到『悅媙樓』買的，這種限量款的髮帶只有一條，當時那個季小姐也在，她也能作證！」

「季小姐？」許枚一怔，「季嵐？」

梅笙紅著臉「嗯」了一聲，「去年寒假，我帶雲伊去悅媙樓買首飾，正巧碰到季嵐，當時季嵐也看上了這條髮帶，已經談好了價格準備付錢，雲伊不依不饒地嗆了幾句，季嵐害怕，就把髮帶讓給雲伊……哎喲！」

「你這話什麼意思，說得我像個潑婦似的！」雲伊大為不滿，狠狠一把掐在梅笙胳膊上，梅笙痛得直吸涼氣，連連告饒。

江蓼紅一皺眉：「不像話！」她抬手在雲伊肩上一按，雲伊肩胛一沉，只覺半邊身子都木了，「唉」驚叫著鬆了手。

梅笙得脫魔掌，急道：「江老闆輕些，雲伊身子骨弱，受不得刑。」

「誰給她動刑啦！」江蓼紅氣道：「她身子骨弱？能獨個兒撐船從泛盡河下游逆水而上的漁家女，她的身子骨比你這粉麵團子似的小男娃強得多！」

梅笙紅著臉扁了扁嘴，雲伊也怕了江蓼紅神鬼莫測的手段，縮著身子不敢出聲。

宣成屈著手指輕輕敲打著桌子，「第二封勒索信的因果算是理出個大概，第一封勒索信中的人質看來也是雲伊，你沒有落到別人的手裡吧？」

「沒有，昨晚帳篷裡就我一個人，繩子印是我自己勒得，火堆也是我點了之後又澆滅的。」雲伊交代得很痛快。

宣成道：「看來第一封勒索信是樹上開花，借勢施為。」

許枚完全贊同，「也就是說，寫第一封勒索信的人知道梅公子的計畫，所以偷了雲伊的髮帶，假稱自己綁走了梅公子的戀人。這個『綁匪』要的『贖金』是玉壺春瓶，他真正想勒索的人不是梅公子，而是知道髮帶主人是誰的季……嗯，咳咳咳……」

「好了。」宣成對梅笙和雲伊道：「你們先回各自的房間好好待著，哪也不准去。」

梅笙喪氣地歎了一聲，突然抬頭道：「你們是怎麼懷疑到我的？」

許枚、宣成、江蓼紅都懵了：你還好意思問？自己留下這麼多破綻，當我們傻嗎？

「呃，我問的是，你們是什麼時候開始懷疑我的？」梅笙補充道。

許枚耐著性子道：「你需要大家知道有人被綁架，好為入夜後發生的一切做好鋪墊，所以安排鴿子飛上宴席。可你太心急了些，那隻鴿子羽毛又密又長，把信筒遮擋得嚴嚴實實，連抱著鴿子的桑公子都沒有發現信筒，你怎麼可能看到？」

「我以為桑哥發現信筒了。」梅笙稍一遲疑道：「鴿子羽毛雖長，卻是蓬鬆的，當時桑哥托著鴿子的肚子，一定會感覺到鴿子腿上多出了一截硬邦邦的東西，他是最熟悉鴿子的人……」

「咦，也對哦！」江蓼紅驚道：「分綠閣的鴿子都是桑悅養的，他手掌又長又大，托著紫四塊玉的肚子，一定能摸到那個小指頭粗細的竹筒，可他怎麼不說呢，難道是喝醉了？不像，不像……」

「看來是我性子太急，也許我晚開口幾分鐘，桑哥就會取下那只竹筒……」梅笙歎道。

宣成瞇起眼睛，「未必。」

「對了……」許枚推開窗戶，指著池塘邊的怪石道：「梅公子，你看池塘那裡……對，就是那邊，原本有那麼一塊石頭嗎？」

梅笙探出頭去仔細看了看，遲疑道：「洗玉園這裡非常偏僻，我們平時也很少過來，我記得……這個池塘旁邊好像沒有設計石頭。」

「哦……這樣啊。」許枚點了點頭。

空首布

送走梅笙和雲伊，宣成輕輕吐了口氣，默默坐在窗前。

江蓼紅道：「『種子綁架案』只是一場小孩子自導自演的鬧劇，受害者只有莫名其妙吸了幾晚上諧神香的金沁，只要好生調養，應該不會落下病。至於阿七的死，也許完完全全是另一件案子。」

許枚搔著下巴道：「我在想，桑悅為什麼沒有發現鴿子腳上的信筒，是他一時疏忽還是有意隱瞞？他和阿七的死會不會有什麼關係？阿七是梅笙的髮小，也是桑悅的鴿僮，他和桑悅的關係也許比梅笙更近。」

宣成道：「關於阿七的死，目前有這樣幾點線索：散落在凶案現場的銀圓、死者指甲縫裡的纖維以及莫名失蹤的竹竿和木偶斷腿。」

「還有瓷靈的證詞。」許枚望著窗外的院牆，想起昨夜霽藍瓷靈的話，「排除闖入者作案的話，誰最有可能為了錢像猴子似的爬上洗玉園的院牆？」

「鴿僮阿七！瓷靈說爬牆的人是個十多歲的男孩，年齡也對得上。」宣成迅速跟上了許枚的思路，「阿七和凶手做了某種交易，凶手付錢之後突下殺手，卻在奪回銀圓時撕破了錢袋。」

許枚拍手道：「完全說得通，對方可能就是那個『女娃似的』傢伙，他要做『翻天大事』，而這個見不得光的『翻天大事』被阿七知道了，那些銀圓可能是封口費。」

江蓼紅繼續道：「也許對方怕阿七慾壑難填，想永絕後患，便趁阿七拿到銀圓放鬆警惕時，突下殺手，割斷了他的脖子。」

許枚道：「可這『翻天大事』是什麼事？」

江蓼紅道：「那誰知道？我們去阿七的房間看看，也許能有些收穫。」

宣成道：「好，我讓若光去把梅笙埋下的刀和果核挖出來，這些都是證據。」

「你就這麼折騰小傢伙啊？他去泛盡河下游調查那個帳篷，一定整夜沒合眼了，東西就在那兒埋著，不會有人去破壞的。」許枚道。

「遲則生變，我心裡不踏實。」宣成依然堅持。

分綠園是一座小巧精緻的花園，一座月亮門，四面青磚牆，方方正正，簡拙古樸。月亮門正對著分綠閣，一座纖小的二層竹樓，四周遍植果樹，密密團團將竹樓包裹其中，遠遠望去，渾如一團綠浪托著一座四面通透的玲瓏閣。東院牆下有一座小瓦房，青磚白牆綠紗窗，是鴿僮阿七的住處。房屋旁零星點著幾株乳白奶黃的月季，處處透著舒適愜意……如果不是地面上散落著些細小羽毛和稻穀粒的話。

竹樓的二樓早被改造成了鴿舍，各種珍奇鴿子極不講究地混養在一起，咕咕叫個不停，鴿子食槽裡都是上好的五穀顆粒，還有不少形狀古怪的馬蜂屍體，許枚看得直皺眉頭。竹籠旁掛著幾個鴿哨，有圓葫蘆三截口的，也有聯筒管哨，只是不見了訓鴿用的竹竿。

阿七的房間簡單樸素，一張大床、一座立櫃、一台方桌、一只小几、一條長凳、一把竹椅，被子隨意疊著，衣服隨意搭著，水杯茶壺隨意擺著，床頭小几上放著些花生、栗子和在院子裡隨手摘下的枇杷、櫻桃，還有一大罐濃稠的蜂蜜。窗臺上的水缸裡養著一隻淺褐色的小龜，懶洋洋趴在露出水面的石頭上，窗前掛著一只輕巧精緻的圓竹籠，籠裡養著一對肥肥胖胖的紅子，黑頭白身，斂翅翹尾，小眼睛烏豆似的精光灼灼，不時鳴叫兩聲，聲音清澈洪亮，婉轉動聽。籠裡一條棲槓、四只白瓷食罐：兩只盛水，兩只盛食，都是掰碎的花生仁、瓜子仁。窗臺上擺著一只小竹盒，養著不少活蟲，盒裡還斜插著一把清理鳥糞用的小銅鏟。

「喲，好靈秀的紅子。」許枚湊在竹籠前，讚不絕口，「阿七是真愛這對鳥兒的，這兩個小傢伙日子過得可比桑悅那些鴿子還愜意。」

「紅子？這小鳥嗎？」宣成對花鳥魚蟲一概不懂。

「對，紅子，北京人叫『唧唧棍』，這鳥兒玩的是叫口鳴音，極難伺候。」許枚道。

「這些茶杯茶壺和鳥食罐都是瓷器……」宣成四下亂指。

「不成的……警官，這些剛出窯的俗物沒有靈蘊。」許枚哭笑不得。

江蔘紅的目光自落在窗臺上，便被什麼東西勾住了似的，半晌才緩過神來，指著插在竹盒裡的鳥糞鏟子，顫聲道：「空首布！」

「啊？」站在窗臺邊逗弄紅子的許枚嚇了一跳，低頭向蟲盒裡看去，大驚道：「天喲，果然是空首布！」說著他雙手將那小鏟輕輕捧起，伸指撣落爬在鏟緣的小蟲。

那小銅鏟不過六七釐米寬，黃中見綠，色如瓜皮，隱隱泛著神祕的柔光，鏟面平整，正反兩面皆有三道平行豎紋，一面依稀有字，鏟肩方正，鏟刃略內凹，兩肩之間伸出一長長的方形空心銎孔，一根一尺來長的被斫削扁平的樹枝插入方孔中，作為鏟柄。

江蓼紅從許枚手中接過小鏟，輕輕拔去木柄，端詳片刻，輕笑道：「這東周古錢被用來鏟鳥糞，邊緣磨損，鏽跡全無，人道『明珠暗投，寶器蒙塵』，怕是莫過於此了。」

許枚道：「這上面有字，好像是安……」

江蓼紅道：「安臧，或許是古地名吧，李竹朋釋其為『物阜民安』與『其藏曰泉，其行曰布』之意，我看是不大穩妥的。」

宣成奇道：「這小鏟一樣的東西也是錢？李竹朋是誰？」

江蓼紅道：「這小鏟一樣的東西叫空首布，是春秋古錢，多出晉豫二省，形如鏟鎛，素為泉家所珍。李竹朋便是前清國史館總纂李佐賢，號竹朋，是學貫古今的金石大家，咸同之際閒居京城時，撰成《古泉匯》六十四卷，首集十到十四卷輯錄東周空首布百餘種，卷首說空首布『布形類鏟，故俗呼鏟布，其首中空』。你說它像個小鏟，說得一點不錯，這空首布正是由農鏟演化而來。」

宣成見這空首布被用作鳥糞鏟，也是喟然一歎，隨即振奮道：「那……江老闆，你是不是能從它這裡聽到什麼？」

江蓼紅一怔：這「江老闆」三字由他叫來，卻少了那份味道，純是一個敬稱了。她便說道：「自是可以的，只是祭泉問古時不可有他人在場，你們且先到院裡。」

「好，好。」許枚連聲答應著，拉了宣成離開小屋，遠遠候在竹樓下。

江蓼紅掩住門窗，斂身坐在桌前，屏息凝神，吐納幾遭，雙手拂過耳際，輕輕捧著那「安臧」空首布，閉目垂首，輕吟一聲，如簫管泠泠，良久方止。那空首布竟如活了似的，輕輕懸浮在半空，隱隱有鐘鳴之聲，繞梁縹緲，悠悠不絕。

江蓼紅緩緩睜開雙眼，躬身施禮道：「打擾了。」

「無妨。」一聲音渾厚蒼老，盈溢滿屋，將江蓼紅團團裹住，微微震顫，好像這座小小的房屋在說話似的。

「我有幾個問題要請教。」江蓼紅恭謹端立，作揖道。

「女史請講。」空首布的聲音平和沖淡，一派超然。

「你這些日子……一直被用來做這個？」江蓼紅忍不住指了指鳥籠，問了個和案子無關的問題。

「是，那孩子不認得我，他從河灘上的淤泥中撿到我之後，就把我做成了……鏟子。」空首布發出一聲苦笑，像一個憨厚長者被兒孫弄壞了心愛的花草，心中淒苦，卻無可奈何。

「苦了你了。」江蓼紅長歎一聲，「你說的那孩子……阿七，他昨晚被人害了。」

「被人……害了？」空首布稍一遲疑，「你是說他……死了？」

「被人一刀割斷了喉嚨。」江蓼紅道。

「可憐，可憐……」空首布悠悠一歎，不喜不悲。

「阿七這些天有什麼不對勁的地方嗎？或者說……他有沒有見過什麼生人？」江蓼紅終於問到了正題。

「這些天沒有生人來過，可那孩子這些天興致勃勃，甚至有些狂態。」空首布遲疑半晌，淡然說道，卻把「生人」二字咬得稍重。

「沒有生人，沒有生人……你是說，這些天來找阿七的都是這裡的『熟人』？」江蓼紅眼前一亮，

「分綠園是養鴿子的地方，阿七是鴿僮，常來這裡的只有桑悅。」

「那孩子叫他桑公子，可衣著貴氣的桑公子……似乎有些怕那孩子。」空首布道。

「怕？」江蓼紅不解。

「是，他說話時聲音在顫，看起來又急又怕，卻還端著公子的架子。也許是那孩子知道了什麼，桑公子答應給他一筆錢，好像……那孩子說還有一位公子也給了他一大筆錢，託他辦一件事，似乎和『木偶』、『腳印』有關，至於是什麼事，我就不知道了，他們說著話便出了屋子，後面說了什麼我聽不清。」空首布聽到的事並不多，卻似乎正是案件關竅。

「另一位公子託阿七做的是和『木偶』、『腳印』有關，阿七把這件事告訴了桑公子？」江蓼紅心中一動：看來桑悅知道梅笙的計畫，要玉壺春瓶的是他嗎？或者……是他殺死了阿七？

空首布道：「是，那孩子好像有些愧疚。」

「桑公子為什麼會怕一個鴿僮？阿七知道了什麼事？」江蓼紅又問。

「我不知道，他們很少在這裡說話，但常去那邊的竹樓。」空首布常被擺放在窗臺上，抬眼便能看到包裹在層層果樹中的竹樓。

「昨晚阿七幾時出去的，他出去時都帶了什麼東西？」

「戌時四刻左右回來過一次，又匆匆地走了，拿走了他訓鴿用的竹竿，之後便再沒有回來。」

「戌時四刻……也就是八點，阿七應該是在晚宴結束後回來過。」江蓼紅暗道：許老闆推測得一點沒錯，阿七偽造腳印果然用到了那根訓鴿子用的竹竿。

空首布年紀大了，記憶有些遲緩，呆了好久，又說道：「對了，他還拿了那個挎包，一直掛在椅背上的很老舊的小皮挎包。他有時會斜挎著那舊皮包翻到牆外捉蟲子，那孩子身手靈巧得很，我幾次見他從院牆翻出去。」分綠園在百果莊西北角，牆外便是山林，阿七要去外面捉餵紅子的小蟲，直接翻牆比走正門方便得多。

「挎包……皮的？不是布的？」江蓼紅記得阿七指甲縫裡掛著一絲灰色纖維，屍體上沒有挎包。

「是皮包，又髒又舊，裡面常揣著一副網紗面罩。」空首布非常確定，它多次看到阿七從那皮包裡捧出一把一把的小肉蟲子，放在它棲身的小竹盒裡，那些討厭的小蟲常爬得它滿身奇癢，令它記憶無比深刻，「說到爬牆，我想起來桑公子曾經吩咐那孩子，十月十日這天，抽空翻一次洗玉園的牆，從東南角爬，只需要爬上牆頭即可，不必出去。那孩子不知道桑公子為什麼要他這麼做，桑公子卻異常固執，硬著膽子說：『你若不去爬牆，一分錢也別想拿到。』」

「爬牆……洗玉園……」江蓼紅莫名其妙，「桑悅搞的什麼名堂？」她又問道：「可還聽到他們談什麼別的事？」

「還有……」空首布苦思良久，說道：「我依稀聽到他們在院子裡說話，那桑公子說：『……等他昏迷之後，你全都挖出來帶給我。』那孩子問：『你要這些做什麼？』桑公子說：『你別問了，舉手之勞而已，我再多加十塊大洋。』」

「什麼東西？他讓阿七挖出來什麼東西？」江蓼紅忙問。

「我沒有聽到。」空首布道。

「唔……你還聽到些別的什麼？」江蓼紅不甘心，問來問去，謎團越來越多了。

空首布沉默半晌，說道：「沒有了。」

江蓼紅無奈，只好點點頭，肅然作揖道：「多謝。」

許枚、宣成靜靜聽江蓼紅講完，齊齊長呼一口氣：案子看似有些眉目，卻處處透著古怪。

「若光在倉庫外的花壇裡只發現兩把小刀，至於上品黃梅的核……只找到零星幾顆。」宣成道：「梅笙當時把剖出的三百枚果核全部埋在了花壇裡，他在這件事上應該不會說謊，眼下這情況只有一種可能：有人在梅笙昏迷之後又把果核挖了出來。」

「但誰會做這麼無聊的事？」許枚大惑不解，「當時在倉庫附近的只有阿七，他……對了江老闆，你剛才說阿七拿走了挎包對吧？他飯後返回分綠園，取了竹竿和挎包後應該是直接去找梅笙。兩人剖果取核，偽造腳印，這時候阿七應該是背著挎包的，他背著這個東西毫無用處，除非……」

「除非他想要裝些東西，比如果核。」江蓼紅不解，「但是他要果核做什麼？」

「桑悅說的『你全都挖出來帶給我』會不會就是指這些果核？阿七說『你要這些做什麼』，顯然他知道桑悅要黃梅核沒有用。」許枚道。

「確實，桑家是種桑葚、釀桑葚酒的，要黃梅種子沒有任何用處。」江蓼紅點頭道：「桑悅知道梅笙和阿七的計畫，當然也知道，梅笙的目的是毀掉種壞的上品黃梅。這些被虛構的『綁匪』拿走的果核，梅笙會想辦法丟掉或藏起來，所以桑悅認為，阿七在梅笙昏迷後挖出果核是『舉手之勞』。可他要這梅子核做什麼？」

宣成道：「且先不想這個，阿七昨晚共接了桑悅、梅笙兩人的『私活』，幫助梅笙做的共有五件事：剖取黃梅果核、偽造闖入者的腳印、打暈梅笙、藏好竹竿和木偶腿、發現『昏迷』的梅笙。前三件事阿七完成得很好，但他離開竹林後，並沒有依照梅笙的計畫，把竹竿和木偶的腿腳藏回分綠園，而是到洗玉樓附近見了什麼人。發現梅笙的是若光，他是從洗玉樓一路追著一隻蟲子跑到倉庫附近的，卻沒有遇到阿七，所以他和阿七分別走了兩條岔路。

「阿七幫桑悅做的，目前所知道的有兩件事：白天抽空爬洗玉園的東南牆角、晚上挖出來上品黃梅果核。完成這些事後，應該就可以從桑悅那裡拿到一筆銀圓了。阿七的屍體被發現時，既沒有背著皮挎包，也沒有揣著果核，更沒有帶著竹竿和木偶的腿。案發現場只有一些散落的銀圓，說明阿七被殺之前是見過桑悅的，桑悅的殺人嫌疑最大。現在解釋不通的兩點是，桑悅讓阿七挖出來什麼東西，如果真是黃梅果核的話，他要這東西做什麼用？還有，他為什麼讓阿七爬牆？」

許枚思索片刻，說道：「嘿……我有個奇怪的想法，不甚成熟，只是猜測。」

「說說看。」宣成道。

「我們回洗玉園。」

「看，池塘邊的這塊石頭。」許枚指著池塘邊那塊極突兀的石頭道：「是不是很奇怪？」

「哪裡奇怪了？」宣成莫名其妙，「怎麼看都是一塊很普通的石頭。」

「確實很普通，也確實很奇怪，在池塘邊安排這麼一塊石頭，除了破壞景致別無他用。」江蓼紅俯下身子拍拍石頭道：「梅笙剛才也說過，池塘邊原本沒有這麼一塊石頭。」

「我還在這棵樹後面發現一條長長的繩索。」許枚走到院子東南角一棵兩人合抱的大樹後，從牆角下厚厚的草茵裡拖出一條麻繩來。

「這……樹後面為什麼藏著一條繩子？」江蓼紅驚道：「別賣關子，快說，怎麼回事？」

許枚道：「阿七應該是被桑悅約到洗玉樓附近見面的，如果是阿七指定見面地點，約在分綠園豈不方便？」

「沒錯，分綠園應該是阿七的首選。」宣成沉吟半晌，說道：「但如果是桑悅指定見面地點，選擇溫苑附近豈不更方便？」

江蓼紅道：「也許桑悅不敢在自己住處附近動手，也許是怕驚動別人，溫苑還住著一個洪瓔呢。

不對……就算要避開自己的住處，他完全可以選擇溫苑附近的忘機閣和阿七見面。」

許枚用繩子套住石頭道：「還記得吧，桑悅強令阿七爬上洗玉園的東南牆頭，所以這裡……」他一指布滿青苔的院牆，「留下了阿七爬牆的腳印。」

「有爬上的腳印，卻沒有下來的。」江蓼紅抬頭端詳著腳印道：「阿七爬牆時應該借助了這棵緊挨著牆頭的大樹，下來時……」

「他是跳下來的，阿七身手靈活輕盈，小猴子似的，跳下牆頭毫不費力。」許枚指著牆上的腳印道：「桑悅只吩咐阿七爬上牆頭，卻沒有讓他翻出牆外，所以院牆外也不會發現任何腳印，院牆內的地面是濃厚密實的草坪，阿七跳下時也不會留下腳印，至少不會留下清晰的腳印。」

「你到底想說什麼？」宣成有些不耐。

「也許桑悅為阿七安排的結局不是遭人割喉，而是不慎縊死。」許枚指了橫越院牆東南角的樹枝道，「洗玉園大樹雖多，可只有東南角有橫跨牆頭的大枝。」

「縊死？」宣成看看院牆，又看看地上的繩索，「是用這繩子……」

「不，是皮包的挎帶。」許枚道：「桑悅吩咐阿七拿一些黃梅果核給他，應該有兩個目的，其一便是誘使阿七背上挎包，阿七的短衣沒有寬大的口袋，要帶那麼多果核過去，只有用那個挎包。至於第二個原因麼，容我稍後再說。

「桑悅和阿七約好見面的地方，應該是在洗玉園內，而不是園外那個灌木叢。兩人見面後，桑悅把裝著銀圓的灰色布包交給阿七，阿七則把裝著果核的挎包交給桑悅。這挎包是皮質的，挎帶自然也是韌勁十足的皮條，用作勒殺的凶器簡直再合適不過。桑悅趁阿七拿到銀圓興奮得意時，用某種方法轉移他的注意力，比如指著他的身後說：『看，那是誰？』趁阿七回頭時用挎包帶勒住他的脖子，將他殺死。」

江蓼紅不解，「那石頭和繩子用來做什麼？」

宣成「嘶」地吸了一口涼氣，「吊起屍首？」

許枚豎起大拇指，「不愧是捕門緝凶堂高手。桑悅把繩索一端做成一個套環，從阿七屍體腋下穿過，另一端高高拋起越過那條橫枝，垂至地面，牢牢繫到事先備在池邊的石塊上，再把石塊推進池塘——阿七的屍體便被這個以橫枝為軸的小機關拽上半空。此時桑悅再爬上大樹，用挎包掛在橫枝上，包帶兜住阿七的脖子，再爬下大樹，割斷繩索並收回。如此一來，次日呈現在我們眼前的就是這麼一幅圖景——阿七被皮挎包吊死在洗玉園東南角的大樹橫枝上，腳下沒有任何可以借力踩踏的東西，牆上卻留著他的腳印。這麼看來，活像是……」

「活像是脖子上挎著皮包的阿七在翻牆時不慎踩空，挎包掛在樹枝上，包帶吊住了他的脖子，阿七腳下無處借力，活活縊死在樹枝上。」江蓼紅驚道：「而且挎包裡滿滿的上品黃梅的果核。我們發現屍體時，會認為阿七才是剖走果核的『綁匪』。」

許枚點頭道：「對，這就是桑悅要阿七帶果核來的另一個目的。」

宣成道：「可是腳印呢？留在現場的赤腳腳印不是阿七的。」

許枚笑道：「梅笙計畫粗陋，那些腳印更是破綻重重，只要桑悅旁敲側擊點撥幾句，總會有人發現腳印的異常，甚至查到金沁倉庫中斷了腿的哪吒木偶。

「同時，阿七沒有按照梅笙的吩咐，把竹竿和木偶的腿藏到分綠園，而是直接去洗玉園見桑悅，他一定會先把竹竿和木腿藏到某個隱祕的地方，而從倉庫到洗玉園的一條小路旁邊恰好有一個水塘，把竹竿和木腿綁上石頭沉進水裡，應該是最穩妥的做法。阿七多半是這麼做的，而桑悅也想到了這一點。」

「他會指引我們找到沉在池塘裡的木腿和竹竿。」宣成輕輕一捶樹幹道：「我昨夜還曾路過那個池塘，沒想到關鍵證據就藏在水底。」

許枚繼續道：「這麼一來，案件看似形成了一條完整明晰的線：阿七不知出於什麼目的，綁架了梅笙的祕密戀人雲伊，勒索黃梅果核。梅笙接到勒索信後，傻乎乎地把以次充好的計畫告訴了阿七；阿七便趁梅笙來倉庫時將他打昏，剖走了上品黃梅的果核，再用從金沁那裡偷來的鑰匙打開倉庫，卸下哪吒木偶的腿腳製造了腳印，偽造出赤腳綁匪闖入百果莊的跡象；自己則帶著滿滿一包上品黃梅的種子從洗玉園翻牆逃走，不料一時失足，吊死在樹枝上。」

宣成道：「如果這真是桑悅的計畫，此人心計不可謂不深，手段不可謂不毒，可是他並沒有這樣做，而是在洗玉園外一刀割斷了阿七的脖子。」

許枚一攤手，「桑悅當然不敢按原計畫執行，他們原本為季家父女安排的住處是莊子西南的紫藤館，偏僻的洗玉園是沒有人住的，桑悅可以隨意施展手段，殺人吊屍。可季世元帶了三位警察一起來到百果莊，還要求和警察們住在一起。桑悅只能安排你們住房間最多的洗玉園，如此一來，他的計畫也必須修改。桑悅採取了簡單粗暴的辦法，候在洗玉園外等著阿七，在交付銀圓後，乾淨利索一刀割斷了阿七的脖子，還偽裝成左撇子以嫁禍給梅笙，卻在奪回銀圓時不小心扯壞了錢袋，銀圓散落一地。至於提前備在洗玉園中的石塊和繩索，桑悅也沒來得及收拾。」

宣成認同許枚的推測，但搜取證據卻有些難辦：「這些石塊、繩索、銀圓並不能直接指明凶手就是桑悅，也無法證明你剛才說的所謂『原定計畫』。我們所知道的桑悅和阿七之間的交易都是那個小鏟一樣的古錢說的，它可算不得人證。」

「是啊……」許枚無奈，「除非我們在桑悅的住處找到皮挎包和那些黃梅果核，可從昨晚到現在這麼長時間，他應該已經把果核處理掉了。凶器沒有找到，人證也不算數，警官總不能憑我的幾句『猜測』就把桑家公子帶走審問，這事情可難辦了……」

江蓼紅道：「如果殺死阿七的凶手真是桑悅……這個年紀的孩子心智將熟未熟，說不定會自己露出破綻。我們可以試著詐他一下，我們從空首布那裡得來的消息對桑悅來說是致命的，如果我們在談論這些消息時『不小心』被他聽到，不知他會作何反應？」

「嗯……這辦法好，我看不妨一試，警官你覺得呢？」許枚道。

宣成思索片刻，點了點頭：「也好，反正我們現在沒有線索指向別人，也沒有任何證據釘死桑悅，且先透些消息出去，看看桑悅的反應，再做計較。」

淺絳之境

「殺死阿七的是我。」桑悅咬著隨手摘下的枇杷，微笑著說。

梅笙嚇得手腳發涼，踉踉蹌蹌退到牆角，顫聲道：「桑哥……你……你跟我說這個……」

「你的小伎倆都被人一一拆穿了吧？」桑悅慢條斯理地咀嚼著甜膩的枇杷，冷笑道：「種毀了果子且不說，設局欺騙李大帥，用諧神香毒害金沁，這兩件事一旦被揭露，梅家處境堪憂。」

梅笙苦著臉道：「現在說這些還有什麼用……」

「你敢不敢放手一搏？」桑悅白皙瘦削的臉上泛起一絲血色。

「放手……一搏？」梅笙心怦怦直跳，警惕道，「桑哥……你可別害我。」

「放手一搏，今後便再也沒人知道你做的那些蠢事，梅家的聲譽也能得以保全。」桑悅上前兩步，一把攥住梅笙衣領，沉聲道：「你的香匣子呢？」

梅笙從未見過如此可怕的桑悅，只嚇得兩腿發軟，顫抖著道：「你……你要幹什麼？」

桑悅咬著牙道：「香匣子呢？你不止有諧神香，還有『軟筋風』，我見過的，那種讓坐臥的人行動遲緩，手腳酥軟，無法站立行動的南洋怪香『軟筋風』！」

梅笙見桑悅雙眼赤紅，形如惡鬼，終於忍不住「哇」的一聲哭了出來，「軟筋風有致命缺陷，會招來蜜蜂之類的東西，桑哥……你要幹什麼呀……唔……」

「別哭！」桑悅一把捂住梅笙的嘴，低喝道：「驚動了別人你也別想活！把軟筋風給我！」

梅笙見桑悅滿臉狠厲，如同惡鬼，心裡恐懼至極，只好服軟道：「香匣子……在醞館，我的書桌下面。桑哥，你到底想幹什麼？」

桑悅鬆開梅笙衣領，輕笑道：「我除了養鴿子，還有什麼本事？」

「養……養蜂？」梅笙心中一緊，「殺人蜂？你養在莊北樹林裡的殺人蜂！你在偷偷研究殺人蜂釀的『妖蜜』，昨天你送給江老闆的那罐蜜就是『妖蜜』，會讓人吃得欲罷不能。」

桑悅笑道：「看來阿七那小東西果然和你最親近，連殺人蜂的事都告訴你。殺人蜂殘忍暴虐，最好互相殘殺，我讓他抽空清理蜂屍，那小子竟然偷我的殺人蜂幼蟲養他的紅子，卻用蜂屍餵我的鴿子，還偷取妖蜜自己吃，哼，這種貪得無厭的小子，註定不得好死……」

梅笙輕輕吞了口唾沫，小心翼翼道：「桑哥，你……你要用殺人蜂做什麼？」

桑悅低聲道：「姓許的發現石塊和繩子了，銀圓我也沒拾掇乾淨，他們剛才去過分綠園了，阿七這個狡猾的東西一定在那裡留了什麼記錄，把我的計畫洩漏了出去……我不能留他們了！」

「什麼石塊？什麼繩子？什麼銀圓？」梅笙莫名其妙，突然反應過來，驚道：「你要殺人！你要……」

「閉嘴！」桑悅把吃了一半的枇杷狠狠塞進梅笙嘴裡，「你最好老實點，否則……」說著他一指昏死在床腳下的雲伊，「她就是你的榜樣。」

梅笙望著嘴邊白沫滾滾的雲伊，艱難地嚥了口唾沫，壯著膽子道：「你為什麼要殺阿七？」

桑悅冷笑一聲，「他知道了不該知道的事。」

「什麼事……啊，我不問，不問！」梅笙猛然驚覺自己問了個傻得要命的問題，慌得險些咬掉自己的舌頭。

桑悅輕輕一拍梅笙的頭，「只要這些水果、果酒和果乾順利送進大帥府，一切都妥了。」說著他取出懷錶，看了看時間道：「十點，離午飯還有些時候，我約這幾個警察還有多管閒事的戲子和古董商見一面，他們一定會來的，嫌疑人主動送上門，這種事情估計他們也是頭回遇到，哈哈……約在哪裡見面呢？嗯……就在幽篁舍吧，那裡在莊子正北，離蜂巢最近，房屋四面通透，殺人蜂更好施展。」

梅笙緊緊咬住「咯咯」作響的牙關，「你……你做這種事，一旦被人發現……」

「不會有人發現的，洪瓔、金沁這時候還睡著呢。」桑悅笑道。

「你對他們做了什麼？」梅笙瑟瑟發抖。

「沒什麼，只是蒙汗藥而已，可比你的諧神香柔和得多。」桑悅輕輕一撫梅笙柔軟下垂的短髮，警告道，「我們現在可是一條繩上的螞蚱，不過你放心，事成之後自然有替罪羔羊，除了你我二人，此間再沒有人知道有關腳印的破綻，也不會有人知道你的計畫，所以麼……剖走黃梅核的還是那個根本不存在的光腳大個子，你我都是受害者，也都是目擊者。」

桑悅幾乎要哭出來，「目擊……目擊什麼？」

「目擊大個子操控蜂群，殺人滅口。」桑悅幽幽道。

「滅……滅口？」梅笙嚇傻了。

「別怕，我們是『同謀』。」桑悅道：「一會兒你最好別亂跑，等著我來找你。事情結束後，我自然會給你解藥救這小丫頭的命。」說著他用腳尖點了點昏倒在地、口噴白沫的雲伊。

「快十一點半了。」許枚望著桌上的小座鐘道：「桑悅約我們十一點整在幽篁舍見面，怎麼到這時候還不來。」

宣成道：「也許他察覺到了什麼。所謂『試探』計畫確實生效了，且看一會兒桑悅作何解釋。」

「他不會不敢來了吧？」許枚輕輕打了個哈欠。

姬揚清毫不疲倦地捧著那枚「安臧」空首布左看右看，「姊姊，這東西值多少錢？」

江蓼紅攥著一把剛摘下的櫻桃，邊吃邊答道：「品相略差了些，能值二十塊吧。」

許枚道：「能換小二百斤豬肉。」

江蓼紅一顆櫻桃核噴出三米多遠，晃著手指點著許枚道：「許老闆，你……你這個……」突然江蓼紅臉色一變，驚呼一聲：「什麼聲音！越來越近了……天！是蝗蟲！不對……馬蜂！」

殺人蜂來得又急又快，不等江蓼紅反應過來，在屋外捉蟋蟀的衛若光瘋也似一頭紮進屋裡，腳尖一挑帶上房門，嘶聲道：「快關窗戶！你們……你們怎麼還坐著不動啊！」

「不對勁……」宣成撐著椅子扶手，努力掙了掙，咬牙道：「我的腿好像不聽使喚了。」

江蓼紅手一鬆，紅潤潤的櫻桃滾了一地，臉色慘白，「這是怎麼了？剛才還好好的……」

「這是中毒了，有人給我們下藥。」姬揚清伸手去口袋裡東摸西找，空首布滑落在地，噹啷啷一聲悶響，江蓼紅心疼得連連皺眉。

衛若光小臉慘白，手忙腳亂關窗戶，可這幽篁舍的正屋三面通透，少說有十六七扇窗，一時哪裡闢得過來？那拇指大小的殺人蜂團團簇簇如大浪決堤般湧進屋來，振翅聲嗡嗡不絕，幾乎要把房頂掀掉。

衛若光扯下珠簾羅帳，凌空舞成一白一灰兩道大幕，蜂屍飛濺，翅瓣零落，房屋正中的殺人蜂頃刻被驅散到周邊。

「小傢伙，你把那個小屏風拿過來。」許枚渾身乏力，招呼著衛若光道：「中堂下條案上的那個花梨木框架的瓷板屏，一尺來高，畫著山水圖的那個，看到了嗎？」

「你要幹什麼？」衛若光四處跳躍著驅趕殺人蜂，不一會兒已經氣喘吁吁。

「救大家的命。」許枚艱難地彈開一個飛到自己肩上的老蜂，催促道：「快點，那東西能救命，相信我。」

「如果我停下……呼呼……你們……你們就慘了……」衛若光大口大口喘著氣道。

「若光……從我口袋裡拿一個紙包，裡面有一顆綠色的小藥丸，你把它放到那邊的水杯裡，潑在地上。」姬揚清急道。

衛若光答應一聲，一把丟開嘩嘩亂響的珠簾，蜷腿伏在姬揚清身邊，左手揮舞著簾帳，右手從她的格子馬褲口袋裡掏出一個紙包，依言取出一顆黃豆粒大小的綠色藥丸，丟進桌上的茶碗裡，淡褐色的茶水立時變得如翡翠般濃綠通透。衛若光怔了怔，伸手抄起茶碗，將水潑在地上，一股似有似無的青煙悠悠浮動，殺人蜂飛動盤旋的速度似乎稍稍緩了下來。

「好……」姬揚清吁了口氣，「殺人蜂太多，我這藥水揮發得快，抵擋不了多久的，最多兩三分鐘。」

「快，瓷板屏風！」許枚急道。

「這東西能有什麼用？」衛若光扶著膝蓋稍一喘息，兩步跑到條案前，將瓷屏抱了下來，放到許枚身邊。

許枚微微一笑，輕撫黃花梨木框架道：「這插屏實在算不得古物，寒峰山人金品卿仙去不過十數年而已，但此畫毫端蘊秀，格調超然，靈韻獨具，此境大非凡品可及，亦非俗人可鑒。小傢伙，你把大家攙到我身邊。」

「嗯……」衛若光不知許枚要做什麼，只看他神色凝重超然，便不自禁乖乖點頭，揮手撥打著已能騰空而起的壯碩殺人蜂，將江蓼紅、姬揚清攙扶到許枚身邊。宣成深吸一口氣，晃悠悠站起身來，一手搭著衛若光的肩膀，緩緩走到許枚身前，靠住座椅扶手，望了那瓷板一眼道：「瓷境？」

「警官聰明。」許枚點了點頭。

「這麼多人能行嗎？」江蓼紅有些擔心。

「可以的。」許枚點點頭，「現在，每人伸出一根手指頭，湊到一起，對，就這樣……小花？你怎麼沒事？你剛才跑哪去了？」

小花探出毛茸茸的腦袋，湊在許枚手邊，許枚摸摸小花的頭，端詳那屏風瓷板片刻，伸出左手食指，輕輕點在瓷板畫山水間的一處茅屋前——那畫面竟如水面似的泛起一層漣漪，鳥語泉鳴，牧歌草香，竟透過那一層薄薄的水面，噴薄而出，畫中松枝擺動，水流潺潺，一切景致竟都活了過來。

「呵……」姬揚清倒吸一口涼氣，「許老闆，你會變戲法？什麼是瓷境？」

許枚一怔：許老闆？這「許老闆」三個字由她叫出來，味道怎麼全然不一樣了？像是個普通的敬稱。

衛若光使勁揉了揉眼睛，吸吸鼻子，「這不是戲法……這瓷板上的東西真的活了！」

「手指湊在一起，別動。」許枚伸出右手，將四人伸出的手指和小花的肉爪一併握住，低聲說道，「閉上眼睛……好了，睜開吧。」

眾人睜開眼睛，只見自己已置身於山水之間，極目望去，遠處青山隱隱，霧氣騰騰，零星可見蒼杉翠柏挺立崖巔，點點如翠墨，一條河水蜿蜒曲折，自山間流出，又從眼前淡綠色的緩坡前繞過，淙淙遠去。身後是幾座小小的茅草屋，木架細瘦，草頂纖薄，搭建在山坡下的矮草叢中。天上一片純白，不見半點藍色，卻不知哪位神仙濃墨重彩地凌空寫下幾行行書：「霽天欲曉未明間，滿目奇峰總可觀。卻有一峰忽然長，方知不動是真山。」乃是宋人楊萬里《曉行望雲山》，書法飄逸遒勁，頗具二王之風，一方朱印「金諾」鈐於字尾，剛勁舒朗，古意盎然。一目所見，盡是淡赭、淡藍、淺紫、水綠、草綠，竟無半點濃豔之色，渾如一片薄霧籠罩眼簾，又似一場淺淺淡淡的詩人夢境。

「呼……得救了。」江蓼紅跌坐在地，輕輕拂過手邊的松枝，只覺觸手之處，蒼翠的松枝竟如雲煙淡墨般溶溶化開，手掌掠過，又聚凝成形。小花在草叢間來回跳躍，卻一片草葉都撲不到，慌得喵喵直叫。

「這裡的所有圖景事物，都是一支妙筆描繪而出，看似確有其物，實則無跡可尋，人是斷斷抓不住的。」許枚微笑道。

試圖撥開「遙看近卻無」的綠草、翻找蟋蟀的衛若光扁了扁嘴。

許枚笑道：「小傢伙，你的心還真大，常人見了眼前這般情境，應該是這副模樣吧？」說著他指了指呆若木雞的姬揚清，又道：「你竟然爬到地下捉蛐蛐！」

「嘁……」衛若光撇了撇嘴，一副見多識廣的樣子，腿腳卻突突抖個不停。

「許老闆……你學過仙術！」姬揚清好容易回過神，頓時興奮起來，聲音發抖，「姊姊，你是不是早就知道？」

江蓼紅點點頭，笑道：「說是仙術也不為過。」

許枚搖搖頭，「人間哪有仙術，鐘靈之物自有諸多玄妙，我不過點開其靈其境，使物在眼前罷了。

這裡就是方才那幅淺絳山水瓷屏所繪的圖景，那些毒蜂是斷然進不來的。」

宣成一瞇眼，「我們在『瓷境』裡？」

許枚一愣，隨即微笑點頭：「沒錯，我們在瓷境裡。歷代瓷器，有的以青白黑黃釉色取勝，有的以剔刻劃印紋飾稱冠。除此之外，自六朝至唐代皆有彩繪，但多為零散紋飾，少成圖景。宋元明清以來，釉下白地黑彩、青花、釉裡紅與釉上五彩、鬥彩、粉彩、琺瑯之繪畫構圖皆漸入化境，山水、庭院、草木、人物、神靈、鳥獸，構成一目所望之完整圖景，其靈蘊便非一二瓷靈之體可具現。」

「你是說……人能進入畫在瓷器上的圖景裡？就像《聊齋》裡的《畫壁》一樣？」姬揚清瞠目結舌，「還說不是仙術！」

宣成暗暗心驚，這「瓷境」可比「瓷靈」更加匪夷所思，忙問道：「那季嵐所見的藍色山水，也是瓷境了？」

許枚點頭微笑，「沒錯，鐵拐張那幫傢伙也一樣，他們應該是被一位撫陶師帶入了青花山水圖的瓷境。自晚明嘉、萬以來，青花山水圖器極多，靈蘊絕佳者亦不在少數，尤以崇禎、順治、康熙三朝頻出佳器。」

姬揚清愣了半晌，小聲道：「聽不懂，姊姊你懂嗎？」

江蓼紅微笑點頭，「多少懂些吧。」

姬揚清道：「你懂便好……」她壓低了聲音，「可是，一旦他將來用瓷器養隻金絲雀，你都沒處捉去。」

江蓼紅輕啐一聲，伸手去擰姬揚清的嘴，姬揚清尖叫著躲到松樹後，江蓼紅一對纖指逕自穿透樹幹掐了過去……

宣成強掙扎著站起身道：「這些毒蜂，是不是桑悅針對我們的試探做出的反應？」

許枚搖搖頭道：「不好說，不過這幽篁舍正屋裡肯定是有蹊蹺的。我們幾個坐在屋裡的，手腳發軟動彈不得，在外面院子裡抓蛐蛐的小傢伙卻一點事都沒有，看來問題出在屋裡。」

「無色無味無形無跡……」姬揚清纖眉一皺，思索片刻道：「也許是某種自然揮發的奇怪香料，或者是某種液體，被人灑在屋裡。」

「是桑悅約我們到幽篁舍見面的，看來我們試探得狠了些，桑悅扛不住了。」許枚道：「還記得分綠閣中鴿子的食槽嗎？那裡面有不少這種毒蜂的屍體，桑悅應該在島上某個地方偷偷養蜂，一些死去的毒蜂便用來餵養鴿子，這可是高檔飼料。我當時便覺得阿七餵紅子的白色小肉蟲看著有些奇怪，現在想來，那東西十之八九是這毒蜂的幼蟲。」

宣成道：「如此說來，只要找到養蜂處，對應分綠閣的『飼料』，就能證明是桑悅驅動毒蜂……可是我們現在全無還手之力，外面還守著一群毒蜂，絕不能貿然出去和桑悅對峙。」

「毒蜂不會毫無緣由地襲擊人，那間屋子裡一定有吸引蜂群的藥物。」姬揚清道：「操控毒蜂的人總要來看看情況，或者說，他會來看我們的屍體，到時他一定會想辦法清除掉屋裡的毒蜂。」

「我們身上的藥勁兒也會慢慢散掉吧？」江蓼紅心中惴惴。

「不知道……」姬揚清搖搖頭，「我不知道我們中了什麼毒……不過我這裡有一瓶『雨蒸花』，可以祛除百毒，又於人體無害。」

「還有這種奇藥？」許枚奇道：「這名字倒是取得好，『催花氣暖先蒸雨，消雪岩空漸迸泉』，雪盡花開，生機重啟，取意絕妙。不過姬法醫出身驗骨堂，怎麼會有這種『醫死人肉白骨』的救命藥？」

「機緣巧合，異人所贈……」姬揚清露出一絲不豫之色，強行扯開話題，「我可不懂什麼詩情字義，這『雨蒸花』只有十顆，精貴得很。若光，我皮帶上，腰眼右側，有一個小插扣，裡面有個小指大小的瓶子……」

許枚笑道：「藏得好生隱祕。」

衛若光依言取出藥瓶，倒出幾粒「雨蒸花」，這藥丸只有紅豆粒大小，呈淡紫色，晶瑩透亮，裡面隱隱裹著白絮，像小小的碧璽珠，在衛若光掌心滴溜溜亂滾，竟如活物一般。

「像水果糖豆。」衛若光道。

「倒多了，放回去兩顆。」姬揚清心疼道。

許枚、宣成、江蓼紅、姬揚清各自吞下一顆「雨蒸花」，按姬揚清的吩咐細細嚼碎，盤坐在草叢中，不過二十分鐘工夫，體表便蒙了一層細細的汗珠，頭頂白氣蒸騰。

衛若光怔怔地望著四人，輕輕吸了口氣：今天見到的怪事情太多了，古董販子會「畫壁」的功夫，姬揚清隨身揣著能解百毒的靈藥，賣水果的會養毒蜂，江老闆會鑒賞古錢……

「好了……」又過了十幾分鐘，姬揚清緩緩吐出一口熱氣，輕輕抬起胳膊，活動著肩膀道：「骨頭還有些疼，好歹不酥不軟了。」

江蓼紅輕撫胸口道：「阿清，我竟不知道你還有這樣的寶貝……」

「姊姊……」姬揚清止住江蓼紅話頭，輕笑道：「我也不知道姊姊的許老闆是個法師。」

「法師……」許枚直咧嘴，瞧了宣成一眼，「好吧，法師總比神棍好聽。」

宣成站起身來，撐起雙臂扭動腰身，「這藥很靈，我的體力至少恢復了六七成。是時候出去了嗎？」

許枚伸出左手，凌空一抹，眼前虛空中竟如開了一扇不規則的玻璃窗似的，那「玻璃窗」後便是畫屏所在的幽篁舍正屋，屋中殺人蜂幾乎散盡，零星有幾隻遲鈍些的還在桌椅上慢慢爬動。

「毒蜂退了，人也該來了吧。」許枚道。

姬揚清目瞪口呆，「許老闆，你真神了！」

許枚笑道：「身在瓷境中，總該有些手段看到外面的場景。」

宣成突然道：「現在不是子時。」

「是午時。」許枚道：「撫陶師子時可喚醒瓷靈，子午二時皆可進入瓷境。」

「你的手也沒有變化。」宣成盯著許枚的手掌，依舊白皙漂亮，但沒有之前所見的那種珠玉般的妖冶之感。

許枚輕輕揉了揉自己的手指，「撫陶師的手只有在子時才會變得更美。」

話音剛落，「玻璃窗」那邊，兩雙腳相繼踏進幽篁舍。

「桑……桑哥，這……沒人啊……」

「閉嘴！他們一定被殺人蜂困住過，還拚命掙扎，這珠簾和羅帳都丟在地上，連這個插屏也……為什麼端端正正擺在椅子上？」

「桑悅和……梅笙？」許枚驚道：「難怪，難怪，梅笙手裡有諧神香，保不準還有別的奇香。」

「我們怎麼出去？」宣成盯著「玻璃窗」後來來回回的兩雙鞋子，急問道。

「要出去麼……好，大家把手指伸出來，還像剛才那樣，對……」許枚笑著握住四人手指，「閉眼，好了，睜開吧。」

十三姨太

「啊！啊——」

四人剛剛睜開眼睛，便聽一聲撕心裂肺的慘叫。

梅笙臉色慘白，淚花滾滾，兩腿一軟癱倒在地，「鬼……鬧鬼了……」

桑悅肝膽俱裂，抽身退出五六步遠，右臂一抖，一柄匕首從袖中滑出，穩穩落在掌心：「你們是人是鬼？」

「人。」許枚道：「貨真價實的人。」

「你們耍的什麼把戲？怎麼會憑空出現？不可能，你們不是人！要來找小爺索命嗎？來啊！」桑悅驚魂未定，飛快地挽了個刀花，顫巍巍指著五人道。

「這就是殺死阿七的凶器嗎？」宣成上前一步道。

「你別過來！」桑悅惡狠狠道。

「那封要玉壺春瓶的勒索信是不是你寫的？」宣成繼續向前走著。

「你……你別過來。」桑悅凌空狠狠揮著匕首，試圖逼退宣成。

「阿七知道了什麼祕密，你不惜殺人滅口？」宣成緩步向前，盯著桑悅的眼睛，平靜地問。

桑悅一步步退著，手中匕首飛轉不停，腳下卻在門檻上一絆，險些跌倒。

宣成慢慢走到門外，繼續問道：「翻天的大事指的是什麼？」

桑悅終於按捺不住，歇斯底里地大叫一聲，揮刀直刺宣成心窩。

「出刀迅猛凌厲。」宣成輕輕側身躲過，「難怪阿七頸上一刀抹得如此乾脆，一個商賈之子，能練到如此身手，也算難得。」

桑悅駭然恨叱，反手一刀，劃向宣成咽喉。宣成也不再與他糾纏，輕輕一抬手，穩穩托住桑悅手腕，用力一扭，桑悅「哇」地慘叫一聲，匕首落地，手臂反擰在背後，被宣成牢牢按住，猶自嘶聲低吼不止。

梅笙抱著頭縮在桌角，嗚嗚哭著道：「別……別打我，我是被他逼著來的……解藥，雲伊的解藥，他給雲伊吃了有毒的點心，我不敢不給他軟筋風……」

「軟筋風？」姬揚清眼睛一亮，「對啊，無色無臭，令人在無形中失去行動能力……這種南洋藥價格昂貴，比諧神香有過之無不及。」

「解藥拿出來！」宣成手上加了三分力道，桑悅骨節「咯咯」作響，忍不住失聲慘叫，險些昏死過去。

「帶我去看你的雲伊。」姬揚清一把扯住爛泥似的梅笙，不由分說拖出門去。

許枚望著蜷縮在地痛苦掙扎的桑悅，突然俯下身子，伸手捲起他的衣袖，「咦，這個手鏈還滿別致……小臂上沒有黑線啊……第一封勒索信是不是你寫的？」

「不是……」桑悅抗不過宣成鬼神般的強大力道，終於筋疲力竭，放棄掙扎，癱臥在地，輕輕擰了擰肩膀，咬牙切齒道：「我不知道為什麼會有那麼一封信，我還以為梅笙改變了計畫。」

「你知道梅笙的計畫，所以借用他的計畫來設計阿七的死局，可你為什麼假裝沒有發現鴿子腳上的信？別告訴我你沒摸出來羽毛裡面裹了一只信筒。」許枚又問道。

「莊子上來了警察，我本來想放棄計畫的。」桑悅恨恨道：「我還想著梅笙那蠢貨不敢在警察面前玩花樣，沒想到他還是執行了假綁架的計畫……嘿，我有什麼辦法？他的計畫一定會露餡的，到時候阿七也跑不了，一旦阿七落到警察手裡，把我的事情說出來……」

「什麼事情？你打算做什麼，還是已經做了什麼？」許枚問道。

桑悅冷笑一聲，「過些時候，你自然會知道。」說著他縮起身子扭過頭去，像蝦一樣蜷在地上。

「嘿，這小東西……」許枚無奈。

「桑公子，你要對李大帥下手？」江蓼紅突然問道。

桑悅一驚，猛地睜開眼睛，「你怎麼知道！」隨即一咬牙：糟了。

許枚也驚訝不已，「你怎麼知道？」

他又難以置信地瞧著桑悅：「你要對付李矩？年紀不大膽子不小啊！」

江蓼紅俯下身去，捉起桑悅的手腕：「這條手鏈眼熟嗎？」

「唔……」許枚托著下巴，仔細打量著桑悅的手鏈，兩條絳紅色細繩打成的雙龍盤柱絡子，穿著兩枚光潤潔白的小貝殼，兩顆茶色水晶八稜珠，兩顆水藍色琉璃珠，五色間雜，精緻可愛。

「嗯……用料不甚名貴，製作卻極盡精巧，也算個可人的小物件，不像市集上買的，倒像是誰家小姑娘自己編的。可是……我之前應該沒見過這東西吧？」許枚道。

「你看過那個報紙吧，李大帥迎娶十三姨太的專版。」江蓼紅道。

「對啊，好大的照片占了一整個版面。」許枚道：「我還看過十三姨太自殺事件的專版報導，可十三姨太和這手鏈有什麼關係？」

江蓼紅道：「你們男人啊，從來不曉得關注女人照片裡的重點。」

「重點？什麼重點？」許枚不解。

「首飾啊！女人的首飾，你們看照片的時候難道從來都不關注照片裡的女人戴什麼項鍊，配什麼耳環，提什麼包包，用什麼鐲子嗎？」江蓼紅道：「十三姨太的婚禮照片我記得很清楚，滿頭西洋首飾亮晃晃的俗不可耐，手腕上卻戴了一條和這個一模一樣的手鏈，一模一樣！小貝殼、琉璃珠子和水晶珠子間隔著穿綴在雙龍盤柱的細繩鏈上，那照片很大，手鏈的細節我看得一清二楚。」

「噢……」許枚望著天想了好久，才道：「有印象，有印象。既然是一模一樣的手鏈，嗯……這十三姨太的年紀，倒是和桑公子很般配啊。」

桑悅臉色灰敗，閉著眼睛「哧哧」喘氣。

「你對李大帥下手，是為了十三姨太？」江蓼紅搖頭歎道：「難怪，難怪，奪愛之恨啊……」

「是明瀟自己選擇嫁進大帥府的，李矩沒有用強。」桑悅眼圈泛紅，「可她心裡應該還念著我，否則不會一直戴著那條手鏈……那是她親手編的，她一條，我一條……」

許枚暗道：原來十三姨太叫明瀟，這名字也好聽。

「如果李大帥沒有用強，十三姨太為什麼要投井？」江蓼紅奇道：「坊間傳說十三姨太不堪李大帥凌虐，趁其外出練兵時投井自殺。」

「明瀟——是被——孫炎——推到井裡去的！」桑悅猛地睜開眼睛，狠狠咬著牙道。

「孫炎？李大帥夫人？她怎麼會做出這種事？」江蓼紅大驚，「孫氏人雖強橫了些，但還算守禮自制，從未聽說她凌虐妾侍、苛待家僕。」

桑悅冷冷「哼」了一聲道：「李矩家事，你這戲子倒是知道得清楚。」

江蓼紅一噎，搖搖頭道：「我與李大帥夫婦雖然相熟，但終歸是外客，對李家一些私密家事無法詳知。不過你家的桑葚酒孫氏素來喜歡，你……你莫不是在酒裡做了什麼手腳？那酒可不是專供孫氏一人喝的，李大帥和其他姨太太……」

桑悅滿臉狠厲，「我不管！李矩那個老色鬼也該死！」

宣成倒吸一口涼氣：他不否認桑葚酒有問題！

江蓼紅沉默片刻，又問道：「那這個老色鬼怎麼會認識明瀟？」

桑悅眼神迷離，黯然道：「我帶她參加過一次珍果宴……整個晚上，李大帥的眼睛就沒離開過她。明瀟也喜歡大帥府的氣派，她……她曾說最愛戎馬倥傯的蓋世英雄……」

「蓋世英雄，算了吧，一個有槍有炮的草莽而已。」江蓼紅歎道：「這條危險的情路是她自己走的。」

「她還念著我，她還戴著我們的手鏈！」桑悅梗起脖子，漲紅著臉道。

江蓼紅連連皺眉，「傻小子，你有沒有想過這麼做的後果？珍果宴上的滿座賓主喝下桑甚酒後毒發，桑家會落入何等處境？梅笙苦苦設計一場綁架案就為了保住梅家的招牌，你卻為了一己私情將整個家族陷入死地……」

桑悅像落入陷阱的絕望小獸似的低吼一聲，把臉埋在地上，眼中淌下淚來，「我不管，我不管，我要孫炎和李矩死，一定要他們死……」

「阿七就是知道了這件事吧？」宣成取出手銬。

「慢著，警官。」許枚伸手按下手銬，「你就這麼把他抓回警局，如實上報？」

「怎麼了？」宣成不解。

許枚道：「一旦這些破爛事被李矩夫婦知道，可不知有多少人要挨槍子。這位大帥可是鬍子出身，殺起人來可不講法律，還喜歡搞株連。」

宣成略一沉吟，「梅笙胡鬧我可以瞞下來，可阿七的命誰來償？」

許枚道：「你抓他回去可以，交給隱堂吧，這件事還沒完，第一封莫名其妙的勒索信和這座百果莊脫不了干係。」

宣成躊躇半晌，點頭道：「把桑悅交給隱堂確也可行，但他和那個……」他壓低了聲音道：「他和那個撫陶師有聯繫嗎？」

許枚走到桑悅身前，俯身問道：「桑公子，你怎麼知道殺死明瀟的是大帥夫人？明瀟和李大帥新婚宴爾，正是得寵的時候，孫氏趁李大帥外出時動手殺人，必然做得極為隱祕。當時幾乎所有人都以為十三姨太是投井自殺，我甚至懷疑李大帥到現在也不知道明瀟的死因。」

桑悅不知許枚和宣成所說的「隱堂」是什麼所在，但聽二人的口氣，似乎沒有把他交給李矩的意思，心中忽然慶幸起來，揚起臉道：「是一個黑衣蒙面，手腕上有疤的人告訴我的。」

許枚一攤手，「喏，聯繫。」

宣成忙問：「那黑衣人有沒有和你提過關於瓷器的事？」

「沒有……」桑悅不知這案子和瓷器有什麼關係，「他來得莫名其妙，走得無聲無息，鬼魂似的。」

許枚又問道：「你對他說過梅笙的計畫？」索要玉壺春瓶的勒索信顯然是借了梅笙「綁架行動」的東風，如果這封信真的出自躲在幕後的撫陶師之手，此人應該對梅笙的計畫非常瞭解。

桑悅莫名其妙，「沒有，我為什麼要對他說這些？」

「沒有麼……」許枚搖搖頭，無奈道：「第一封勒索信來得不清不楚，真是頭疼……對了，那些毒蜂是怎麼回事？」

桑悅輕笑一聲，「我養在百果莊北牆外的密林裡的，是最毒最凶悍的殺人蜂。人活在世上，總要有個愛好。洪瓔最好玩蛐蛐蟈蟈之類的東西；梅笙喜歡調弄香料，不惜豪擲千金；金沁玩木偶已經玩出了偌大的名頭，天下馳名；我喜歡養鴿子，也喜歡養蜂。那些殺人蜂是今年秋天才安置在島上的，我本以為沒有人知道，可阿七已經把這件事告訴了梅笙。」

「養蜂……」許枚回想起阿七餵養紅子的白色肉蟲，「你的祕密蜂場也是阿七在操持？」

桑悅冷哼一聲，「可這小子監守自盜。」

江蓼紅心頭一顫，「那你送我的蜜是……」

「殺人蜂釀的蜜，放心，這蜜沒有毒，而且鮮美無比。」桑悅輕笑道：「只是吃久了多少會有些癮頭，過段時間就淡了。」

「那我還是不碰那東西的好。」江蓼紅很慶幸還沒吃那東西。

許枚道：「幽篁舍在百果莊正北，又是個四面通透的房舍，正可以施展殺人蜂。那種讓人無法行動的軟筋風你下在哪裡？」

桑悅道：「塗抹在桌椅上。你們竟然有力氣扯下珠簾掃打蜂群，這我實在沒想到……你們是人是鬼，怎麼會從幽篁舍消失，又突然出現？」

許枚道：「你只要回答我的問題就好，不該問的不要問……解藥呢？」

桑悅冷哼一聲，「你們沒有中毒，要解藥做什麼？」

「雲伊的解藥。」許枚伸手道。

桑悅冷笑道：「一點江湖上常見的麻藥而已，沒什麼解藥，吃些大黃巴豆，拉幾次便好了。洪瓔和金沁喝了摻蒙汗藥的茶，這時候應該還睡著，一盆涼水潑醒就好。」

「喔……原來是麻藥。」許枚搖頭道：「可憐梅笙被嚇得不輕，被姬法醫拖走的時候，褲子都濕了。」

「呵……」桑悅輕輕一笑，撐起身子，問道：「你們要把我送到哪去？隱堂是什麼地方？」

宣成正色道：「你所能去的最好的地方。」

桑悅咂咂嘴，「可以保我不死？」

宣成冷冷道：「依法裁決。」

桑悅攤開身子躺倒在地，「好啊，還是要死的，是槍斃還是砍頭，或者是絞刑？」

宣成道：「禍不及親友。」

桑悅雙目微閉，「好，總比落在李鬍子手裡強。阿七的命我來償，那誰來給明瀟償命？如果我手裡有證據，你敢去抓孫炎嗎？」

宣成沉默不語。

桑悅似笑非笑道：「放心，我不會給警官出難題的，證據……我哪兒來的證據，哈……」

桑悅又睜開眼睛，看向江蓼紅，「梅家的果子毀了，桑家的果酒有毒，江老闆，你這個提貨人怎麼和李大帥交代？」

江蓼紅輕笑道：「放心，我會告訴他，有人劫走了桑葚酒和黃梅，劫匪是個黑衣蒙面、手腕上有疤的男人。」

「呵，江老闆聰明。」桑悅慘然一笑。

「也許明瀟的事我可以幫你。」江蓼紅道：「我是個……用你的話說，是個戲子，最擅摹演人物，你把明瀟的舉止、做派、語氣、眼神、穿衣風格和髮型妝容詳詳細細地描述一遍，也許我能幫你治治孫炎。」

青花山水

日暮黃昏，漫天濃雲滾滾，被夕陽層層暈染，一朵朵一簇簇的透出柔潤的橘紅色，湖面上細浪粼粼，江蓼紅的提貨小船兜著一帆軟風駛離了春實島，隨著湖水的浮動輕輕地搖晃著。

船內艙裡是上品的櫻桃、枇杷和臨時摘下的中品桑葚、黃梅，桑悅備下的十五箱劇毒的桑葚酒都被江蓼紅倒進了百果莊北面的密林裡，那裡的殺人蜂對這種甜膩的果酒絲毫沒有抵抗力。

船的外艙很大，此時卻被十一個人和一具屍體擠得滿滿當當。

「我給洪瓔留了二十塊錢，讓他帶給阿七的家人，權當是買下那個……買下這對紅子。」江蓼紅一手托著紅子籠道——既然收下了「鳥糞鏟」，便不在乎花二十塊大洋買下這對價值三十個銅板的紅子。

許枚輕輕搔著小花軟絨絨的下巴，笑了笑說：「所有人都搭上了你的小船，單單把那小胖子一個人留在島上，可憐他到現在都不知道到底發生了什麼。」

江蓼紅道：「我也奇怪，他為什麼不和我們一起離開？他就不怕『綁匪』去而復返？一個人守在那麼大的莊子裡，若是換了我，怕是嚇得連房門都不敢出。」

許枚道：「所以你在他的房間裡藏了一枚宣和通寶，你懷疑他？」

江蓼紅搖搖頭，「懷疑談不上，只是覺得他膽氣太壯了些。」

宣成有些奇怪，「江老闆，你平時隨身帶著銅錢？」

江蓼紅笑道：「帶著玩的，幾枚唐宋小品，精巧可愛，又不甚值錢，可做書簽，也可把玩。」

桑悅沒有戴著手銬，渾身上下卻半點動彈不得——軟筋風已經成了姬揚清的囊中之物，用在長途押送的犯人身上再方便不過。

梅笙抱著瀉了半下午肚子的雲伊坐在船艙角落裡，滿臉忐忑：聽這警官的意思，似乎並不想發落我們，可他會不會把我的計畫抖出去？

金沁滿臉委靡，半躺在靠近內艙的一個軟墊上，不時地打著哈欠：上岸後要看醫生啊，我最討厭看醫生了……

季嵐抱著霽藍釉膽瓶，緊緊依偎著季世元坐著，不時地望望抱作一團的梅笙和雲伊，咬著嘴唇默默不語。

季世元心中疑雲重重，眼看小船靠岸，終於按捺不住，攔了季嵐幾步走到許枚身邊，小聲道：「許老闆，小女夢中遇仙一事……可否請尊駕到舍下詳說？」

臨近碼頭，外面也喧鬧起來，各種商貨輪船來往不絕，白帆如織，馬達轟鳴，許枚輕輕打開船艙的小窗，笑道：「季先生家裡可有明清兩代青花瓷器？」

季世元連連搖頭，「我從不收藏瓷器……這和小女遇到『仙人』有什麼關係？」

「沒什麼，這世上根本沒有仙人，我想是某個心懷不軌的江湖怪客使了什麼幻術，迷住了季小姐。」許枚道。

「有的……」季嵐突然道。

「別胡說，有什麼？」季世元輕嗔道。

「我書房裡有一個青花山水圖筆筒，應該是清代的古董。」季嵐道。

「筆筒？是你最近買的嗎？」季世元一怔：我極少去孩子們的書房，她什麼時候買的筆筒？

季嵐搖搖頭，「是洪瓔送我的，大概十多天前吧。」

許枚輕吸一口涼氣，宣成也提起了耳朵。

「洪瓔，你說洪瓔！」江蓼紅驚道：「他為什麼送你筆筒？他之前和你認識嗎？」

季嵐嚇了一跳，輕輕退了一步道：「認識談不上，見過幾面而已，他說……說是梅笙託他送的……」

梅笙正有氣無力地靠在牆角，突然被叫到名字，猛地吃了一驚，「啊？怎麼了？我？我沒有託洪哥送過東西。」

許枚笑笑，「許是梅公子記差了。」

「我沒……」梅笙收到許枚一個警告的眼神，之後的話全都嚥回了肚子裡。

「季小姐，那筆筒上的畫面是什麼樣子的？」許枚問道。

「嗯……」季嵐思索片刻，說道：「山巒錯落，陡峭處直入天際，險峻無比；平坦處與水面相接，宛如平臺。四處怪嶺迭出，小路隱現，一座矮草亭、幾棵大葉樹，山水樹木濃淡得宜，白淡處清朗如水，濃豔處鮮藍青翠，繁而不俗。我剛拿到時便愛不釋手，把玩了好幾天。」說著她臉一紅，小聲道：「謝謝你，梅笙，那個……很貴吧。」

梅笙正要出言否認，被許枚、宣成生生逼視得張不開口，只好強忍著脅下的陣陣劇痛齜牙咧嘴——雲伊掐人的功夫實在令人消受不起。

許枚讚道：「季小姐出口不凡，難得，難得。那麼，這筆筒所繪圖景，與你夢中所見是否相似？」

季嵐一驚，細細回想一陣，輕輕點頭道：「是哦……我夢中所處，似乎正是筆筒中的一處山腳，許老闆，這……」

許枚笑道：「俗話說『日有所思，夜有所夢』，季小姐日日把玩這筆筒，中幻術入夢之後，便不自覺幻想自己身處藍色圖景中，這也是人之常情，對吧，姬法醫？」

「啊？哦……對啊，許老闆說的有道理。」姬揚清嘴上附和著，心中暗笑：我算是知道你的小祕密了，許老闆。

「是這樣嗎？」季嵐輕輕皺眉，小聲道：「可我總覺得那個夢很真實，而且……他為什麼要送我一對鐲子？那鐲子很值錢的。」

季世元狐疑地望著許枚，「這人對我女兒使江湖幻術……他想要什麼？阿鴻的那個瓶子？」

「也許是……」許枚微笑道：「但我保證，他不會再找你們的麻煩了，他……多半會來找我吧。」

「找你？」季世元有些奇怪，正要繼續問，忽聽金沁叫了一聲，「啊呀？」

眾人都吃了一驚，齊齊望向金沁。金沁小臉一紅，囁嚅道：「我……我剛才好像看到六指如意了。」

「不會吧？」江蓼紅吃了一驚：當年名動天下的木偶師六指如意銷聲匿跡已近十年，怎麼會出現在這裡。

金沁揉揉眼睛，指著窗外熙熙攘攘的碼頭，「我好像看見他提著幾個大包從那個商鋪出來，一眨眼就不見了。」

江蓼紅探頭看去，見岸邊人群川流，商鋪鱗次，挑擔的貨郎扯著嗓子吆喝，扛包的力巴弓著脊梁運氣；漁人拖著滿筐水產和酒樓牙子討價還價；水手敞著胸膛和賣酒姑娘調笑渾說；趾高氣揚的小軍官揮著刀鞘在人群中拍打出一條小路，涎著臉直奔街角花枝招展的交際花，亂哄哄吵嚷嚷一派煙火氣息。

「那個小店嗎？」江蓼紅順著金沁手指看去，卻是一座專賣供品冥幣香燭的紙紮鋪，不禁疑道：「六指如意……買紙紮？」

「也許是我看錯了吧，碼頭上那麼亂，人影一閃就沒了。」金沁道。

「是嗎……」江蓼紅惋惜道：「六指如意一代傳奇，我自幼傾慕，可惜……」

眾人只當是金沁受諧神香所擾，一時看花了眼，也未把出現在紙紮鋪的「六指如意」放在心上。

季世元推了推眼鏡，繼續道：「許老闆，你說那人會去找你，為什麼？會不會是那瓷瓶給你添了麻煩？」

許枚道：「噯，季先生說的哪裡話，這所謂神仙和瓷瓶的事，與貴府再無瓜葛，因為藏在您和您女兒房間裡的一對小東西，被我悄悄拿到了我的房間。我說的話，它們應該都聽到了。」

「什麼東西，會聽人說話？」季世元一頭霧水。

「沒什麼，沒什麼，之後的事由我來應付。」許枚擺著手笑笑，「至於那個筆筒和這只膽瓶麼……

請季小姐好生待它們，這些精緻古物都是有靈氣的。」

「哦……」季嵐似懂非懂，撫著懷中的霽藍釉膽瓶，輕輕點了點頭，「說來我也和它有緣呢，連名字都是一樣的。」

許枚笑道：「你爸爸給你取了個好名字。」

「咯噔噔噔」幾聲悶響，小船靠了岸，大帥府的管事早候在岸上，一輛小貨車停在不遠處，等著運送水果。江蓼紅當先下了船，笑吟吟和管事打著招呼。

許枚伸了個懶腰，走出船艙，喃喃道：「怎麼不見隱堂的人來，神龍見首不見尾的，那天在耍子街，胡三好像被鬼招走了似的……」

「捕門的人已經到了。」宣成望著碼頭上熙熙攘攘的人群道：「可真正應該被送去隱堂的，不是桑悅。」

許枚道：「放心吧，江老闆在洪瓔的房間裡藏了小耳朵。」

夜幕初臨，春實島上涼風颯颯，百果莊裡寂靜無聲，紫藤館每一處燈燭都已點亮，不大不小的院子照得如白晝一般。洪瓔獨自坐在窗前的書桌旁，脫下緊緊繃在身上的白色西裝，解開襯衫的領扣，長長舒了口氣，又顫巍巍地解開長過手腕的袖扣，輕輕挽起衣袖，望著直通臂彎的一道黑線，悶悶地歎了一聲。

「不必看了，那條線就在你皮肉之中，看是看不掉的。」窗外傳來似笑非笑的聲音，洪瓔嚇了一跳，渾身肥肉突地一顫，層層肉浪在襯衫下隱隱波動。

一個頭戴軟絨窄簷禮帽，臉上裹著圍巾，身穿黑色長衫的男子出現在洪瓔身前，這人不高不矮，不胖不瘦，似乎渾身上下瀰漫著一股平凡氣息，只那一對長眉，一雙細眼，透著濃濃的書卷氣，眼波清冷寒冽，令人不敢直視。

洪瓔定了定神，咬牙道：「我都按照你說的辦了，季嵐沒有帶來你要的瓶子，這可怨不得我，快給我解藥！」

黑衣人搖搖頭，「我並不確定那只玉壺春瓶還在季家，我下線的下線出了嚴重的問題，而且……我低估了季家大小姐，那段時間她到處籌錢，那只瓶子也許已經被換成了錢。現在看來，那瓶子確實不在季家了。」他搖頭一笑，「我說這些你也聽不懂，我讓你把那只小盒子藏在季家父女房間的隱蔽處，你可都照辦了？」

「哼……」洪瓔拉開桌前的抽屜，取出兩隻粉彩鼻煙壺。

「你打開了我的盒子。」黑衣人話中隱隱透出一絲不滿。

「季世元和季嵐他們沒住在紫藤館。」洪瓔道：「這兩天島上發生了很多事，我沒顧上這東西。等那些人離開莊子，我得空過來的時候，發現盒子就這麼擺在桌上，我之前可是把它放在房梁上的。」

「除你之外還有人動過這盒子。」黑衣人聲音冷了下來。

「你讓我把這些東西藏在他們房間，到底在打什麼主意？」洪瓔一手捧著兩隻鼻煙壺，高高舉起，威脅道：「你最好說實話，否則……哼，我手一鬆，你知道是什麼後果，乾隆官窯的鼻煙壺，價值不菲啊！」

「呵……」黑衣人搖頭笑笑，從口袋裡取出一個小藥瓶，隨手拋在地上，玻璃碎渣四濺崩飛，乳白色的液體淌了一地。

洪瓔嚇了一跳，縮回手來將那兩只鼻煙壺緊緊抱住，警惕道：「你幹什麼！」那樣子活像一隻受驚的惡犬。

「解藥，我原本打算給你的。」黑衣人拍拍手，露出腕上星星點點的傷疤，「這世上不該留多餘的人，我也不該再辦多餘的事，上次來的時候無意中和那個養蜂的小子說了她女人的死因，平白惹出這許多事來……」

「解藥……解藥……你、你還有的，對不對？」洪瓔冷汗滾滾，臉上肥肉亂顫。

黑衣人拍了拍平展展的長衫，「沒有了，我帶兩瓶解藥作甚。」

洪瓔幾乎要哭出來，抖了抖手裡的鼻煙壺，「我……我……我有『人質』！咦……啊！」洪瓔正抖著雙腿咬牙發狠，忽見眼前人影一閃，嚇得失聲大叫，待他回過神來，手中的兩只鼻煙壺已不翼而飛。

「噗……」黑衣人輕輕一笑，「我走了，在樹林裡苦苦藏了一晚，結果什麼也沒等到，反而有警察坐船過來，我還得躲著他們。這兩天過得實在太熬人，我要回去休息了，你自己保重。」

「你……你不能不管我！」洪瓔狂叫著撲將過去，活像一隻巨大的白熊。黑衣人輕輕一閃身，抬腳在洪瓔腳腕子上一點，近二百斤的巨大身軀山也似轟然撲倒，震得屋中桌椅晃了兩晃。

「如果我是你，就趁著解藥沒乾，過去舔個乾淨。」黑衣人小心地將鼻煙壺揣進懷裡，「對了，你們莊上廚房裡有存放冰鮮的冷窖吧？吃完解藥後去那裡邊坐上半小時。」說完他撣撣衣袖，施施然離開了屋子。

洪瓔揉著摔得生疼的一身贅肉，艱難地掙起身來，望著淌了一地的乳白色藥劑，狠狠吞了口唾沫，幾步爬上前去，小心地挑揀起和在藥水裡的玻璃碴，撅起嘴唇，顫顫巍巍吮了上去。

明命通寶

大帥府的珍果宴總算順利結束了，歌舞昇平，賓主盡歡，幾十名來自社會各界的賓客酒足飯飽，三三兩兩地告辭離開。只有沒能品嘗到上品黃梅、桑葚酒的李矩顯得興致不高，桑、洪、梅、金四家公子遭遇黑衣歹徒劫奪珍果，受驚臥病，更是令出身鬍子的草莽大帥火冒三丈，「連爺的貨都敢劫，連給爺送貨的人都敢動，簡直是魯班門前揮斧子！好在江老闆聰明，把這事情壓了下去，否則爺的臉往哪擱？對了，得準備一份禮物給江老闆送去，這次全靠她打退匪徒，才保住櫻桃和枇杷，準備個什麼禮物呢？江老闆是風雅人，送金條銀圓顯得俗了，嗯……對了，送畫吧，我屋裡掛的那幅蘇東坡畫的《乾隆皇帝南巡圖》就不錯……」

孫炎沒喝到桑葚酒，心中格外掃興，今年桑家的酒被人劫去，她這一年都沒個解饞的，而且剛才那江老闆穿著、舉止、做派、說話的語氣和飲食喜好，活像被她塞進井裡的明瀟，跟被明瀟附身了一樣，詭異至極，尤其臨走前那一個眼神，看得她渾身不自在，背後冒了幾層白毛汗。她見李矩噴著酒氣吩咐僕人去書房取那幅假得蹩腳的畫，也懶得多說什麼，逕自扭動著豐滿的身體回房休息去了。

「什麼東西，咯得頭疼……」孫炎剛一躺下，便覺枕頭裡像是藏了什麼東西，忙拆開枕套，一看之下，天靈蓋幾乎飛了起來，「這是明瀟那小賤人的手鏈！」孫炎記得清清楚楚，屍體打撈出來時，這條手鏈就戴在明瀟手腕上，草草下葬時也沒有取下來。

「怎麼回事？這是怎麼回事？這東西明明和她一起埋了，難道是……她回來了……不對，不對，不可能……這世上沒有鬼……」孫炎頭上冷汗滾滾，哆嗦著嘴唇安慰自己道：「有人作怪，一定是有人作怪，是誰，是誰……對了，我得先把這東西藏起來，一旦大師回來看到……我……我怎麼動不了了……」孫炎手腳發軟，一頭栽下床去，那條手鏈也掉在地上，發出「噹啷啷」一聲脆響，孫炎一個激靈，定睛看去，「這……這手鏈上怎麼掛著一個銅錢？明命通寶……明……命！是她，是她！是明瀟那小賤人來找我索命了！啊……救命啊！有鬼壓著我，啊……」

當醉醺醺的李矩回到房間時，看到的是攥著明瀟手鏈癱成一團爛泥的孫炎，頭髮汗淋淋垂在臉上，面色白得嚇人，嘴裡還喃喃地說著胡話：「明……命……明……命……」那副模樣格外詭異可怖，李矩嚇得酒醒了一半，「你……你胡鬧什麼？起來！」

「鬼……有鬼壓著我，我動不了。」孫炎忽地睜圓了眼睛，死死瞪著李矩道，「是她！是她回來了！」

「江老闆、姬法醫，你們這回玩得有些大呀……」許枚抱著小花，無奈地搖搖頭，「你們怎麼能確定桑悅說的就是事實？萬一那小子別有用心胡說八道呢？」

江蓼紅道：「如果孫炎沒做過虧心事，自然不會被一個手鏈、一枚銅錢嚇住，現在看來，桑悅說的不假。」

姬揚清也道：「就是嘛，我們這個計畫可是下了大本錢的，繳來的軟筋風本就不多，這回足足用了三克！姊姊，你也捨得下本，生生搭進去一枚古錢。」

江蓼紅失笑道：「哎喲，那明命通寶可算不得什麼，那是越南國阮朝明命年間鑄的錢，大致相當於前清嘉慶到道光年間吧。這錢不僅在越南國內流通，也隨商賈來往流入中國，存世極多，這麼一枚『古錢』麼，怕是兩個銅板都不值呢。」

姬揚清一吐舌頭，「那你這本兒下得可不如我大，那軟筋風的價格比黃金都不低。」

「以後不准做這麼冒險的事。」許枚繃著臉道。

窗外，衛若光湊在宣成耳邊，輕輕道：「所有線索都整理過了，那天晚上在泛盡河下游的帳篷附近……就是帳篷上游大約五百米的地方，發現了幾個不屬於梅笙、雲伊、阿七和哪吒木偶的腳印，我想……既然第一封勒索信要求收信人把玉壺春瓶放在小船裡流向下游，那麼這個『綁匪』應該也在下游候著。」

「嗯……」宣成點頭，「什麼樣的腳印。」

衛若光拿出一張拓著腳印的紙道：「是最常見的布鞋，長約五寸三分，足形修長，從腳印推斷，此人身高一百六十五公分上下，體重一百斤左右。」

「嗯……還真是有些瘦小。」宣成端詳著腳印，小聲道：「這腳印你拓了幾份？」

「兩份，這份給隱堂，另一份自己留著。」衛若光道。

「嗯，好。」宣成道：「你先回去吧。」

「腳印不給許老闆看嗎？」衛若光問道。

「這個……容後再說吧。」宣成望著紗窗後滿臉微笑的許枚，輕輕搖了搖頭，「他有不少事瞞著我，我又何必事事與他交底呢？」

《深夜古董店2》：錬金師的祕密　預計五月出版

冉城暴發戶武雲非舉辦鑑寶會，會上將展出眾多稀世古玩，包括康熙官窯天藍釉花觚、張獻忠「西王賞功」金錢等寶物。就在鑑寶會舉辦當天，武雲非來到了古董店「拙齋」，聲稱他遭人下毒，那人要他去向許枚購買祭紅釉玉壺春瓶，否則當晚將會毒發身亡。

許枚推斷另一個神祕的撫陶師，一定會出現在鑑寶會上，便決定與江蓼紅和宣成等人一道前往。與此同時，瓷器收藏大家陳菡、金銀器古董商陸衍，神祕少年韓星曜也紛紛到場，不料主人武雲非卻在眾目睽睽下遭人殺害。

為了追查幕後黑手，許枚從「瓷靈」口中得知它們都是被一名隱居在燕鎮、缺指瘸腿的太監妻子善賣出的，只是他已在一年多前「意外身亡」，當許枚來到燕鎮時，卻發現鎮上接連發生妻子善化成厲鬼作祟殺人的事件……

深夜古董店1：瓷靈現身

作　　者　吉羽
封面設計　朱疋
行銷企畫　林瑀
行銷統籌　駱漢琪
業務發行　邱紹溢
校　　對　謝惠鈴
責任編輯　吳佳珍
總 編 輯　李亞南
出　　版　漫遊者文化事業股份有限公司
地　　址　台北市105松山區復興北路331號4樓
電　　話　（02）27152022
傳　　真　（02）27152021
服務信箱　service@azothbooks.com
營運統籌　大雁文化事業股份有限公司
地　　址　台北市105松山區復興北路333號11樓之4
劃撥帳號　50022001
戶　　名　漫遊者文化事業股份有限公司
初版一刷　2021年4月
定　　價　新台幣350元

ISBN　978-986-489-436-9
本作品中文繁體版經上海紫焰文化傳媒有限公司及上海社會科學院授予漫遊者文化事業股份有限公司獨家出版發行，非經書面同意，不得以任何形式，任意重製轉載。

國家圖書館出版品預行編目(CIP)資料

深夜古董店1：瓷靈現身 / 吉羽 作; -- 初版. -- 臺北市：漫遊者文化事業股份有限公司, 2021.04
344面；14.8×21公分

ISBN 978-986-489-436-9(平裝)
857.7　　110004108